Aber lustig war es doch

Kindheit und Jugend in der jungen Bundesrepublik

Ein Lesebuch von Jürgen von Landshoff

Gewidmet meinem Vater, der am 12. Juni 1944, 42 Tage nach meiner Geburt,
während der Invasion in der Normandie „gefallen", also elend gestorben ist.
„Gefallen", so heißt dieser Schwachsinn verniedlichend bei den Kriegstreibern
und Menschenverächtern, den Heil-(s)verkündergläubigen und Denkfaulen,
die noch immer dem Verbrecher und Massenmörder Hitler nachtrauern und
nachlaufen – dem es „gefallen" hat, andere zu quälen und zu vernichten!
Warum werden diese Deppen nicht alle?
Doch schon bei Curt Goetz war Dr. med. Hiob Prätorius vergeblich auf der
Suche nach der Mikrobe der Dummheit – er wäre es noch heute mit
unvergleichlicher Intensität! – Jedoch ohne Erfolg.

„Vergesst das Unvergessliche nicht! Diesen Rat kann man, glaub ich,
nicht früh genug geben."
(Erich Kästner im Vorwort zu seiner Erzählung: „Als ich ein kleiner Junge war")

Die Erinnerung ist das einzige Paradies,
aus dem wir nicht vertrieben werden können.
(Jean Paul)

Kapitel 1 – Seite 5
Hugo, der Großvater

Kapitel 2 – Seite 19
Alles ist ganz anders als daheim

Kapitel 3 – Seite 32
Peters Mutter: Brot und Spiele

Kapitel 4 – Seite 49
Sie haben ihre Geheimnisse: Peters Freunde und er

Kapitel 5 – Seite 59
Fürs Leben lernen wir

Kapitel 6 – Seite 70
Umzug ins Unterdorf

Kapitel 7 – Seite 92
Man kommt rum in der Welt – man kommt rum ins Dorf

Kapitel 8 – Seite 124
Ab ins Internat

Kapitel 9 – Seite 141
Endlich: Umzug vom Dorf in die Stadt

Kapitel 10 – Seite 150
Und immer wieder Kelling

Kapitel 11 – Seite 158
Ein lustiges, aufregendes Jahr – Internat zum Zweiten

Kapitel 12 – Seite 171
Besuch, Besuch, Besuch

Kapitel 13 – Seite 177
Ein Kind, ein Kind – Internat zum Dritten

Kapitel 14 – Seite 185
Freitag, der 13.: Immer Klassenarbeit in Englisch

Kapitel 15 – Seite 199
Geh zur Post, da hast du was Sicheres

Kapitel 16 – Seite 210
Lehrjahre sind keine Herrenjahre

Kapitel 17 – Seite 237
Ein aufregendes Jahr: Zum ersten Mal im Ausland

Kapitel 18 – Seite 253
Freude, schöner Götterfunken

Kapitel 19 – Seite 261
Jetzt beginnt das Leben

Nachwort – Seite 277

Bilderklärungen – Seite 278 + 279

Kapitel 1
Hugo, der Großvater

An einem Sonntag, wenige Tage nach seinem achten Geburtstag, hatte Peter ein Erlebnis mit seinem Großvater, das er nie vergessen wird, sein ganzes Leben lang. Damals, einige Jahre nach dem zweiten Weltkrieg, wohnte seine Familie, Mutter, Großmutter, Großvater und er in einem kleinen Dorf in Franken, direkt am Spessart; sein Vater war im zweiten Weltkrieg bei der Invasion in der Normandie ums Leben gekommen. Obwohl es eine offizielle Todesnachricht gab, glaubte seine Mutter noch immer an seine Heimkehr und sie hörte im Rundfunk noch jahrelang die Nachrichten des Deutschen Roten Kreuzes.

Die Feier sollte wie stets bei seinen Großeltern im Oberdorf stattfinden. Sein Geburtstag ist am ersten April, was bis heute zu dummen Bemerkungen Anlass gibt. Zu diesem Zweck waren auch die Freunde von Oma und Opa aus Marktanderstadt, Herr und Frau Sonnwald, eingeladen, sie sollten zum Kaffee-trinken kommen.
Auf Sonnwalds hielten Peters Großeltern große Stücke, warum wusste niemand. Sie stammten ebenfalls aus dem Riesengebirge, vielleicht war das der Grund.

Peter trieb sich im Hof herum, es war ihm langweilig. Die Bauersleute waren nicht zu Hause, im Stall war ebenfalls nichts los und seine Freunde durfte er nicht besuchen, geschweige denn sie ihn, weil er schon seine guten Sachen anhatte und vor allem: Sonnwalds kamen heute! Was sollten die denn denken, wenn er sich schmutzig machen würde? Seiner Mutter wäre das egal gewesen, aber der Großmutter!
Also lungerte er herum, streichelte Mauz, den Hofhund, ließ ihn Männchen machen, Pfötchen geben und was er ihm sonst noch beigebracht hatte. Auf einmal fielen ihm die Hühner auf, die sich vor der Sonne in den Unterstand zurückgezogen hatten und dort Staubbäder nahmen. Wie gewöhnlich stolzierte der dumme Hahn zwischen ihnen herum, lockte sie mit angeblich gesichteten Leckerbissen, gackerte aufgeregt und versuchte großen Eindruck zu schinden. Der Hahn hatte Peter sowieso auf dem Kieker und wenn er nicht Acht gab, sprang er ihn von hinten an.
Da hatte Peter eine Idee! Er scheuchte die Hühner samt Hahn an Mauz vorbei, der ohrenbetäubend bellte und an seiner Kette zerrte. Immer wieder jagte er die laut gackernden Hühner durch den Hof, am Misthaufen entlang, durch den

Unterstand und vor die Schnauze von Mauz. Der Krach war ohrenbetäubend. Einfach wunderbar!

Plötzlich wurde die Haustür aufgerissen und Großvater Hugo schoss geradezu ins Freie, zornesrot im Gesicht. Er brüllte so laut, dass Mauz vor Schreck verstummte und in seine Hütte flüchtete! „Du verdammtes Junga-Aas, dir werd' ich helfa, einen solchen Spektakel zu mocha!" Er sprach noch immer sudetendeutschen Dialekt wie die Menschen im Riesengebirge damals.

Später erst erfuhr Peter von Oma, dass sich sein Opa zum Mittagsschlaf hingelegt hatte und von dem Krach aufgewacht war.

Peter lief so schnell er nur konnte in den Hof. Doch neben der Hundehütte stand eine Mistgabel, die sein Großvater packte und ihm mit jähzorniger Wut hinterher schleuderte. Krachend und scheppernd schlitterte sie in Peters Richtung über den Boden. Im Laufen drehte Peter sich um, denn er wollte sehen, was diesen Lärm in seinem Rücken verursachte. Vor Schreck schlug er einen Haken und wich im letzten Moment der Gabel aus, die erst auf der Straße endgültig liegen blieb.

Peter kratzte die Kurve und kam erst wieder ins Haus, als die Sonnwalds schon eingetroffen waren.

Über die Mistgabel wurde nie gesprochen.

Viele Jahre später erst, als seine Großeltern schon tot waren, hat er seiner Mutter davon erzählt. Sie hat sich noch nach all den Jahren furchtbar aufgeregt!

Peters Großvater war im Riesengebirge in einer Weberei als Werkmeister tätig gewesen und bei seiner Aussiedlung schon über 70 Jahre alt. Nach der Währungsreform erhielt er eine gute Rente. Seine Frau und er hatten vier Kinder, alles Söhne; der Älteste verunglückte tödlich mit dem Motorrad noch vor dem Krieg. Peters Vater war kurz vor Ende des Krieges ums Leben gekommen; bis zu seiner Einberufung in Hitlers Kriegsmaschienerie war er in den noblen Kurhotels von Marienbad und Karlsbad als Oberkellner tätig, lange Zeit auch im Grandhotel Pupp, angeblich war er sehr gefragt und er soll einer der Besten seiner Zunft gewesen sein. Sein Verdienst und die Trinkgelder waren entsprechend. Die beiden anderen Söhne überlebten den Krieg und wohnten lange Jahre in Düsseldorf und Oberursel. Immer wieder wurden

Geschichten über Peters Vater erzählt. Er soll den Wiener Walzer besonders geliebt haben. Sein Standardausspruch dazu war angeblich: „Wenn schon Strauß, dann Johann Strauß".

Großvater Hugo war trotz seines Alters noch recht mobil. Er wohnte mit seiner Frau Emma bei Bayers im ersten Stock in einem einzigen Zimmer mit einer zu-

sätzlichen Abstellkammer, die Großvater vor allem als Werkstatt diente. Er besaß viele Werkzeuge, ob er die aus seiner alten Heimat mitgebracht oder sonstwo zusammengebettelt hatte, war Peter nicht bekannt. Sein Opa flickte sogar Schuhe und reparierte alles, was im Haushalt kaputtging. Da es nach dem Krieg nichts zu kaufen gab, musste man das Wenige, das man besaß, immer wieder instand setzen. Jeder Topf, der ein Loch bekam, wurde gelötet.

Da es auf dem Bauernhof viele Fliegen gab, bastelte er sogar eine Fliegenpatsche. Er suchte sich einen geraden Haselnussstock, den er an einem Ende ein paar Zentimeter weit spaltete. Dort hinein klemmte er ein zurechtgeschnittenes Stück Leder und fixierte das Ganze mit kleinen Nägeln und Draht. Ab sofort hatten Fliegen bei den Großeltern keine Überlebenschancen mehr.

Was er aus Holz nicht selbst reparieren oder herstellen konnte, besorgte er zusammen mit dem Schreiner des Dorfes. Dieser war ein Handwerker vom alten Schlag, alles wurde von Hand gemacht, nur mit Säge und Hobel. Peter war begeistert, wenn er in die Werkstatt kam, vor allem faszinierten ihn die aufgerollten Hobelspäne, die wie Locken aussahen und die er nach Hause mitnehmen durfte. Viele Tage verbrachte Großvater beim Schreiner und fertigte mit ihm so manchen nützlichen Gegenstand.

Eines der ersten Sachen, die Opa mit Hilfe des Schreiners baute, war ein Werkzeugschrank, der das Schmuckstück der Abstellkammer bildete und später auch nach Marktanderstadt mitumgezogen wurde. Dieser Werkzeugschrank hatte Schubladen und man konnte auf der Oberseite auch Schraubzwingen oder einen Schraubstock befestigen. Also ein durchdachtes Möbel, das Peter noch viele Jahre nachdem Opa schon tot war, weiter benutzte.

Großvater Hugo war ein stattlicher, grosser Mann, der zu Jähzorn neigte, wie die Mistgabelgeschichte zeigt. Wenn ihm etwas nicht passte, polterte er los und brüllte in seinem schlesischen Dialekt, dass die Wände wackelten. Sein im Alter schon faltiges Gesicht war ausdrucksvoll, vor allem seine markante Nase fiel auf, die er allen Söhnen vererbt hatte. Später, als er am grauen Star operiert war, musste er eine Brille mit dicken Glasern tragen, was ihm ein eulenhaftes Aussehen verlieh. Auch an Sonntagen setzte er seine graue Filzkappe mit Schild auf, ein eleganter Mann war er im Altler nicht mehr. Er hatte nur noch spärliche graue Haare, die lang und wirr um den Kopf standen, bis seine Frau ihn massiv drängte: „Hugo, jetzt gehst du endlich zum Friseur, du schaust schon aus wie der Gaul von Bayers!"

Großmutter war mehr als einen Kopf kleiner als er und zierlich. Tagein, tagaus zog sie eine dunkle, gemusterte Kittelschürze an. Ihr dünnes, langes noch immer dunkles Haar trug sie ordentlich frisiert und zu einem Knoten im Nacken zusammengesteckt, was täglich viel Zeit beanspruchte.

Peter und seine Mutter wohnten ebenfalls im Bauernhaus der Familie Bayer. Von der Dorfstraße aus kam man direkt in den Hof an dessen Ende das Wohnhaus stand. Links davon, aber unter demselben Dach, war der Kuh- und Schweinestall, außerdem das Plumpsklo. Davor breitete sich stolz der Misthaufen aus, auf dem einige Hühner sowie ein Hahn herumscharrten; außerdem gab es hier auch die, selbstverständlich abgedeckte, Güllegrube.
Rechts vom Hof befand sich ein überdachter Unterstand, von dem aus eine Treppe in den Most- und Rübenkeller führte. Daneben war die Scheune für die Vorräte an Heu und Stroh angebaut sowie das Spritzenhaus, in dem die Feuerwehr ihre Geräte und das Feuerwehrauto aufbewahrte. Man übte immer

wieder die Brandbekämpfung, doch, Gott sei Dank, es brannte nie während Peters Aufenthalt im Dorf. Das Wohnhaus war teilweise unterkellert, dort lagerten die Bayers ihre Kartoffeln, sowohl für die Schweine als auch für sich selbst. Peters Mutter und seine Großeltern konnten sich ebenfalls hier bedienen

In dem Unterstand neben der Scheune wurden kleinere Geräte sowie Wagen und alles Mögliche sonst abge-stellt, was auf einem Bauernhof gebraucht wurde. Dazu kamen alle nur denkbaren Geräte. Außerdem befand sich hier die

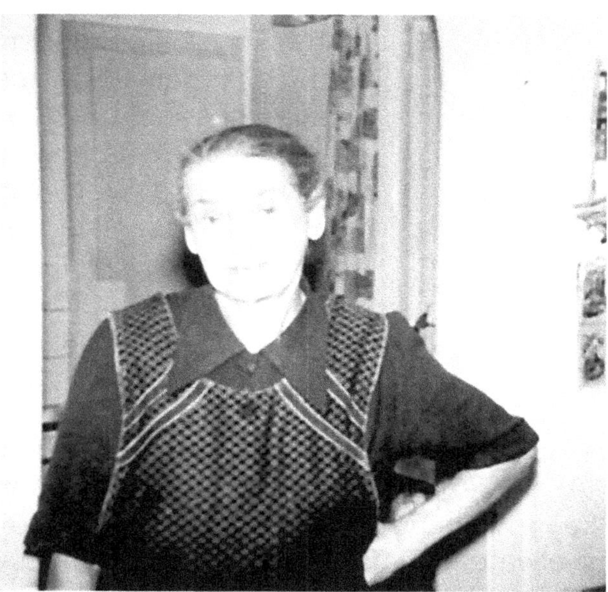

Hütte mit dem alten Mauz, einem mittelgroßen schwarzen Kettenhund, einem großen Schnauzer-mischling mit weißem Brustlatz und weißen Pfoten. Er war ein lieber Kerl mit dem Peter oftmals spazieren ging, was Mauz sehr freute, denn er langweilte sich ansonsten den ganzen Tag über. Er war kein Kläffer, sondern gab eher Pfötchen anstatt einen Fremden lautstark anzukündigen.

Tante Gertrud, die Tochter von Bayers, hatte Peter zum Geburtstag ein paar Luftballons geschenkt, damals eine Kostbarkeit erster Güte. Es waren zwei runde und ein armlanger, ovaler. Die hatte er zu seinen Großeltern mitgebracht und spielte mit ihnen, weil es ihm nach dem Kaffeetrinken stinklangweilig war. Plötzlich griff Herr Sonnwald nach dem langen Luftballon, drehte ihn hin und her und sagte halblaut, denn Peter sollte es nicht hören: „Gell Hugo, so einen müsste man haben." Dann lachte er fett und dreckig. – Peters Großmutter wandte sich ab und kniff die Lippen zusammen, es war ihr mehr als peinlich.

Die Großen sprachen über alles Mögliche, in erster Linie über Politik und wann man wieder in die alte Heimat zurückkehren könne. Einmal mischte sich sogar die Oma ins Gespräch, was sie sonst nie tat. Herr Sonnwald brachte wieder einmal seinen Lieblingssatz, dass ja nicht alles schlecht war unter Hitler. Da ging diesmal die Großmutter auf die Barrikaden, denn schließlich hatte sie einen Sohn, meinen Vater, verloren: „Hitler konnte den Krieg nicht gewinnen, da hat Gott schon dafür gesorgt", sagte sie wütend und laut, „denn Hitlers

Armeen haben viele Kirchen zerstört, diese Sünden hat Gott bestraft!" Da konnten die Herren nichts mehr erwidern, schließlich war das schon immer Omas feste Überzeugung!

Ein Thema beherrschte in jenen Tagen die Gespräche: Zwei Münchner Buben hatten einen Bombenanschlag auf Adenauer vereitelt. Ein Mann übergab ihnen ein an den Kanzler gerichtetes Päckchen, das sie zur Post bringen sollten. Doch statt zur Post, brachten sie es zur Polizei. Es enthielt eine Bombe. Diese explodierte im Polizeipräsidium und tötete einen Beamten. Adenauer bedankte sich persönlich bei den Jungs.

Peters Mutter war natürlich ebenfalls über die Schlechtigkeit der Menschen empört, aber ansonsten strikt gegen Adenauer und seine Politik. Sie war der Meinung, dass er von Demokratie keine Ahnung habe und die Wiederbewaffnung betreiben würde, bereits vor etwa einem Jahr hatte er den Bundesgrenzschutz durchgedrückt. „Ihr werdet noch an meine Worte denken", sagte sie, „bald haben wir wieder eine Wehrmacht und der nächste Krieg kann kommen! Dabei sind die Trümmer vom letzten noch nicht mal weggeräumt und die Tränen der Witwen sowieso noch nicht getrocknet. Aber was kümmert das schon einen Herrn Adenauer, den alten Sturkopf. Der wird schon dafür sorgen, dass Deutschland von der Weltkarte verschwindet! Das sei völlig ausgeschlossen, meinten Großvater und Herr Sonnwald. „Adenauer wird dafür sorgen, dass wir bald wieder nach Hause können", sagte Opa erregt. Peters Mutter lachte ihn aus: „Was der Russe einmal in seinen Klauen hat, das gibt er nicht mehr her! Wir werden noch in hundert Jahren hier im Dreck sitzen!" „Eine neue Wehrmacht ist ganz ausgeschlossen", sagte Großvater gereizt, „sogar Franz Josef Strauß hat vor kurzem gesagt: Wer noch einmal ein Gewehr in die Hand nimmt, dem soll die Hand abfallen". „Ach, und du glaubst einem Politiker, was er vor der Wahl sagt?" war die Meinung von Peters Mutter. „Na, so belügen werden die uns ja wohl nicht!" warf Herr Sonnwald ein. – Außerdem, was wollt' ihr denn mit dem Adenauer? Der ist weder Vertriebener noch

Ausgesiedelter, sondern hatte es immer schön warm und bequem in seinem Haus in Rhöndorf!"

Es dauerte tatsächlich nur noch bis 1955, dann wurde die Bundeswehr aus der Taufe gehoben und Theodor Blank war Adenauers erster Verteidigungsminister, später sogar Franz Josef Strauß. Bis zu seinem Tod hat er beide Hände behalten. – Vermutlich hat der liebe Gott mal wieder nicht hingehört.

Großmutter Emma versuchte, die Wogen zu glätten und die Auseinandersetzung zu schlichten. Wenigstens an Peters Geburtstag sollten sie Frieden geben. Es gelang ihr nur mit Mühe!

Später unterhielten sich die Damen über Soraya und den Schah, den die Deutsche vor etwas mehr als einem Jahr geheiratet hatte. Inzwischen war die Romanze mehrfach durch die Presse gezogen worden, sogar beim Einkauf in Rom, beim Baden im Mittelmeer und an vielen anderen Plätzen der High Society war sie fotografiert worden. Die Damen waren gut unterrichtet, schließlich hatten sie ausführlich darüber in den Illustrierten, die beim Arzt im Wartezimmer oder beim Friseur auslagen, gelesen. Die Herren dagegen sprachen über ihr Lieblingsthema: Wann können wir wieder in die alte Heimat. Aber solange der Krieg in Korea andauerte, würde daraus nichts werden. Denn vor allem die Amerikaner und die Russen mussten sich darüber erst einmal einigen.

Trotzdem war Herr Sonnwald immer wieder zu vernehmen, als er verkündete: „Ich glaube, jetzt dauert's nicht mehr lange, bis wir wieder zu Hause sind." – „Ich glaube, ich glaube, Glaube ist eine Sache der Religion!" rief Peters Mutter den Beiden zu. Opa und Herr Sonnwald schauten sie verärgert an.
Peter interessierte sich nicht für alle diese Themen, ganz gleich ob Politik, Könige oder Kaiser. Er hatte zufällig im Radio den Schlager „Pack die Badehose ein", gesungen von Conny, gehört und sich den Text gemerkt. Wenn niemand in der Nähe war, sang er das Lied aus voller Brust. Er fand sich ebenso gut wie die etwa gleichaltrige Conny!
Was Peter sonst geschenkt bekam, wusste er später nicht mehr. Sicher war ein Buch dabei, Süßigkeiten und ganz bestimmt etwas zum Anziehen. Das ärgerte ihn immer besonders. Denn Anziehsachen waren kein Geschenk, sondern etwas Alltägliches, wie Wurst und Brot! Von Sonnwalds bekam er wahrscheinlich wie stets eine ganze Mark!

Die Mäuse tanzten in dem alten Haus der Bayers praktisch auf dem Tisch. Großvater kam kaum nach, die Löcher zu verschließen, die immer wieder in den Wänden auftauchten. Das Haus bestand zum größten Teil aus Fachwerk, das mit Weidenruten verflochten und dann mit Lehm, stabilisiert mit Stroh, ausgefüllt war. Ein leichtes Spiel für die Mäuse. Vor allem in der Abstellkammer feierten sie regelrechte Partys. Am Morgen lag überall der Mäusedreck herum. Es gab zwar bei Bayers eine Hauskatze, die war aber schon alt und in die Wohnung von Peters Großmutter durfte sie sowieso nicht hinein. Also musste Peters Großvater sich selbst ums Mäusefangen kümmern. Immer obskurere Modelle von Fallen schleppte er nach Hause – die meisten versagten kläglich. Einmal brachte er ein wahres Wunderwerk mit: Auf einem runden Holzbrett war ein Drahtkäfig mit nach innen sich verjüngenden Schlupflöchern befestigt. Und tatsächlich: eine Maus hatte sich darin gefangen! Großvater Hugo ging voller Stolz in den Hof und rief Peter herbei. Der Mauz musste anrücken und auch die Katze. Gelangweilt saßen sie herum und harrten der Dinge, die da kommen sollten. Großvater machte das Türchen der Falle auf, die Maus sprang heraus, Hund und Katz sahen erwartungsvoll zu, rührten sich aber nicht vom Fleck. Peter lief der Maus nach, erwischte sie am Schwanz, die drehte sich blitzschnell um und biss ihn in den Finger. Er ließ sie vor Schreck los – und das Mäuslein verschwand in der Scheune. Mauz und Miez trollten sich. Und Peter wurde von seinem Großvater beschimpft, weil er die Maus nicht festgehalten hatte. Wahrscheinlich hat die Maus sich noch in derselben Nacht wieder aufgemacht, um das Tischlein-deck-dich der Großeltern zu erklimmen.

Großvater Hugo war ständig beschäftigt, wie bereits gesagt, vor allem seine Karnickel machten eine Menge Arbeit. Einmal in der Woche musste er die Ställe ausmisten, die Viecher brauchten täglich Futter und sie mussten gedeckt werden. Waren Junge da, wurden diese gehegt und gepflegt, damit sie groß und stark wurden.

Außerdem gab es immer etwas auszubessern und zu reparieren. Großmutter Emma kümmerte sich in der Zwischenzeit um die Wohnung und ums Essen. Punkt zwölf Uhr, beim ersten Glockenschlag der evangelischen Kirche, hatte es auf dem Tisch zu stehen. Wenn Opa jedoch einmal das Schlagen der Kirchturmuhr in seinem Eifer überhört hatte, lehnte sich Großmutter aus dem Fenster und rief im breitesten Riesengebirgsdialekt: „Hugo, kumm ok Assa!" – Großvater ließ sofort alles liegen und stehen und lief wie ein Blitz die Treppe hinauf.

Der permanente Umgang mit den Großeltern hatte zur Folge, dass Peter den schlesischen, in diesem Fall sogar den speziellen Dialekt des Riesengebirges, perfekt beherrschte. Wenn Besuch kam, wurde er und sein angebliches Sprachtalent vorgeführt – eine Lachnummer für die Gäste. Leider hat sich das Talent später in der Oberrealschule beim Englisch- und Französisch-Unterricht nicht wiederholt.
Aber auch der unterfränkische Dialekt ging ihm leicht von der Zunge. Sogar das Oberbayerische beherrschte er perfekt, sobald er in Kelling bei Tante Johanna, der Schwester seiner Mutter und Onkel Hermann zu Besuch war.
Peters Mutter war regelrecht entsetzt, wenn sie das bemerkte. Mit ihr musste er hochdeutsch sprechen, sonst gab es Ärger!

Die Amerikaner und später auch die Russen führten mehr und mehr Atomwaffentests durch. Peters Großvater und Herr Sonnwald hatten ein neues Thema, denn alle Wetterkapriolen und sonstigen Unbilden in der Welt hatten ab sofort eine neue Ursache: die Atombombe.

Das größte Familienfest nach dem Krieg war die Goldene Hochzeit von Peters Großeltern. Es strapazierte ihre Kasse ganz enorm und sie hatten schon lange darauf gespart – Peter bekam es immer wieder zu spüren, denn omas Zuwendungen flossen spärlicher. Schon Tage vorher liefen die Vorbereitungen an. Beim Dorfwirt wurde Wein geordert. „Ja, ja, da lassen wir uns nichts nachsagen, es gibt die gute Liebfraumilch zu trinken", so verkündete Großvater allen, ob sie es hören wollten oder auch nicht. Außerdem wurde Bier bestellt, Brot und Semmeln kamen vom Bäcker, die Wurst vom Metzger Pietzeck aus Marktanderstadt.
Opa erhielt einen neuen dunklen Anzug mit Krawatte, Oma ein dunkles langes Kleid. Peter musste sich ebenfalls mittels eines Anzugs verkleiden, trotz seines Protests! – „Willst du denn, dass ich mich schämen muss vor den Leuten?" war die gewohnte Antwort seiner Mutter.
Und dann kam der große Tag. Eine junge Frau aus dem Dorf war engagiert worden, eine Friseuse, die Oma ausgiebigst verschönerte. Die gesamte Familie wurde mit Myrtenzweiglein dekoriert.
Alle waren sie angereist: Elise, eine Tochter des ältesten Sohnes, der sich mit seinem Motorrad noch in der alten Heimat totgefahren hatte, sie kam zusammen mit Ehemann und kleiner Tochter; Onkel Karl, ein Sohn mit Frau aus Oberursel; Onkel Friedrich, ebenfalls ein Sohn aus Düsseldorf mit Frau und Tochter und selbstverständlich die Sonnwalds. Außerdem Bekannte aus dem Riesengebirge, die bei Frankfurt und in Aschaffenburg wohnten.
Da Peters Großeltern katholisch waren, wurde in dem Versammlungszimmer

des Gemeindehauses eine Feier mit dem Priester aus Marktanderstadt abgehalten. Anschließend kam der Gesangsverein auf den Hof der Bayers und fast alle Dorfbewohner zum Gratulieren. Man brachte unter anderem das Lied „Fein sein, beieinander bleiben" zu Gehör, das zu solchen Anlässen immer gesungen wurde. Sogar das Riesengebirgslied hatte der Gesangsverein extra einstudiert und alle Vertriebenen aus der alten Heimat sagen mit:

Blaue Berge, grüne Täler,
Mitten drin ein Häuschen klein,
Herrlich ist dies Stückchen Erde,
Und ich bin ja dort daheim.
Als ich einst ins Land gezogen,
Ham' die Berg' mir nachgeseh'n.
Mit der Kindheit, mit der Jugend,
Wußt selbst nicht wie mir gescheh'n.

Oh, mein liebes Riesengebirge,
Wo die Elbe so heimlich rinnt,
Wo der Rübezahl mit seinen Zwergen
Heut' noch Sagen und Märchen spinnt.
Riesengebirge, deutsches Gebirge,
Meine liebe Heimat du!

Ist mir gut und schlecht gegangen,
Hab' gesungen und gelacht,
Doch in manchen bangen
Stunden hat mein Herz ganz still gepocht.
Und es zog nach Jahr und Stunden
mich zurück ins Elternhaus.
Hielt's nicht mehr vor lauter Sehnsucht
Bei den fremden Menschen aus.

Du mein liebes Riesengebirge ...

Diese Lied, was bestimmt keiner der Sänger wusste, wurde zu Beginn des Ersten Weltkriegs von Othmar Fiebinger geschrieben und von Vinzenz Hampel mit einer Melodie versehen.
Aber auch das andere bekannte Lied aus der alten Heimat wurde anschließend noch vorgetragen. Auch Peters Mutter kannte es und ihre Stimme war lauthals zu vernehmen:

Hohe Tannen weisen die Sterne
An der Iser in schäumender Flut.
Liegt die Heimat auch in weiter Ferne,
Doch du, Rübezahl, hütest sie gut.
...

Oma zerdrückte ein paar Tränen. Viele Taschentücher wurden gezückt und verschämt das eine oder andere feuchte Auge getrocknet. Selbstverständlich gab es einen Umtrunk und belegte Brötchen wurden gereicht. Die Familie mit den Bekannten war ins Dorfwirtshaus geladen. Es gab viel zu Essen, die Wirtsleute ließen sich nicht lumpen. Zuerst servierten sie eine Griesklößchensuppe, dann einen Kalbsnierenbraten mit Knödeln und Salat und zum Abschluss noch verschiedene Nachtische. Oma drängte Peter, noch mal zuzugreifen, doch er lehnte ganz entschieden ab. „Na ja", meinte sie, „wenn die Maus satt ist, ist das Mehl bitter".

Es wurde ein lustiger Tag, alles in allem ein gelungenes Fest. Nach einigen Bieren und Schoppen Wein fing man an zu singen: „Schön ist die Jugend, sie kommt nicht mehr". Vor allem aber die „Heimatlieder" wie beispielsweise „Du mein liebes Riesengebirge" wurden mehrfach angestimmt.
Peters Mutter, die gut singen konnte, gab eines ihrer Lieblingslieder „Wer hat dich, du schöner deutscher Wald, aufgebaut so hoch da droben ..." zum

Besten. Dafür erhielt sie viel Ablaus – am Meisten von Herrn Sonnwald, was ihr gar nicht recht war.

Mit einem Fackelzug der Freiwilligen Feuerwehr geleitete man die Jubilare nach Hause und Peter sank müde in sein Bett. Schließlich hatte er mal ausprobiert, wie das so ist mit dem Wein und Bier, das die Erwachsenen in großen Mengen in sich hineinschütteten, wie die Kinder ihre grellbunte Limonade. Aber er war sich damals ganz sicher, dass der Alkohol keine Zukunft für ihn hätte.

Auf der Hauptverbindungsstraße nach Marktanderstadt, einer Bundesstraße, fuhren meistens nur die Amerikaner. Aber es gab auch schon erste Lastkraftwagen, die ihre Frachten über diese Straße transportierten, denn eine Autobahn gab es noch lange nicht. Etwas später hatte fast jeder Lkw ein Schild auf der Rückseite befestigt: „Gib Zeichen, wir weichen". Anscheinend waren die Fahrer damals rücksichtsvoller als heute! Bevor die Fahrer gegenwärtig „Zeichen" geben, zeigen sie einem eher den Vogel.

Die Straße führte vom Spessart kommend ins Maintal. Sie war abschüssig und hatte kurz vor Marktanderstadt eine gefährliche Kurve, der Hang fiel etwa hundert Meter zum Main hin ab. Anfangs war diese Böschung noch mit Bäumen und Büschen bewachsen, später hatte man einen ungehinderten Ausblick auf den Fluss und die Stadt, denn so mancher Lkw kriegte die Kurve nicht und fuhr geradeaus den Hang hinunter. Die Ärzte im Krankenhaus von Marktanderstadt hatten viel zu tun, um die Verletzten wieder zusammenzuflicken. Tote waren auch nicht selten. Später dann wurde die Straße mit Warnschildern und Geschwindigkeitsbegrenzungen von 40 km/h versehen. Außerdem entschäfte man die Kurve: man sicherte sie mit Leitplanken aus Beton und Stahl.

Eines Nachts rasierte ein Laster, der Mais geladen hatte, die restlichen Bäume bis zum Talgrund ab und verstreute die Körner auf der abgeräumten Fläche. Der Mais wuchs, grünte und reifte später zu prächtigen Pflanzen heran.

Die Karnickel von Peters Großvaters wurden in diesem Jahr so fett wie nie, denn sie bekamen ein besonders feines Fressifress! Einmal ist Peter sogar mitgegangen, Mais zu ernten und ihn auf den Handwagen zu verladen. Auf dem Rückweg musste sein Opa pinkeln. Er machte das ganz ungeniert und Peter staunte über sein Gerät, das er dazu benutzte. Er war von sich und seinen Freunden wesentlich geringere Dimensionen gewohnt und musste lange Zeit über das Gesehene nachdenken und mit seinen Freunden erörtern.

Mit den Worten: „Da hilft kein Gerüttel und Gestoße, der letzte Tropfen geht immer in die Hose", verstaute Großvater alles ordnungsgemäß und griff wieder nach der Deichsel des Handwagens.

Manchmal ist Peter mit seinen Großeltern nach Marktanderstadt zum Einkaufen gegangen. Vor allem im Sommer bei schönem Wetter war das ein Vergnügen, denn beim Heimweg kehrten sie immer in die Gaststätte direkt an der Brücke ein. Dort gab es einen Garten mit Tischen und Stühlen, beschattet von schönen alten Kastanienbäumen. Da der Main nicht weit war, wehte meistens ein kühles Lüftchen vom Fluss her, ein sehr angenehmer Aufenthalt.

Wenn das Einkaufen bis Mittag dauerte, spendierte Peters Großmutter von ihrem Haushaltsgeld etwas zu essen, meist jedoch nur eine Kleinigkeit. Großvater war da eigen: Monatlich erhielt seine Frau einen von ihm bestimmten Betrag für den Haushalt mit dem sie auszukommen hatte. Doch Großmutter verstand zu wirtschaften, denn sie schaffte es problemlos, Peter immer wieder etwas zu seinem kärglichen Taschengeld beizusteuern. Leider wurde der Gasthof später zu einem hässlichen Hotelkasten umgebaut und der schöne Biergarten, samt den wunderschönen Kastanien, verschwand.

Etwas Merkwürdiges war Großvaters Weltraumspleen. Er hatte eine spezielle Zeitschrift abonniert und bezog diverse Bücher, an-scheinend von einer Sekte, die propagierte, dass auf der der Erde abgewandten Seite der Son-ne eine hoch-stehende Zivilisation existiere, von der nur Wenige wüssten, aber natürlich die Anhänger der Sekte! Wenn er davon anfing, Peter zu erzählen, hörte er kaum wieder auf, denn er wollte seinem Enkel sein geheimes Wissen offenbaren. Seine Weisheiten waren mit dem Gelernten aus der Schule einfach nicht in Übereinstimmung zu bringen, so dass Peter sich zumeist mit einer Ausrede verdrückte, wenn Opa davon begann.

Im Jahr seines achten Geburtstags machte noch ein Ereignis Furore. Großvater hatte sie bei einem Besuch in Marktanderstadt ent-deckt: Die erste Bild-Zeitung hing vor einem Geschäft aus. Viele Bilder, wenig Text, aggressive Schlagzeilen und halbnackte Mädchen sollten zum Erfolgsrezept von Axel Springer werden. Was wollte man für einen Groschen auch mehr verlangen? –

Anscheinend bedeutet Lesen für manche Menschen Schwerstarbeit, die man möglichst auf ein Minimum reduziert. Großvater kaufte dieses Blatt nur einmal, für ihn brachte es zu wenig Information und für Großmutter zu viel nacktes Fleisch!

Das Hühnerjagen war für Mauz wohl das aufregendste Erlebnis seines ganzen Hundelebens. Im Jahr nach Peters achtem Geburtstag besuchte er seinen Freund Werner, der gegenüber auf dem Hof der alten Frau Bayer, sozusagen auf dem Austragshof, wohnte. Er sah wie ihr Enkel Helmut mit Mauz an der Leine, ein Gewehr geschultert und einen Spaten in der Hand, auf den Ortsausgang zusteuerte. Ohne Mauz kam er später zurück. Nachts im Bett hat sich Peter in den Schlaf geweint. Bayers haben sich keinen Hund mehr angeschafft. Die Hundehütte blieb leer. Später dann verschwand sie ganz. Nur die Kette lag noch immer verweist im Unterstand an der Bretterwand und erinnerte Peter bis zum Auszug an Mauz, seinen getreuen Jugendgefährten.

Kapitel 2
Alles ist ganz anders als daheim

Peter und seine Familie kamen 1946 mit einem Aussiedlerzug aus dem Riesengebirge nach Franken und wurden nach Kiesdorf in den Bauernhof der Familie Bayer eingewiesen.

Der Bahnhof von Marktanderstadt lag auf der anderen Seite des Mains, also der Stadt gegenüber, das Dorf war auf derselben Seite wie der Bahnhof, die Flüchtlinge mussten aber noch etwa drei Kilometer zu Fuß zurücklegen bis sie Kiesdorf erreichten. Außer dem Kinderwagen, in dem Peter lag, hatten sie nur die nötigsten Sachen dabei, eben die paar Kilogramm, die sie mitnehmen durften. Denn die Tschechen beschlagnahmten ja nicht nur Immobilien entschädigungslos, auch die Mobilien der vielen unschuldigen Menschen hatten sie für ihr Weiterleben dringend nötig! Die bis heute geltenden Dekrete des Herrn Beneš, gegen jedes Völkerrecht verstoßende Gesetze, ermöglichten die willkürliche Vertreibung und Ermordung der zum Teil seit Jahrhunderten hier siedelnden Deutschen!

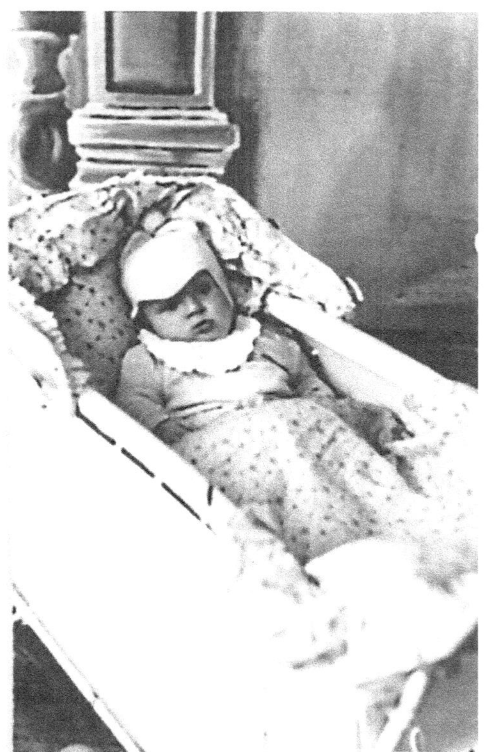

Peter und seine Familie reisten also einige Tage in einem überfüllten Viehwaggon an den Main. Der Junge war etwas über zwei Jahre alt, kleine und kleinste Kinder waren mit an Bord. Eins von den kleinen Würmern muss ihn nachts ziemlich genervt haben, denn es war wohl immer wieder am Weinen. „Ruhe da drüben", soll er dann gerufen haben und es kehrte für einige Zeit auch eine solche ein. Zumindest auf dieses Lebewesen hat er großen Eindruck gemacht, das scheint sich jedoch in späterer Zeit gegeben zu haben.

Der Bauernhof der Bayers befand sich im Oberdorf von Kiesdorf, das wie auch das Unterdorf an einem nach Süden ausgerichteten Hang liegt. Zu jener Zeit hatte es, samt der eingewiesenen Flüchtlinge, vielleicht zweihundert Einwohner.

Im Talgrund plätschert der Kiesbach, der ein Stück weit die Straße begleitet, welche zur Hauptverbindung auf der anderen Hangseite führt, und dann durch

ein Betonrohr unter der Straße hindurch weiter dem Main zufließt. Die Hauptstraße verbindet Würzburg mit Aschaffenburg. Etwa drei Kilometer entfernt, direkt am Main, liegt die Kreisstadt Marktanderstadt. Geht man geradeaus weiter, kommt man nach Dorfkirchen, das nur etwa einen Kilometer entfernt am anderen Hügel liegt.
Damals war es ausgeschlossen, dass Kiesdorfer und Dorfkirchener untereinander heirateten, ja nicht einmal Freundschaften gab es, auch keine Besuche, beispielsweise bei Ortsfesten. Man war sich völlig fremd, denn die Kiesdorfer waren evangelisch, die Dorfkirchener katholisch. Das ging auf die Reformation zurück, als sich sieben Orte einer Grafschaft zur Lehre Luthers bekannten. Erst in den 70er Jahren des vorigen Jahrhunderts änderte sich dieses Verhalten langsam und es soll sogar zu Hochzeiten gekommen sein!

Die Straßen von Kiesdorf waren damals nicht geteert, sondern nur mit zerklopften Steinen aufgeschüttet, damit man bei schlechtem Wetter nicht im Matsch versank. Der Boden war lehmig, entstanden durch den verwitterten roten Sandstein.
Einmal im Jahr wurden aus einem Steinbruch mit Bauernwagen und zumeist Ochsen als Zugtieren die Steine herangekarrt, welche anschließend die Dorfbewohner, Männlein und Weiblein, mittels langstieliger Hämmer zerklopften. Das dauerte mehrere Tage und war Anlass, das ganze Dorf durchzuhecheln und den neuesten Tratsch auszutauschen.

Am Eingang des Ortes machte die Straße eine Links- und anschließend eine Rechtskurve, führte gerade den Berg hinauf, um oberhalb des Hofes der Bayers wieder nach rechts zu schwenken. An mehreren Bauernhöfen ging es weiter geradeaus durch das Dorf, vorher linker Hand an der Kirche vorbei, dann durch den Wald, um wieder auf die Hauptverbindungsstraße zu stoßen.

Im Keller unter der Scheune der Bayers waren stets einige Fässer mit Apfelwein gelagert und die Runkelrüben für die Tiere.

Apfelwein oder „Äppelwoi", wie er in Franken heißt, war das Standardgetränk zu allen nur denkbaren Gelegenheiten, weil er nichts kostete und wenn man daran gewöhnt war, auch gut schmeckte.
Man nahm ihn mit aufs Feld, trank ihn zum Essen und immer dann, wenn der kleine oder große Durst sich bemerkbar machte. Sogar die aus Stoffresten selbstgemachten Schnuller der Babys wurden in Most und Zucker getaucht, wenn die Kleinen quengelten. Denn weinende Babys lange herumzutragen, dafür war einfach keine Zeit! Die Tage waren ausgefüllt mit Tiere versorgen,

Kühe melken, ackern, eggen, säen, hacken, Heu machen, ernten und vielem mehr. Vor allem die Rüben- und Kartoffelernte im Herbst war anstrengend und zeitraubend.

Der Lehrer war oftmals am Verzweifeln und beschimpfte die armen Kinder, zumeist die Buben, als saudumme Mostköpfe. Peter mochte den Most nicht, er war ihm einfach zu sauer, heute würde man das vornehm als „trocken" bezeichnen. Wahrscheinlich musste man ihn schon mit dem Schnuller eingesogen haben, um ihn zu mögen. Ganz anders verhielt es sich mit dem frisch gepressten Saft.

Im Herbst zog die ganze Bayersfamilie, zusammen mit Peter, seiner Mutter und ein paar Freunden zu den Apfelbäumen auf die Felder und Wiesen. Die Früchte wurden heruntergeschüttelt, in Körbe gesammelt, auf einen an den Seiten geschlossenen Wagen geschüttet und wenn er voll war, zum Austragshof der Bayers gefahren. Dort standen die Presse und alle anderen selbstverständlich handbetriebenen Geräte, die zum Mostbereiten notwendig waren. Die Äpfel wurden sofort gewaschen, zerkleinert sowie anschließend in Tücher eingeschlagen und ausgepresst.

Der frische Apfelsaft war für die Kinder das Allergrößte, was es überhaupt zu trinken gab. Obwohl sie jedes Jahr gewarnt wurden, tranken sie natürlich viel zu viel davon, die Wirkung auf die Verdauung war stets durchschlagend. Doch die Plumpsklos standen ja leicht erreichbar in der Nähe.

Apropos Plumpsklo. Die Tür war in beinahe allen Fällen mit einem ausgesägten Herzchen versehen – schließlich wollte man nicht ganz von der Außenwelt abgeschnitten sein – die Sitzöffnung war zumeist mit einem Deckel versehen, damit in einem unbewachten Augenblick nichts hineinfallen konnte, beispielsweise Hühner oder kleine Katzen. Der Geruch an heißen Sommertagen war im wahrsten Sinne des Wortes atemberaubend. Säuberlich zerkleinertes Zeitungspapier, aufgespießt auf einen Nagel, ergänzte die Ausstattung und war das Nonplusultra des Komforts. Für Klopapier Geld auszugeben, hätte bei den Dorfbewohnern verständnisloses Kopfschütteln hervorgerufen! Das gab es in den Dorfläden auch gar nicht zu kaufen.

Auf Bayers Hof führte direkt neben dem Misthaufen eine schräge Rampe aus gemauerten Steinen hinauf zur Stalltür. Im Viehstall standen etwa acht Milchkühe und zwei Ochsen, die nach dem Krieg für die Feldarbeit gehalten wurden. Zu der Zeit, als diese Geschichte spielt, gab es schon ein Pferd, äußerst gutmütig, auf das Helmut auch Peter ab und zu draufgesetzt hat. Der Rücken des Gauls war so breit, dass Peter die Beine ganz weit spreizen musste, um überhaupt darauf zu passen. Sobald der Gaul ein paar Schritte machte, hüpfte er auf dem Pferd herum, wie ein Korken auf dem Wasser. Manchmal durfte er auch die Zügel in die Hand nehmen, wenn Helmut hinter ihm saß. Er hat ihm auch beigebracht, was man zu dem Gaul sagen muss, wenn man beispielsweise nach rechts möchte: Whist.

Anfang der 50er Jahre kam ein Traktor auf den Hof der Bayers. Das Pferd wurde jedoch behalten und bekam sein Gnadenbrot. Manchmal, im Winter bei genügend Schnee, wurde es vor den Schlitten gespannt, wenn ein Besuch in einem anderen Dorf notwendig war. Peter durfte manchmal mitfahren. Das war für ihn das allergrößte Erlebnis im Winter und er konnte es kaum erwarten, dass es wieder einmal soweit war!

Im Stall hinter dem Plumpsklo wurden zwei Schweine gehalten. Wenn Schlachttag war, ließ man sich bei Bayers nicht lumpen, es gab Metzelsuppe, auch für die Mieter im Haus, und Peter fand die eine oder andere Wurst darin, außerdem konnte er sich auch etwas vom Selchfleisch holen.

Jeden Abend, bevor Peter ins Bett gehen musste, holte er für sich und seine Mutter, sowie die Großeltern die Milch von Bayers. Auch später, als die Beiden im Unterdorf wohnten, schickte seine Mutter ihn zu den Bayers, um Milch heimzubringen.

Der Kramerladen unterhalb von Bayers Hof verkaufte im Winter Sauerkraut – natürlich offen aus dem Fass. Kartoffeln konnten sich Peters Mutter und seine Großeltern jederzeit aus Bayers Keller holen – alles zusammen ein wahres Festessen, manchmal sogar garniert mit einem Würstchen!

Es gab im Dorf zwei Geschäfte, eines oberhalb von Bayers, eines unterhalb und später Tante Gertruds Brotladen im Unterdorf. Die Kramerläden enthielten ein wildes Durcheinander von Waren aller Art: Man konnte alles bekommen, was lebensnotwendig war, angefangen bei Gries, Nudeln, Mehl, Reis und Haferflocken bis hin zu Seifenflocken – natürlich alles offen, aufbewahrt in Schubläden und in Tüten abgewogen. Für Petroleum oder Marmelade musste ein Gefäß mitgebracht werden. Außerdem konnte man Bismarck- oder Bratheringe aus dem Fass haben, aber auch Fliegenfänger, Steck- und Nähnadeln, Knöpfe, Bänder und vieles mehr an solchen Kleinigkeiten, dazu Hämmer, Zangen und Schaufeln, Nägel, Schrauben, Draht, Sicheln, Sensen und... und... und...

Für Peter und seine Freunde waren eigentlich nur die Süßigkeiten interessant. Anfangs gab es nicht viel Auswahl, zumeist nur rote Himbeer- und buntgemusterte runde Pfefferminzbonbons, aber auch schon Frigo-Brausepulvertütchen. Schokolade war in der Regel für die Kinder zu teuer, die ließen sie sich zu Weihnachten und zum Geburtstag schenken. Später dann kamen Süßigkeiten in vielen Formen und Farben dazu, alle offen und in Gläsern verlockend präsentiert, meistens einen halben oder einen Pfennig teuer.
Jedes Geschäft hatte einen Lagerraum; wenn etwas nicht im Laden vorhanden war, wurde es zumeist nach einer längeren Suchaktion doch noch herbeigeschafft.

Im Dorf gab es auch eine Poststelle mit einem uralten Telefon, montiert auf einem Brett an der Wand. Ein verstellbarer Trichter, in den man hineinsprechen musste, stand weitab, die Hörmuschel mit dem Kabel hing separat am Brett. Selbstverständlich wurden Gespräche noch immer von Hand vermittelt.
Wenn Tante Alma und Onkel Karl aus Oberursel zu Besuch kommen wollten, riefen Sie bei der Poststelle an. Dann lief die Bäuerin zur Oma und sagte Bescheid. Diese zog ihre Schürze aus, kämmte ihr Haar und machte sich auf den Weg zur Poststelle. Dort wartete sie, bis ein erneuter Anruf kam. An ein Telefon in der Wohnung oder gar an Handys hat noch niemand gedacht – die hat, komischerweise, auch damals niemand vermisst.

Der wichtigste Mann im Dorf war der Schmied. Er hatte seine Werkstatt schräg gegenüber von Bayers Hof, dorfaufwärts, eine schwarze Höhle, in der immer das Schmiedefeuer, angefacht von einem gewaltigen Blasebalg, brannte. Die vielfältigsten Werkzeuge hingen an den Wänden, kaputte und bereits reparierte Geräte standen herum.
Täglich kamen Bauern zu ihm, um Pferde beschlagen zu lassen. Er soll ein wahrer Künstler gewesen sein. Oftmals stand Peter dabei, sah zu wie er mit dem neuen Hufeisen Maß nahm, es im Feuer glühend machte, mit dem Hammer zurechtklopfte und dann unter Rauch und Gestank anpasste. Mit ein paar Hufnägeln wurde es befestigt und das Pferd mit einem Klaps aufs Hinterteil entlassen. – Das war Peters Traumberuf. Jahrelang!

Doch diese Schmiede gibt es schon lange nicht mehr. Aus Schmiedemeistern wurden häufig Landmaschinenhändler, die mit Computerunterstützung Bauteile sowie Motoren und Aggregate überprüfen und bei Bedarf austauschen.

Als der erste Traktor ins Dorf kam, war das eine Sensation sondergleichen. Ausgerechnet Helmut hatte ihn sich angeschafft. Bei Bayers im Hof liefen die Männer des Dorfes zusammen. Jeder wollte sich zumindest einmal auf die Maschine setzen. Das Für und Wider wurde eingehend und lange diskutiert. Manche waren äußerst skeptisch, ob dies die Zukunft der Landwirtschaft wäre. Als es Nacht wurde, verlegte man die ganze Veranstaltung ins Wirtshaus. Erst weit nach Mitternacht kam Helmut, wohl mit gehöriger Schlagseite, nach Hause.

Damit war auch die Zeit des Steineklopfens vorbei. Für den Traktorenbetrieb mit luftgefüllten Gummireifen waren geteerte Straßen notwendig. Eines Tages rollten Straßenbauarbeiter an und teerten die Hauptdurchgangsstraße.

An je einer Wand von Bayers Wohnhaus und dem Unterstand befand sich jeweils ein großer Kaninchenstall. Peters Opa hielt dort bis zu 30 Karnickel in vielen Größen und Farben. Das Heu durfte er sich von den Bayers aus der Scheune holen, sicher auch die eine oder andere Rübe aus dem Keller. Aus dem Garten kamen Gemüseabfälle; wilde Möhren, Löwenzahn und andere Kräuter sammelte er an Feld- und Wiesenrändern. Oftmals musste auch Peter für das Futter der Kaninchen sorgen. Dann zog er mit seinem Freund Horst los, dessen Vater ebenfalls Karnickel züchtete, und sie brachten von den Wiesen-rändern das Lieblingsfutter der kleinen Viecher mit.
Diese Karnickel bereicherten den Speisezettel der Familie, sicherlich bekamen die Bayers auch den einen oder anderen fürs Heu und die sonstigen Zuwen-dungen.

Über eine Steintreppe mit Eisengeländer, rechts von der Rampe zum Stall, erreichte man die Haustür. Die Bauernfamilie Bayer bestand aus der Mutter, dem Sohn von Mitte Zwanzig und der Tochter, die etwas älter war; von Peter Onkel Helmut und Tante Gertrud genannt. Der Vater der beiden war noch nicht aus dem zweiten Weltkrieg heimgekommen – und er kam auch nie.
Die Haustür stand damals immer offen und wurde von Mauz, dem Hofhund, bewacht. Das obere Geschoss erreichte man über eine ausgetretene, wacke-lige Holztreppe, die auf einen kleinen Vorplatz mündete. Rechts davon ging es zum Zimmer der Großeltern, ganz rechts, wieder über eine Treppe, auf den Dachboden und links zu drei weiteren Räumen. Ganz hinten war das Zimmer von Peter und seiner Mutter, in den anderen beiden schliefen die „Kinder" Helmut und Gertrud, die Mutter Bayer hatte ihren Schlafraum im Erdgeschoss, neben der Küche und der guten Stube. Diese wurde nur am Sonntag und an hohen Feiertagen benutzt und war mit besonders gutem, aber stets verstaubt

und muffig wirkendem Mobiliar ausgestattet. Geheizt wurde der Raum mittels eines alten riesigen Kachelofens, der an der Wand links von der Tür stand und über eine Sitzbank verfügte. Peter war sicher nicht öfter als man an einer Hand abzählen konnte, in diesem Raum zu Besuch.
Mit dem elektrischen Strom war das damals so eine Sache. Die Spannung betrug bis Anfang der 50er Jahre nur 110 Volt. Steckdosen gab es nur ganz wenige, die Leitungen lagen alle auf dem Putz. Damit man sich in der Nacht auf der Treppe zum Obergeschoss nicht den Hals brach (Taschenlampen waren noch lange ein Fremdwort), bastelte Großvater Hugo aus einer Dose mit Deckel und einem Docht eine Petroleumlampe, die jeden Abend angezündet und auf ein Brett im Vorraum zur Wohnung gestellt wurde. Sie blakte stundenlang vor sich hin, rußte und stank. Vor dem Schlafengehen, blies Opa sie aus.

Das Zimmer der Großeltern war folgendermaßen möbliert: Rechts neben der Tür gab es einen Kleiderschrank, an der nächsten Wand ein Doppelbett mit zwei Nachtkästchen und darüber ein frommes, kitschiges Bild mit Maria und Josef und dem lieben Jesulein. Links von der Tür befand sich ein Küchenherd, der selbstverständlich auch zum Heizen benutzt wurde. Es folgte ein Regal, an der Wand hängend, darunter ein Waschtisch mit einer Schublade und zwei Türen. Die Schublade enthielt zwei runde Schüsseln für das Spülwasser. Abstellfächer waren für Geschirr und Töpfe gedacht.
Anschließend kam die Tür zur Abstellkammer, daneben ein Feldbett mit Wolldecke, davor der Esstisch mit drei Stühlen und gegenüber der Tür zwei Fenster.
Am Kopfende des Tisches stand ein ständig knarrender Korbsessel in dem ausschließlich Großvater saß – oder Peter, wenn Opa nicht anwesend war.
Der Fußboden bestand wie üblich aus Brettern, später wurde Linoleum darüber gelegt, das sich an manchen Stellen schnell abnutzte, weil der Boden uneben war.

Waschmaschine oder Kühlschrank waren Fremdwörter, die Vorratshaltung daher immer ein Problem, vor allem im Sommer. Schon bald nach dem Einzug bei Bayers hatten sich die Großeltern ein kleines Radio angeschafft. Opa hörte intensiv Nachrichten und Kommentare, dadurch war er stets gut unterrichtet, was in der Welt geschah. Später kam noch eine Tageszeitung dazu, die er von vorn bis hinten las und dabei durfte ihn niemand stören. Einen Fernseher haben sie nie besessen!

Apropos Fernsehen. Die ersten Fernseher kamen 1951 auf den Markt und kosteten etwa 2.500 DM pro Gerät. Das Programm war auf wenige Stunden am Abend beschränkt und konnte zuerst nur in Hamburg und Umgebung gesehen werden.

Die Wäsche wurde von Peters Mutter und Großmutter einmal in der Woche gemeinsam gewaschen und im Unterstand zum Trocknen aufgehängt. Im Vorraum wurde ein Zuber aufgestellt und mit heißem Wasser gefüllt. Dieser Bottich war vom Schreiner aus Holz gefertigt worden, später jedoch wurde er durch eine Wanne aus verzinktem Blech ersetzt. Seifenflocken waren anfangs das bevorzugte Waschmittel der Wahl. Mittels eines Waschbretts wurde die Wäsche geschrubbt, anschließend gespült und auf die Leine gehängt.
Eines Tages entdeckte Großvater auf einem Marktstand in Marktanderstadt einen Wäschestampfer. Meistens, wenn er solche Neuheiten anschleppte, waren sie entweder unbrauchbar oder bald defekt, doch dieser Stampfer erwies sich als eine wirksame Verbesserung beim Wäschewaschen und war noch lange Jahre in Gebrauch.

Im Unterstand trockneten Peters Großeltern auch ihre gesammelten Kräuter, um Tee zuzubereiten. Am liebsten mochte Peter den von seiner Oma sogenannten Vogelbeertee. Dazu wurden die Dolden des roten Traubenholunders gesammelt und an Schnüren zum Trocknen aufgehängt. Vor allem bei Erkältungen war er wirksam und schmeckte Peter sehr gut, besonders mit viel Zucker oder Honig. Doch die Großeltern sammelten und pflückten auch Mädesüß, ein Kraut das am Wasser wuchs und Lindenblüten von den beiden großen Bäumen an der Kirche. Der Duft war während der Blüte unglaublich intensiv, geradezu betäubend und die Luft summte von Insekten, vor allem Bienen und Hummeln liebten die Lindenblüten. Selbstverständlich wurden auch auf Wiesen Himmelschlüsselchen und an Ackerrändern oder auf brachliegenden Feldern Kamille gesammelt. Nur die echte selbstverständlich, die sich von der Hundskamille dadurch unterscheidet, dass sie eine hohle Einbuchtung zeigt, wenn man den Blütenansatz mit den Fingernägeln abzwickt.

Das Zimmer von Peter und seiner Mutter war anfangs ähnlich möbliert wie das der Großeltern: mit geliehenen Möbeln von Bayers. Jedoch zogen beide, kurz nachdem er in die Schule gekommen war, ins Unterdorf, denn Tante Gertrud hatte inzwischen geheiratet und sie wohnten bei ihr im Obergeschoss.

Die Bauern hatten gerade in der Vegetationszeit alle Hände voll zu tun, denn Maschinen, wie man sie heute gebraucht, waren noch weitgehend unbekannt.

Die Kühe mussten von Hand zweimal am Tag gemolken werden, dann wurde die Milch zur Sammelstelle gleich neben der Kirche gebracht. Von jeder Anlieferung wurden Proben genommen und in Gläschen gefüllt. Die Kannen kamen in ein Kühlbecken, das von einem Bach gespeist wurde, der von der Höhe herunter zum Kiesbach floss und in das Milchhäuschen geleitet worden war. Zweimal am Tag kam das Molkereiauto, um die Milch abzuholen.

Nach der Feldbearbeitung und dem Säen im Frühjahr folgte das Heuen. Das Gras musste noch mit der Sense von Hand gemäht und mehrfach mit einer Heugabel gewendet werden. Wenn es trocken war, wurde es auf einen Wagen verladen, mit dem Heubaum und Stricken festgezurrt, in die Scheune gefahren und auf den Heuboden gegabelt.
Wenn Peter und seine Freunde auf den Wiesen „geholfen", und Heureste, die heruntergefallen waren wieder eingesammelt hatten, kletterten sie auf den hochbeladenen Wagen und fuhren mit zum Hof – das schönste Erlebnis für die Jungs im Frühsommer. Ende des Sommers wiederholte sich das Ganze nochmals, wenn die zweite Heuernte anstand, das heißt wenn Grummet gemacht wurde.

Die Sensen zum Mähen wurden vor dem Einsatz auf den Wiesen auf einem Stück Eisen, das in einen Holzklotz eingelassen war, gedengelt. Tagelang war vor dem Heuen das Pling-pling zu hören, wenn die Bauern mit einem Hammer auf dem Sensenblatt herumklopften, oftmals stundenlang. Peter wollte das auch einmal ausprobieren. Der Hammer lag griffbereit neben dem Amboss, also klopfte er darauf herum. Plötzlich löste sich ein Eisensplitter und drang in den Knöchel der Fingerwurzel seines Mittelfingers ein. Es blutete gehörig. Vor Schreck ließ Peter den Hammer fallen. Peter lutschte das Blut ab, solange bis es aufhörte. Selbstverständlich erzählte er nichts davon zu Hause, denn sonst hätte ihn auch noch eine ausführliche Strafpredigt erwartet. Erst viele Jahre später ließ er den Splitter entfernen, als er wegen eines Beinbruchs ins Krankenhaus kam und sowieso operiert werden musste.

Das Korn wurde ebenfalls noch mit der Sense gemäht. Nach einigen Schnitten musste sie mit einem angefeuchteten Wetzstein wieder nachgeschärft werden. Das Mähen wurde zumeist von den Männern durchgeführt, die Frauen rafften die Halme zusammen und banden sie zu Garben, die sie anschließend zu Puppen oder Mandeln, wie sie in Oberbayern bei seiner Tante hießen, aufstellten, damit das Stroh und die Ähren trocknen konnten.
Später wurden die Garben in die Scheune gefahren und im Winter gedroschen, anfangs mit dem Dreschflegel, später wurde eine Dreschmaschine angefahren.

Das Dreschen blieb nach wie vor eine staubige und anstrengende Arbeit. Sechs bis acht Männer und Frauen waren für dafür nötig. Bei Bayers wurde in der Scheune von Tante Gertrud gedroschen. Sogar Peters Mutter half mit, denn jeder der dabei zur Hand ging, sollte genügend zu trinken und zu essen haben. Nicht umsonst gibt es das Sprichwort: „Essen wie ein Scheunendrescher".
Immer wieder hörte man: „Mach fürre o!" – die fränkische Aufforderung, sich zu beeilen.
Außer den Brotzeiten musste ein kräftiges Mittag- und Abendessen vorbereitet werden, je nachdem wie lange das Dreschen dauerte und meistens dauerte es sehr lange. Anschließend wurde das Korn auf dem Speicher zum Trocknen ausgebreitet. Immer wieder wurde es umgewendet, bis es ganz trocken war.

Als Nächstes kamen die Kartoffeln dran, in Franken „Krumbirn" genannt, das Dialekt-wort für Grundbirnen. Mit einer Gabel, die gebogene Zinken hatte, dem sogenannten Krail, wurden die Krumbirn zumeist von den Männern aus der Erde geholt. Die Frauen und Kinder sammelten die Kartoffeln in Körbe, eine Arbeit, die schlimme Rückenschmerzen verursachte. Anschließend kippte man sie auf einen Wagen, fuhr sie auf den Hof und lagerte sie im Keller ein.
Am Ende des Tages wurde das abgestorbene Kartoffelkraut zu Haufen aufgeschichtet und angezündet, denn zumeist hatte sich die Krautfäule breitgemacht, ein Pilz, der vernichtet werden sollte. Im Feuer wurden Kartoffeln gebraten, die zwar zumeist außen total verbrannt waren, innen aber sogar ohne Salz besonders gut schmeckten. Dafür lohnten sich sogar die Rückenschmerzen!

Eine Aufgabe war den Kindern ganz allein vorbehalten: das Kartoffelkäfer sammeln. Eine Zeit lang wurde das Ganze sogar von der Schule aus organisiert. Ausgerüstet mit Behältern gingen die Kinder durch die Kartoffelreihen und streiften die Käfer und gefräßigen Larven von den Blättern. Entdeckte man Eier, wurde das ganze Blatt abgezwickt. Die Viecher sonderten, sobald man sie berührte, eine eklige gelb-orange Flüssigkeit ab, die die Finger verklebte. Aber es half ihnen nichts, sie wurden nach dem Sammeln gnadenlos vernichtet. Denn gesunde Blätter waren für die Pflanze wichtig, sonst hätte es im Herbst keine Knollen zum Ernten gegeben.

Nach dem Krieg gab es immer wieder sogenannte Maikäferjahre. Das heißt, es traten Maikäfer in solchen Mengen auf, dass die Bäume erheblich geschädigt wurden, weil die Biester die Blätter manchmal ratzeputz abfraßen und die

Engerlinge die feinen Wurzeln von Bäumen und Pflanzen vernichteten; später wurde massiv Gift eingesetzt, auch aus Flugzeugen.

In Kiesdorf gab es viele Obstbäume, die von den Blätterfressern verschont bleiben sollten. Mit einer Schachtel machten sich also Peter und seine Freunde frühmorgens auf den Weg, wenn die Käfer noch durch die Nachtkühle steif waren, schüttelten sie von den Bäumen und sammelten sie in die Behältnisse. Je nach der Ausführung des Rückenschilds wurden die Maikäfer beispielsweise in Müller, Kaminkehrer, Könige und Kaiser eingeordnet. Kaiser waren selten, ihre Schilder glänzten wie Gold, sie ließ man später wieder fliegen, stets angefeuert durch das kleine Lied:

„Maikäfer flieg!
Der Vater ist im Krieg,
Die Mutter ist im Pommerland,
Und Pommerland ist abgebrannt.
Maikäfer flieg!"

Die anderen wurden vor allem an Hühner verfüttert. Manche der Federtiere waren so überfressen, dass sie die Kraftnahrung verweigerten. Einmal fand Peters Mutter ein Käferbein in einem Hühnerei, sofort bekam er Fütterungsverbot für die Hühner der Bayers; aber es gab ja noch andere Bauern mit Hühnern, die nicht so empfindlich waren.

Ein weiterer stets Jahr für Jahr wiederkehrender Fixtermin war die Rübenernte. Zum einen mussten die Futterrüben vor dem ersten Frost eingekellert werden, zum anderen waren einige Zuckerrüben gesetzt worden, aus denen Sirup gekocht werden konnte.
Die ganze Bayerfamilie fuhr aufs Feld, beladen mit einem speziellen Gerät: einem Messer an einem langen Stiel, um die grünen Schopfblätter zu entfernen. Dann wurden die Rüben aus dem Boden geholt und auf den Wagen geworfen. Einmal war Not am Mann, also nahm Helmut den Peter mit aufs Feld. Helmuts Mutter schnitt die Blätter ab, er holte die Rüben aus der Erde und warf sie auf den Hänger. Peter wurde gezeigt, was er machen sollte und so steuerte er den Traktor im ersten Gang ganz langsam neben Helmut her. Anschließend fuhr Helmut die Rüben auf den Hof und über eine Rutsche kullerten sie durchs offene Fenster in den Keller. Dort musste jemand aufpassen und sie eventuell auf den richtigen Haufen werfen.
Peters Mutter war kaum zu beruhigen, als sie erfuhr, dass Peter den Traktor

gefahren hat und verbot ihm strikt, das jemals wieder zu tun – was hätte da alles passieren können!

Das Schlimmste im Herbst war jedoch für Peter das Sirup machen. Zuerst wurden die Zuckerrüben ausgekocht, die Zuckerlösung anschließend solange eingedickt, bis sie zähflüssig war. Ständig musste gerührt werden, damit nichts anbrannte oder überkochte. Das ganze Haus stank tagelang nach der Sirupkocherei und alles klebte. Obwohl es ja wenig Süßes gab, hat sich Peter aus dem Zeug nicht viel gemacht, es schmeckte irgendwie angebrannt!

Mit den Traktoren zogen die ersten Maschinen auf die Höfe ein, denn sie wurden vom Motor der Zugmaschine angetrieben. Zuerst kamen die Balkenmäher, eine der größten Erleichterungen der Bauernarbeit überhaupt, weil das mühselige Grasmähen mit der Sense ab sofort der Vergangenheit angehörte. Mähdrescher gab es damals noch nicht, sondern Mähmaschinen, die das Getreide abschnitten; die Halme wurden zu Garben gebunden und aufgestellt. Vor der Flurbereinigung waren die Felder klein, weit auseinanderliegend und mit Obstbäumen bepflanzt. Erst viel später wurden Maschinenringe gegründet, so dass teure Maschinen, die nur wenige Stunden oder Tage im Jahr benötigt wurden, ausgeliehen werden konnten.

Wütend machte Peter und seine Freunde ein Junge, der mit einem Luftgewehr auf Vögel schoss. Er war schon etwas älter als sie selbst – aber viele Hunde sind des Hasen Tod. Sie versteckten sich tagelang, bis sie ihn erwischten. Dann verkloppten sie ihn gemeinsam und drohten ihm, wenn er noch einmal rumschießt, wird er sein Gewehr nicht mehr zurückbekommen, außerdem würden sie ihn in Marktanderstadt bei der Polizei anzeigen. – Er ließ sich nie wieder damit sehen und sie hörten ihn auch nicht mehr herumballern.

Jedes Jahr wurde ein Dorffest gefeiert. Bald nach dem Krieg war die Einweihung des neugeschaffenen Kriegerdenkmals, das im Garten neben der Kirche aufgestellt worden war, der erste Anlass dazu. Hergestellt aus dunklem Marmor enthielt es alle Namen der umgekommenen Dorfbewohner, auch den von Peters Vater. „Und was ist, wenn der Hans doch noch nach Hause kommt, dann wird er begeistert sein, dass wir ihn schon abgeschrieben haben", meckerte seine Mutter. Oma war da realistischer: „Wenn du noch an Wunder glaubst, kann ich dir nicht helfen!" antwortete sie ihr.

Ein paar Jahre später gab es das größte Fest überhaupt: Fahnen-weihe. Aus allen Dörfern im Um-kreis, bis auf das katholische Dorfkirchen, kamen Abordnungen mit ihren Fahnen, die in die Kirche einzogen.
Im Unterdorf wurde Aufstellung genommen. Ein Kind bekam eine Holztafel mit dem Namen des Ortes der folgenden Abordnung in die Hand gedrückt und dann ging es los. Peter sollte auch eine Tafel tragen; er war jedoch so aufgeregt, dass er sich hinter dem Rücken seiner Mutter versteckte und durch nichts zu bewegen war, eine solche Tafel in die Hand zu nehmen. Seine Mutter beschimpfte ihn als Feigling, was ihn zutiefst verletzte, aber es nutzte alles nichts!
Später traf man sich auf einer Wiese mit Streuobstbäumen, wie sie in Kiesdorf überall anzutreffen waren und die den nötigen Schatten spendeten. Damals trugen die Bauern noch die schönen fränkischen Trachten, vor allem die unverheirateten Frauen hatten ihre filigranen, kostbaren Flitterkrönchen auf. Das Bier floss in Strömen und es gab auch was zu essen. Sogar Opa spendierte Peter eine Bockwurst mit Senf. – So etwas hatte es noch nie gegeben! Auch seine Mutter konnte nur staunen.

Autos sah man nach dem Krieg so gut wie keine. Lediglich manche Geschäftsleute hatten einen kleinen Lkw über die Zeit gerettet. Benzin war jedoch noch immer Mangelware. Einfallsreiche Bastler installierten einen Holzvergaser auf der Ladefläche und so fuhren sie zwar langsam, aber sicher durch die Lande. Wenn so ein Gefährt sich einmal nach Kiesdorf verirrte, war es schon von weitem am Lärm auszumachen und alle Kinder waren auf der Straße.

Kapitel 3
Peters Mutter: Brot und Spiele

Bevor Peters Mutter vom Staat Geld bekam, schließlich war sie ja Kriegerwitwe mit Kind, half sie bei Bayers und anderen Bauern, vor allem beim Gärtner im Dorf, der seinen kleinen Betrieb an dem Durchgang zur Schule hatte. Von dort brachte sie so manchen Salatkopf und anderes Gemüse mit, das den Küchenzettel bereicherte, es gab ja sonst wenig, außer Kartoffeln, dank der Bayers.

Die Eltern von Peters Mutter hatten einen kleinen Bauernhof im Warthegau, der damals die Familie mit fünf Kindern ernährten konnte. Es muss eine recht unbeschwerte Kindheit gewesen sein mit Kühen, Schweinen, Pferden, Hühnern, Gänsen, Enten, einem Hund und mehren Katzen, selbstverständlich auch mit viel Arbeit, die an den Kindern nicht spurlos vorüberging. Doch das gehörte inzwischen, dank Hitler, der Vergangenheit an.

Peters Eltern hatten sich in der Kreisstadt kennengelernt und bald darauf geheiratet. Peters Mutter war bei der Post und zwar beim Telegrafenamt angestellt und sorgte für das Verbinden von Telefongesprächen, die damals noch sozusagen händisch über Steckverbindungen vermittelt werden mussten.

Sein Vater besuchte seine Schwiegereltern in spe und hielt um die Hand von Peters Mutter an, die ihm problemlos gegeben wurde. Bei einem weiteren Besuch fiel er unangenehm auf, denn seine Brüder, die mitgekommen waren und er tränkten Brotbrocken mit Schnaps und fütterten damit die Hühner; sie sollen recht fröhlich herumgetorkelt sein und anschließend lange geschlafen haben. Beim Hahn funktionierte das Krähen nicht mehr richtig und die Schwiegermutter soll sich fürchterlich aufgeregt haben, weil sie glaubte, ihre Hühner seinen plötzlich krank geworden. Noch Jahre nach dem Krieg wurde über die besoffenen Hühner herzlich gelacht, obwohl Peter das gar nicht lustig finden konnte, er war der Meinung, das war Tierquälerei!

Als die Russen dem Warthegau immer näher rückten, fuhr Peters Mutter mit ihm im Zug zu den Eltern ihres Mannes ins Riesengebirge. Nur wenig später dann wurden sie alle ausgesiedelt, wie beschrieben.

Helmut hatte für seine Mieter ein Stück Feld oberhalb des Dorfes umgeackert und geeggt, Peters Mutter und die Großeltern machten daraus einen Garten. Er wurde durch einen Weg geteilt, die eine Hälfte bearbeiteten Oma und Opa, die andere seine Mutter. Auch er hatte ein Beet bekommen, in das er alles Mögliche pflanzte und säte, vor allem Radieschen. Hier wurde seine Liebe zum Gärtnern geweckt, die bis heute nicht aufgehört hat.

Onkel Karl aus Oberursel brachte bei einem seiner Besuche in Kiesdorf Samen für Tabakpflanzen mit, die er anscheinend auf dem Schwarzmarkt getauscht hatte. Er sagte Peters Mutter genau, was bei der Aussaat zu beachten sei. Später wurden die Pflanzen in den Garten gesetzt und als die Blätter langsam gelb wurden, strengstens bewacht. Lieber verschenkte Peters Mutter das eine oder andere Blatt, als dass sie riskierte, beklaut zu werden.
Die reifen Blätter wurden zum Trocknen in der Abstellkammer der Großeltern aufgehängt. Später kam Onkel Karl und probierte den Tabak. Er schnitt ihn in dünne Streifchen, rollte ihn in Zigarettenpapier und rauchte genüsslich. – Es stank zum Gotterbarmen!

Mitten im Garten stand ein Birnbaum, der nur die sogenannten Hutzelbirnen trug – die aber zumeist in großen Mengen. Diese Birnen konnten getrocknet und in Gewürzkuchen verarbeitet werden. Da es jedoch damals keine entsprechenden Gewürze gab, hatte man für diese Birnen keine Verwendung. Zum Essen waren sie nicht geeignet, denn sie hatten viel Gerbstoff und zogen einem den Mund zusammen. Aber den Wespen machte das nichts aus – im Gegenteil, wenn man sie störte wurden sie wild und stachen.

Peters Mutter und seine Großeltern gingen in den Wald und suchten geeignete Stöcke und Ruten, um den Garten einzuzäunen. Außer den Hühnern, die von den letzten Bauernhöfen bis in den Garten kamen, hatte auch so mancher Flüchtling seltsame Vorstellungen von Mein und Dein. Einmal waren der ganze Stolz von Peters Mutter, ihre Erdbeeren, ratzeputz abgeerntet worden. Jemand hatte einfach ein Loch in den Zaun gemacht und war eingebrochen. Aber das blieb nicht lange geheim. Horst, der mit seiner Mutter und Schwester im Hof gegenüber bei der alten Frau Bayer wohnte, hatte sich bei gemeinsamen Freunden verplappert. Peter wusste also bald, dass er der Übeltäter war. Nach der Schule passte er ihn in dem kleinen Hohlweg neben der Gärtnerei ab und verprügelte ihn gehörig; Horst war nie wieder ungebeten in der Nähe des Gartens gesehen worden. Da Peters Hemd bei der Rauferei zerrissen wurde, musste er sogar noch zum Dank eine Strafpredigt seiner Mutter über sich ergehen lassen.

Peter liebte Erdbeeren über alles und fand es daher hundsgemein, dass Horst sie so einfach klaute. Vor allem zusammen mit Kohlrabi aß er sie für sein Leben gern. Doch mehr als zwei oder drei von den Knollen konnte er nicht abzweigen, sonst gab es Zoff mit seiner Mutter, die daraus vor allem Kohlrabigemüse kochte und das gab beispielsweise mit Kartoffeln und Spiegelei ein ganzes Mittagessen.

Peters Großvater hatte eines Tages besonders gute, starke Stöcke mit seinem Handkarren angefahren, die er voller Stolz zur Verstärkung des Zauns in den Boden klopfte, natürlich auf seiner Gartenseite. Dabei hatte er übersehen, dass es sich um Pappelholz handelte. Die Pfähle bekamen rasch Wurzeln, schlugen noch im selben Jahr kräftig aus und mit den Jahren wurden schöne, schlanke, hohe Bäume daraus.

Im Garten war ständig etwas zu tun. Es musste gejätet und gehäckelt, neu gesät und geerntet werden. Im Sommer, wenn es lange nicht regnete, fuhren Peter und seine Mutter mit dem Handwagen die Gießkannen und Eimer mit Wasser in den Garten. Ein mühseliges Geschäft, denn anderes Wasser gab es weit und breit nicht.

Wenn Peter sich anstrengen musste, hatte er eine Angewohnheit, die ihm anfangs gar nicht bewusst war: er klemmt die Zunge zwischen die Zähne, oftmals öffnete er dabei sogar seine Lippen, so dass man es sehen konnte. Seine Mutter musste dann immer lächeln oder sogar lachen und er fragte sich, warum sie das tut. Erst als er älter wurde kam er drauf und er unterließ es mit der Zeit. Denn von seiner Mutter ausgelacht werden, das wollte Peter auf keinen Fall!

Krach mit den Großeltern wegen des Gartens gab es immer wieder und oftmals aus nichtigem Anlass. Peters Mutter lebte nach dem Motto: „Nur keinen Streit vermeiden." Jeweils im Spätherbst nach der Ernte wurde der Garten umgegraben. Seine Mutter machte das, wie es sich gehörte: immer eine Schaufel Erde auf die vorherige Scholle. Sein Großvater war in der Beziehung ein

Schlamper. Neben dem Gartenweg klaffte, als er fertig war, ein spatentiefer Graben, in dem man sich die Beine hätte brechen können. Als Peters Mutter wieder in den Garten kam und die Vertiefung sah, wurde sie fuchsteufelswild. Sie schaufelte also die Erde vom Zaun zum Weg, um den Graben aufzufüllen. Großvater war wohl auch zum Garten unterwegs und sah, wie sie die Erde herumwarf. Er lief zu seiner Frau und tobte, die Schwiegertochter würde seine schöne Erde klauen. Als Mutter nach Hause kam, hat Oma sie abgepasst und ihr vorgehalten: „Das ist aber nicht schön von dir, dass du dem Vater seine gute Erde auf deine Beete rüber gemacht hast!" – Peters Mutter blieb die Spucke weg. Sie konnte kaum glauben, was sie da hörte und der schönste Familienkrach war in vollem Gang. Es hat Peter viel Mühe gekostet, das Missverständnis auszuräumen.

Einmal traf Peters Mutter auf dem Weg in den Garten einen Bekannten aus dem Nachbardorf. Seine Mutter hatte in der Schule polnisch gelernt und der Mann ebenso. Sie unterhielten sich in der fremden Sprache. Peter stand dabei, verstand kein Wort und langweilte sich immer mehr. Für ihn allein war der Wagen mit den Gießkannen zu schwer zum Ziehen, sonst wäre er weitergegangen. Also trat er von einem Fuß auf den anderen und quengelte solange, bis sich seine Mutter verabschiedete. „Ja, ich glaube, wir müssen in den Garten. Schön, mit ihnen geplaudert zu haben, vielleicht sehen wir uns ein andermal. Auf Wiedersehen." Endlich ging es weiter. Sie war ganz aufgekratzt. „Es ist ja so selten, dass ich mal polnisch reden kann", sagte sie und forderte Peter auf, es doch auch zu probieren. Also sprach sie ein Wort vor und verlangte, er solle es nachsprechen. Natürlich gelang es ihm nicht auf Anhieb, denn die korrekte polnische Aussprache ist schwierig. Sie lachte ihn aus: „Nein, nicht so, hör genau zu, so ist es richtig." Nachdem er es drei- oder viermal versuchte und permanent korrigiert und ausgelacht wurde, war er wütend wegen seiner Erfolglosigkeit und dem mangelnden Einfühlungsvermögen seiner Mutter. „Hör auf mit deinem Gewutschger! Das ist eine blöde Sprache, ich will das nicht nachsprechen!" – Und dabei blieb es. Peter hat es nie wieder versucht, eigentlich schade. – Doch er hat sich gerächt. Auf der Oberrealschule lernte er englisch und französisch. Immer wieder ließ er seine Mutter ganze Sätze nachsprechen – und lachte sich tot über ihre Versuche, solange bis es ihr ebenfalls zu dumm wurde. Vor allem ‚Made in Germany', das auf fast jeder Verpackung angebracht war, machte ihm viel Freude und er lachte sich kaputt, wenn sie es wörtlich aussprach. „Ja, du bist mir so eine Made", sagte er oft.

Peter lag von klein auf mit seiner Mutter im Clinch. Ständig waren sie verschiedener Meinung. Vielleicht war die Ursache in den verschiedenen Sternzeichen der Beiden zu sehen: Peter ist Widder, seine Mutter Stier. Vor allem abends hatte das ungeahnte Folgen. Sie war sicher nicht die Mutter, welche lange Erklärungen geben wollte oder konnte, sondern war gewohnt, zu bestimmen. – Das brachte Peter schon als Kleinkind immer wieder zur Weißglut. Wenn er nicht parierte, drohte sie ihm, wegzulaufen und nicht mehr wiederzukommen. Sie ging dann zur Tür hinaus und lief den fast dunklen Flur bis zum Ende, manchmal auch die Treppe hinunter. Peter blieb trotzig zurück und wartete. Selbstverständlich wurde er immer unruhiger und ängstlicher, denn sie kam nicht zurück. Dann lief er weinend auf den Flur. Es konnte schon eine Weile dauern bis er sie entdeckte. Vor Wut weinte er noch lauter, ja er plärrte regelrecht, so dass sogar die Großeltern auf der anderen Seite des Flurs ihn hörten und zur Tür heraus schauten. Dann schubste seine Mutter ihn schnell in das Zimmer zurück. "Siehst du, so geht es den bösen Buben!" sagte sie triumphierend.
Schluss mit dem ganzen Zirkus war erst, als sie einmal auf der dunklen Treppe ausrutschte und einige Stufen hinunterfiel. Einige blaue Flecken an Rücken und Hintern, die später grün und gelb wurden, waren das Ergebnis. Seine Schadenfreude konnte Peter nicht verbergen. „Siehst du", sagte er zu ihr, „so geht es bösen Müttern, die ihr Kind allein lassen!" Und altklug fügte er eine Bemerkung hinzu, welche er von seiner Großmutter öfter hörte: „Kleine Sünden straft Gott sofort".

Damals, Ende der vierziger Jahre und in den Fünfzigern gab es immer wieder schwere Gewitter, wie sie erst jetzt im Zeichen der Erderwärmung häufiger werden. Es war ein schwüler und heißer Tag gewesen, kein Lüftchen regte sich bis zum Abend und es kühlte kaum ab, als es dunkel wurde. Peter und seine Mutter gingen zu Bett und er hörte, wie sich seine Mutter unruhig hin und her wälzte. Auch er schlief erst spät ein. Durch einen furchtbaren Krach wachte er auf. Seine Mutter war schon aufgestanden und fix und fertig angezogen. „Raus aus dem Bett", sagte sie, „und zieh dich schnell an. Es ist ein furchtbares Gewitter. Wenn der Blitz einschlägt, müssen wir sofort aus dem Haus." Die wichtigsten der wenigen Habseligkeiten hatte sie schon in ein Köfferchen gepackt. Es blitzte andauernd und donnerte, dass man meinte, das Haus fällt zusammen. Der Sturm heulte um die Ecken. Vor lauter Angst zog Peter seine Hose verkehrt herum an, was ihm auch noch einen Rüffel einbrachte.
Peters Großeltern waren schon aufgestanden und fix und fertig angezogen, die Koffer standen auf dem Flur. Helmut und Tante Gertrud gingen runter in die Küche und forderten Peter und seine Verwandten auf, mitzukommen. Alle

setzten sie sich um den großen Tisch. Wegen des permanenten Donners war eine Unterhaltung so gut wie unmöglich. Eine Kerze flackerte unruhig auf dem Ständer denn die Stromversorgung war längst unterbrochen. Die Angst stand allen ins Gesicht geschrieben und sie dachten, hoffentlich geht das noch einmal gut. Mutter Bayer murmelte leise Gebete. Dann endlich fing der Regen an. Es schüttete wie aus Kannen. Der ganze Hof stand unter Wasser. Helmut holte sogar den Mauz ins Haus. „Der Regen ist sehr gut", sagte die alte Frau Bayer, „denn ein trockenes Gewitter ist besonders gefährlich." Doch so gut war der Regen auch nicht. Er schwemmte die Erde und die Steine von der Straße den Berg hinunter in die Höfe und ins Tal, so dass in den nächsten Tagen erst einmal umfangreiche Aufräumarbeiten nötig waren. Es mussten wieder Steine angefahren und die Dorfbewohner zum Klopfen abkommandiert werden. Rund ums Dorf waren viele Obstbäume umgefallen oder vom Blitz gespalten worden. Für die Dorfbewohner gab es genügend Brennholz für lange Zeit.

Eine von Peters liebsten Beschäftigungen war das Pilze suchen zusammen mit seiner Mutter. Stundenlang streiften sie durch den Wald, vor allem im Tal am Spessartrand. Pfifferlinge und Steinpilze waren ihre liebste Beute. Einmal fanden sie so viele Steinpilze, dass die beiden Körbe, die sie dabei hatten und normalerweise völlig ausreichten, die Pilze nicht fassen konnten. Peter musste sogar sein Hemd ausziehen und mit Steinpilzen füllen. Zu Hause legte seine Mutter die kleinen Pilze süßsauer ein, außerdem gab es einige Tage schmackhafte Pilzgerichte in allen möglichen Zubereitungsarten, vor allem die panierten Hüte der Steinpilze aß Peter besonders gern; die übrigen wurden in feine Scheiben geschnitten und in der Sonne oder im Backofen getrocknet. Selbstverständlich bekamen auch die Großeltern und die Bayers einen Teil des Segens ab.

Langweilig und anstrengend fand Peter dagegen das Sammeln von Walderdbeeren, Himbeeren, Brombeeren und Heidelbeeren. Mit einer Milchkanne vor dem Bauch kroch er auf Waldlichtungen herum, um die Beeren zu pflücken. Dabei musste er besonders aufpassen, dass er nicht stolperte und vielleicht auch noch beim Hinfallen die mühselig gepflückten Früchte über den ganzen Boden verteilte.
Diese Früchte waren jedoch bestens geeignet, den heimischen Speisezettel aufzupeppen. Erdbeeren wurden mit Zucker bestreut und mit Milch aufgegossen, Himbeeren, wenn es sie reichlich gab, entsaftet, zu Sirup eingekocht und in Flaschen für den Winter gelagert. Heidelbeeren waren bei Peter und seiner Mutter besonders beliebt, wenn sie in Pfannkuchenteig herausgebacken wurden – eine vollständige Mahlzeit! Bei der Verpflegungslage nach dem Krieg

geradezu ideal.
Das Pflücken der Beeren war jedoch mühselig und zeitaufwendig. Peter musste stundenlang durch die Rodungsflächen oder Schonungen kriechen und sich zerkratzen und von den Mücken zerstechen lassen. Aber zumindest hatten sie was Gutes zu essen.

Einmal wäre Peters Mutter um ein Haar böse zerstochen worden. Nach langem Suchen fand sie wunderschöne Heidelbeeren, alle anderen außen herum waren bereits abgeerntet. Also hockte sie sich hin und pflückte alles, soweit die Arme reichten. Dann stand sie auf, denn unter ihrem Hintern summte es deutlich und immr lauter. Sie schaute nach unten und traute ihren Augen nicht: Wespen krochen aus einem Bodenloch, wo sie gerade noch ihren Schuh stehen hatte und flogen auf in ihre Richtung. So schnell sie nur laufen konnte, rannte sie auf einen Weg zu und weiter, solange, bis sie völlig außer Atem war. Das Eimerchen war glücklicherweise am Bauch mit einem Band befestigt. „Die Heidelbeeren hab' ich gerettet!" meinte sie voller Stolz zu Peter, als sie nach Hause kam. Dass sie beinahe böse gestochen worden wäre, daran mochte er gar nicht denken.

Gleich nach dem Krieg ging Peters Mutter mit anderen Flüchtlingen im Herbst in den Wald, um Bucheckern zu sammeln. Dazu waren eine Schaufel und ein Sieb notwendig. Die Bucheckern wurden in einer Ölmühle ausgepresst und sie erhielt für ihre Mühe eine entsprechende Menge Öl. Denn Öl war nach dem Krieg eine ausgesprochene Mangelware.

Was Peter jedoch regelrecht hasste, waren die sonntäglichen Spaziergange nach Marktanderstadt und die Besuche bei Sonnwalds. Diese wohnten damals in einem Haus mitten in der Stadt, ganz in der Nähe der Bundesstraße. Es gab zwar einen Garten, aber außer einem alten Apfelbaum mit Gras drum herum wuchs nichts weiter. Es war sterbenslangweilig. Freunde hatte Peter dort nicht und in den Ort oder gar an den Main durfte er alleine nicht gehen. Dabei gab es schon Konditoreien, wo er sich so gerne ein Eis gekauft hätte, aber das war ausgeschlossen. Es gab bei Sonnwalds ja Kaffee und trockenen Streusel-kuchen oder noch trockeneren Gugelhupf! Man wechselte sich bei den Besuchen ab: an dem einen Sonntag wanderten die Kiesdorfer nach Marktan-derstadt, an dem anderen kamen Sonnwalds nach Kiesdorf, sofern das Wetter mitspielte.
Außer den Sonnwalds wohnten noch zwei Schwestern von ihr im Haus, eine war ganz klein, vielleicht einen Meter und dreißig Zentimeter groß, die andere Schwester war bettlägerig. Sie waren zwar beide nett, aber für einen Bub in

Peters Alter kein interessanter Umgang.
Schon der Weg über die Felder zog sich ewig hin. Vom Oberdorf aus spazierten sie auf einem breiten staubigen Feldweg nach Westen, und dann durch ein Wäldchen, die sogenannte Anlage, bis sie über viele Treppen hinunter auf die Bundesstraße und an den Main kamen. Die Brücke war noch in den letzten Kriegstagen gesprengt worden, weil man glaubte, dadurch die Amerikaner vom weiteren Marsch durch Deutschland aufhalten zu können. Die Pioniere der Amis brauchten nur ein paar wenige Stunden für den Bau einer Pontonbrücke, dann waren sie auf der anderen Seite mit der gesamten Ausrüstung wie Panzer und Lastwagen!
Der gesprengte Teil der Brücke war nach dem Krieg durch eine Holzkonstruktion ersetzt werden. Fahrzeuge mussten langsam fahren, trotzdem bollerte es weit hörbar, wenn die schweren Amilaster darüber fuhren.
Als die Brücke nach den alten Plänen wieder aus Sandstein rekonstruiert wurde, sollen die Sprengkammern gleich mit eingebaut worden sein, so wurde kolportiert. Manche lernen noch nicht einmal aus Fehlern!

Einmal, als Peter auf dem Weg weit hintendran blieb, entdeckte er zwei kleine Füchse. Anscheinend hatte die Mutter der Tiere sich eine enge Abwasserröhre, die unter der Straße hindurchführte, als Fuchsbau ausgesucht. Die Jungen waren sehr zutraulich und Peter war hellauf begeistert. Voller Stolz lief er den Erwachsenen nach und erzählte von seiner Entdeckung. Da war das Geschrei groß von wegen Tollwut und so weiter. Ob er die Füchse gestreichelt habe oder ob sie ihn gar abgeleckt oder gebissen hätten. Der Tag war für Peter gelaufen. Er beschloss, solche Neuigkeiten in Zukunft nur noch mit seinen Freunden zu teilen.

Als Peters Mutter merkte, dass sie mit ihrer Zeit etwas Besseres anfangen konnte, und der ordinäre Sonnwald immer wieder sie zu begrabschen versuchte, ging sie nicht mehr mit nach Marktanderstadt, was Peter sehr freute.

Im Herbst wurden auch Hagebutten gesammelt. Zu Hause schnitten Peters Mutter und die Oma sie auf, entfernten die Samen und die Härchen, dann trockneten sie die Schalen in der Backröhre. Wenn eine Erkältung drohte, wurde daraus ein Tee gemacht, der so heiß wie möglich getrunken werden musste. Das tat gut.
Peter hatte nur einmal mitgeholfen, die Hagebutten zu säubern. Die feinen Härchen drückten sich jedoch in seine Haut, vor allem zwischen den Fingern und juckten, dass er es kaum aushalten konnte. Doch dann kam ihm eine Idee. Wie wäre es, wenn man den Jungs und Mädchen, die man nicht leiden konnte,

zerdrückte Hagebutten in den Kragen steckte? – Peter probierte es aus mit durchschlagendem Erfolg. Schließlich gab es damals noch kein Juckpulver!

Jeder Dorfbewohner hatte das Recht, sich an Weihnachten einen Christbaum aus dem Wald zu holen. Der Förster teilte schon vorher mit, aus welchen Schonungen Christbäume geschlagen werden durften. Es war eine größere Sache, den passenden Baum zu finden. Entweder war er zu klein oder zu groß oder die Zweige waren nicht regelmäßig gewachsen oder, oder, oder. War der richtige Baum endlich gefunden, wurde er gemeinsam nach Hause getragen und anschließend von Peters Mutter geschmückt. Es gab ja bereits wieder Kugeln, und Kerzen sowieso.
Peter musste am Heilig Abend bis das Glöckchen klingelte bei den Großeltern bleiben, erst dann durften alle ins Zimmer mit dem Weihnachtsbaum und seinen brennenden Kerzen gehen.
Die Geschenke waren damals noch nicht üppig, vielleicht ein Aufziehauto, ein selbstgemachtes Spielzeug, vor allem aber Anziehsachen, die Peter als Geschenk nicht akzeptieren konnte und entsprechend maulte! Natürlich gab es bereits wieder Apfelsinen und Süßigkeiten zu kaufen und es wurden auch Weihnachtsplätzchen gebacken.

Selbstverständlich wurde gesungen, denn Peters Mutter war so stolz auf ihre Stimme, die sie bei allen passenden und auch unpassenden Gelegenheiten ertönen ließ. In der Kirche war es Peter manchmal richtig peinlich, weil viele sich nach ihr umdrehten. Unter dem Weihnachtsbaum stimmte sie stets „Oh du fröhliche", „Stille Nacht" – vor allem aber „Es ist ein Ros' entsprungen". Peter war lange nicht klar, was ein Gaul in einem Weihnachtslied zu suchen hatte und warum er und wo entsprungen sein sollte. Erst im Relisionsunterricht wurde er darüber aufgeklärt, dass damit kein Pferd gemeint war.

Am meisten freute sich Peter jedoch über Bücher. Als er noch klein war, liebte er die mit vielen Bildern, vor allem in Bambi war er ganz verliebt und leidete Qualen mit dem kleinen Reh, das seine Mutter verlor.
Heidi war bei ihm in seiner frühen Jugend ebenfalls gefragt. Dass das arme Kind aus der heilen Bergwelt und dem liebevollen Alm-Öhi in die unpersönliche Großstadt Frankfurt mit der kratzbürstigen Frau Rottenmeier verpflanzt wurde, empörte ihn und regte ihn regelrecht auf. Es wurde eine Zeit lang abgesetzt, da er Alpträume bekam.
Grimms Märchen hatten einen besonderen Reiz, denn seine Mama las ihm jeden Abend daraus vor, sobald er im Bett lag, solange bis er eingeschlafen war. Er merkte sofort, wenn sie etwas ausgelassen oder falsch gelesen hatte

und korrigierte sie. Später las er die Bücher selbst. Hänsel und Gretel war eines seiner Lieblingsmärchen, denn die von den Kindern bestrafte Hexe kam seinem Gerechtigkeitsgefühl sehr entgegen.

Aber auch Aschenputtel war nach seinem Geschmack. Dem armen Kind halfen die Vögel, einen Königssohn zu bezirzen. „Bäumchen, rüttel dich und schüttel dich, wirf Gold und Silber über mich." Die Geschichte las er immer und immer wieder.

Seiner Mutter lag der Struwwelpeter mehr, denn die moralischen und erzieherischen Aspekte der Geschichten waren ganz nach ihrem Geschmack. Vor allem „Die gar traurige Geschichte mit dem Feuerzeug" hatte es ihr angetan:

„Und Minz und Maunz, die Katzen,
Erheben ihre Tatzen.
Sie drohen mit den Pfoten:
"Der Vater hat's verboten!"
Miau! Mio! Miau! Mio!
Lass' stehn! Sonst brennst Du lichterloh!"

Peter konnte direkt Parallelen zwischen seiner Mutter und den Katzen erkennen. Auch sie drohte zwar nicht mit den Tatzen, aber mit dem Zeigefinger und konnte sich oftmals vor lauter Warnungen und Drohungen nicht beruhigen.

Bald nach dem Krieg kam zu Weihnachten eines, wie Peter fand, der seltsamsten Geschenke: die Weihnachtskarte von einer Tante aus Chicago, deren Wünsche niemand verstand (Merry Christmas and a happy New Year), außerdem war für Peter ein seltsamer Geldschein beigelegt. „Das ist ein Dollarschein!", der ist vier Mark zwanzig wert!" sagte seine Mutter. „Den wechseln wir in Marktanderstadt bei der Sparkasse um." Ein paar Tage später ging Peter mit seiner Mutter in die Stadt und bekam das Geld, das er sofort in seine Tasche steckte. Von da an wartete er jedes Jahr auf seinen Dollar, doch später war er nur noch zwei Mark wert und irgendwann war wohl die Tante Lydia aus Amerika der Meinung, dass Peter auf den Dollar in seinem Alter ganz verzichten konnte und sie schickte nur noch Karten ohne Einlage.

Ebenfalls von ihr veranlasst, erhielten sie dreimal ein sogenanntes „Care-Paket". Amerikaner konnten an ihre Verwandten und sonstige Privatpersonen Lebensmittelpakete schicken. Das war jedes Mal ein Riesenfest, wenn ein solches Paket ankam und der dusselige Postler erzählte es natürlich im Dorf herum, dass Peters Mutter eine solche Zuwendung aus den Staaten bekam. Hässliche Bemerkungen, aus denen der pure Neid troff, waren die Folge. „Da kann man leicht dicke Kinder heranziehen, wenn man Pakete von den reichen

Amis kriegt!", sagte eine Bäuerin im Laden, als sie seine Mutter sah! Diese war so empört, dass sie ihr sogar eine Antwort schuldig blieb. – Sie kam wutschnaubend nach Hause und stellte die Großeltern zur Rede, ob sie etwas ausgeplaudert hätten. Aber sie versicherten, dass sie tot umfallen wollten, wenn ein Wort über ihre Lippen gekommen wäre. Also blieb nur der Postbote, den sie schon öfter im Verdacht hatten, die Karten zu lesen und seinen Dorfleuten alles brühwarm zu berichten, doch dem war nichts nachzuweisen! – Trotzdem stellte sie ihn zur Rede und drohte mit einer Beschwerde bei der Postverwaltung. Schließlich war sie selbst bei der Post gewesen und wusste, was ein Postgeheimnis ist.

Mauz wurde von Peter auch beschenkt. Der Junge stibitzte ein Stück Fleischwurst und wünschte dem armen hund frohe Weihnachten.
Traditionell gab es an Heilig Abend Kartoffelsalat mit viel verschiedenen Gemüsen, hartgekochten Eiern und selbstgemachter Mayonnaise angemacht; dazu wurden Wiener Würstchen, natürlich mit mittelscharfem Senf, serviert. – Für Peter ein Festessen! – Dieses Gericht am Heiligen Abend behielt Peter bis ins hohe Alter bei.
Natürlich wurde auch gesungen. Alles, was gut, weihnachtlich-feierlich und sentimental ist. Peters Mutter tat sich wie immer hervor. Sie war überzeugt, über das absolute Gehör zu verfügen. „Peter", rief sie, „du singst schon wieder einen halben Ton zu tief!" – Peter weiß bis heute nicht, was ein halber Ton ist, die permanenten Zurechtweisungen genügten aber, um ihm die Lust am Singen für immer auszutreiben. Denn sobald er einen Ton von sich gab, auch noch im hohen Alter, hatte er im Hinterkopf stets die Mahnung seiner Mutter: „Du singst einen halben Ton zu tief!"

Am ersten Weihnachtsfeiertag traf sich das ganze Dorf in der Kirche. Peter und seine Freunde interessierten in erster Linie, was jeder geschenkt bekommen hatte. Er fand fast immer, dass das Christkind bei ihm recht brav gewesen war. Und die anderen bekamen auch Klamotten als Weihnachtsgeschenke – eine Frechheit!
Einer der größeren Jungs durfte auf der Empore den Blasebalg der Orgel treten, damit sie überhaupt spielte, eine besondere Auszeichnung. Peter bewunderte und beneidete den Buben, er hat nie treten dürfen.

Großvater hatte eine Tageszeitung abonniert, die in jeder Ausgabe den Vorabdruck eines Romans brachte. Eines Tages wurde „Soweit die Füße tragen" veröffentlicht. Die Erwachsenen waren begeistert, denn davon hatten sie schon gehört, vor allem, weil der Stoff äußerst spannend war. Jede Folge wurde verschlungen. Noch interessanter fand Peters Mutter den Roman „Der Arzt von Stalingrad". Ihm selbst war die Geschichte ziemlich egal, denn es ging darin schon wieder um Krieg und seine Folgen. Doch seine Mutter dachte in dieser Sache anders, schließlich sollte ihr Sohn über die jüngste Vergangenheit Bescheid wissen. Also lag der Roman unter dem Christbaum und ihm blieb nichts anderes übrig als ihn zu lesen, sonst wären die Vorwürfe der Undankbarkeit unüberhörbar gewesen.

Eines Tages kam eine der Tratschtanten zu seiner Mutter zu Besuch, die entsetzt war über diesen Lesestoff. Sie machte ihr große Vorwürfe und meinte, dass Peter für diesen Roman noch viel zu jung sei, vor allem weil darin von Vergewaltigung und anderen geschlechtlichen Dingen die Rede sei. Plötzlich war das Buch weg und er konnte es nicht mehr finden. Erst Jahre später hat Peter es ganz hinten in einer Schublade entdeckt.

Ein anderes Buch, das Peter sehr liebte und seine Fantasie anregte, waren die Sagen von Rübezahl. Eine Geschichte erzählte davon, wie der Berggeist aus Rüben Menschen herbeizauberte. Das wollte er auch können. Er lag im Bett und stellte sich vor, wie er seine Freunde schnell um sich versammeln könnte. Doch so oft er es auch mit den Rüben im Keller und „Hokuspokus Fidibus" versuchte, es klappte nicht. Aber wen sollte er schon fragen, was er dabei falsch machte? Denn er war sicher, einen falschen Zauberspruch zu verwenden.

Trotz seines Protests bekam Peter zu Weihnachten und zum Geburtstag stets Kleidungsstücke geschenkt. Seine Mutter war ja so stolz, dass es ihr gelungen war, einen alten Wehrmachtsmantel oder ein Stück Fallschirmseide aufzutreiben, aus dem sie etwas Neues nähte. Anfangs lieh sie sich die uralte Nähmaschine von Bayers aus, später kaufte sie auf Raten eine eigene. Jeder sollte sehen, was für eine tolle Mutter sie war und wie sorgsam sie ihr Kind einkleidete.
Vor allem das endlose Anprobieren hasste Peter wie die Pest. Denn sie zuppelte an ihm herum, drehte ihn, meckerte andauernd, er solle gerade stehen und piekte ihn mit Stecknadeln.
Einmal wurde es ihm Zuviel. Er zog voller Zorn die Hose aus, warf sie seiner Mutter vor die Füße und zog seine alte wieder an. Jetzt war Krach angesagt. „Das ist der Dank dafür, dass ich mich so abrackere und für dich nähe und flicke und stricke. Du wirst schon sehen, was du davon hast, wenn ich mal nicht mehr da bin!" „Das machst du doch nur, um bei deinen Tratschtanten angeben

zu können!" antwortete Peter und rannte so schnell er konnte aus der Tür. Erst Stunden später kam er wieder heim.

Besonders schlimm fand Peter Kleidungsstücke aus Wolle. Pullover oder Strümpfe kratzten; Peter war in dieser Beziehung sehr empfindlich. Nach dem Krieg wurden alte Wollsachen aufgeribbelt und neu verstrickt. Später dann gab es Wolle in Strängen. Einer, zumeist Peter, musste die Arme ausbreiten, der Wollstrang wurde darüber gehängt und ein anderer, zumeist seine Mutter, wickelte sie zu einem Knäuel auf.
Die Arme wurden ihm lahm, er ließ sie sinken, das Aufwickeln stockte, Mutter schimpfte. Nach kurzer Zeit wurde es ihm langweilig, weil er ja nichts anderen tun konnte, als die Arme hoch und auseinander zu halten. – Zum Wahnsinnigwerden!
Später dann hatte Großvater bei seinem Schreiner einen Hocker gebaut. Peter fand heraus, dass über dessen drei Beine der Wollstrang gelegt werden konnte. Fortan weigerte er sich, die Arme auszubreiten und holte den Hocker herbei.

Peters Mutter war eine große Strickerin vor dem Herrn. Pullover über einem Hemd waren ja erträglich und im Winter hielten sie schön warm. Peter war immer wieder begeistert, wie sie komplizierte Muster in einem Affentempo hinbekam, ohne Fehler. Aus irgendwelchen Zeitschriften oder Strickmusterheften suchte sie sich Vorlagen, die sie benutzte. Manchmal fanden sich ganze Herden von Rentieren auf Brust und Rücken von ihm.

Peter wollte auch Stricken können. Doch mit seiner Geduld war es nicht weit her. Vor allem wenn er Maschen fallen ließ, war es mit seiner Ausdauer schnell vorbei. Mehrfach hat er die Stricksachen in die Ecke geschmissen. Seine Mutter hatte dann gleich ein Sprichwort parat: „Man soll das Gewehr nicht so weit ins Korn werfen, sonst muss man lange laufen, um es wiederzuholen."
Irgendwann hat er sogar einen Topflappen fertiggestrickt und Oma zu Weihnachten geschenkt. Sie hat sich sehr darüber gefreut – oder zumindest so getan!
Auch das Sticken probierte er, vor allem Kreuzstich. So manches Taschentuch hat er damit verziert.

Seinen Freunden durfte er selbstverständlich nichts davon erzählen, denn Stricken und Sticken galt damals als Weiberkram, das machten so „harte Männer wie wir" niemals!

Trotzdem konnte seine Mutter den Mund nicht halten und erzählte so manchem Besuch davon. Peter schämte sich, denn was ginge das die Leute an, sie machten nur dumme Bemerkungen. Das hatte zur Folge, dass Peter den Weiberkram nicht mehr anrührte.

Peters Strümpfe wurden immer wieder gestopft, denn Löcher waren an der Tagesordnung. Seine Mutter war auch in der Beziehung eine wahre Künstlerin. Enge Fäden kreuz und quer gezogen, schlossen die schadhafte Stelle, manchmal war die Ausbesserung kaum zu sehen, vor allem wenn sie dieselbe Wolle benutzen konnte. Doch das ging nicht ohne ihr ständiges Gejammer ab, denn sie beschwerte sich ständig darüber, dass er auf seine Sachen nicht achtete. – Manchmal hatte Peter regelrecht den Eindruck, das Lamentieren brauche sie zum Leben, sonst fehle ihr etwas. – „Lerne zu klagen, ohne zu leiden" schien ihr Motto zu sein. Was konnte er schließlich dafür, wenn das Zeug nichts aushielt? – Mit seinen Knien war das anders. Immer wieder stolperte er über einen Stein und legte sich der Länge nach auf die Straße. Heftpflaster gab es ja noch nicht oder es war für solche kleinen Abschürfungen viel zu teuer; deshalb lief er fast immer mit einem Verband um ein Knie herum, manchmal auch um beide. Und was konnte er dafür, dass die weißen Stofffetzen nach kurzer Zeit mehr ins Tiefgraue wechselten?

Für die Frauen kamen in den 50er Jahren feine Strümpfe aus Nylon in die Geschäfte. Die Dinger waren äußerst empfindlich, schon die leiseste Berührung mit einem rauen Tischbein genügte und die Maschen liefen. Nylonstrümpfe waren teuer, ein sinnreiches Werkzeug machte es möglich, kleine Beschädigungen zu reparieren, für größere gab man die Strümpfe im Geschäft ab und wenn es sich noch lohnte, wurden die Laufmaschen aufgenommen und die Strümpfe waren wie neu. Es dauerte viele Jahre, bis Nylons stabiler und billiger wurden.

Schuhe für Peter mussten jedes Jahr neu gekauft werden, sowohl für den Sommer als auch für den Winter. Dazu gab es in Marktanderstadt ein Salamander-Schuhgeschäft, das von zwei ältlichen Fräuleins geführt wurde. Sie gaben sich viel Mühe, und scheuten keine Klettereien bis in die höchste Etage des Lagers, um die Kunden zufriedenzustellen. Der Schuheinkauf war keine einfache Angelegenheit. Entweder ein Schuh gefiel Peter oder seiner Mutter – es kam so gut wie nie vor, dass beiden ein Modell gleichzeitig zusagte. Oftmals kam es zu Zorn- und Tränenausbrüchen von seiner Seite. Manchmal zog er lieber seine alten Treter wieder an, als die ungeliebten neuen, wenn seine Mutter sich mit Gewalt durchgesetzt hatte. Doch mit der Zeit

hatte er einen Trick: Wenn ihm die von seiner Mutter favorisierten Schuhe nicht gefielen, sagte er einfach, sie würden drücken; die er aussuchte, drückten dagegen nie! Meistens waren sie die Schönsten in seinen Augen – aber auch die Kostspieligsten. „Du suchst dir immer das Teuerste aus!" meckerte seine Mutter noch auf dem Heimweg.
Peter ging immer wieder gerne in das Geschäft, denn es gab dort etwas Besonderes: Comic-Heftchen mit Lurchis Abenteuern, die gezeichneten Erlebnisse eines Feuersalamanders, der Dank der tollen Schuhe von Salamander allen Gefahren trotzt. „Und im Walde klingt es noch: „Salamander lebe hoch!", so hieß es immer am Ende jeder Geschichte.

Einmal streifte Peter mit seinem Freund Werner im Frühjahr über die Wiesen, an einem kleinen Bach entlang und da entdeckten die Beiden einen Feuersalamander. Peter war so überrascht, dass es solche Tiere tatsächlich gab, dass er es in seine Hosentasche praktizierte und zum Garten lief, wo seine Mutter arbeitete. Voller Stolz präsentierte er den Salamander, was ihr einen gehörigen Schrecken versetzte. „Bring das Vieh sofort wieder dorthin zurück, wo du es herhast!", rief sie und Peter zog mit hängendem Kopf ab. Dabei hatte er sich das so schön ausgemalt: mit dem Lurchi die tollsten Abenteuer erleben.

Das Schlimmste aller Kleidungsstücke für Peter war ein Strapsgürtel. Welcher Teufel seine Mutter da geritten hatte, ist nicht mehr nachzuvollziehen. Sobald die Tage für kurze Hosen und Kniestrümpfe oder Söckchen zu kühl wurden, bekam er dieses verhasste Stück angezogen. Die langen Strümpfe wurden – wie bei den Frauen – mit Strapsen befestigt. Schon von klein auf gab es Zoff, wenn seine Mutter auf diesem „Marterinstrument" bestand. Peter spürte instinktiv, dass dies nicht zur „Männerbekleidung" gehörte. Dabei war seine Mutter so stolz auf ihre Erfindung, die sie selbst in dieser Größe angefertigt hatte. Schließlich wurden somit die langen Hosen geschont.
Doch die Befestigungen, ein Knopf mit einer Metallschlinge darüber, rutschte unter den Hosenbeinen hervor und vor allem die älteren Kinder machten sich lustig darüber. Außerdem ging immer wieder eine der Befestigungen auf und die Strümpfe hingen einseitig herunter, manchmal auch an beiden Seiten. „Renn' halt nicht wie ein Wilder durch die Gegend, dann bleiben die Strümpfe oben!" war die Antwort der Mutter auf seine Beschwerden, ein Beweis dafür, dass sie sich einfach nicht in einen kleinen Jungen hineinversetzen konnte.
Erst wenn er sich immer wieder beklagte, dass es ihn an den Beinen frieren würde, packte sie das Folterinstrument ein und ersetzte es durch lange Hosen – natürlich mit langen Unterhosen darunter! Manchmal hatte Peter das Gefühl, das mache sie extra, um ihn zu terrorisieren.

Am Friedhof von Kiesdorf wuchsen große Kastanienbäume. Im Herbst besuchten Peter und seine Freunde regelmäßig den Platz und konnten es kaum erwarten, dass die braunen Früchte herunterfielen. Oftmals wurde mit Ästen, die sie in die Bäume warfen, nachgeholfen. Zu Hause zeigte Peter seiner Mutter die Ausbeute. Diese bastelte mit Hilfe von Streichhölzern alle möglichen Tiere. Stundenlang konnte Peter damit spielen. Doch nach einiger Zeit schrumpelten die Kastanien immer mehr ein, weil sie trockneten. Dann sahen sie nicht mehr schön aus. Die Beine standen seltsam ab und Peter verlor die Lust an diesem Spiel – bis zum nächsten Jahr.

An Ostern wurde nicht allzu viel Aufwand getrieben. Am Morgen nach dem Aufstehen fand Peter ein Nest mit einigen Süßigkeiten und wunderschönen farbigen Eiern. Seine Mutter verwendete viel Zeit und Mühe darauf, die Eier zu bemalen; sie waren fast zu schade, um sie zu schälen und zu essen.
Einmal bekam Peter ein Buch zu Ostern geschenkt, in dem er noch jahrelang gerade zur Osterzeit blätterte und las. Ein Bilderbuch, kitschig-süß gezeichnet mit relativ viel Text: „Die Häschenschule". Darin brachte ein alter Hase den Hasenkindern bei, welche Gefahren auf sie in der bösen Welt lauerten, beispielsweise durch den Fuchs, ihrem größten Feind. Dieses Buch war viele Jahre noch bei ihm im Hinterkopf und bestimmte die Sichtweise auf Hasen, erst der Roman „Watership down" rückte die Realitäten wieder zurecht – doch dieses Buch handelt schließlich von Kaninchen!
An ein weiteres Geschenk konnte er sich auch noch lange erinnern: Ein gelbes Plastikhuhn, das kleine Zuckereier legte, wenn man auf seinen Rücken drückte. Die Eier wurden mittels eines Türchens im Bauch eingefüllt. Leider brach schon bald eines der Beine ab und es gab keine Eier mehr her. Dabei hatte es Peter so viel Spaß gemacht, wenn das Huhn gelegt hatte, entsprechend laut zu gackern!

Bei Sigrid, Tochter des Zahnarztes in Kiesdorf, hat Peter einmal miterlebt, dass man das Osterfest auch anders gestalten konnte. Im Hof und hinter dem Bauernhof hatten ihre Eltern Eier, Süßigkeiten und kleine Geschenke in Nestern versteckt. Das war Ostereiersuchen, das seinen Namen verdiente: interessant, spannend und überraschend. – Aber seine Mutter stand so einer Forderung verständnislos gegenüber und seine Großeltern waren für solche Späße zu alt.

Das ganze Denken von Peters Mutter kreiste nur um ihren Sohn. Es sollte ihm an nichts fehlen. Was würden denn sonst die Leute denken? Vielleicht ihr gar nachsagen, sie sei eine schlechte Mutter? Lieber erzählte sie schon im Vorfeld allen möglichen Bekannten, welche Opfer sie doch bringen muss, auf was sie alles verzichtet, damit es ihrem Sohn gut geht. Aber auch Peter blieb davon nicht verschont. In depressiven Momenten machte sie ihm bittere Vorwürfe wegen seiner mangelhaften Dankbarkeit. – Einfach nervig!

Mit seiner Mutter ging Peter nicht gerne einkaufen, es war Stress pur für ihn. Einmal sah sie im Schaufenster einer Bäckerei Matzen liegen, jüdische ungesalzene Brotfladen. „Oh, Matzen, das gab's früher bei uns zu Hause. Komm mit, das kaufen wir, das schmeckt gut!" Und schon zog sie Peter in den Laden. „Geben sie mir von dem Matzen. Mein Sohn isst so gern Matzen!" Die junge Verkäuferin schaute Peter zweifelnd an. Peter war stinkig sauer, vor Wut und sogar vor Scham. Er kannte Matzen überhaupt nicht, hatte es noch nie gesehen, geschweige denn gegessen! Als sie wieder draußen waren, schnauzte er sie regelrecht an: „Warum erzählst du einen solchen Quatsch? Ich kenne das Zeug überhaupt nicht und ich will es auch nicht essen!" Seine Mutter tat ganz verwundert. „Ich weiß gar nicht, was du hast. Da ist doch nichts dabei!" Peter hat Matzen nicht angerührt und seine Mutter hat es auch nie wieder gekauft.

Mit einer anderen Angewohnheit konnte seine Mutter ihn regelrecht auf die Palme bringen: Wenn sie fremden Menschen, die einen körperlichen Mangel oder eine Besonderheit hatten, hinterher schaute, sich sogar noch umdrehte und lachte. Einmal begegneten sie auf dem Bürgersteig einem Mann, dem waren beide Beine, vermutlich im Krieg, weggeschossen worden. Er saß auf einem Rollbrett und schob sich mit den Armen vorwärts. Wieder einmal blieb sie stehen, drehte sich um und konnte sich gar nicht satt sehen, ja, sie zeigte sogar mit dem Finger hinterher. „Schau, Peter", rief sie aus, „das ist sicher noch vom Krieg." Peter war das so peinlich, dass er nichts sagte. Er ging ein paar Meter hinter seiner Mutter her und tat so, als würde er sie nicht kennen. Doch sie merkte anscheinend nicht, dass sie etwas Falsches machte.

Trotz alledem fand Peter, dass Kiesdorf das Allerschönste sei und er nie von dort und seiner Mutter weggehen wollte. – Wie man sich doch täuschen kann!

Kapitel 4
Sie haben ihre Geheimnisse: Peters Freunde und er

Im Dorf gab es viele Kinder, nicht so wie heute. Fast jede Flüchtlingsfamilie hatte mehrere davon. Peters beste Freunde wohnten gegenüber bei der alten Frau Bayer im Austragshof: Horst und Werner. Horst hatte eine ältere Schwester, von der noch zu berichten sein wird. Werner war ein Einzelkind, sein Vater war noch in Kriegsgefangenschaft, außer seiner Mutter gab es noch eine Oma, die wie ein Schlot qualmte. Später musste ihr ein Fuß deswegen amputiert werden, woran sie noch später starb.

Eines Tages kam Peters Mutter empört von einem Besuch bei Werners Familie zurück. Sie hatte mit seiner Mutter etwas besprochen, da bot ihr die Oma eine Tasse Kaffee an, die Peters Mutter auch freudig akzeptierte. Oma goss den Kaffee in eine Tasse, steckte ihren Finger hinein, rührte um und fragte in ihrem schlesischen Dialekt: „Ist er auch warm?"

Schon mit vier Jahren waren Werner und Peter sehr an den verdeckten Teilen ihrer Körper interessiert und sie zeigten sich gegenseitig die Wunderwerke, die in den Hosen lauerten. „Es hat ja doch jeder denselben", meinte Werner. Sie packten des Öfteren ihre besten Stücke aus und zwar im Durchgang hinter dem Plumpsklo vor den Schweineställen, da kam selten jemand vorbei. Interessiert betrachten sie gegenseitig, was sie vorzuweisen hatten. Auch wenn die Dinger steif wurden, besonders Beeindruckendes konnten sie nicht gerade entdecken. Plötzlich beugte sich Werner runter und nahm was da abstand in den Mund. Peter dachte, jetzt beißt er ihn mir ab, doch Werner lutschte nur kommentarlos daran herum – sprechen konnte er ja nicht, er hatte den Mund voll.

Horst dagegen berichtete den Jungs vielerlei Interessantes über seine große Schwester. Er erzählte, seine Schwester habe da unten nichts, sondern nur einen Schlitz. Das konnten sich die Jungs ganz einfach nicht vorstellen. Peter hielt ihn für einen Lügner und Märchenerzähler und lachte ihn aus, was Horst ganz wütend machte.

Werner und Horst sollten eigentlich nicht zusammen spielen, die beiden Familien waren sich irgendwie nicht grün. Horsts Vater hielt in einem Neben-gebäude ein paar Ziegen, natürlich auch Kaninchen, und wie Peters Großvater war er ständig beschäftigt.
Horst brachte ein paar Jahre später einen neuen geheimen Begriff ein, den er

von seiner Schwester gehört hatte: „Bockfett". Wenn die Jungs größer würden, käme das aus ihrem Pimmel, und wenn man dann mit einem Mädchen zusammen wäre, bekäme dieses ein Kind. Wie das alles gehen sollte, war schon wieder ein neues geheimnisvolles Rätsel. Einen Erwachsenen danach zu fragen, war ausgeschlossen. Über so etwas wurde mit Kindern nicht gesprochen.
Horst führte eine neue Variante in die gemeinsamen Pimmelspiele ein. Eine Schnur wurde um sein kleines Glied gebunden und derjenige wurde daran wie ein Hund herumgeführt. Einmal waren die drei Jungs im Ziegenstall und so mit ihrem Spiel beschäftigt, dass sie nicht hörten, wie Horsts Vater hereinkam. Im letzten Moment gelang es Horst, die Schnur in seinen Hosenstall zu praktizieren, wobei aber immer noch ein Ende herausschaute. Horsts Vater war von seiner Arbeit so in Anspruch genommen, dass er davon nichts mitbekam, außerdem war er kurzsichtig.

Auf dem Hof der alten Frau Bayer gab es noch eine zementierte Fläche für den Mist. Helmut brachte manchmal, wenn der eigene Haufen im Hof überquoll, den Überschuss dorthin. Wer auf die glorreiche Idee kam, das Geländer, welches auf einer Seite den Misthaufen begrenzte, mit Stacheldraht zu umwickeln, wusste keiner. Doch eines Tages, Peter und seine Freunde waren am Spielen und Raufen, drehte er sich um und riss sich den Arm an dem Stacheldraht auf. Es blutete stark. Sofort lief er weinend über den Hof zu seiner Mutter. Die hatte immer Jod und Binden parat, da Abschürfungen am Knie die Regel bei Peter waren. Also wurde er fachgerecht verarztet. Um den Stacheldraht machte er künftig einen großen Bogen.

Natürlich hatte Peter auch Freundinnen, vor allem Sigrid, von der schon berichtet wurde. Ihr Vater war Zahnarzt, sie wohnten auf einem Bauernhof auf halber Höhe zwischen Unter- und Oberdorf. Sigrids Vater hatte schon bald wieder zu praktizieren begonnen, ihre Mutter war seine Sprechstundenhilfe. Bald schon zog die Familie nach Marktanderstadt und er wurde der führende Zahnarzt in der Stadt.
Sigrid war etwas jünger als Peter, aber sehr unternehmungslustig. Beide haben viel zusammen gespielt, streunten am Kiesbach herum, schauten unter den Steinen nach Krebsen, und fingen Kaulquappen. Sie lagen in den Wiesen, sahen den weißen Wolken nach und versuchten, Figuren zu erkennen. Sie schlichen in die Dorfgärten, die unten im Tal lagen und fahndeten nach Essbarem. Sie kannten selbstverständlich alle Kirschbäume, die im Frühsommer von ihnen ausführlich besucht wurden, auch die besten Apfel- und Birnenbäume waren vor ihnen nicht sicher. Natürlich wurden auch Zwetschgen und

Nussbäume von den beiden gerne geplündert – nur erwischen lassen durften sie sich nicht! Die Besitzer kannten da keine Gnade und so manchem „Räuber" wurde der Hintern versohlt. Zu Hause konnte man sich nicht beschweren, dort hätte man entweder noch einmal eine Abreibung bekommen oder man wurde wegen seiner Dummheit, sich erwischen zu lassen, ausgelacht.

Das Zusammensein mit Sigrid gefiel einigen von Peters Freunden gar nicht und ärgerte sie, weil er, so meinten sie, zu viel Zeit mit ihr verbrachte. Eines Tages passten sie die Beiden ab und luden sie freundlich ein, zum Kiesbach mitzugehen, um dort zu spielen. Kaum waren sie im Auwäldchen angekommen, hielten sie die Sigrid fest, während zwei andere Jungs Peter an den Armen packten und versuchten, ihm die Hose aufzumachen. Aber Peter war stärker, als er aussah, vor allem wenn er wütend wurde. Er schleuderte die Beiden herum, der Eine viel ins Gras, der Andere in den Bach, wobei das Wasser noch ziemlich kalt war, denn es war im zeitigen Frühjahr. Die Anderen ließen vor Schreck die Sigrid los und liefen davon. Peter bekam einen Kuss von ihr zum Dank und wurde schrecklich rot, dann gingen sie Hand in Hand voller Stolz nach Hause. Erst viel später hat er erfahren, was die Jungs vorhatten: Sie wollten beide ausziehen und Bauch an Bauch aneinander binden. Na ja, Kinderspiele. – Die Schnur dazu lag noch lange herrenlos am Bach herum.

Der Kuss hat Peter gut gefallen. Später einmal besuchte Sigrid ihn zu Hause, was ihn überraschte, weil sie das bisher nie getan hatte. Seine Mutter war zum Einkaufen nach Marktanderstadt gegangen, er war allein in der Wohnung. Später einmal erzählte er seinem Freund Klaus davon: „Wir spannten eine Decke als Zelt im Zimmer aus und krochen darunter. Dann kamen unsere Lippen immer näher und Sigrid machte mit der Zunge in meinem Mund rum, eigentlich war es aufregend, aber gleichzeitig irgendwie ekelig".

Wenn das Wetter schön und warm war, fand man die Kinder immer draußen. Die Wohnungen waren einfach zu klein, um sich längere Zeit drinnen aufzuhalten, zu spielen oder gar zu toben. Aber auch bei Regen wussten sie etwas mit sich anzufangen: Zum Beispiel in der Scheune der alten Frau Bayer herumzuklettern. Die war bis ganz oben angefüllt mit Stroh. Die Scheune war sehr hoch, an der Außenwand zur Straße hängte die Freiwillige Feuerwehr nach ihren Übungen die Schläuche zum Trocknen auf. Es war streng verboten, in die Scheune zu gehen. Von der Hofseite her war das unmöglich, das hätte sicher jemand beobachtet und Krach geschlagen. Aber von der Rückseite her konnte man leicht in die Scheune gelangen. Dort gab es ein loses Brett, das man zur Seite schieben konnte. Die älteren Jungs hatten es gelockert, um in der Scheune ihre Schäferstündchen abhalten zu können.

Also kletterten Peter und seine Freunde durch die Öffnung und anschließend die hohen Leitern hinauf bis unters Dach. Oberhalb der Schlauchaufhängung gab es eine Luke, zwar ohne Glas, aber mit einem Laden verschlossen. Von dort aus hatte man einen weiten Blick über das ganze Unterdorf, ja bis nach Dorfkirchen und zum Main nach Marktanderstadt. Gerne verspotteten die Jungs von hier oben Leute, vor allem aber Kinder, die unten auf der Straße vorbeigingen. Sie merkten fast nie, woher die Stimmen kamen, die sie verspotteten.

Hier oben unterm Dach war natürlich eine herrliche Gelegenheit, um ihre geheimen Spielchen zu betreiben. Oftmals zogen die Jungs sich nackt aus, denn wenn die Sonne auf das Ziegeldach knallte, war es unwahrscheinlich

heiß! Dann wurde verglichen, was jeder zu bieten hatte. Mädchen nahmen sie nicht mit in diese Scheune, wie die Jungs inzwischen wussten, hatten sie ja keine so schönen Spielzeuge wie sie selbst. Sie trauten den Mädchen auch nicht über den Weg, wenn sie das Versteck verraten hätten, wäre ihnen der Hosenboden stramm gezogen worden. Da kannte man bei den Vätern und den Müttern kein Pardon und manche, auch Peters Mutter, hatten eine kräftige Handschrift. Antiautoritäre Erziehung war noch lange Zeit ein Fremdwort.

Gekauftes Spielzeug war so gut wie unbekannt. Dafür hatten die Eltern nach dem Krieg kein Geld! Sogar Puppen wurden aus Stoffresten selbstgemacht. Peters liebstes Spielzeug, das er jeden Abend mit ins Bett nahm, war ein von seiner Mutter gebastelter und genähter Hund mit gestricktem „Fell", vielleicht 30 cm hoch. Er hatte eine gelb-schwarze

Schnauze und ein intelligentes Aussehen. Diesen Hund hatte er noch als er schon zwölf Jahre alt war. Wo er später abgeblieben ist, konnte nicht mehr rekonstruiert werden. Zu der Zeit war sein Fell an einigen Stellen schon recht dünn und abgeliebt; vermutlich wird seine Mutter ihn eines Tages ausrangiert haben, wahrscheinlich beim Umzug nach Marktanderstadt, da war Peter bereits im Internat. Sie war in der Beziehung recht unsentimental. Doch ein Foto von seinem Liebling ist Peter geblieben, zusammen mit seiner Kusine auf dem Topf.

Genügend Spaß hatten die Kinder trotzdem, vielleicht gerade deswegen. Sie spielten Blindekuh, Himmel und Hölle und das Hüpfspiel, welches noch heute bekannt und beliebt ist. Dafür suchten sie sich die schönsten Glas- beziehungsweise Keramikscherben aus irgendwelchen Abfallhaufen. Kästchen wurden auf den unbefestigten, staubigen Boden geritzt, jedes Kind probierte, seine Scherbe in das richtige Kästchen zu werfen und auf einem Bein in dieses hineinzuhüpfen, ohne einen Begrenzungsstrich zu berühren, sonst hatte man verloren und musste ausscheiden.

Besonders gern wurde Fangen und Verstecken gespielt. Möglichkeiten zum Verbergen gab es auf den Bauernhöfen in Hülle und Fülle. Der Sucher sagte folgendes Sprüchlein, während die anderen Kinder verschwanden: „Eins, zwei, drei, vier Eckstein, alles muss versteckt sein, hinter mir da gilt es nicht, eins, zwei, drei ich komme!" Meistens wurde vorher vereinbart, wie weit er zu zählen hatte, beispielsweise bis 20, dann konnte er mit dem Suchen beginnen.

Besonders beliebt, vor allem bei den Mädchen, war das Spiel: „Machet auf das Tor". Die Kinder stellten sich in einer Reihe auf, immer zwei gegenüber, hoben die Hände über den Kopf und machten daraus ein Tor, der Letzte kroch gebückt durch die Tore und die Kinder sangen: „Machet auf das Tor, machet auf das Tor, es kommt ein goldner Wagen. Was will er denn, was will er denn? Er will die Schönste haben. Die Erste will er nicht, die Zweite will er nicht, die Dritte (oder den Vierten usw.) will er haben". Die- beziehungsweise derjenige wurde eingefangen und musste ausscheiden. Die genauen Regeln kann man noch heute in Büchern für Kinderspiele nachlesen.

Doch unbegrenzt durften die Kinder nicht draußen bleiben. Spätestens beim Abendläuten mussten sie nach Hause. Und alle hielten sich daran, denn sonst hätte es Ärger gegeben!

Im Winter waren die Kinder auf den Hängen des Dorfes unterwegs. Dort stand Peter zum ersten Mal auf Skiern, die ihm ein Schulfreund geliehen hatte. Nachdem er ein paar Mal auf die Nase gefallen war, hatte er dieselbe gestrichen voll und ist nicht mehr auf solche Bretter gestiegen. Bis heute nicht.
Größere Jungs waren selbstverständlich auch dabei. Sie machten mit den Kleineren ihre beliebte Fragespiele. So wollten sie wissen, was „flicken" ohne „l" bedeutet; außerdem malte man immer wieder mit einem Stock Ovale in den Schnee mit einem Strich in der Mitte. Also hatte Horst anscheinend doch die Wahrheit mit dem Schlitz bei Mädchen gesagt. Diesem Geheimnis wollten die Jungs bei passender Gelegenheit mal auf den Grund gehen.

In der warmen Zeit, wenn einmal kein Spielkamerad greifbar war, holte Peter sich den Leiterwagen seines Großvaters, den dieser gleich nach der Ankunft in Kiesdorf mit dem Schreiner des Dorfes angefertigt hatte. Alles, was man nicht tragen konnte, musste von Peters Mutter und den Großeltern auf diesem Wagen befördert werden. Die Ochsen und die Kühe der Bauern waren mit anderen Arbeiten ausgelastet und Autos gab sowieso keine. Zum Kochen oder wenn sie es im Winter warm haben wollten, musste Brennholz aus dem Wald geholt, mühselig mit Säge und Beil ofengerecht zerkleinert und zum Trocknen aufgeschichtet werden. Ein Handwagen für den Transport war unumgänglich. Es durfte nur bereits am Waldboden liegendes Holz eingesammelt werden, was Peters Mutter nicht daran hinderte, den einen oder anderen dürren Baum umzulegen. Wenn man damals durch einen dorf- oder stadtnahen Wald ging, sah der Boden aus wie geleckt, kaum ein Ästchen lag herum, ganz anders als heute, wo man außerhalb von Wegen nicht mehr durchkommt.

Peter holte sich also den Wagen und spielte Omnibus. Er setzte sich in den Wagen, nahm die Deichsel zwischen die Beine und schubste sich mit den Füßen vorwärts. Fahrgäste waren ein paar Holzscheite, die an den von ihm eingerichteten Haltestellen aus- und eingeladen wurden. Besonders gern fuhr er rückwärts. Der Handwagen war schon sehr fortschrittlich, denn die Räder der Vorderachse konnten eingeschlagen werden. Diese angewandte Technik kam ihm später sogar noch bei den Fahrstunden zur Führerscheinprüfung zustatten.

Ein weiterer Zeitvertreib, der Werner und Peter nie langweilig wurde, bis es keine brauchbaren Steine mehr im Hof gab, war das Spiel „Zahnarzt". Sie suchten sich einen Hammer und klopften die aus der Erde am Hofrand ragenden Steine, um sie zu „blombieren". Einschlägige Erfahrungen damit hatten sie beide zur Genüge, denn ihre Zähne waren schlecht, das heißt bereits die

Milchzähne hatten Karieslöcher, die schmerzhaft repariert werden mussten. Betäubung war damals völlig unbekannt, der Zahnarzt behandelte nach dem Motto: Ein Indianer kennt keinen Schmerz.

Im zeitigen Frühjahr, wenn der Schnee weg und der Boden schon abgetrocknet war, gab es viel dürres Gras und Zweige auf den Wiesen und Wegrändern, aus denen die Jungs Lagerfeuer machten. Dazu stibitzten Peter und seine Freunde bei den Eltern Zündhölzer. Für ihn war das am Einfachsten bei den Großeltern, denn es fiel fast nie auf, wenn er eine Schachtel mitnahm. Doch nach dem Zündeln durfte er sich bei seiner Großmutter nicht sehen lassen, sie roch auf viele Meter Entfernung den Qualm in der Kleidung; Oma hatte einen fabelhaften Geruchssinn, was Peter später noch schmerzhaft spüren sollte, als er das Zigarettenrauchen ausprobierte.

Das Frühjahr war auch die beste Zeit, um Indianer zu spielen. Beliebt war das Einfangen von den Freunden und Binden an den Marterpfahl. Manch kleiner Sadist kam da zum Vorschein, auch vor dem Inspizieren des Hoseninhalts wurde nicht zurückgeschreckt. Es kam viel Freude auf bei solchen Spielen.

Peters Kontakt mit Axel aus dem Unterdorf wurde enger, vor allem als er bereits in der Schule war. Axel wusste einfach mehr über das interessante Thema „Mädchen". Er weihte Fritz aus dem Oberdorf, der bereits einige Jahre älter war als er, in das Geheimnis ein, wie man in Tante Gertruds Scheune von der Rückseite her hineinschlüpfen konnte.

Die Anni aus der Nachbarschaft war hier Stammbesucherin, zusammen mit Fritz und Axel. Sie war ein properes Mädchen, alles an ihr war rund und mollig: die Zöpfe, das Gesicht, der Körper und die stämmigen Beine. Sie zeigte gerne ihren Schatz zwischen den Beinen, aber noch mehr interessierte sie sich für das Spielzeug bei den Buben. Denn dieses Ding wuchs, wenn man es drückte und rieb. Fritz hatte nämlich einen älteren Bruder, den Franz, der schon weit in der Pubertät war und alles über das Phänomen des Bockfetts wusste.
Man rieb also gegenseitig an den „Spielsachen", was es zu reiben gab. Anni war im Vorteil, denn sie hatte gleich zwei Spielzeuge zur Verfügung. Axel erzählte Peter, immer unter dem strengsten Siegel der Verschwiegenheit und unter mehrfachem Schwören, was sie dort alles trieben. Peter hat die Schwüre bis heute auch gehalten, sicher ist es verzeihlich, wenn das Geheimnis hiermit ausgeplaudert wird.

Fritz, der den Größeren hatte, probierte natürlich, die Anni anzubohren. Es soll ihm ein Stück weit auch gelungen sein. Anni wurde erst sauer, als er ihr Mittelstück vor lauter Eifer angepinkelt hat.

Es war an einem Ostersamstag, Axel und Peter standen vor Axels Haus, es war gerade dunkel geworden. Da kam die Anni. Axel wollte Peter die ausgeblasenen Eier im Wohnzimmer zeigen, die seine Mutter angemalt hatte. Alle drei gingen also hinein, die Eltern waren noch im Stall beim Kühe melken. Da begann Axel mit der Anni zu raufen und sie zu kitzeln. Er legte sie auf den Rücken, hob ihr den Rock über ihren Kopf, langte ihr zwischen die Beine und suchte dort „Ostereier", wie er lauthals verkündete. Anni gluckste vor Vergnügen. Axel forderte Peter auf, ihm zu helfen. Beide zogen ihr die Unterhose runter und suchten eifrig.

Eine Spätaussiedlerfamilie kam nach Kiesdorf. Sie hatte drei Kinder: eine schon fast erwachsene Tochter, einen Sohn in der Pubertät und einen weiteren, den Wolfgang, der wohl mindestens drei Jahre älter war als Peter. Sie zogen schräg gegenüber von der Zahnarzt-Familie ein und Wolfgang freundete sich rasch mit Peter an. In der kurzen Zeit, in der diese Familie in Kiesdorf war, drehte sich bei Wolfgang alles um Sex.
Er lehrte Peter als Erstes sein spezielles Einmaleins: „Einmal eins ist eins, die Dame fährt nach Mainz. Einmal zwei ist zwei, ein Mann ist auch dabei. Einmal drei ist drei, sie vögeln alle zwei ..."

Mit einer Decke zogen Peter und Wolfgang an einem heißen Frühsommertag, als das Gras hoch stand aber noch nicht gemäht war, auf eine Wiese unterhalb des Dorfes, dort spielten sie Pferd. Dieses Spiel machte ihnen eine Zeit lang großen Spaß.

Zu der Zeit lernte Peter auch ein Geschwisterpaar näher kennen, Claus und Barbara, die aus Offenbach stammten, ausgebombt waren und in zwei Zimmern im Oberdorf bei Verwandten wohnten. Peters Mutter hatte die junge Witwe kennen gelernt und sich mit ihr angefreundet. Nach ein paar Jahren zogen sie alle wieder nach Offenbach zurück. Später wird davon noch zu berichten sein.
Als die Bombennächte auch im Umkreis von Frankfurt immer häufiger wurden, hatte die junge Familie bereits die wichtigsten Sachen nach Kiesdorf ausgelagert, darunter auch eine aufziehbare Eisenbahn mit richtig großen Schienen, Waggons und Lokomotiven, wie man sie heute nur noch von Gartenbahnen her kennt. Damit spielten Peter und Claus in den beiden Zimmern, bis

es Clausis Mutter zu viel wurde, weil sie immer wieder darüber stolperte. Doch Peters Leidenschaft für Modelleisenbahnen war geweckt und später hat er sie noch reichlich ausgelebt.

Die Wiesen waren zu Peters Kinderzeit noch voller Blumen, nicht wie heute, wo nur Löwenzahn massenhaft gedeiht, weil die Flächen von der vielen Gülle total überdüngt sind. Damals brauchte man den Dünger noch für die Felder; das Gras bekam nichts davon ab, was der Artenvielfalt sehr gut tat. Ging man mit den Mädchen im späten Frühjahr durch die Wiesen, mussten auch die Jungs Blütenkränze anfertigen. Sehr geeignet dafür waren Margeriten. In die kurz abgezwickten Stiele wurde mit dem Daumennagel ein Schlitz gemacht und die nächste Blüte eingesetzt bis ein Kranz entstand. Den setzte man sich auf das Haar. Waren mehrere Jungs dabei, wurde man ausgelacht und gehänselt, sobald man diesen Weiberkram mitmachte.

Es war auch im Frühjahr als Peter und einige seiner Freunde, zusammen mit Horsts Schwester, der Helga, im Unterdorf am Kiesbach unterwegs waren. Sie wollten nachsehen, ob die Buschwindröschen und Butterblumen schon blühten. Da kam ihnen Franz mit einigen Freunden entgegen. Er schwärmte geradezu, dass er wunderschöne Blumen weiter unten gesehen habe, die wir bestimmt noch nicht kennen würden, doch die wolle er nur der Helga alleine zeigen. Nach einigem hin und her siegte Helgas Neugier und sie ging mit. Damit die Anderen nicht nachliefen, blieb einer von Franz' Freunden bei ihnen und passte auf. Es dauerte einige Zeit bis alle wieder zurückkamen. Helga schien aufgelöst und zitterte am ganzen Körper. Sie schimpfte und war stinkig sauer. „Du hundsgemeiner Kerl, du hast mir wehgetan", war noch das Freundlichste, was sie ihm an den Kopf warf. Franz und seine Kumpane grinsten jeder von einem Ohr zum anderen und lachten sie aus. Helga wollte auf dem Heimweg nicht raus mit der Sprache, welche Blumenwunder sie gesehen hatte. Einen Tag später berichtete Axel dem Peter in der Schule, was Franz und seine Freunde am Kiesbach mit der Helga gemacht hatten. Sie wurde festgehalten und auf den Rücken gelegt, Franz schob ihr den Rock, dann machte er mit ihr das, was sie bisher noch nicht kannte. Sie soll sich gar nicht mal sehr gewehrt haben, vielleicht vor lauter Überraschung.
Dieser Vorfall war Dorfgespräch – passiert ist aber nichts weiter. Dass gar jemand die Polizei informiert hätte, war undenkbar. Die Jungs im Dorf flüsterten vermutlich bewundernd hinter seinem Rücken.

Voller Stolz über sein neues Wissen, berichtete Peter seiner Mutter: „Franz hat gestern die Helga gefickt!" – Er bekam eine solche Ohrfeige, dass er quer

durch den Raum aufs Bett flog. „So eine Schweinerei will ich nie mehr von dir hören!" schrie sie. – Das hat sie auch nicht. Über dieses Thema wurde in Peters Kindheit und Jugend nicht mehr gesprochen. Selbst nach seiner Heirat war das absolut nie ein Thema!
Mutter war ganz aufgeregt. Sofort lief sie die Treppe hinunter zu Tante Gertrud, um mit ihr das von ihrem Sohn Gehörte durchzuhecheln.

Ein paar Jahre später soll Helga, so erzählte man sich hinter vorgehaltener Hand, dabei beobachtet worden sein, wie sie nach der Schule auf dem Heimweg nach Kiesdorf in den einen oder anderen Lastwagen gestiegen sei, der amerikanische Soldaten nach Aschaffenburg und weiter transportierte. Am Waldrand, dort wo die Straße von Kiesdorf in die Bundesstraße einmündete, sollen sie längere Zeit angehalten haben; Helga kam anschließend von oben her durch den Wald ins Dorf spaziert.
Sie hat noch vor Erreichen der Volljährigkeit einen Amerikaner geheiratet und ist mit ihm in die Staaten gegangen. Peter hat von Helga nie wieder etwas gehört. Zumal sein Freund Horst, der Bruder von Helga, mit seiner Mutter zuerst nach Marktanderstadt und dann irgendwo anders hin gezogen ist.

In diesem Zusammenhang erinnerte sich Peter noch viele Jahre später an einen Witz, den die älteren Jungs erzählten. Seine Freunde und er kapierten die Pointe damals nicht, was die Jungs besonders amüsierte: Eine Familie geht spazieren. Da sieht Klein-Fritzchen am Waldrand einen Mercedes stehen. Schnell läuft er hin, schaut hinein, kommt zurück und sagt ganz aufgeregt: „Es ist genauso, wie du es immer sagst, Papa, keine Hose am Hintern, aber Mercedes fahren!"

Kapitel 5
Fürs Leben lernen wir

1950 war es soweit: endlich kam Peter in die Schule. Bereits vorher hatte seine Mutter die Schulsachen eingekauft, vor allem eine Schultasche, denn einen Ranzen wollte er nicht. In der Zeitung hatte er einen Politiker gesehen, der eine Aktentasche trug, so wollte er auch daherkommen; schließlich war er kein gewöhnlicher Bauernlümmel! Außerdem brauchte er noch eine Tafel mit angehängtem Schwamm, ein hölzernes Federmäppchen mit weichen Griffeln und alle sonstigen Utensilien.

Er konnte es nicht erwarten und übte mit seiner Mutter schon das Schreiben, Lesen und Rechnen. Auch die Uhrzeit wollte er andauernd wissen und merkte sich die Zeigerstellungen, bis er das System begriff.

Zu dieser Zeit ging es mit Deutschland wieder aufwärts. 1948 war die Währungsreform – seine Mutter ging, zusammen mit der Großmutter, nach Marktanderstadt, um sich das „Kopfgeld" abzuholen. Zunächst konnten 40 Mark pro Person gegen alte Reichsmark eingetauscht werden.

Die Lebensmittelkarten waren abgeschafft, es gab wieder so gut wie alles zu kaufen, die Fresswelle rollte an. Die Deutschen legten nicht nur an Bedeutung, sondern vor allem an Gewicht zu.

Die Flüchtlingswelle aus der DDR machte der jungen Bundesrepublik zu schaffen, denn es gab vor allem in den zerstörten Städten kaum neuen Wohnraum. – Aber daran hat sich wenig geändert.

Es war aber auch das Jahr, als die DDR die USA beschuldigte, über ihren Äckern Kartoffelkäfer abzuwerfen, um den jungen Arbeiter- und Bauernstaat zu schädigen. – Welch' ein Quatsch, denn die Kartoffelkäfer konnten ja von allein fliegen!

Mitte September also gingen vier stolze Erstklässler, zwei Mädchen und zwei Jungs, jeder bestückt mit einer großen Schultüte voller Süßigkeiten im Arm und begleitet von ihren Müttern in die Schule.
Damals hatte die Dorfschule von Kiesdorf acht Klassen, die von einer Lehrerin, Fräulein Wahr, und dem Hauptlehrer, Herrn Murkel, unterrichtet wurden.
Heute ist die Dorfschule bereits seit vielen Jahrzehnten stillgelegt und die wenigen Kinder werden mit dem Bus in ein Schulzentrum gefahren.

Alle vier waren Flüchtlingskinder. Sie malten Buchstaben auf ihre Schiefertafeln, die Fräulein Wahr auf der großen Schultafel vorgeschrieben hatte. Danach wurde ebenso intensiv gerechnet und später auch gelesen.
Stolz war Peter, dass er schon so viel mehr als die anderen konnte. Darüber beschwerte sich Fräulein Wahr bei seiner Mutter, denn das sei nicht gut für die Disziplin der ganzen Klasse, weil Peter sich natürlich während des Unterrichts langweilte. Aber mit der Zeit gab sich das und er musste ganz kräftig büffeln, doch beim Lesen war er immer einsame Spitze.
An einige Passagen im Lesebuch erinnerte er sich auch noch im Alter, beispielsweise: Die Schaufel fragt den Besen: „Bist du unter dem Schrank gewesen?" „Ja", sagt der Besen. „Bist du unter dem Bett gewesen?" „Nein", sagt der Besen. „Schare, schare, gleich gehst du hinunter!" oder Was ist fertig und wird doch immer wieder gemacht? Die Auflösung: Das Bett.

Die beiden Lehrer unterrichteten jeweils vier Klassen zusammen in jeweils einem Raum. Das war sicher nicht einfach für die Beiden, aber es klappte in der Regel ganz gut.
Trotz der beschränkten Möglichkeiten einer Zwergschule auf dem Dorf und den teilweise mangelhaften intellektuellen Fähigkeiten der Schüler, versuchten die Lehrerin und der Lehrer ihr Möglichstes, kulturelle Aspekte in den Unterricht einzubauen. Zu Schulbeginn wurde gebetet und gesungen. Die guten alten

Volkslieder wurden eingeübt, beispielsweise „Wenn alle Brünnlein fließen" oder „Im Märzen der Bauer die Rösslein einspannt". Auch Werken für die Jungs und Handarbeiten für die Mädchen gehörten zum Lehrplan.

Später wurde die Schiefertafel ausrangiert und in Hefte geschrieben. Fräulein Wahr wünschte, dass Heftränder bei den Hausaufgaben mit bunten Mustern verziert werden sollten, ein gefundenes Fressen für Peters Mutter. Sie machte daraus eine regelrechte Doktorarbeit: sie saß jeden Tag und malte Ränder, so wie sie immer Ostereier bemahlte. Selbstverständlich sah Fräulein Wahr auf den ersten Blick, dass das nicht auf Peters Mist gewachsen war – ein weiterer

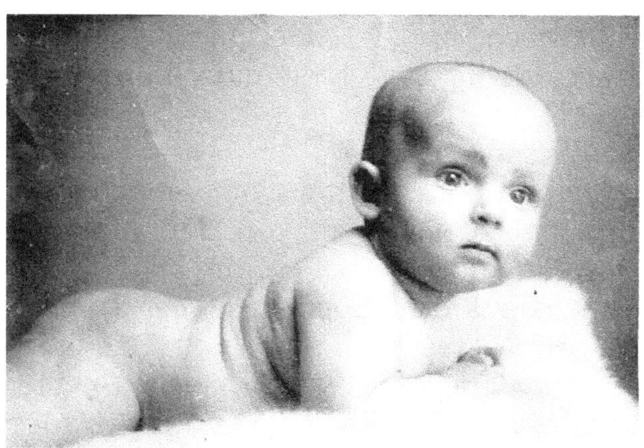

Rüffel für seine Mutter war fällig und diese verlor langsam die Lust an der Mitarbeit; vor allem aber war sie nicht mehr gut auf das Fräulein zu sprechen. Dabei war es stets das Bestreben von Peters Mutter, dass ihr Sohn als der Beste, der Schönste und der Gescheiteste glänzen sollte. Bei dieser Mutter! – Welche Enttäuschung, wenn Peter nicht so dachte oder gar ihre Intentionen sabotierte.

Als er noch ein Baby war und die Lebensmittelversorgung nicht gerade üppig, hat seine Mutter selbst nichts gegessen und ihn regelrecht gemästet. Ein dickes Kind, fotografiert auf einem Eisbärfell war das zweifelhafte Ergebnis. Damit konnte sie renommieren und sich als Spitzenmutter aller Welt, na ja, zumindest dem Dorf, präsentieren.

Spätere Fotos zeigen Peter auf dem Arm seiner Mutter, adrett zurechtgemacht und außerordentlich hübsch. Aber auch Fotos, denen man ansieht, dass er regelrecht leidet, beispielsweise mit kariertem Mäntelchen und Pudelmütze auf einem Podest in einem Fotostudio.

Morgens zum Schulgang wurde von Peter ein regelrechtes Zeremoniell abgehalten. Er lief winkend durch Bayers Hof, seine Mutter stand am Fenster

und winkte zurück. Dann ging er um die Ecke und kam mehrmals winkend und Handküsschen werfend zurück, bis seine Mutter meinte, es sei genug, damit er nicht zu spät zur Schule käme, und sie schloss das Fenster. Peters Schulweg ging dann am Kramerladen vorbei, durch eine Lattentür und einen engen Durchlass zwischen einer Scheune und dem Zaun der Gärtnerei. Eine Dorf-straße überquerend kam er direkt in den Schulhof. Meistens liefen noch einige Kinder mit ihm in die Klasse, denn die Kirchturmuhr schlug bereits acht Mal.

Im ersten Schuljahr gab es die sogenannte Schulspeisung, initiiert von den Amerikanern. Ein großer Topf wurde angefahren, der meistens eine Suppe aus viel Gemüse und ganz wenig Fleisch enthielt. Sobald er da war, wurde zur Pause geläutet und die Verteilung begann. Jeder Schüler hatte ein geeignetes Gefäß und entsprechendes Besteck von zu Hause mitzubringen. Dann wurde gegessen und später das Essgeschirr am Wasserhahn ausgespült. Irgendwann ist diese Initiative einge-schlafen und die Kinder aßen wieder ihre gewohnten Pausenbrote.

Ebenfalls zur positiven Entwicklung der Kindergesundheit sollte eine weitere Maßnahme dienen: jeden Tag gab es zu Schulbeginn einen Löffel Lebertran. Ein grässliches Gesöff, vor dem es allen grauste. Nachdem immer wieder Kinder brechen mussten, wurde auch diese Aktion eingestellt.

Als Peter eingeschult wurde, hatte er seinen Babyspeck schon weitgehend abgelaufen. Obwohl er nicht gerade als mager zu bezeichnen war, machte eine Kinderschwester vom Roten Kreuz, die seine Mutter und ihn besuchte, den Vorschlag, Peter in ein Kindererholungsheim fahren zu lassen, sie habe noch einen Platz frei. Peters Mutter wollte nicht, sie kannte ihren Sohn und sein Heimweh, denn bis zu diesem Zeitpunkt war er noch nie allein von zu Hause weg gewesen. Aber er quengelte solange, bis sie ihre Zustimmung gab. Mit den anderen Kindern aus Marktanderstadt und Umgebung ging es nach Oberbayern, südlich von München. Nach Alter sortiert kamen sie auf die

Zimmer. Es war so ganz anders als daheim! Peter traute seinen Augen und Ohren nicht. Alles war geregelt: das Aufstehen, das Essen, die Mittagsruhe, das Spazierengehen, das Schlafen. Zuvor mussten alle noch pinkeln und zwar zusammen im Zimmer in einen Nachttopf. Die Schwester kontrollierte, damit jeder sein Geschäft auch wirklich machte – und nicht später ins Bett!
Heimweh war das Ergebnis des Ungewohnten. Großes, nagendes, überwältigendes Heimweh. Nachts weinte er sich in den Schlaf, tagsüber war er lustlos und deprimiert. – Dann wurde er krank. Kein Mensch wusste, warum, Peter auch nicht. Er hatte hohes Fieber und wurde ins Bett gesteckt. Seine Mutter wurde unterrichtet, dass er eventuell früher nach Hause geschickt werden müsste. Er war jedoch nicht transportfähig, geschweige denn konnte er alleine gehen. Nachts wachte einer der jungen Männer, die den Schwestern halfen, eine Zeit lang an seinem Bett. Normalerweise saß einer davon im Zimmer und las bis Peter fest schlief. Ein junger Mann war besonders eifrig: Er kümmerte sich stundenlang um Peters Bereich unter seiner Schlafanzughose. Es war ihm nicht gerade unangenehm, aber er kannte das bisher nur von den Bubenspielen, dass das auch die Älteren praktizierten, war ihm neu.
Doch endlich nach zwei Wochen wurde Peter wieder gesund und freundete sich mit einigen seiner Miterholungskandidaten an. Einer, der ein paar Jahre

älter war als er und auch schon länger im Haus, hatte es ihm besonders angetan. Er kannte alle Schliche und beschwatzte die Küchenfeen ungewöhnlich erfolgreich. Das eine oder andere Würstchen, so manches Stück Kuchen, aber auch Bonbons oder Schokolade wanderten in die Taschen der beiden Freunde und anschließend in ihre Bäuche.

Von seiner Mutter bekam Peter tröstende Briefe:
„Liebes Peterchen!
deinen lieben Brief und die Osterkarte dankend erhalten. Habe mich sehr gefreut. Wie hast du die Feiertage verlebt? Ich habe ganz einsam gelebt, war bissele spazieren. Karl und Alma waren auch da, sind den zweiten Feiertag ganz früh abgereist.
Ich gehe jetzt in den Wald Bäumel setzen, ist so schön draußen, die Bäume sind so grün eine wahre Pracht, und die vielen Blumen auf den Wiesen. Heute regnet es, wir kamen heim durchnässt wie die gebadeten Katzen. Die Ostern

waren ja so warm bis 25 Grad Wärme hatten wir. Jetzt haben wir jeden Tag Gewitter, hoffentlich wird's wieder schön, dass ich in den Garten kann.
Weißt Peterle, die Tulli ist böse, dass du ihr nicht schreibst. Ich habe dir doch einen Umschlag für Tulli vorgeschrieben und Marken sind auch drauf, schreibst ihr gleich, gelt?
Dass du dich gut eingelebt hast unter den vielen Kindern, das freut mich. Und immer schön folgen den Schwestern, gelt?
Für mich ist es sehr einsam so ganz alleine in der Stube, am liebsten bin ich gar nicht daheim, ich tröste mich, dass du in drei Wochen schon heim kommst, dann hab ich wieder Abwechslung, aber ich freue mich, dass es dir wieder so gut geht, dass du nicht mehr krank bist, ich hatte ja große Sorgen um dich. Ich war ja auch krank, ist wieder alles gut. Bleib mir schön gesund und brav, bis zu unserem Wiedersehen!
Es grüßt dich, deine liebe Mutti"

Natürlich hat Peter der Tulli, seiner Schulfreundin aus der Nachbarschaft, geschrieben. Doch lange blieb sie und ihre Eltern nicht mehr im Dorf wohnen, sondern sie hatten Gelegenheit, wieder nach Berlin zu ziehen. – Peter hat nie wieder etwas von ihr gehört.

Im Kindererholungsheim wurde es noch ganz nett, als Peter sich an die seltsamen Gepflogenheiten gewöhnt hatte. Nervig war jedoch der Mittagsschlaf, täglich eine Stunde. Diese Ruhezeiten fanden, wenn es nicht regnete, auf der gekiesten Terrasse auf Liegen statt. Nachdem Peter die Einschlafversuche aufgegeben hatte, fischte er ein paar Steinchen und Hölzchen vom Boden und spielte damit, beispielsweise Bauernhof oder Autorennen. Natürlich ganz leise, ohne Lärm zu machen.
Täglich gingen alle Kinder spazieren. Beliebt war der Weg zur Isar und dort am Ufer entlang. Aber auch Wanderungen durch Wald, Wiesen und Flur waren bei den Schwestern angesagt. In Oberbayern machte Peter zum ersten Mal die Bekanntschaft mit dem Fön, gerade im Frühjahr ist ja die hohe Zeit für den warmen Fallwind. Er treibt die Temperatur manchmal in wenigen Stunden um 10 oder 15 Grad in die Höhe, macht einen schlapp und müde, aber gleichzeitig auch gut gelaunt und euphorisch. Vor allem meint man, die Berge ragen direkt vor der Tür auf und man könne sie mit Händen greifen. Besonders die Benediktenwand stand klar und deutlich vor einem blauen Himmel, an dem nur ein paar weiße Wölkchen dahinsegelten.
Ballspiele gehörten ebenfalls zur Freizeitbeschäftigung, vor allem Völkerball. Nach einigen Übungen gelang es Peter, das Spiel gut zu beherrschen und, wenn er am Ball war, Gegner im wahrsten Sinne des Wortes rauszuwerfen.

Zurück vom Faulenzen stellte Peter in der Schule fest, dass er ziemlich viel versäumt hatte und sich ganz schön ranhalten musste, um wieder Anschluss zu finden.

Im Herbst wurde aus dem Gemeindewald Holz für die Schulöfen angeliefert. Dann kamen zwei Mann mit einer mobilen Bandsäge angefahren und zerkleinerten die Stämme. Das Kreischen dieser Säge war tagelang im ganzen Dorf zu hören. Fräulein Wahr bekam davon beinahe einen Nervenzusammenbruch, auch die Schüler machte das Gekreische fast wahnsinnig. Endlich lag das Holz zu großen Haufen aufgetürmt im Schulhof herum.
Jetzt begannen für die Dorfkinder die schönsten Tage dieser Jahreszeit, denn sie spielten Gasthaus. Mit den Rundhölzern wurden im Hof mehrere Räume abgeteilt und mit Tischen und Hockern aus großen Holzstämmen „möbliert“. Außerdem gab es eine Schänke, die mit kleineren Holzstücken ausgestattet wurde. Dann konnten die Gäste kommen. Die Holzstücke stellten Bier- beziehungsweise Weinflaschen dar, die die Kinder mit Blättern von den Bäumen ringsum, möglichst schöne, vom Herbst bunt gefärbte, bezahlten. Dieses Spiel wurde den Kindern nie langweilig und sie vergnügten sich damit so lange, bis die Gemeindehelfer das Holz mit dem Beil zerkleinerten und in den Schuppen räumten.

Ein Spiel war im Schulhof in der Pause sehr beliebt und wurde seltsamerweise nie langweilig: „Wer fürchtet sich vorm schwarzen Mann?“ Ein Kind wurde zum Schwarzen Mann bestimmt und musste sich auf einer Seite des Hofes aufstellen, die anderen Kinder gingen zur gegenüberliegenden Seite. Es rief: „Wer fürchtet sich vorm schwarzen Mann“? die anderen antworteten: „Keiner!“ „Und wenn er aber kommt?“ „Dann laufen wir davon!“ Und alle liefen los. Der schwarze Mann musste so viele Kinder wie möglich abklatschen.

Seine Oma konnte nicht die lateinische, sondern nur die Deutsche Schrift schreiben, eben wie sie es früher in der Schule gelernt hatte. Das interessierte Peter. Geduldig zeigte sie ihm, wie es gemacht wird und schon ging es ihm recht flott von der Hand. Später hat er die Deutsche Schrift sogar in der Schule gelernt, aber auch diesmal kannte er das schon.

Im Herbst, wenn es die neuen Kartoffeln gab und Zwetschgen, machte Peters Mutter eines seiner Lieblingsgerichte: Kartoffelsuppe mit Zwetschgenkuchen. Dann aß Peter sich so voll, dass er Schwierigkeiten hatte, sich vom Platz zu bewegen. Wie konnte er schließlich wissen, wann seine Mutter dieses Essen wieder zubereiten würde?

Im Gemeindehaus neben der Schule wohnten zwei Familien, eine Frau mit Tochter und Sohn, die als Schlampe galt, was immer das zu bedeuten hatte, und deren Kinder, die beide mit Peter in die Schule gingen und die Bergmanns, Frau und Mann mit zwei Söhnen, Hartmut und Berti. Der Ältere fuhr mit der Bahn jeden Tag von Marktanderstadt aus in die höhere Schule, der Jüngere war damals noch fast ein Baby. Zwischen dem Schulgebäude und dem Gemeindehaus führte ein kleiner Hügel in die Wiesen unterhalb der Häuser. Im Winter war er bei den Kindern zum Schlittenfahren sehr beliebt. Eines Nachmittags, es gab erst wenig Schnee, kam Fritz mit einer Schaufel, die er von zu Hause mitbrachte und schippte die weiße Pracht auf die Spur, damit die Kinder nicht auf der nackten Erde fahren mussten. „Aus der Bahn", rief Peter, wie üblich. Doch Fritz drehte sich mit seiner Schaufel herum und Peter fuhr mit seinem Kopf dagegen. Gleich unterhalb der Schläfe hatte er eine blutende Wunde, die von der Lehrersfrau versorgt wurde. Sogar der Arzt musste kommen, um sich die Verletzung anzusehen. Wieder bekam Peter ein paar Tage Bettruhe verordnet. „Da hast du ja mehr Glück als Verstand gehabt, du hättest auch tot sein können!", meinte der Arzt.

Ein großes Ereignis stand der Schule bevor. Der erste „Tag des Baumes" sollte am 25. April 1952 begangen werden. Der Förster hatte, zusammen mit einigen jungen Männern, eine kleine Fläche am Waldrand zum Dorf hin gerodet und vorbereitet. Von einem Lkw wurden aus einer Baumschule junge Fichten angeliefert. Alle Eltern waren dabei, soweit sie abkömmlich waren, ausgerüstet mit Spaten und Hacken, sowie sämtliche Kinder mit den Lehrern. Auch der Bürgermeister und einige Gemeinderäte waren anwesend sowie viele der sonstigen Bewohner des Dorfes, außerdem die Feuerwehr zum Angießen der Bäumchen, denn es war sehr trocken. Der Bürgermeister sagte ein paar wesentliche Worte und natürlich auch der Förster.
Und dann ging's los. Der Förster zeigte, wie's gemacht wird: Ein Loch wurde in den Boden gehackt, das Bäumchen hineingesetzt und rundum mit zerkrümelter Erde aufgefüllt. Jeder bekam ein Exemplar der Fichtensetzlinge in die Hand gedrückt und zumeist unterstützt von den Müttern, Omas oder Opas wurden die Pflanzen in die Erde versenkt. Peter legte noch ein paar Steinchen rundum sein Pflänzchen, damit er „seinen" Baum später wiederfinden würde. Da die anderen es ebenso machten, konnte Peter „seinen" Baum später nicht mehr ausfindig machen. Das wäre sowieso nicht möglich gewesen, denn aus der Pflanzung wurde später ein undurchdringliches Fichtendickicht. An diesem Tag

des Baumes wurden über eine Million Bäume in Deutschland gepflanzt. Er wurde Jahr für Jahr wiederholt, die Schulkinder wurden zum Pflanzen jedoch nicht mehr benötigt, das machten die Erwachsenen selbst. Während des Krieges und in der Zeit danach waren mehr Bäume abgeholzt worden, als nachwachsen konnten.

Immer wieder trieb Peter sich mit seinen Freunden in der Scheune der Bayers herum. Denn dort gab es viel zu sehen. Oft schlichen sie den Hühnern hinterher, die im Heu und Stroh ihre Eier legten. Frau Bayer war froh, wenn sie ihr die Eier brachten, aber manchmal tranken sie sie auch aus, obwohl das nicht so gut schmeckte, aber es sollte gesund sein.
In der Scheune hatte Helmut auch seine Schnüre hängen, die von den Strohgarben abgeschnitten wurden. Und die Jungs brauchten ständig Schnüre, sogar um den einen oder anderen Freund oder Feind an den Marterpfahl zu binden. Einmal jedoch war eine Schnur zu kurz, also mussten zwei Schnüre zusammengebunden werden. Normalerweise machten sie das, indem sie die beiden Enden miteinander verknüpften und einen Doppelknoten machten. Plötzlich hatte Peter eine Idee: er machte eine Schlinge und zog beide Enden durch. Schon waren die Schnüre miteinander verbunden. Werner schaute verblüfft. Er probierte es selbst und zeigte es später allen Freunden. Enttäuscht bemerkte Peter nur kurze Zeit später, dass seine Erfindung längst erfunden war: Helmut Bayer verknüpfte seine Schnüre auch so.

In der Scheune lag noch immer die Peitsche, welche Helmut beim Ausfahren mit dem Pferd benutzt hatte, jedoch nicht zum Schlagen, sondern zum Antippen oder zum Knallen, was er gerne tat. Er hatte Peter erklärt, dass am Ende des Peitschenriemens ein kleines Stück Schnur angebunden sein muss, sonst würde es nicht knallen. Also probierten es sein Freund Werner und er auch, wenn Helmut nicht auf dem Hof war. Peter hat es mühsam gelernt, doch Werner konnte es einfach besser, bei ihm knallte die Peitsche genauso laut wie bei Helmut.

Wieder einmal musste Peter zum Zahnarzt: er hatte sich an einem Vorderzahn eine Ecke ausgebrochen. Weil er große Schmerzen hatte, ging seine Mutter mit. Der Zahnarzt schlug vor, die Ecke durch eine Goldfüllung zu ersetzen, da es keinen anderen dauerhaften Ersatz geben würde. Also biss seine Mutter in den sauren Apfel und ließ Peter vergolden. Erst ein paar Jahrzehnte später wurde das Gold, das immer wieder Anlass zu dummen Bemerkungen gab, im Rahmen einer umfangreichen Gebissreparatur ersetzt, es wurde an dieser Stelle nicht mehr gebraucht.

Ein paar Wochen nach Peters neunten Geburtstag rauschte wieder der Blätterwald, beziehungsweise die Lautsprecher der Radios dröhnten regelrecht vor Neuigkeiten: Ende Mai standen Edmund Hillary und Sherpa Tenzing Norgay als erste Menschen auf dem 8872 Meter hohen Mount Everest. Wahrscheinlich hatten sie es zum Ruhme Großbritanniens oder als Geschenk geplant, denn am 2. Juni wurde Elizabeth II, die seit dem Tod ihres Vaters George VI. im Februar als Königin von England regierte, vor 7500 Gästen in der Londoner Westminster Abbey offiziell gekrönt.

Weitere besondere Ereignisse bis zur vierten Klasse sind Peter nicht mehr in Erinnerung. Erst als er in die 5. Klasse zu Herrn Murkel kam, wurde es wieder aufregend. Dessen Steckenpferd war Geschichte, vor allem über das Dorf und seine Vergangenheit wusste er bestens Bescheid. Er quälte die Schüler geradezu mit Berichten zur Auswanderung vieler Dorfbewohner nach Amerika. Da Peter ein recht guter Schüler war, empfahl Herr Murkel seiner Mutter, ihn auf die höhere Schule zu schicken, am besten auf die Oberrealschule in Würzburg. Denn er wolle doch wohl nicht Landwirt, Verkäufer oder Handwerker werden? Für mehr würde das Wissen bei seinem weiteren Verweilen in der Dorfschule anschließend nicht reichen. Während seiner ganzen Schulzeit waren auch die Bemerkungen im Zeugnis fast immer positiv. So schrieb der Lehrer in Kelling, wo Peter ein halbes Jahr lang bei seiner Tante Johanna die fünfte Klasse besuchte: „Peter ist ein anständiger und fleißiger Bub. Im Unterricht dürfte er noch etwas lebendiger sein." Eigentlich verwunderlich bei seinen schlafmützigen, teils begriffsstutzigen Mitschülern!

Also vereinbarte Peters Mutter einen Termin beim Direktor der Oberrealschule und sie reisten, das Übertrittszeugnis in der Tasche, mit dem Bus nach Würzburg. Während des Gesprächs erfuhren beide, dass Peter selbstverständlich noch eine Prüfung bestehen müsse. Außerdem meldete sie Peter, zwar erst vorläufig, im Internat in der Nähe der Schule an.
Obwohl sie bereits einen ermäßigten Pensionspreis ausgehandelt hatte, war es für sie bei der nicht gerade üppigen Rente eine Menge Geld.
Da Peters Mutter von seinen schulischen Fähigkeiten nicht ganz überzeugt war, suchte sie einen Nachhilfelehrer. Und so ging Peter zweimal in der Woche zu Thomas nach Marktanderstadt, der ihn fit für die Prüfung machen sollte.
Dieses Nachhilfeprogramm war wohl sein Geld wert, das es kostete, denn er bestand die Prüfung. Im Herbst traf er Thomas wieder als Präfekt im Internat.

Die drohende Veränderung begleitete Peter den ganzen Sommer über und machte ihm etwas Angst, denn er hatte keine Ahnung, was auf ihn zukommen sollte.

Kapitel 6
Umzug ins Unterdorf

Als Peter etwa fünf Jahre alt war, gab es eine große Hochzeit: Tante Gertrud heiratete. Der alten Frau Bayer war das gar nicht recht, denn ihr Schwiegersohn war um ein paar Jahre älter als ihre Tochter, darüber hinaus auch noch Flüchtling und er hieß auch noch richtig ausländisch: Matuschewsky. Sie musste sich damit abfinden, denn es war die große Liebe von Tante Gertrud, daher richtete ihre Mutter ein großes Fest aus, wie üblich. Zur Taufe, zur Hochzeit, auch Silbernen und Goldenen oder zum Begräbnis, kam das ganze Dorf zusammen und war eingeladen.
Tante Gertrud war keine richtige, sondern nur eine Nenntante, Peter durfte sie von klein auf so nennen und es blieb auch dabei.

Peter sollte gemeinsam mit seiner Freundin Tulli Blumen streuen. Bis zur Kirche waren es nicht mehr als hundert Meter, also kein Problem. Doch dafür musste er sich in einen dunklen Anzug zwängen, der extra zur Hochzeit gekauft wurde, dazu kamen ein weißes Hemd, weiße Schuhe, weiße Fliege und ein weißes Einstecktuch. Peter kam sich wie verkleidet vor und maulte entsprechend. Am liebsten hätte er sich in ein Mauseloch verkrochen, denn er war sich sicher, dass alle seine Freunde ihn auslachen würden. Aber die konzertierte Aktion von Oma, Mutter, Frau Bayer und Tante Gertrud, außerdem ein gutes Taschengeld von Oma, zeigten entsprechende Wirkung. Plötzlich kam er sich sehr toll und bedeutend vor.

Zu Hochzeiten war in Kiesdorf ein Brauch üblich, der inzwischen leider nicht mehr gepflegt wird: Jedes Dorfkind besorgte sich drei gleichlange Stecken, vorzugsweise von Haselnusssträuchern, die mit einer Schnur im oberen Drittel zusammengebunden wurden. Dieses Dreibein stellte jedes Kind am Hochzeitsweg vor sich auf und klemmte seine Mütze, einen Hut oder irgendein Gefäß dazwischen. Es war nun die Aufgabe des Bräutigams und die der Hochzeitsgäste, jedes Dreibein mit ein paar Münzen zu füttern. Nach der

Hochzeit wurde das eingenommene Geld zumeist in einem der beiden Kramerläden des Ortes in Süßigkeiten angelegt. Ganz brave Kinder steckten, zumindest einen Teil davon, in ihre Sparbüchsen.

Diese Hochzeit fand im Frühjahr statt und Tante Gertrud zog mit Ihrem Mann in das Haus der Bayers im Unterdorf. Er war Handwerker, fuhr morgens mit einem alten Motorrad zur Arbeit. Tante Gertrud richtete im renovierten ehemaligen Kuhstall ein Ladenlokal ein und verkaufte Brot und Semmeln, die ein Bäcker jeden Morgen anlieferte. Es war eine Sensation fürs ganze Dorf und eine große Erleichterung, denn bisher mussten die Bewohner entweder selbst backen oder das Brot aus Marktanderstadt holen. Oft vertrieb Peter sich die Zeit im Laden und passte auf ihn auf, vor allem, wenn Tante Gertrud etwas anderes zu tun hatte.

Hochzeiten, Geburten und Begräbnisse lagen im Dorf eng beieinander. Wenn jemand gestorben war, musste die Dorfjugend zum Zeichengeben antreten. Der Friedhof, in Franken Gottsacker genannt, und die Kirche lagen ein Stück weit auseinander und waren durch Gebäude voneinander getrennt, so dass kein Blickkontakt bestand. Der Leichnam wurde in der Kirche aufgebahrt und ausgesegnet, dann zog die Gemeinde hinter dem Sarg, getragen von sechs starken Männern, und unter Glockengeläut zum Friedhof. Hier hielt der Pfarrer seine Ansprache, die manchmal – je nach den erwähnenswerten Verdiensten des Verstorbenen – lange dauern konnte. Wenn der Sarg in die Grube gelassen werden sollte, begann die Aufgabe der Zeichengeber. Sie waren an strategischen Punkten auf dem Weg vom Friedhof zur Kirche postiert und schwenkten ihre Arme. Sofort begannen die Glocken zu läuten und die Trauerfeier auf dem Friedhof hatte ein Ende. Wer eingeladen war, ging mit den Hinterbliebenen ins Wirtshaus, wo es meist gegen Abend und nach reichlichem Alkoholgenuss immer recht lustig wurde.

Eines Tages war die alte Frau Bayer, also Tante Gertruds Großmutter, gestorben. Auf dem Friedhof wollte jemand Geräusche aus dem Sarg gehört haben. „Die Frau Bayer lebt noch!" wurde gerufen. Dem Pfarrer blieb nichts anderes übrig, als die Zeremonie zu unterbrechen und den Sarg öffnen zu lassen. Doch die arme Frau lag noch genauso darin, wie sie hingebettet worden war.
Nach dem Leichenschmaus setzten sich Peters Mutter, Tante Gertrud, ihr Mann und noch ein paar Nachbarn am Abend an den Küchentisch in Tante Gertruds Wohnung. Die Stimmung war gedrückt. Allen ging die Sargöffnung auf dem Friedhof recht nahe.

Großmutter Bayer war, obwohl sie schon ein hohes Alter hatte und sie kaum noch das Haus verließ, sehr beliebt. Auch bei den Kindern, denn von ihr bekamen sie immer die Erlaubnis, Kirschen, Zwetschgen oder Äpfel und Birnen zu naschen, wenn die Früchte reif waren.
Im Laufe des Gesprächs sagte Tante Gertrud, dass ihre Mutter erzählte, in der Nacht, in der die Großmutter gestorben war, lag am nächsten Morgen im Wohnzimmer der alten Dame das Bild ihres Mannes am Boden; es war von der Wand gefallen. Und dann noch das merkwürdige Erlebnis auf dem Friedhof. Die Stimmung war sozusagen überirdisch. Sofort erzählten die Nachbarn ähnliche Geschichten. Und Peters Mutter setzte noch eins drauf: „Bei uns auf dem Dorf gab es ein Mädchen, das konnte den Menschen ansehen, wenn sie bald sterben mussten. Und jedes Mal stimmte es. Das war für das Mädchen so furchtbar und belastend, dass es sich umgebracht hat." – Daraufhin verstummte die Runde und löste sich bald auf.

Endlich war es soweit: Peter und seine Mutter packten ihre sieben Sachen. Helmut spannte sein Pferd vor einen Wagen, half die paar Möbel aufzuladen und ab ging es ins Unterdorf zum Haus von Tante Gertrud. Am selben Tag wurde auch das neue Schlafzimmer geliefert. Am Abend, als Peter müde ins Bett fiel, stand seine Mutter ganz stolz im Zimmer und sah sich um. Endlich hatte sie es geschafft, wieder auf eigenen Füßen zu stehen und wegzukommen von ihren ungeliebten Schwiegereltern.

Im Unterdorf gab es auf dem Nachbarhof einen Jungen, Axel, der ein Jahr jünger war, als Peter. Eines Tages kam er auf Stelzen um die Ecke, das hatte Peter noch nie gesehen. Plötzlich wollten alle Jungs im Dorf nur noch auf Stelzen laufen, auch er. Doch das war gar nicht so einfach. Axel half ihm, seine Stelzen anzufertigen, indem er ihm von seinem Opa die nötigen Stangen, Brettchen und Nägel „besorgte". Und dann ging's los. Doch meistens lag Peter auf dem Boden, statt wie sein Freund hoch in den Lüften zu schweben. Axel lachte sich kaputt, so dass er sich kaum auf seinen Stöcken halten konnte. Trotz vieler Versuche – Peter hat es nie richtig gelernt und er stellte seine Stelzen in den Holzschuppen, wo sie seine Mutter vermutlich zu Brennholz zersägte.

Obwohl Peter es niemandem sagte, hatte er noch immer Angstattacken, wenn er alleine in einem Zimmer war. Eines Nachts wachte er auf. Ein kleines Licht brannte, aber von seiner Mutter war weit und breit nichts zu sehen. Es war schon fast Mitternacht. Panik ergriff ihn. Jetzt hat mich meine Mutter endgültig verlassen, ging es ihm durch den Kopf! Sein Herz klopfte wie wild, Angstschweiß kroch ihm aus allen Poren. Nichts hielt ihn mehr im Bett. Er zog seine Hausschuhe an und lief zur Tür und die Treppe hinunter in den Hof. Bei Tante Gertrud war schon alles dunkel. Es war Winter und bitterkalt, es lag Schnee. Der Hof mündete in die Dorfstraße, die damals zwar spärlich, aber immerhin schon mit ein paar Lampen beleuchtet war. Soweit er bei dem spärlichen Licht sehen konnte, rührte sich weit und breit nichts. Die Tränen liefen ihm übers Gesicht. Er wollte zu seinen Großeltern gehen und sich trösten lassen. Dann sah er jemand ganz oben am Ende der Straße um die Kurve kommen. Ob das seine Mutter war? – Oder vielleicht doch nur ein Besoffener aus dem Wirtshaus? Das würde ein Gerede geben, wenn man ihn so sah, im Schlafanzug und mit Hausschuhen im Schnee! Er ging zurück und legte sich tränenüberströmt wieder ins Bett. Kurz darauf kam seine Mutter zur Tür herein. Er beklagte sich bitter schluchzend: „Wo warst du denn mitten in der Nacht?" „Na, bei Oma und Opa, wo sonst!" antwortete sie und schüttelte den Kopf. „Und deshalb weinst du? Kann man dich denn nicht mal für ein paar Minuten alleine lassen? Ich dachte, du bist schon ein großer Junge!" – Die Großen reden eben wie sie's brauchen, mal soll man ein großer Junge sein, mal ist man ein kleiner.

Der Hof von Tante Gertrud lag, wie gesagt, im Unterdorf. Er bestand aus dem Wohnhaus rechts und der Scheune links, an die ein Stall und zwei Abstellkammern im rechten Winkel angebaut waren. In der Scheune waren Stroh und Heu gelagert, das keinen Platz mehr im Oberdorf fand. Diese Scheune hatte ein großes Tor zum Hof hin wie üblich, damit man mit den hochbeladenen Erntewagen einfahren konnte. Aber für die Dorfjugend war viel wichtiger, dass es noch eine unverschlossene Tür auf der Rückseite gab. Einmal fand Peter einen Schlüpfer, hübsch verziert mit Spitzen, in der Scheune. Neugierig brachte er ihn, angehängt an einen Stock, zu seiner Mutter. „Weißt du, wer das in der Scheune liegen gelassen hat?" – „Woher soll ich das wissen", sagte sie. „Vielleicht hat ein Tier das dorthin verzogen". Lange Zeit rätselte Peter darüber, welches Tier in der Scheune wohl Damenschlüpfer sammeln könnte. Auch seine Freunde wussten darauf keine Antwort.

Das Zimmer von Peter und seiner Mutter bei Tante Gertrud lag im ersten Stock. Gegenüber wohnte seit einiger Zeit eine Berliner Familie in zwei Zimmern, die nach Kiesdorf gekommen war, weil sie ausgebombt wurde. Sie hatten eine Tochter in seinem Alter, Tulli, von der schon die Rede war, sie war wesentlich cleverer als er, so meinte Peter. Sie wusste über viele Dinge besser Bescheid, doch zur Frage des Unterhosen sammelnden Tieres fiel auch ihr nichts ein. Einige Zeit nach dem Umzug von Peter und seiner Mutter zu Tante Gertrud, gingen Tulli und ihre Familie zurück nach Berlin. Peter hat nie wieder etwas ihr gehört, dabei hat er sie sehr gemocht. Beide gingen eine Zeit lang in dieselbe Klasse der Volksschule von Kiesdorf. Sie war damals seine beste Freundin. Die anderen Freunde hat er oft vernachlässigt und sie waren sauer. Peter und Tulli wurden arg verspottet und gehänselt. Doch von einem Tag auf den anderen war es mit allem vorbei.

In die kleine Wohnung zog eine Familie mit einem kranken Großvater. Sie lebten still und unauffällig, Peter sah sie kaum. Seine Mutter lag ihm ständig in den Ohren, leise zu sein, denn dem alten Herrn ging es sehr schlecht. Und dann war er plötzlich gestorben. Seine Tochter fragte Peter, ob er sich von ihm verabschieden wolle. Da Peter noch nie einen Toten gesehen hatte, bedurfte es viel Zuredens von seiner Mutter. Der alte Mann lag still im Sarg, gekleidet in seinen besten Anzug, die Hände gefaltet. Peter betete still ein Vater unser und ging dann wieder zurück in sein Zimmer.
Der Leichenschmaus wurde in der Sonne, dem einzigen Gasthaus im Dorf, abgehalten. Da alle aus dem Haus in der Wirtschaft waren, um den Heimgang des Opas zu begießen, trieb Peter sich als es Nacht wurde im Hof und auf der Straße herum. Da kam Axel vorbei, der Nachbarsohn. Plötzlich sagte er: „Du, ich glaub, da oben brennt's." Und tatsächlich, ein Lichtschein flackerte am Fenster. „Komm", rief Peter, „wir laufen schnell zur Sonne!" Aber schon nach ein paar Metern kam die Trauerfamilie samt einigen Gästen um die Ecke. Schnell liefen alle die Treppe hinauf, schlossen die Tür auf und stürzten ins Zimmer. Dort flackerte am Fenster ein Ewiges Licht, das man vor Opas Fotografie angezündet hatte. Alle waren sehr erleichtert, dass nichts passiert war. Peter und sein Freund wurden sogar gelobt, dass sie so aufmerksam gewesen waren.

Im Erdgeschoss, das über eine Sandsteintreppe mit ein paar Stufen zu erreichen war, wohnte Tante Gertrud mit ihrem Mann. In den Keller gelangte man ebenfalls über eine Steintreppe die von der linken Seite des Hauses her abwärts führte. Das Plumpsklo stand angelehnt an die Längsseite, ein Stück weiter neben dem Brotladen.
Eine Holztreppe führte in das Zimmer von Peter und seiner Mutter im ersten Stock, eine weitere auf den Dachboden. Dort befanden sich ausrangierte Möbel und Geräte.
Betrat man das Zimmer, stand links die Schminkkommode mit zwei klappbaren Spiegeln, so dass man sich gleich von drei Seiten sehen konnte. Peter sah sich gern nackt darin und bewunderte seine sich entwickelnden körperlichen Merkmale. Dann folgte an der nächsten Wand das Doppelbett, links und rechts flankiert von je einem Nachtkästchen. Und wie es sich gehörte, darüber ein

gerahmter Farbdruck unter Glas mit Jesus im Vordergrund und Fantasie-hintergrund. Als einziges weiteres Bild hing noch ein Auerhahn auf einem dürren Baum in Öl und pompösem Rahmen im Raum.
Das Bett war mit Eiche furniert und hatte am Fußende eine etwa zehn Zentimeter breite Leiste, die mit Dübeln aufgesetzt war. Später dann waren diese ausgeleiert. Stieß man an die Leiste, fiel sie laut polternd herunter, manchmal auf die eigenen Füße.

An der Wand gegenüber der Tür befanden sich zwei Fenster, dazwischen ein kleines Hängeregal mit den paar Büchern von Peters Mutter, vor allem das Bayerische Kochbuch, und einer Hängepflanze. Darunter bis zum Eck der rechten Wand stand eine Couch mit einem Brett darüber, auf dem das Radio stand. Rechts folgte ein Kleider- und ein Küchenschrank. Rechts neben der Tür war ein Küchenherd mit Wasserkasten, der für ständig heißes Wasser sorgte. Links neben dem Herd schloss sich ein Waschbecken mit einem Wasserhahn darüber an. Fließendes heißes Wasser war selbstverständlich ein Fremdwort. Am Fußende des Bettes stand ein kleiner Tisch, an dem gegessen und die Schularbeiten gemacht wurden.
Der Herd musste vor allem im Winter morgens angeheizt werden, sonst war es eiskalt im Zimmer. Am Abend vor dem Zubettgehen wurde ein Brikett in ein Blatt feuchtes Zeitungspapier eingewickelt und auf die Glut gelegt. Morgens war meistens noch so viel davon da, dass es für ein neues Feuer reichte. Peter machte das Heizen Spaß. Die Flammen, welche das Holz verbrannten, das Knistern und Knacken des Holzes waren irgendwie elementar und damit aufregend.
In der Nachtkästchenschublade von Peters Mutter lag ein in Leder gebundenes und auf extrem dünnem Papier gedrucktes Neues Testament. Wenn sie auch sonst kein Buch las, in der Bibel blätterte sie geradezu demonstrativ jeden Abend herum mit der immer wiederkehrenden Aufforderung an Peter, dass Gottes Wort zu lesen auch ihm gewiss nicht schaden würde. Wieso das Gottes Wort sein sollte, hat sich ihm schon damals nicht ganz erschlossen, denn er war sich sicher, dass das irgendwelche Menschen verfasst hatten und alles nur eine Erfindung der Pfaffen war.
Andere Bücher und vor allem Comics machten Peter jedoch mehr Spaß, die er von seinem gesparten Geld, oder von dem bei seiner Großmutter erbettelten, kaufte.
Die alten Geschichten in der Bibel, die er vom Religionsunterricht zur Genüge kannte und die von Menschen in für ihn uninteressanten Ländern handelten, die längst ausgestorben waren, hatten keinen besonderen Reiz für ihn.

Außerdem glaubte er so manche der beschriebenen Begebenheiten sowieso nicht und hielt sie für Märchen wie die der Gebrüder Grimm.

Wenn er viel einzukaufen hatte, konnte er auch die eine oder andere Mark abzweigen, weil es seiner Mutter zu mühselig war, alles nachzurechnen. Außerdem betrachtete er das als Lohn für seine Mühe, die Einkäufe nach Hause zu schleppen, was oftmals ganz schön schwierig war.

Einmal im Monat gab es damals die Micky Maus von Walt Disney. So was hatte Peter noch nicht gesehen: gezeichnete Geschichten mit Text in Sprechblasen! Die Hefte in den 50er Jahren hatten noch intelligente Storys, geschrieben und gezeichnet mit viel Fantasie. In einer der ersten Geschichten, sie wurde später wieder neu aufgelegt, pflanzte Donald Salat. Seine Neffen trampelten beim Drachensteigenlassen alles kaputt, was ihn sehr wütend machte. Eierbomben beispielsweise wurden von ihm per Segel an der Drachenschnur hochgeblasen und dann abgeworfen. Einfach Spitze!

Erika Fuchs hatte die Geschichten – jedoch nicht wörtlich – aus dem amerikanischen ins Deutsche übertragen. Sie hat sich nach dem Krieg wahrhaftig um die deutsche Sprache verdient gemacht, auch wenn das viele anders sehen. Sie erfand eine ganze Reihe von neuen Formulierungen, beispielsweise: „Dem Ingeniör ist nichts zu schwör."

Und dann hörte Peter, dass Walt Disney, der Schöpfer von Micky Maus, eine Märchenwelt in Amerika gebaut hat, die von Mäusen, Enten und anderen Tieren bevölkert war, speziell um Kinder neue Träume erleben zu lassen. Dorthin reiste er auch – allerdings nur in seiner Fantasie.

Das erste Buch, welches Peter kaufte, war Ganghofers Roman „Gewitter im Mai", das er seiner Mutter zum Geburtstag schenkte. Aber ein Buch zu lesen, außer ein paar Sätzen im Neuen Testament, das ja auf Peter moralischen Zwang ausüben sollte, war ihr zu mühsam. Sie schmökerte lieber in den vielen Illustrierten, die vorwiegend beim Arzt im Wartezimmer oder beim Friseur auslagen. Denn diese Reportagen bestanden zum größten Teil aus Bildern, das strapazierte das Gehirn viel weniger als ein Buch. Berichte aus Königshäusern und von Filmschauspielern waren ihr am Liebsten. Später dann war sie viele Jahre lang Stammleserin der Zeitung „Heim und Welt", die sie sogar abonniert hatte.

Das Einkaufen am Samstag gehörte jetzt zu Peters festen Aufgaben. Vor allem die Metzgerei Pietzeck in Marktanderstadt musste er regelmäßig besuchen, um Wurst und Fleisch auch für die Großeltern zu kaufen. Die Pietzecks waren ebenfalls eine Flüchtlingsfamilie und sie bereiteten die Würste noch so zu wie früher daheim im Sudetenland. Kein Wunder, dass sich die Kunden drängelten. Peter war noch ziemlich klein und wurde von den „Weibsen" im Laden rumgeschubst, da kannte man schon damals kein Pardon. Es war ja nicht das eigene Kind, da konnte man sich problemlos vordrängeln! Einmal erbarmte sich eine Frau seiner und sagte zu Frau Pietzeck: „Nehmen sie doch mal das kleine Mädchen hier dran, das wartet schon so lange!" Obwohl er froh war, endlich bedient zu werden, empörte ihn die Bezeichnung „Mädchen" – schließlich war er ein Junge! Und er protestierte auch laut und deutlich. Lachend entschuldigte sich die Frau bei ihm, sie habe ihn ja nur von hinten gesehen. Als er das Erlebnis seiner Mutter erzählte, meinte sie nur: „Ich sage dir ja immer, du sollst öfter zum Friseur gehen, aber du willst ja nicht."

Peter musste beim Einkaufen in Marktanderstadt jedes Mal über die Mainbrücke gehen. Einmal sah er unter sich einige Fische mit dem Bauch nach oben schwimmen, die sogar noch mit dem Schwanz wackelten. Rasch lief er hinunter und mit einem Stock holte er einen vielleicht 20 cm langen Brocken ans Ufer. Er packe ihn in Gras und Blätter und brachte ihn mit den übrigen Einkäufen nach Hause. Voller Stolz präsentierte er den Fisch seiner Mutter: „Damit haben wir mindestens zwei Tage was Gutes zu essen." – „Davon werden wir gar nichts essen", schrie seine Mutter regelrecht, „vielleicht ist er vergiftet." Sie packte den schönen Fisch und warf ihn auf den Misthaufen. Dort hat ihn sich vermutlich eine Katze oder ein Hund geholt, denn am nächsten Tag lag er nicht mehr da und von einem plötzlichen Todesfall im bekannten Tierkreis hat Peter nichts gehört.

Wenn im Radio der Suchdienst des Roten Kreuzes übertragen wurde, war Peters Mutter mit dem Ohr am Lautsprecher. Ihm ging das regelrecht auf die Nerven und machte ihn wütend, weil sie demonstrieren wollte, wie sehr sie seinen Vater liebte! Obwohl sie eine amtliche Bestätigung bekommen hatte, dass ihr Mann während der Invasion in der Normandie 1944 gefallen war, glaubte sie noch immer an ein Wiederkommen – denn die Hoffnung stirbt zuletzt. Aber sein Name wurde selbstverständlich nie genannt.
Viele Jahre später fuhr Peter mit ihr und ihrem zweiten Mann zu dem Friedhof in der Normandie, wo er begraben ist. Unter vielen tausenden Gräbern fanden sie auch die letzte Ruhestätte seines Vaters, eine dunkelgraue Platte in einer endlos scheinenden Rasenfläche. Gefallen für Volk und Vaterland – wegen eines geisteskranken Anstreichers aus Österreich und seiner größenwahnsinnigen Schergen! – Die größten Massenmörder und Kriegsverbrecher aller Zeiten! Oder wie es einmal jemand formulierte: Adolf Hitler – die verspätete Rache Maria Theresias an Preußen.

Trotz des Hoffens auf eine Wiederkehr ihres Mannes war Peters Mutter neugierig auf die Männer im Dorf. Es gab ja einige fesche Bauernsöhne im heiratsfähigen Alter und seine Mutter war ja eine Bauerntochter und recht attraktiv.
Einer war der Erbe eines kleinen Hofes im Oberdorf, der Peters Mutter immer wieder besuchte. Eines Abends blieb er lange sitzen und trank Bier. Peter musste bereits ins Bett und war stinkigsauer. Seine Mutter schaltete fast alle Lichter aus und sie unterhielten sich nur noch flüsternd. Dann war Peter anscheinend doch eingeschlafen. Seine Mutter lag immer rechts von ihm im Doppelbett an der Tür. Irgendwas war jedoch anders als sonst. Sie war unruhig im Bett, Peter merkte, da war noch jemand anders. Er langte vorsichtig unter ihre Bettdecke und spürte eine fremde Hand auf ihrem Bauch. Sofort knipste er das Licht an und machte einen riesigen Spektakel. Damit handelte er sich eine Ohrfeige ein, aber seine Mutter verabschiedete ihren verhinderten Liebhaber. – Das Haus muss schließlich sauber bleiben, dachte Peter!

Jeden Abend vor dem Zubettgehen musste Peter wie es üblich war, laut mit seiner Mutter beten: „Müde bin ich, geh zur Ruh, schließe beide Äuglein zu, Vater lass die Augen dein, über meinem Bette sein." Und dazu noch: „Ich bin klein, mein Herz ist rein, darf niemand drin wohnen als das liebe Jesulein."
Mit der Zeit nervte diese Beterei Peter tierisch, denn er empfand das als äußerst kindisch und er war doch schon ein großer Junge!

Obwohl er sich, wenn er ins Bett ging, sich gerne bemuttern ließ; vielleicht hätte er sich noch lieber bevatern lassen, doch das war ja nicht möglich.

Ein weiterer Verehrer wohnte unterhalb von Tante Gertruds Hof. Ein alter Herr, den Peter sehr mochte, Opa genannt, lebte hier mit seinen zwei Söhnen von siebenundzwanzig und dreißig Jahren, Konrad und Karl, und einer etwas jüngeren Tochter, Grete. Auch diese beiden trieben sich oftmals bis spät abends bei Peters Mutter herum. Dann entschied sie sich für den Älteren und Seriöseren, aber letztendlich konnte sie sich doch nicht für ihn entscheiden. Opa war enttäuscht.
In diesem Zusammenhang, Verehrer seiner Mutter, hat Peter wieder einmal eine kräftige Watschen von seiner Mutter bekommen, wegen des Themas Sex. Seine Mutter bezeichnete den Penis manchmal als „Schnipper", warum war ihm nicht bekannt. Aber auch ein kleines Gemüsemesser bezeichnete sie so. Eines Tages nervte sie ihren Sohn, weil sie den Schnipper, also das kleine Messer, nicht finden konnte, den sie zum Kartoffelschälen brauchte. Sie suchte wie wild in allen Schubladen und beschimpfte ihn, er hätte ihn verlegt. Da wurde es

Peter einfach zu dumm: „Ich habe ihn schon ein paar Tage nicht gesehen! Geh doch zum Karl und hol dir seinen Schnipper!" So schnell konnte Peter gar nicht die Kurve kratzen, wie er sich eine Watschen gefangen hatte und aufs Bett fiel. Auch dieses Thema wurde als Tabu behandelt und das Wort von ihm und seiner Mutter nie mehr gebraucht.

Dafür haben Peter und seine Freunde von Grete bereits eine Lektion in Sachen Sex erfahren. Sonntags kamen immer Amerikaner, mal dieser, mal jener, auch mal ein Neger, jeweils mit einem großen Amischlitten angefahren und scharwenzelten um sie herum. Wenn schönes sonniges Wetter war, verzogen sie sich mit einer Decke auf die Wiese unterhalb des Hofes. Die Jungs glaubten, dass sie sich nicht nur zum Unterhalten in die Einsamkeit zurückzogen. „Die Poussieren", meinte Axel. Die an die Wiese grenzende Scheune war eine ideale Basis für den weiterbildenden Anschauungsunterricht der Buben, denn die Wände hatten Löcher und Durchblicke, schließlich waren sie aus der üblichen Lehm-Stroh-Mischung. Warum jedoch der Ami so gymnastische Übungen unter der Decke vollführte und seine Partnerin anscheinend vor Schmerzen stöhnte, war ihnen schleierhaft. Manchmal meinten sie, er quäle das junge Fräulein. – Aber wen konnten sie schon deswegen fragen?

Die Amerikaner waren auch sonst nützlich. Von ihnen bekamen die Jungs Zigaretten geschenkt. Heimlich hinter der Scheune von der alten Frau Bayer probierten Peter und sein Freund Werner das Rauchen. Sie husteten sich fast die Seele aus dem Leib und es wurde ihnen furchtbar schlecht. Die Beiden konnten nicht verstehen, was die Erwachsenen daran fanden, denn sie waren sich ganz sicher: Das Rauchen dieses komischen stinkenden Krauts, genannt Tabak, würde niemals zu ihren Lieblingsbeschäftigungen gehören! – Und Peter fand das Zigarettenrauchen, ein bisserl geschnittenen Tabak, eingewickelt in ein wenig Papier, auch später einfach albern.

Kaum kam Peter auf den Hof spaziert, um seine Oma zu besuchen, schon trat sie aus der Haustür. Sie schnüffelte kurz: „Du hast doch nicht etwa geraucht. Bist du von allen guten Geistern verlassen. Junge, Junge, das sage ich deiner Mutter, damit sie dir den Hosenboden stramm zieht." – Da half kein Leugnen. Ihren Geruchssinn konnte man nicht überlisten. Zum Glück hat sie vergessen, seiner Mutter von dem Rauchversuch zu erzählen.

Eines Tages kam ein Besucher zum Opa im Unterdorf, ebenfalls ein junger Mann. Als Axel und Peter beim Opa vorbeischauten, lernten sie diesen Mann kennen. Er hatte den Bach im Talgrund gesehen und wollte von den Beiden

wissen, ob es darin Krebse gab. „Klar", sagte Peter, „ganz viele sogar!" „Habt ihr schon mal welche gefangen und gegessen?" fragte er. Eine Erkundigung, die die Beiden zumindest was das Letztere betraf, verneinen mussten. Sie wussten gar nicht, dass so etwas Scheußliches überhaupt essbar war. Aber der Mann schwärmte geradezu von dem besonderen nussigen Geschmack dieser Tiere. Krebse hatten die Freunde zwar öfter gefangen, sie wurden auch immer wieder mal von den Tieren gezwickt, aber dass man diese hässlichen Viecher essen konnte, darauf wären sie nie gekommen!
Also zogen sie mit dem jungen Mann und Eimern eines Tages los und sammelten Krebse ein, die anschließend gekocht werden mussten. Opa machte dazu eine Mayonnaise mit viel geschnittenem Dill und dann aßen alle – Axel und Peter probierten zwar auch davon, aber es war bestimmt keine Speise, die sie zu ihrem Leibgericht erklären würden, wie sie meinten.

Wenn einmal richtig Schnee lag, es Stein und Bein fror, aber auch ein runder Mond schien, verabredete sich das Jungvolk des Dorfes zum Schlittenfahren bei Nacht. Sanfte Hänge dafür gab es ja genügend an den Ausläufern des Spessarts. Mit viel Hallo ging man so weit wie möglich bergauf und sauste dann ins Tal. Peter durfte nachts nur mit seiner Mutter unterwegs sein. Sie jedoch war zumeist nicht auf dem gemeinsamen, sondern auf dem Schlitten eines der jungen Bauernsöhne zu finden. Peter zog daher lieber mit seinen Freunden tagsüber los, dann war es auch nicht so kalt und es machte ihm mehr Spaß. Vor allem aber konnte er sehen, wohin er mit dem Schlitten fuhr.
Trotzdem liebte er die nächtlichen Ausflüge. Der Himmel war voller Sterne, seine Mutter zeigte ihm die Milchstraße und den großen Wagen. Peter wollte wissen, ob es auch einen kleinen Wagen gäbe. „Ja, natürlich", antwortete seine Mutter. „Und wo ist der?" fragte Peter. „Weiß ich nicht", war ihre Antwort.

Tante Gertrud hatte eine schöne graugetigerte Katze, die sehr anhänglich war und oft zu Peter in die Wohnung kam. Dann machte sie es sich auf der Couch bequem und schlief ein paar Stunden. Auf das Bett durfte sie sich nicht legen, da war seine Mutter strikt dagegen. Ein- bis zweimal im Jahr bekam sie Junge, die wohl von Tante Gertruds Mann getötet wurden, denn plötzlich waren die jungen Kätzchen nicht mehr da. Das Sterilisieren oder Kastrieren von Katzen war auf den Dörfern nicht üblich, wie heute auch noch, das wäre eine unnütze Geldausgabe gewesen! – Die Folge war und ist nach wie vor ein Katzenelend aus falsch verstandener Tierliebe; die Tierheime sind voll von abgegebenen oder gefundenen Katzen, die keiner haben will!
Doch Mieze war ja nicht doof. Sie versteckte ihre Jungen und brachte sie erst zum Vorschein, wenn sie bereits einige Monate alt waren. Da diese jedoch

Menschen nicht gewohnt waren, ließen sie sich nicht einfangen. Einige Exemplare von diesem Katzennachwuchs liefen auf dem Hof herum und rannten fort wie der Blitz, wenn sie jemanden sahen.

Jeden Abend musste Peter mit der Kanne die Milch von den Bayers im Oberdorf holen. Und jeden Abend passte ihn der Nachbarshund Bello ab, welcher zu dem Bauernhof unterhalb dem der Bayers gehörte, weil er wohl merkte, dass Peter Angst vor ihm hatte. Dieser Köter war schwarz-weiß gefleckt, etwa so groß wie ein Setter und ein richtiger Giftzwerg. Kaum war Peter um die Ecke gebogen, lief Bello laut kläffend, die Zähne fletschend und mit hoch aufgerichtetem Schwanz auf ihn zu. Peter rannte natürlich davon, denn dieses Mistvieh galt bei den Kindern als gefährlich, und es hatte schon so manchen ins Bein gezwickt. Wenn Peter mit der vollen Kanne zurückkam war er verschwunden, dann hat er sich wohl ins Haus oder in den Stall zurückgezogen, denn seine Mission war ja bereits erfüllt!
Oftmals konnte Peter nicht einschlafen, weil er hin- und herüberlegte, was er diesem Köter antun könnte. Da kam ihm eine Idee. Er besorgte sich einen schönen frischen Haselnussstecken und schlich am nächsten Abend lautlos die Straße hoch bis ans Hofeck. Dort rief er leise: Bello komm, Bello komm her. Wie gewöhnlich kam dieser kläffend angelaufen und rannte ums Eck. Peter holte aus und verpasste ihm einen Schlag mit den Stock auf seinen Hintern. Laut aufjaulend jagte der Hund zurück in seine Hütte. Ab dieser Zeit machte Bello einen großen Bogen um Peter und der hatte endlich seine Ruhe!

Bei Tante Gertrud gab es ein Stallgebäude, das unbenutzt war. Im Laufe des Sommers schaffte sie sich ein Gänsepärchen an und die Gans legte im darauf folgenden zeitigen Frühjahr Eier. Nach etwa einem Monat brüten, schlüpften die ersten Jungen und die Aufregung im ganzen Haus war groß. Die Gänseküken mussten im Backofen gewärmt, und mit feingehackten, gekochten Eiern, gemischt mit feingeschnittenen frischen Brennnesseln, gefüttert werden.
Tante Gertrud hatte eine Wiese im Osten des Dorfes, die ihr Mann mit einem Maschendraht eingezäunt und einem Türchen versehen hatte. Dorthin führte Peter jeden Tag nach der Schule die Gänschen mit ihrer Mutter, was längere Zeit dauerte, denn die Tiere mussten ja das Gras am Straßenrand ausgiebig kosten. Direkt neben dem Zaun floss ein kleiner Bach den Hang hinunter zum Kiesbach. Da hatte Peter eine Idee: Am nächsten Tag nahm er einen Spaten mit und hob eine Vertiefung aus, dann leitete er Wasser aus dem Bach hinein und wieder hinaus. Jetzt konnten die Gänsekinder darin herumschwimmen und sie nutzten ihr Badevergnügen weidlich aus. Nur wenn die alte Gans auch zum Baden hineinstieg, wurde es eng.

Peters Tätigkeit als Gänsehirt blieb von seinen Freunden und anderen nicht unbemerkt. Mancher besuchte ihn am Nachmittag im Gänseparadies und sie spielten mit den Tieren.
Einige verspotteten ihn und riefen ihm blöde Namen hinterher, was ihn natürlich ärgerte. Sein Lieblingsfeind, Joachim, der sich am Kiesbach schon einmal unbeliebt bei ihm gemacht hatte, tat sich ganz besonders hervor. Er warf einen Ast nach Peter, der jedoch eines der kleinen Gänschen traf. Es war zwar nichts passiert, aber Tante Gertrud, der er den Vorfall erzählte, beschwerte sich bei Joachims Mutter, als diese zum Brotkaufen kam. Peter wurde zugetragen, dass der arme Joachim tagelang mit einem roten Pavianhintern herumlaufen musste. Einige Monate ging ihm Joachim aus dem Weg. Später wurden sie aber doch noch gute Freunde als beide in Marktanderstadt wohnten.

Gänse sind monogam. Das heißt sie bleiben als Paar ein Leben lang zusammen. Sie sind auch sehr kommunikativ. Axel und Peter gingen mit den Gänsen oftmals zum Kiesbach, dort wo er an der Straße entlang führte, weil hier anscheinend besonders schmackhafte Gräser wuchsen und die Tiere sogar im Bach gründeln konnten. Auf eine Entfernung von vielen Metern haben die Gänse sich intensiv „unterhalten", vermutlich über die gerade gekosteten, prima schmeckenden Pflanzen.

Mit Axel hat Peter Wespennester auf Tante Gertruds Dachboden ausgeräumt. In dem Jahr gab es eine richtige Wespenplage, sie waren überall und kamen immer wieder durch die Fenster, sobald man sie zum Lüften öffnete. Peter bemerkte bei einem Besuch auf dem Dachboden, dass mehr als zwanzig größere und kleinere Wespennester an den Dachziegeln hingen. Die Wespen waren eifrig bemüht, wie üblich von unten her hinein- und herauszuschlüpfen und durch Ritzen und Spalten im Dach ins Freie und wieder zurückzufliegen. Es herrschte ein außergewöhnlich reger Flugverkehr mit entsprechendem Gesumme. Die Frauen trauten sich nicht mehr auf den Speicher zum Wäscheaufhängen. Peter war auch nicht gerade der Mutigste, was diese Biester betraf, da er schon des Öfteren gestochen worden war.
Er bemerkte, dass die Wespen morgens erst bei einer bestimmten Temperatur munter wurden. Freund Axel war bereit, beim Vernichten der Wespennester mitzumachen. Also stiegen sie an einem Sonntag ganz früh auf den Boden. Mit einer Stange wurde das erste Nest heruntergeholt und sofort zertreten. Sicherheitshalber rannten sie zur Tür hinaus und schauten vorsichtig um die Ecke was passierte. Keine Wespe war entkommen. Also wurden die Nester eins nach dem anderen heruntergeholt und manche waren ganz schöne

Brocken.

Doch die Tierchen haben sich gerächt: Einmal ging das Nest beim Herunterfallen kaputt, bevor Peter darauf treten konnte und die Wespen schwärmten wütend aus. Bis die Beiden sich durch die Tür in Sicherheit bringen konnten, hatte ihn schon eine gestochen. – Axel und Peter haben ihren Feldzug gegen die Wespen sofort abgebrochen.

Heute würde Peter die Nester sicher nicht mehr vernichten, denn es sind regelrechte Kunstwerke, die von diesen kleinen Tieren aus Holzbrei gefertigt werden.

Im Sommer hatte Peter eine fantastische Idee: Er wollte mit Axel und ein paar weiteren Freunden Kapitän spielen. Die immer leckende Holzbadewanne war von seiner Mutter endlich ausrangiert und durch eine verzinkte Blechwanne ersetzt worden. Der Schreiner des Dorfes war zwar in seinem Fach ein regelrechter Künstler, jedoch eben doch kein Küfer, der es verstand, eine wasserdichte Wanne herzustellen. Der letzte Anstoß für die Neuanschaffung war sicherlich, dass Peter mit der Wanne umgekippt war und das Wasser über die Diele die Treppe hinunter bis ins Erdgeschoss lief. Die Holzwanne stand seit dieser Zeit verstaubt im Schuppen und regte Peters Fantasie an.

Axel und er trugen sie zum Kiesbach hinunter. Sie stauten den Kiesbach gleich hinter dem Durchlass unter der Straße auf und ließen die Wanne in dem Tümpel zu Wasser. Doch es war ein ungeeignetes Schiff, äußerst instabil, da es einen geraden Boden und schräge Wände hatte. Nachdem die Wanne kenterte und Axel ins Wasser fiel, wurde das ungeeignete Boot wieder in den Schuppen zurückgebracht. „Hätte er sich ruhig in die Wanne gesetzt, wäre er nicht umgefallen", erklärte Peter dazu seiner Mutter. „Ja, hätte der Hund nicht geschissen, hätte er einen Hasen gefangen", war darauf ihre übliche Antwort.

Eines Tages hat Peters Mutter sie mit dem Beil zerhackt und im Küchenofen verfeuert.

Im Talgrund in der Nähe des Bachs stand eine Reihe von Kopfweiden, die den Rohstoff für die Körbe lieferten, die im Dorf gebraucht wurden. Annis Opa vom Nachbarhof war der einzige Korbmacher im Ort. Gerne sah Peter zu, wenn er die Ruten von den Weiden schnitt, sie einweichte und daraus Körbe flocht. Das ging ihm recht flott von der Hand. „Jung gewohnt ist alt getan", war sein Standardspruch. Für ein paar wenige Mark verkaufte er sie an die dankbaren Dorfbewohner. Zumeist setzte er den Erlös in Bier und Tabak um. So war allen gedient.

Nach seinem Tod gab es niemanden mehr, der die Kopfweiden pflegte, sie wuchsen aus, wurden groß, bis die kurzen Stämme das Gewicht der Äste nicht mehr tragen konnten. Der Wind brach sie irgendwann einmal auseinander und, da die Baumleichen auf den Wiesen störten, schaffte man sie irgendwann weg. Heute sind im Kiesbachtal keine Kopfweiden mehr zu finden.

Am Samstagabend wurde gebadet, wie es üblich war in Deutschland. Zuerst kam Peter in das Wasser und wurde gründlich von Kopf bis Fuß abgeseift. Ihm machte das großen Spaß und es dauerte entsprechend lange, da er alle möglichen Spielsachen mit in die Wanne nahm, vor allem seine gelbe Ente und den roten Fisch, beide noch aus strenggriechendem Bakelit, dem ersten Kunststoff. Bevor das Wasser abgekühlt war, brachte man ihn nicht aus dem Zuber. Anschließend wurde er trockengerubbelt, bekam einen frischen Schlafanzug und wurde ins Bett gesteckt. Dann löschte seine Mutter alle Lichter bis auf die verhängte Nachttischlampe, außerdem musste sich Peter mit dem Gesicht zur Wand drehen, denn nackt durfte er sie niemals sehen! Sie goss frisches heißes Wasser in die Wanne, stieg hinein und badete ebenfalls. Anschließend wurde das Wasser über das Waschbecken entsorgt, meistens war Peter dann schon eingeschlafen.

Selbstverständlich wurde nicht nur vor dem Zubettgehen gebetet, sondern auch vor dem Essen: „Komm, Herr Jesu, sei unser Gast und segne, was du uns bescheret hast." Bei seinen Großeltern war das nicht üblich, da konnte man gleich mit dem Essen anfangen – gerne hat Peter dort gegessen, vor allem die schlesischen Gerichte aus der alten Heimat.
Großmutter kochte oftmals Gulasch und dazu gab es Kartoffelbrei. Selbstverständlich aus frisch gekochten Kartoffeln, gründlich gestampft und mit Muskat gewürzt. Das Beste daran war jedoch die zerlassene braune Butter, die Großmutter reichlich über den Kartoffelbrei goss. Vorher machte Peter mit seiner Gabel eine Kuhle in den Brei, damit recht viel Butter hinein passte. Aber auch Wiener Schnitzel gab es manchmal, überhaupt sein Lieblingsessen; Peters Mutter konnte die längst nicht so gut zubereiten.

Vor allem wenn Besuch erwartet wurde, also die Sonnwalds aus Marktanderstadt, backte Großmutter am Samstag Mohnkuchen mit wunderbaren dicken Butterstreuseln drauf. Dazu hatte sie sich extra eine Mohnmühle angeschafft und Großvater musste die Körner damit zerquetschen, eine mühsame Arbeit. Die Masse wurde mit Zucker gesüßt, mit heißer Milch zum Quellen gebracht, Rosinen untergerührt und auf den ausgerollten Hefeteig gestrichen. Die Streusel bereitete sie aus Mehl, Zucker und Butter und streute sie darüber. Anschließend hat sie den Kuchen in die Röhre geschoben und ausgebacken. Häufig war Peter schon am Samstagnachmittag bei ihr und bekam ein Stück, das meistens noch warm war. Mit einem Glas Milch oder Kakao war das sein Kindertraum.

1954 war das Jahr der Fußballweltmeisterschaft. Peter wurde im April zehn Jahre alt, doch Fußball spielte in seinem Leben keine große Rolle, auch die anderen Dorfkinder machten sich nicht viel daraus. Einen Sportplatz gab es nicht, ebenso wenig wie und ebene Flächen, denn das Dorf lag am Hang. Trotzdem war es aufregend, weil die Erwachsenen sich wie närrisch benahmen: Deutschland war im Endspiel! Es bestand zwar gegen den Angstgegner Ungarn so gut wie keine Chance, diese galten als unschlagbar – aber hoffen durfte man doch wohl. Peters Mutter machte sich nicht viel aus der Euphorie und spottete eher über die hysterischen Äußerungen der Männer in ihrer Umgebung. Aber sein Großvater und natürlich Helmut, der Hofbauer, waren ganz aus dem Häuschen. Am Sonntag, den 4. Juli, war es soweit. Sonnwalds kamen zu Besuch und alle hingen mit den Ohren geradezu im Radio – das Endspiel wurde life übertragen. Plötzlich kreischte der Berichterstatter: „... Rahn müsste schießen. Rahn schießt. Tor! Tor! Tor! – Deutschland ist Weltmeister!" Man lag sich in den Armen und hüpfte regelrecht in der Wohnung herum. Deutschland war nicht nur Weltmeister, sondern es war auch der Tag, der das junge Land veränderte. Die Besiegten wurden wieder Sieger, wie eine Zeitschrift schrieb später.

Da Peter wie alle Kinder ständig Durst hatte, orderte seine Mutter von dem Bierverleger, der Tante Gertrud belieferte, Limonade für ihn, jeweils eine ganze Kiste. Es gab grüne, gelbe und rote Limo. Meist wurden von jeder Sorte ein paar Flaschen gekauft und im Keller gleich neben der Treppe deponiert. Obwohl die Limo mit ihren grellen Farben schon von außen höchst ungesund aussah, schmeckte sie sehr gut, weil sehr süß.
In diesem dunklen und feuchten Keller wurden auch die Einmachgläser, die Kartoffeln und die Äpfel eingelagert. Mit den Äpfeln war das so eine Sache, mindestens die Hälfte davon verfaulte, je länger der Winter dauerte, weil der Keller sehr feucht, muffig und schimmelig war.

Während der kalten Jahreszeit waren Eier recht teuer, weil die Hühner der Bauern wenig legten. Also kaufte Peters Mutter schon im Herbst welche, gab sie in ein großes Glas und übergoss sie mit Wasserglas, einer farblosen Flüssigkeit, die die Eier haltbar machen sollte. Aber irgendetwas ging dabei schief. Die Eier, die sie im Winter herausholte stanken wie die Pest und sie kippte alles auf den Misthaufen.

Auch hier im Unterdorf mussten Peter und seine Mutter für Heizmaterial sorgen. Sie ließ zwar Briketts kommen, die im Keller gestapelt wurden, aber auf bewährte Art und Weise holten sie weiterhin das Brennholz aus dem Wald und zersägten es mühselig auf einem Holzbock – eine todlangweilige Angelegenheit. Wenn Peter nicht aufpasste, verkantete sich die Säge im Holz und ließ sich nicht mehr bewegen. Ein Wutausbruch seiner Mutter war die Folge. Seine Körperteile musste er schnellstens aus der Reichweite ihrer Hand bringen. Anschließend wurde das Holz im Schuppen aufgestapelt. Manchmal musste Peter diese Tätigkeit allein durchführen und war daher für jede kleine Abwechslung dankbar. Im späteren Sommer gab es viele dicke Kreuzspinnen, die dort kunstvoll ihre Netze sponnen. Da bemerkte Peter ein besonders dickes und großes Exemplar, wie er vorher noch keines gesehen hatte. Die musste er seinen Freunden in der Schule zeigen. Und schon hatte er sie in seiner Hand, aber nur kurz, denn sie biss ihn in den Finger, so dass er sie voller Schreck fallen ließ und sie sich hinterm Holz verkroch. – Von einem Spinnenbiss hatte er zwar noch nichts gehört, aber vielleicht waren diese Biester giftig und er musste sterben. Voller Angst lief er zu seiner Mutter – und die lachte ihn aus! Peter hat den Biss schadlos überstanden, doch Kreuzspinnen hat er nie wieder eingefangen.

Obligatorisch war der Kirchgang am Sonntagmorgen, dabei traf sich das ganze Dorf. Was würden denn die Leute sagen, wenn man Peter und seine Mutter dort nicht sehen würde! Die Frauen saßen in der Kirche links, die Männer rechts, die größeren Buben und Mädchen jeweils davor. Ganz vorn mussten die Konfirmanden sitzen, die im Frühjahr in die Kirchgemeinde eingeführt wurden.
Da Peter zumeist nichts davon verstand, was der Pfarrer predigte, langweilte er sich wie alle Kinder. Vor allem die Predigten dauerten, so schien es ihm, endlos lange. Einmal kam die Sonne nach langem Regen im Juni endlich wieder zum Vorschein, ja es war schon am Sonntagmorgen richtig heiß! Die Bauern rutschten unruhig in den Bänken herum, jeder dachte, dass man die Zeit besser zum Heumachen nutzen könnte, als sie in der Kirche zu vertrödeln. Der Pfarrer war schon auf der Kanzel und predigte – und wollte kein Ende finden. Plötzlich hielt er mitten im Satz inne und rief: „Jetzt springt mal endlich über eure Heuhaufen!"
Die Bauern waren verblüfft, aber lange dauerte es nicht mehr, da der Pfarrer seine Predigt abkürzte. Kurz darauf sah man die Bauern mit ihren Sensen auf die Wiesen eilen.
Die meisten Frauen in Kiesdorf hatten in ihren Gesangbüchern grüne Blätter, die sie vor dem Kirchgang pflückten. Das sogenannte Frauen- oder

Balsamblatt wuchs in vielen Bauerngärten und strömte einen belebenden Wohlgeruch aus.

Peter hatte denkbar schlechte Zähne. Alle ein oder zwei Monate musste er zum Zahnarzt, weil etwas wehtat. Die faulen Stellen wurden ausgebohrt und dann mit einer Füllung verschlossen.
Er hatte wieder einmal einen Zahnarzttermin als eine Sonnenfinsternis angekündigt war. Es wurde empfohlen, sich eine mit Kerzenruß geschwärzte Glasscheibe anzufertigen, um das Schauspiel, das nur alle Jubeljahre stattfand, zu beobachten. Peter wusste nicht recht, was daran so betrachtenswert sein sollte und er machte sich auf den Weg nach Marktanderstadt zum Zahnarzt. Dort war große Aufregung. Obwohl er der einzige Patient in der ganzen Praxis war, setzte man ihn ins Wartezimmer, aber es passierte lange nichts. Peter hörte aufgeregte Stimmen und Leute hin- und herlaufen. Er wartete und wartete. Er hatte das Gefühl, dass es draußen ziemlich dunkel wurde, obwohl es heller Tag war. Dann endlich kam der Arzt mit seiner Sprechstundenhilfe und ohne Erklärung begann er mit der Behandlung.
Meist war diese recht schmerzhaft und Peter wurde immer kleiner im Stuhl, weil er nach unten wegrutschte. Doch diesmal gab es eine Neuerung: er bekam eine Maske aufgesetzt und eine Narkose mit Lachgas. Es schmeckte irgendwie süßlich und er fühlte sich komisch, so leicht, aber die Schmerzen waren fast bei null.
Nach der Behandlung musste Peter einige Zeit warten, bis er wieder auf die Straße konnte, denn er schwankte noch wie betrunken.
Seine Mutter war sauer, dass der Zahnarzt ihn einfach hatte sitzen und nicht die Sonnenfinsternis bewundern lassen; sie maulte herum und wollte den Zahnarzt wechseln, doch damals gab es keinen anderen in Marktanderstadt.

Irgendwo hatte Peter einen interessanten Bericht über das Rollschuhfahren gelesen und auch Kinder in Marktanderstadt schon laufen sehen. So was musste er auch haben! – Seine Mutter erklärte ihm, dafür habe sie kein Geld, denn die Roller sollten über zwanzig Mark kosten. Also schlachtete er sein Sparschwein, doch das hatte wie gewöhnlich die Schwindsucht. Er bezirzte seine Oma. Opa brauchte er gar nicht zu fragen, denn von ihm gab es nie einen Pfennig. Da er bald Geburtstag hatte, bekam er schon mal einen Vor-schuss und dann an seinem großen Tag erhielt er, was er sich gewünscht hatte: Geld statt Klamotten und Kinkerlitzchen. Schon am nächsten Tag kaufte er sich die langersehnten Roller in Marktanderstadt. Die Dorfstraße war inzwischen geteert worden, daher probierte Peter dort das Fahren neben dem

Kiesbach aus. Es war mühsam und viel schwieriger als es in seinen Träumen aussah, aber mit der Zeit ging es schon ganz gut, sogar auf einem Bein. Lange konnte er nicht probieren, ohne dass sich Zuschauer einstellten, denn auch seine Freunde wollten es versuchen. Meistens jedoch hatten sie keine festen Schuhe oder liefen gar barfuß herum. Damit sie es probieren konnten, musste er sogar seine Schuhe mit verleihen, vorausgesetzt sie passten einigermaßen.
Mit der Zeit gingen auch die Rollschuhe den Weg alles übrigen Spielzeugs: sie wanderten auf den Dachboden. Die Lust am Rollschuhfahren war Peter total vergangen, als ein Auto direkt hinter ihm hupte und er so erschrak, dass er auf seinen Hintern fiel. Die Rollschuhe hatten damals Eisenräder, die einen Höllenlärm machten; kam ein Fahrzeug, hörte Peter es nicht und er verlor regelrecht die Nerven, sobald es ihn überholte.

Nachdem der Strom auf 220 V umgestellt worden war, geschah ein tödlicher Unfall, der alle im Dorf tief erschütterte. Am Ortseingang stand eine Trafo-station, die den Starkstrom aus der Überlandleitung auf eben die nötige Stärke umspannte. Immer wieder kam ein Techniker, der irgendwelche geheimnis-vollen Arbeiten dort durchzuführen hatte. Wenn die Jungs zufällig dabei waren, mussten sie einen gehörigen Sicherheitsabstand von der Tür halten. Aber anscheinend hat dieser Kontrolleur es genau daran fehlen lassen, denn er bekam einen Stromschlag und war sofort tot. Da nützte auch kein Rettungs-wagen mehr, der mit großem Tatütata angebraust kam. Die Polizei legte nach eingehender Prüfung den Fall zu den Akten.

Doch tödliche Folgen durch Unachtsamkeit beziehungsweise Leichtsinn waren nicht selten. Auf der Bundesstraße, die damals noch schmal war, passierten immer wieder Unfälle. Die Fußgänger benutzten ebenfalls diese Straße, um nach Marktanderstadt und zurück zu gelangen. Einmal liefen drei Mädchen nebeneinander auf der Straße, als ein Pkw nachts von hinten herankam und sie zu spät bemerkte. Er fuhr eines der Mädchen an und schleuderte es -zig Meter weit durch die Luft, den Hang hinunter in die dort wachsenden Sträucher. Erst die Polizei, ausgerüstet mit Lampen, fand das junge Mädchen tot im Gebüsch.

Einige Jahre nach dem Krieg hatte in Marktanderstadt ein Kino aufgemacht. Peters Mutter ging mit Tante Gertrud oder einer anderen Bekannten oftmals dorthin, denn im Dorf war ja nichts los! Meist fuhren sie am Abend mit dem Bus in die Stadt, sahen den Film und gingen anschließend zu Fuß nach Hause. Das Kino dauerte meist bis nach zweiundzwanzig Uhr. Besonders beliebt waren Filme mit O. W. Fischer oder Heinz Rühmann, aber auch Heimatfilme und Liebesschnulzen fanden großen Anklang.

Peters erster Film hieß „Auf Tierfang in Afrika", nach dem Buch, das er einmal zu Weihnachten geschenkt bekommen hatte. Die meiste Zeit verbrachte er mit dem Kopf im Schoß seiner Mutter, da das Gezeigte für sein Alter viel zu aufregend war, aber er hatte solange gequengelt, bis sie eines nachmittags mit ihm ins Kino ging. Lange Zeit war er kuriert, doch das änderte sich, als er ins Internat kam. Der überall gerühmte Heimatfilm: „Der Förster vom Silberwald" war der Renner der Saison. Also machte Peter sich während seines Besuchs zu Hause auf den Weg ins Kino nach Marktanderstadt. Eine lange Schlange von Interessierten wartete vor der Kasse. Gerade noch bekam er eine Karte, zwar nur „Rasiersitz", also in der ersten Reihe, aber er war im Kino! Peter war hin- und hergerissen von Rudolf Lenz und seinen Heldentaten im Wald. Seine Begeisterung wurde relativiert, denn Hartmut, der ältere Bruder von Bert Bergmann, holte ihn auf dem Heimweg ein und erklärte ihm bis ins Detail, was für einen Schmarren er sich da angesehen hatte. Daraufhin suchte Peter die Filme, die er künftig sah, kritischer aus.

In Marktanderstadt gab es ein Spielwarengeschäft, das Peter magisch anzog. Jedes Mal, wenn er Einkaufen sollte, betrachtete er vorher eingehend die beiden Schaufenster und die ausgestellten Schätze. Manchmal besuchte er sogar den netten älteren Herrn, dem der Laden gehörte. Denn das Geschäft war vollgestopft mit allen möglichen Spielsachen. Er führte ein riesiges Angebot an Modelleisenbahnen und Modellautos vieler Marken. Eine Eisenbahn kam für Peter nicht infrage, das war ganz einfach zu teuer und Platz dafür gab es sowieso nicht. Aber die Autos. – Alles, was in Wirklichkeit gut und teuer war, Porsche, Mercedes 190 SL, Ferrari, Maserati und viele mehr, konnte man für wenig Geld erstehen. Und das tat Peter. Immer wieder eins. Zu Hause versteckte er sie erst einmal. Er zeigte sie nur seinem Freund Axel. Und dann spielten sie Autorennen. Man kam sich ganz erwachsen vor und wie die Helden der Rennbahn. Im Radio wurden die Autorennen ja übertragen. Vor allem von den Strecken Indianapolis oder Nürburgring.

Peter besorgte sich im Krämerladen einen großen Pappdeckel und zeichnete darauf Straßen ein, die mit Wasserfarbe schwarz angemalt wurden. Um das Ganze wirklichkeitsgetreuer zu gestalten, holte er sich von einer Wiese kleine Moosbäumchen, die er vor langer Zeit dort einmal gesehen und wegen ihres filigranen Wuchses bewundert hatte. Er setzte sie in einen Fuß aus Knetmasse und klebte sie mit Uhu auf den Karton. Jetzt war das Ganze nicht mehr zu verstecken und seine Mutter wunderte sich über die Bastelei und die kleinen Autos. „Bist du nicht schon zu alt, um mit Spielzeugautos herumzufahren?" fragte sie. Die hatte ja keine Ahnung! – Axel dagegen war hellauf begeistert. Stundenlang konnten die Beiden sich damit beschäftigen.

Erst als ein schrecklicher Unfall beim 24-Stunden-Rennen von Le Mans Entsetzen auslöste, wurde das Spiel weggestellt. Dort raste der Mercedes-Pilot Pierre Levegh mit 280 km/h in die Zuschauer. 85 Menschen starben. Jetzt noch Autorennen zu spielen, wäre Peter wie Leichenschändung vorgekommen.

Das Lieblingsthema von Peters Mutter war die Undankbarkeit und dabei die spezielle von Kindern ihren Eltern gegenüber. Wenn sie in einer Zeitung, vorwiegend „Heim und Welt", einen entsprechenden Artikel gefunden hatte, wurde er Peter laut vorgelesen. Einmal ging es darum, dass ein Kind die Eltern umgebracht hatte, um an die Erbschaft zu kommen, ein andermal hatte der Sohn die kranke Mutter im Alter nicht unterstützt, oder die Tochter die alte Mutter nicht gepflegt und so weiter. Dann kam mit Sicherheit einer ihrer Lieblingssprichwörter: „Eine Mutter kann zehn Kinder ernähren, aber nicht zehn Kinder eine Mutter."

Nach und nach zogen seine Freunde alle nach Marktanderstadt. Die meisten hatten noch oder wieder eine intakte Familie, denn die Kriegsgefangenen waren inzwischen heimgekehrt. Mit Hilfe des Heimstättenwerks bauten sie Häuser. Dieses gemeinnützige Unternehmen hatte eine Modellfinanzierung entwickelt, die das Bauen erschwinglich machte. Nur noch Horst war ihm geblieben und natürlich die Bauernjungs. Langsam wurde es einsam um ihn. Immer wieder drängte er seine Mutter, sie sollten sich doch endlich eine Wohnung in der Stadt suchen.
Kurz bevor Peter sie überzeugt hatte, passierte ihm noch ein Unglück. Es war Wochenende und seine Mutter bügelte Wäsche. Er hatte die Katze in die Wohnung mitgebracht und lief ihr in dem 25 Quadratmeter kleinen Zimmer hinterher. Seine Mutter warnte ihn noch, er solle nicht so wild herumtoben und aufpassen. Aus irgendeinem Grund holte sie mit einem Schöpfer heißes, fast kochendes Wasser aus dem Becken am Herd, drehte sich um und Peter stieß mit dem Kopf gegen das Gefäß. Das heiße Wasser spritzte über Gesicht und Schulter. Der Schmerz war unbeschreiblich. Er schrie wie am Spieß. Seine Mutter riss ihm die Kleider vom Leib und kühlte seine Verbrennungen mit kaltem Wasser. Peter war krebsrot. Tante Gertrud kam von dem Geschrei alarmiert, ins Zimmer gestürzt. Sofort telefonierte sie nach dem Arzt, der von Marktanderstadt gut eine halbe Stunde brauchte. Der Doktor wiegte bedenklich

sein graues Haupt und meinte, „Da bleiben Narben zurück! – Hoffentlich ist es mit der Schönheit jetzt nicht endgültig vorbei!" Peters Mutter fuhr mit dem Arzt in die Stadt, um in der Apotheke die verordneten Medikamente zu holen, vor allem Brandsalbe und Schmerzmittel.

Die Schule fiel wieder einmal für einige Wochen aus, Peter musste lange Zeit das Bett hüten, denn er bekam hohes Fieber. Trotz bester Pflege durch seine Mutter, entzündete sich die Wunde. Es dauerte lange, bis neue Haut nachwuchs und die alte Stück für Stück abgestoßen wurde, was ihn zum Kratzen reizte, weil es juckte, doch das durfte er auf keinen Fall, denn die neue Haut fing sofort zu bluten an.

Narben blieben nicht zurück. Jedoch hat er vor allem wichtige Grammatikelemente im Deutschunterricht versäumt, die damals durchgepaukt wurden. Gerade die lateinischen grammatikalischen Bezeichnungen sind ihm bis heute zu großen Teilen böhmische Dörfer geblieben.

Kapitel 7
Man kommt rum in der Welt – man kommt rum ins Dorf

Wie die in ganz Deutschland verstreuten Familienmitglieder sich wieder gefunden haben, lässt sich heute nicht mehr nachvollziehen. Tatsache ist jedoch, dass sie sich nach und nach in Kiesdorf einfanden. Aber auch Peter und seine Mutter machten sich immer wieder auf die Reise, um Besuche abzustatten.

Durch die Situation kurz nach dem Krieg mit den zerstörten Bahnanlagen war es kaum möglich, zu reisen. Wollte man von einem Besatzungsgebiet ins andere, musste eine Genehmigung eingeholt werden.

Mit zu den ersten, die ins Dorf kamen, war Else aus dem Ruhrgebiet; die an Pfingsten 1950 mit Mann Arthur und Tochter Jutta anreisten.

Er arbeitete damals auf einer Zeche unter Tage, man kolportierte, dass er die Arbeit nicht gerade erfunden habe und oft krank feiere beziehungsweise blau mache.

Damals gab es um die halbe Million Bergarbeiter und mehr als 170 Zechen! Mit ihrer Arbeit halfen sie das Wirtschaftswunder in Gang zu bringen. Heute gibt es nicht einmal mehr zehn Zechen mit weniger als 40.000 Kumpels.

Es war Pfingstsonntag und wunderschönes Wetter, Sonnwalds kamen ebenfalls zu Besuch und alle wanderten über Dorfkirchen in das Tiefenbacher Tal zu einem Ausflugslokal.

Peters Mutter und Elise waren sommerlich-luftig mit buntbedruckten Kleidern angezogen. Seine Oma und Frau Sonnwald trugen wie üblich dunkle Kleidung, Opa hatte seine Sonntagshose mit Hosenträgern und ein weißes Hemd angezogen, eine Jacke trug er über dem Arm. Die ausgeleierte Schirmkappe aus grauem Filz, welche er sonst immer trug, hatte er durch einen leichten Strohhut ersetzt. Er ging mit Herrn Sonnwald und Juttas Vater Arthur vorneweg. Da er ständig Blähungen hatte, ließ er ab und zu lautstark einen fahren. „Aber Vater! Pfuiaus, pfuiaus!", rief Oma, „schämst du dich gar nicht, es ist Besuch da!" „Na und", antwortete Opa, „soll ich's aufhalten und krank werden?" Tante Elise sagte halblaut zu Peters Mutter: „Hab' Sonne im Herzen und Zwiebeln im Bauch, dann kannst du gut Furzen und stinken tut's auch." Beide mussten herzlich lachen und schüttelten ausgiebig den Kopf über Großvater.

Jutta trug ein einfaches weißes Hängekleidchen, Peter war wie üblich von seiner Mutter ganz fein zurechtgemacht mit kurzer grauer Hose und einem dunklen kurzärmeligen Hemdchen; der Clou waren jedoch die weißen Armbündchen und der weiße Kragen. Peter fand sich wieder einmal bescheuert

aussehend. Selbstverständlich kamen von seiner Mutter die üblichen Mahnungen: „Mach dich nicht schmutzig! Pass auf deine Füße auf und fall' nicht hin! Mach keine Grasflecken in die Hose! Deine Knie sind schon wieder ganz dreckig – kannst du denn nicht ein einziges Mal aufpassen! – Es ist zum aus der Haut fahren mit dir!"
Jutta war etwas jünger als Peter und wurde bald müde. Abwechselnd trugen die Männer sie auf den Schultern, was Peter voller Neid beobachtete. Als er auch getragen werden wollte, kam der üblich Spruch seiner Mutter: „Aber du bist doch schon ein großer Junge!" Da er kein kleiner mehr sein wollte, blieb ihm nichts anderes übrig, als mit seinen eigenen Füßen zu laufen. Eine Zwickmühle.

Im Spessart wachsen viele Eichen in allen Größen, manche sogar Hunderte von Jahren alt. Dort fand Peter einige der größten Insekten, die es in Europa gibt: Hirschkäfer. Die Männchen mit stolzen Geweihen, vor allem wenn sie ausgewachsen sind, die Weibchen mit kräftigen Zangen. Peter kam voller Stolz und präsentierte seine Fänge direkt aus der Hosentasche.
„Ja, pfuiaus, pfuiaus. Was du wieder für scheußliches Viechzeug anschleppst, sofort bringst du das zurück. Ich geh' nie wieder allein in den Wald, wenn es so was grässliches hier gibt!" schimpfte die Oma. Jutta sah ganz erschrocken drein und versteckte sich hinter dem Rücken ihrer Mutter. Endlich hatte Peter ein Druckmittel, wenn die kleine Kröte zu frech werden sollte.

An einer Stelle der Wanderung konnte man das Echo herausfordern. Alle riefen: „Wie heißt der Bürgermeister von Wesel?" Und das Echo antwortete deutlich und brav: „Esel". – Immer wieder ein Lacherfolg, obwohl Peter das Spiel reichlich kindisch fand. Und das finden Erwachsene lustig – er konnte sich nur noch wundern!
Im Tiefenbacher Tal gab es ein Gartenlokal, dort spielte wegen des Feiertages eine Musikkapelle, zwar nur ein paar Mann, aber die Gäste drängelten sich regelrecht und wollten alle die wenigen Plätze besetzen. Es war deshalb nicht einfach, für die vielen Leute aus Kiesdorf Plätze zu bekommen, aber schließlich waren sie hier gut bekannt und der Wirt stellte noch einen ganzen Tisch mit Bänken auf. Peter sorgte für die Getränke, ihm machte es Spaß, es war ihm sowieso entsetzlich langweilig, weil ihn das Gerede der Erwachsenen, vor allem, wenn es darum ging, wann sie endlich wieder in die alte Heimat zurückkehren könnten, absolut nicht interessierte.
„Gut machst du das, Peterle", sagte Elise, dein Vater hätte das nicht besser gekonnt!" – Und dann hörte er noch, wie sie leise zu seiner Mutter sagte: „Das scheint sich zu vererben, überhaupt, findest du nicht, dass er seinem Vater

unwahrscheinlich ähnlich sieht?" Dieses Gerede war für Peter absolut ein Graus!

Nachdem die Erwachsenen dem Bier reichlich zugesprochen hatten, begab man sich auf den Heimweg, der unter Absingen der üblichen Altheimatlieder recht lange dauerte. Peter und Jutta fielen todmüde ins Bett und schliefen selig die ganze Nacht durch.

Eine Reise im Jahr der Einschulung, ist Peter im Gedächtnis geblieben. Sie führte zuerst nach Düsseldorf, ein Bruder seines Vaters hatte sie eingeladen, und anschließend nach Helmstedt, wo ein Bruder seiner Mutter mit Familie eine neue Bleibe gefunden hatte.

Die Düsseldorfer arbeiteten nach ihrer Aussiedlung inzwischen wieder beide, sie bei der Landesregierung, er als Hauptbuchhalter in einem großen Industrieunternehmen. Man hatte eine große Wohnung in der Stadt, modernst eingerichtet, ein separates Fremdenzimmer, wo Peter und seine Mutter ein paar Tage wohnten. Tochter Brigitte, zwei Jahre älter als Peter, ging schon zur Schule und war selbstverständlich die Beste in der Klasse. Sie spazierten durch die Stadt, der Schutt aus den Ruinen war längst weggeräumt, überall war der Wiederaufbau im Gang. An allen Ecken und Enden entstanden neue Läden, es gab wieder alles zu kaufen. Ein Geschäft hatte als besonderen Anreiz einen jungen Mann in ein Eisbärkostüm gesteckt und dazu einen Fotografen engagiert. Sich mit ihm ablichten zu lassen, war für Peter noch gerade zumutbar, aber als der „Eisbär" ihn auf den Arm nahm, wurde es Peter doch mulmig zumute. Das ist den Fotos noch heute anzusehen. Er wurde jedoch nicht gefressen, sondern kam wohlbehalten bei seinen anderen Verwandten in Helmstedt an.

Auch Onkel Friedrich und Tante Frieda hatten nach einigen schwierigen Jahren in der neuen Heimat Fuß gefasst. Sie besaßen jetzt eine Heißmangel und bügelten damit die Wäsche für die Leute, zuerst im engeren, später auch im weiteren Umkreis. Sie wohnten bei einem der wenigen Bauern und konnten die Maschine in einem Nebenraum aufbauen. Sie hatten eine Tochter, Jutta, die ein Jahr jünger war als Peter. Im Wohnzimmer auf der Couch musste er mit ihr Vater und Mutter spielen und zwar unter einer Decke, die sie aus einem

anderen Zimmer anschleppte. Die Decke hatte einen ganz einfachen Grund, denn Jutta war daran interessiert, das mit dem Elternspiel ganz realistisch durchzuführen – wo sie die Details dafür nur herhatte, fragte Peter sich. Also musste er seine Hose aufmachen, das Hemd hochstreifen und sich mit nacktem Bauch auf ihren legen. Aber sie wollte auch genau wissen, wie das bei einem Jungen da unten aussieht. Andererseits zeigte sie ihm, wie das bei ihr ausschaut und verlangte von ihm, mit einem Finger kräftig zu reiben.
Problematisch waren diese Spielchen, weil Tante Frieda, nachdem sie ihre Tochter gewaschen und ins Bett gebracht hatte, vor versammelter Familie erklärte: „Ich weiß nicht, Jutta ist unten an der Scheide schon wieder ganz rot, ob sie da herumspielt? Ich habe sie wieder eingekremt." Aber Jutta war ganz sorglos. „Das sagt meine Mutter immer, mach dir nichts draus." Und Peter musste weiter Vater und Mutter spielen, bis sie nach einer Woche abreisten. Was diese Spielerei da unten mit Vater und Mutter zu tun haben sollte, hat Peter damals sowieso nicht verstanden.

Im Jahr vor seinem Schuleintritt fuhren Peter und seine Mutter zum ersten Mal nach Kelling zu Tante Johanna und Onkel Hermann. Die Beiden hatten von einem Lebensmittelgroßhändler ein Haus mit entsprechendem Laden und einer Backstube gepachtet, was sich als äußerst günstig für sie erwies, denn Onkel Hermann war Bäcker von Beruf. Außerdem hatten die Eltern von Peters Mutter und Tante Johanna hier ein neues Zuhause gefunden. Oma und Opa machten sich äußerst nützlich: Oma kümmerte sich ums Haus, vor allem um das Essen und die Gärten, welche außerhalb des Ortes lagen und dem kleinen Garten direkt am Haus. Sie versorgte auch die etwa zwanzig Hühner, Opa war für die zwei Schweine zuständig, außerdem half er in der Backstube mit, das heißt er stand nachts um drei Uhr auf, ebenso wie sein Schwiegersohn, zusammen bereiteten sie die Teige und backten Brot und anderes Gebäck.
Wenn Tante Johanna im Garten arbeitete, warf sie ihren Hühnern die Regenwürmer, die sie aus der Erde grub, zum Fressen zu. Peter hatte jedoch gelesen, dass Regenwürmer für den Boden sehr nützlich seien und sagte es ihr auch. „Ach, geh, ich hab selbst gesehen, wie die Würmer meinen Salat gefressen haben", sagte sie. Peter meinte nur, dass du sie wahrscheinlich mit Schnecken verwechselst. Dann lief er gleich davon, denn sie droht mit dem Spaten.
Tante Johanna hatte einen einjährigen Sohn, Dieter, und war mit ihm und dem Laden bis spät in die Nacht ausgelastet. Die Leute aus dem Dorf kamen noch um neun Uhr abends und klopften an der Tür, wenn etwas in Haushalt oder Stall fehlte.

Damals suchten die Reisenden der Lebensmittelgroßhändler noch die Geschäfte auf, um persönlich die Aufträge einzuholen. Das kostete auf beiden Seiten viel Zeit. Für Peter war es jedoch aufregend, wenn ein Vertreter, wie diese Reisenden genannt wurden, kam. Dann saß er regelmäßig mit am Tisch, weil immer eine Kostprobe abfiel, Süßigkeiten hatte er am Liebsten.
Genauso attraktiv erwiesen sich die Sammelbilder, welche in manchen Produkten zu finden waren. Die Sammelalben dazu konnte man sich gegen Briefmarken schicken lassen, einfacher war es jedoch, wenn man an der Quelle bettelte, also bei dem entsprechenden Vertreter. An eines dieser Sammelalben erinnerte sich Peter besonders gern, leider ist es im Laufe der Zeit verloren gegangen: „Pflanzen und Tiere der Alpen". Dieses Buch, größer als DIN A4, informierte über Flora und Fauna der Berge, beispielsweise über den Schneehasen, der im Winter ein weißes Fell bekommt, oder über Schnee-flöhe, aber auch über den Aufbau der Berge und die dort zu findenden Pflanzen und Tiere. Es war später, als Peter in Kelling zur Schule ging, sogar eine Hilfe bei den Hausaufgaben, wenn Lehrer Sager sein Steckenpferd, die Bayerischen Alpen, ritt.

Jeden Morgen zum Frühstück standen selbstverständlich frische Semmeln und Brez'n auf dem Tisch. Marmelade, Honig und Käse kamen aus dem Laden, Wurst wurde von einem der beiden Dorfmetzger, immer abwechselnd, geholt, denn beide waren ja Kunden des Ladens. Peter war in Kelling gern zu Besuch. Die Arbeit ging nicht aus, deshalb blieben er und seine Mutter meistens gleich ein paar Monate.

Eines Nachts wurde Peter von lauten Rufen geweckt: „Peter steh auf! Es brennt! Es brennt!" Schnell war er aus dem Bett und noch im Laufen zog er sich die Hose hoch. „Wo brennt's denn?" fragte er. „Im Dorf". antwortete seine Mutter. Tante Johanna und Onkel Hermann waren vorausgelaufen, die Großeltern standen schon an der Tür und warteten auf Peter und seine Mutter. Alle liefen so schnell sie konnten dem Feuerschein entgegen. Die Feuerwehr war zwar schon da, aber Wasser war keines vorhanden. Es musste erst eine fast hundert Meter lange Schlauchleitung zum Flüsschen Wiesbach, welches am Dorf vorbei plätscherte, gelegt werden.
Anscheinend hatte sich das ganze Dorf versammelt. Einige Leute waren im Haus, sogar im ersten Stock, und warfen Gegenstände aus den Fenstern, andere trugen Möbel heraus. Dann stürmten auch die Letzten ins Freie und kurz darauf krachte der Dachstuhl zusammen; eine riesige Funkenwolke stieg in den Himmel. Noch zwei Feuerwehren aus den umliegenden Dörfern trafen ein, aber denen ging es nicht anders als den schon anwesenden. Endlich

spritzte das Wasser aus dem Rohr, doch das Haus war nicht mehr zu retten, es brannte völlig nieder.

Am nächsten Tag war geradezu eine Völkerwanderung zur Ruine unterwegs und voll wohligem Gruseln betrachteten die Leute die noch rauchenden Überreste.

Die alten Herrschaften schienen gut versichert gewesen zu sein, denn sie bauten das Haus neu auf – schöner und größer als vorher. Ein Sturm sorgte noch einmal für Probleme: Das Dach war schon gedeckt, aber nur ein Giebel hochgemauert – und diesen drückte der Wind heraus. Zum Glück stand niemand darunter, als die Steine auf den Boden fielen.

Zu jener Zeit war es noch üblich, dass die Bauern ihr Mehl zum Bäcker brachten und dafür nach und nach Brot erhielten. Die gelieferte Menge an Mehl wurde in ein Heftchen eingetragen, ebenso die abgeholten Brote, berechnet nach einem vereinbarten Schlüssel. Dieses Abrechnungsheftchen hatte die Bauersfrau bei jedem Einkauf dabei, damit es auf den neuesten Stand gebracht werden konnte. Fürs Backen erhielt Onkel Hermann einen bestimmten Anteil vom Mehl.

Er war regelrecht ein Künstler, was das Dekorieren von Torten betraf. Es fing ganz harmlos an: Ein Dorfbewohner kam und fragte, ob der Bäck nicht eine Geburtstagstorte machen könnte. Onkel Hermann konnte. Und zwar so gut, dass die Geladenen nur so schwärmten. Im Nu hatte es sich herumgesprochen, dass er wahre Meisterwerke fabrizierte. Buttercremetorten waren damals gewünscht, nach den mageren Zeiten waren die fetten Jahre angesagt. Am Liebsten jedoch machte er Hochzeitstorten mit roten Röschen, grünen Blättern auf braunen Zweigen, die er aus mit Speisenfarben gefärbter Buttercreme mittels kleiner Butterbrotpapiertütchen fabrizierte. Dazu schrieb er gute Wünsche und sonst alles, was ihm von den Kunden aufgetragen worden war.

Peter war begeistert von dieser Arbeit, denn er durfte die übriggebliebenen Tütchen ausschlecken.

Was klein begann, wuchs sich mit der Zeit zu einer richtigen Arbeit aus, die die ganze Familie einbezog. Es gab so gut wie keinen Samstag ohne Tortenfabrikation!

Die Frauen aus dem Dorf brachten am Samstagnachmittag außerdem ihre Bleche mit den verschiedensten Kuchen, die in den großen Ofen beim Bäck geschoben wurden. Am Abend haben, zumeist die Kinder, sie wieder abgeholt.

Dienst am Kunden gehörte zur Selbstverständlichkeit wie er heute gar nicht mehr üblich ist. So auch bei der Eiszubereitung. Fertigpackungen in der

Tiefkühltruhe gab es noch nicht, wie überhaupt noch keine Tiefkühlkost. Eis konnte man nur beim Konditor in der drei Kilometer entfernten Kreisstadt bekommen. Da Onkel Hermann beim Aufräumen auf dem Dachboden eine kleine Eismaschine gefunden hatte, die noch funktionierte, zwar nur mit Handkurbel, machte er sich mit dem Opa eines heißen Sonntagmorgens im Frühsommer an die Arbeit. Dazu musste erst Eis besorgt werden: das gab es in Klosterthal. Das Gut mit Altenheim betrieb eine kleine Brauerei. Das benötigte Eis zum Bierkühlen schnitt man während des Winters aus dem See und lagerte es in einem Erdkeller ein.

Onkel Hermann fuhr mit dem Fahrrad nach Klosterthal und kam mit einer Stange Eis im Rucksack zurück. Das Schmelzwasser lief ihm den eisgekühlten Rücken hinunter, aber es war noch genügend Eis vorhanden, um den entsprechenden Behälter der Maschine zu füllen. Das Eis wurde mit Viehsalz bestreut, welches einige Zeit einwirken musste. Tante Johanna hatte aus Eigelb, Milch, Vanille, Zucker und Früchten eine Masse aufgeschlagen, in den dafür vorgesehenen kupfernen Behälter gefüllt und in die Eismaschine gestellt. Unter kräftigem Rühren wurde mit einem Holzlöffel das Eis gefrostet.

Bei den Kindern des Dorfes hat es sich schon am Tag vorher herumgesprochen, dass es am Sonntag beim Bäck Eis gibt. Gleich nach der Kirche, während die Männer beim Frühschoppen saßen und die Frauen das Mittagessen vorbereiteten, sammelten sich die Kinder im Hof. Sobald Onkel Hermann die Fahne raushing, wartete eine lange Schlange auf den seltenen Genuss. Für einen Groschen bekam man eine große Kugel in einer Waffeltüte. Ein Gaumenkitzel, den es nicht jeden Sonntag gab und für den man auch nicht immer das nötige Geld auftreiben konnte – denn Taschengeld war bei den Dorfkindern noch lange ein Fremdwort und man musste bei der Mutter, der Oma oder der Tante lange betteln und alles Mögliche versprechen.

Obwohl Peter an der Quelle saß, wurde das Eis lieber verkauft als verschenkt. Sicher gab es mal ein Tütchen von Onkel Hermann oder dem Opa, aber längst nicht so viel wie er sich gewünscht hätte. Da kam schon Frust auf!

Am Ende eines solchen Eisverkaufstages war Onkel Hermann ganz schön geschafft. Er ließ sich müde auf die Eckbank in der Küche fallen und sagte stets seinen Standardspruch in solchen Fällen: „Wieder ein Sieg!"

Aber manchmal auch: „Oh Herr, lass' Abend werden, Morgen wird's von selber."

Peters Mutter war voll des Lobes für Onkel Herman, was sie auch laut und deutlich sagte. Darauf kam seine übliche Antwort: „Der frühe Vogel fängt den Wurm". Darauf anspielend, dass er normalerweise schon um drei Uhr früh aufstand.

Zu den Aufgaben von Peter und Dieter gehörte das Milch holen bei einem bestimmten Bauern, pünktlich um sieben Uhr abends. Meistens mussten sie etwas warten, denn bis die 30 Kühe mit der Hand gemolken waren, dauerte es einige Zeit und es bedeutete eine harte Plackerei für die Leute.

Im Frühling beobachteten die Beiden die Schwalben, die ihre Nester im Kuhstall anflogen. Der Bauer hatte schon vor Jahren kleine Brettchen unter die Decke genagelt, damit die Nester genügend Halt fanden. Sobald eine Schwalbe durch das geöffnete Fenster oder die Stalltür einflog, hoben die Kleinen ihre Köpfe über den Rand und piepsten was die winzigen Kehlen hergaben. Dann wurde ein Mäulchen mit einem Insekt gestopft und sofort flog die Schwalbe zurück, um neues Futter zu holen oder die Fliegen gleich im Stall zu fangen.

Heute kann man nur noch selten Schwalben beobachten, wer hat sie wohl auf dem Gewissen? – Später lernte Peter die alte Indianerweisheit kennen: „Erst wenn der letzte Baum gefällt, der letzte Fluss vergiftet und der letzte Fisch gefangen ist, werdet Ihr herausfinden, dass man Geld nicht essen kann."

Meistens holten die beiden Jungs zwei große Kannen voll Milch, wenn aber Torten- und Kuchenbacken fürs Wochenende anstand, trugen sie auch mehr nach Hause. Das war für sie eine ganz schöne Schlepperei. Der Begriff „Kinderarbeit" war unbekannt und es fragte auch keiner danach. Jemand musste schließlich die Milch holen und die Erwachsenen hatten genügend anderes zu tun.

Das Anwesen, welches Tante Johanna und Onkel Hermann bald mit Hilfe der üblichen Bankkredite kauften, war recht ansehnlich. Es bestand aus einem Wohnhaus mit angebauter kleiner Scheune, die als Garage und Abstellraum für allen möglichen Kram und das Brennholz diente. Direkt am Eingang zum Laden befand sich ein eingezäunter kleiner Gemüsegarten, rechts vom Hof der Schweinestall, das Plumpsklo und die Waschküche, darüber wurde Heu und Stroh gelagert. Daran schloss sich ein großer Obstgarten an mit Hühnerstall und eingezäuntem Auslauf. Im Hof stand ein großer Apfelbaum, der jedoch nur kleine, saure Holzäpfel trug.

Die Eier holten meist Peter und Dieter aus den Nestern im Hühnerstall. Sie wurden einerseits im Laden verkauft, denn es gab nicht nur Bauern mit eigenen Hühnern im Dorf, sondern auch Arbeiter und Angestellte ohne Viehzeug, außerdem wurden Eier vor allem in der Küche und Backstube benötigt. Onkel Hermann wollte die Beiden wie üblich reinlegen oder „tratzen", wie man in Kelling sagte. Er legte einige Eier aus Gips in die Nester, doch Dieter holte sie

wieder aus Peters Korb und legte sie zurück. „Das hat mein Vater auch schon bei mir probiert, aber zweimal fall' ich nicht auf ihn herein!" schimpfte Dieter.
Als Peter die richtigen Eier zur Tante Johanna brachte, sah sie gleich, dass keine Gipseier im Korb waren. „Aha", meinte sie, „hast doch ein g'scheites Bauchi".

Im Garten von Tante Johanna standen einige Obstbäume. Ein hoher Apfelbaum, dessen Äpfel schon Anfang August reif und gelbrot waren, jedoch nicht lange gelagert werden konnten, einen Zwetschgen- und Nussbaum und noch einen Apfelbaum, der tiefrote, besonders schmackhafte Äpfel trug und jedes Jahr voll hing. Als Peter später einmal wissen wollte, um welche Sorte es sich dabei handelte, wusste es Tante Johanna nicht. Eigentlich schade. Peter hat solche Äpfel nie mehr gesehen.

An einem warmen Frühlingstag sägten Opa und Onkel Hermann die Äste des Apfelbaums im Hof ab und veredelten ihn mit einer Allerweltssorte. Viele Jahre später hat der Sturm Wibke den Baum nachts umgeworfen – auf ein darunter stehendes Auto. Da waren die Älteren, bis auf Tante Johanna, jedoch alle schon tot.

Es gab zwar unter jedem Bett einen Nachttopf, von Tante Johanna „Potschamperl" genannt, wahrscheinlich eine Verballhornung der französischen Bezeichnung „pot à chambre". Peter ging da nicht gerne drauf, er schämte sich, vor allem, wenn er „groß" musste. Es blieb deshalb nichts anderes übrig, als über den Hof zum Klo zu gehen. Bei Minusgraden war der Aufenthalt auf dem sogenannten stillen Örtchen äußerst unangenehm. Die Ausstattung war wie üblich: Das Klopapier bestand aus in Stücke geschnittenem und auf einen Nagel gespießten Zeitungspapier.
Eines Nachts war es spät geworden, Tante Johanna, Peter und seine Mutter hatten lange „Mensch ärgere dich nicht" gespielt. Peter musste vor dem Zubettgehen noch aufs Klo. Da er Angst hatte, so spät in der Nacht über den dunklen Hof zu gehen, begleitete ihn seine Mutter. Plötzlich hörten beide ein unheimliches Geräusch. Es klang wie „Hoohuuu", immer wieder „Hoohuuu". Vor lauter Angst versagten bei Peter alle nötigen Ausscheidungsorgane. Seine Mutter rief: „Ist da jemand?" Die Antwort war nur ein „Hoohuuu" und wieder „Hoohuuu". Da wurde es ihr zu bunt. Sie suchte Steine, warf sie über den Hof in den Garten sowie auf die Straße und rief: „Da hast du's, hoffentlich treff' ich dich!" – Es trat Stille ein. Peter machte sein Geschäft, zog rasch die Hose hoch und rannte auf die Haustür zu. „Siehst du, dem hab' ich's gegeben!" rief sie Peter hinterher.

Jahre später erst hat Onkel Hermann gestanden, dass er der geheimnisvolle Rufer in der Nacht war. Peters Mutter konnte nur süßsäuerlich mitlachen, aber Onkel Hermann machte gerne solche Scherze.

Bis zum Umbau des Hauses gab es kein fließendes Wasser, sondern nur eine Handpumpe in der Küche, die das gesamte Wasser für die Wohnung und die Backstube liefern musste, manchmal eine mühselige Arbeit.

Jeden Samstag wurden die Schweineställe ausgemistet. Immer ein Schwein wurde in den Hof entlassen, Onkel Hermann passte auf, dass es nicht auf die Straße lief, denn der Hof hatte keinen Zaun. Opa schaufelte den Kot in eine Schubkarre, fuhr ihn auf den Misthaufen und streute frisches Stroh ein. Doch einmal wurde der Onkel durch einen Nachbarn abgelenkt und die Sau entwischte. Opa griff sich noch schnell einen Strick und dann sausten sie, zusammen mit Peter, hinter dem Tier her. Immer mehr Dorfbewohner schlossen sich an. Endlich gelang es, das Schwein in einen Hof abzudrängen und dort in die Scheune zu scheuchen. Nach dem Motto: „Viele Hunde sind des Hasen tot" warfen sich einige auf die Sau und hielten sie fest. Opa schlang seinen Strick um das Schwein und gemeinsam geleiteten sie das Tier wieder in den heimatlichen Stall. „So eine Matz", hörten die Kinder Onkel Hermann sagen. Matz ist im ländlichen Oberbayern die schlimmste Beleidigung, die man sich nur denken kann!

Großvater ließ sofort beim Schreiner einen kleinen Zaun anfertigen, der beim Ausmisten aufgestellt wurde und die Schweineausflüge gehörten der Vergangenheit an.

Im Winter wurde geschlachtet. Dazu kam ein befreundeter Metzger, der die ganze Arbeit erledigte. Es wurden Dauerwürste gemacht sowie Wurst und Fleisch in Dosen. Besonders stolz war Onkel Hermann auf seine schwarzgeräucherten Schinken. Das fertige Produkt teilte er seiner Familie nur in homöopathischen Dosen zu. Einmal jedoch hat etwas beim Räuchern nicht funktioniert: Die Schinken wurden schlecht und schimmelten, sie mussten weggeworfen werden. Onkel Hermann hatte Tränen in den Augen.

Natürlich gab es an einem der Tage nach dem Schlachten einen großen Schweinsbraten mit Krautsalat und Knödeln. Denn Onkel Hermans Devise lautete: Kartoffeln mag ich am liebsten, wenn sie durch die Sau gejagt worden sind.

In diesem Jahr wurde bei Tante Johanna und Onkel Hermann sowie ihren Kindern, zusammen mit Oma und Opa Weihnachten gefeiert. Da sie ja alle, außer dem Onkel, evangelisch waren, holte die Tante ihre Bibel hervor und las die Weihnachtsgeschichte des Johannes-Evangeliums: „Und es begab sich aber zu der Zeit, dass alle Welt geschätzt wurde und diese Schätzung war die allererste und begab sich zu der Zeit als Cyrenius Landpfleger in Syrien war. …"

Alle bekamen in diesem Jahr reichlich Geschenke, denn Tante Johanna ließ sich nicht lumpen. Vor allem Süßigkeiten, auch Schokolade und einen Schoko-Weihnachtsmann fand Peter in seiner Tüte. Dazu kam ein Buch von Hans Hass: „Manta, Teufel im Roten Meer".

Dieter bekam ein Angelspiel geschenkt, um das Peter ihn beneidete und mit dem er bis zur Heimfahrt immer wieder spielte. In einen bunt bedruckten Karton, den man zum Viereck aufstellte, kamen Fische, die in ihrer Nase einen Ring hatten. Mit einer Angel, an der ein Magnet befestigt war, holte man die Fische aus dem „Wasser". Jeder Fisch hatte eine bestimmte Anzahl von Punkten, wer am Schluss die meisten Punkte herausgeholt hatte, gewann das Angelspiel.

Am kleinen Flüsschen Wiesbach standen viele Weidenbäume, die im Frühjahr ihre Kätzchen austrieben. Peter und Dieter holten sich welche davon. Mit Klötzchen aus dem Holzbaukasten wurden Ställe gebaut und Bauernhof gespielt. Die Kätzchen waren die Kühe und besonders große sollten Pferde sein. Damit konnten sie sich viele Stunden lang beschäftigen.

Für Peter war das Ladengeschäft natürlich das Allergrößte. Bisher hatte er das Ganze immer nur als Kunde erlebt, doch jetzt lernte er es als Verkäufer hinter dem Ladentisch kennen. Wie von den Krämern in Kiesdorf her gewohnt, waren alle Waren offen, wurden abgewogen und in Tüten verpackt oder in mitgebrachte Behältnisse gefüllt. Zucker, Salz, Gries, Nudeln oder Mehl bewahrte Tante Johanna in großen Schubladen in einem Regal im Laden auf und je nach Wunsch des Kunden wurden sie mit einer Schaufel in eine entsprechend große Tüte geschüttet und auf die Waage gelegt.

Käse in verschiedenen Sorten präsentierte sie in einem Glasschrank, der auf dem Ladentisch stand. Das war im Winter kein Problem, jedoch bei den heißen Temperaturen im Sommer konnte beispielsweise kein Weichkäse angeboten werden, er wäre davongelaufen! Beliebt bei den Kunden war Romadur, ein Rotschmierkäse, der mit zunehmender Reife einen durchaus strengen Geruch entwickeln kann und den Petroleumgestank sogar noch übertraf. Einmal hatte eine Schmeißfliege eine Möglichkeit gefunden, ins Innere des Glasschrankes zu kommen und ihre Eier auf dem Romadur abzulegen. Plötzlich rief Peters Mutter voller Entsetzen: „Johanna, schau mal, das Papier bewegt sich!" Und tatsächlich: unter dem Käsepapier war plötzlich Leben eingekehrt. Tante Johanna nahm den Käse heraus und wickelte ihn aus. Dicke weiße Maden mit großen dunklen Köpfen krochen aus dem Käse. Sie waren schon recht weit entwickelt und hätten sich sicher bald verpuppt. Der gesamte Käse aus dem Glasschrank wurde sofort an die Schweine verfüttert. Sie haben regelrecht geschmatzt, denn so ein feines Fressifress hatten sie bisher noch nie bekommen!

Bei Tante Johanna gab es natürlich auch die üblichen Bonbons, in Oberbayern „Gutti" genannt. Besonders die weichen Karamellbonbons mochte Peter gern. Wenn er mit Mutter allein im Laden war, steckte sie ihm schon mal ein paar davon zu. Dann verließ er den Laden fluchtartig und verzog sich zum Naschen in eine stille Ecke, wo er ganz allein war.

Selbstverständlich gab es auch sonst alles, was ein Tante-Emma-Laden damals führten musste. Besonders angetan hatte es Peter das Schubladenschränkchen mit den bunten Röllchen der Nähseide. Alle Farben des Regenbogens und noch viele mehr waren darin zu finden, sicher einige Hundert. Das heißt, die Vorderen waren von außen durch Glasscheiben zu sehen. Von Zeit zu Zeit musste der Kasten wieder aufgefüllt werden, was Peter gerne übernahm. Jede Farbe hatte eine Nummer und damit einen bestimmten Platz in den Schubladen.

Es war aber nicht nur ein Ladengeschäft für den Verkauf notwendig, sondern auch ein großer Raum, in dem die Säcke, die großen Dosen beziehungsweise Fässer und Büchsen mit den unterschiedlichsten Waren lagerten.

Bewundernswert war für Peter immer, wie Tante Johanna auf einem Stück Papier manchmal mehr als zehn Preise untereinander schrieb und dann zusammenzählte. Mit großer Geschwindigkeit addierte Tante Johanna die Zahlen und rechnete das Ganze noch mal nach. Wenn Peters Mutter Kunden bediente, ging das Zusammenzählen wesentlich langsamer, ihr fehlte halt die Übung behauptete sie immer.

Kelling war Anfang der 50er Jahre ein verschlafenes Nest mit zwei Gasthöfen und dem Lebensmittelgeschäft von Tante Johanna und der Bäckerei von Onkel Hermann. Eine weitere herausragende Sehenswürdigkeit war die Zwiebelturmkirche mit dem Friedhof drum herum sowie dem behäbigen Pfarrhaus davor.

Ein kleines Flüsschen, der Wiesbach, lief am Dorf vorbei, Frösche gab es im Wasser und in den feuchten Wiesen, deshalb fühlten sich damals die Störche im Ort heimisch, bauten ihre Nester auf den Schornsteinen und brüteten ihre Jungen aus. Peter konnte sich damals nicht sattsehen, wenn die Kleinen anfingen, ihre Flugversuche zu machen. Irgendwann stürzten sie sich, gerade-zu todesmutig, wie es ihm schien, vom Nestrand und drehten zum ersten Mal ihre Kreise.

Viele Bauern hielten Gänse, die zumeist von den Mädchen gehütet wurden und bis an den Bach hinunter getrieben wurden. „Allez, allez, allez" hörte man sie auf der Straße rufen, wenn die Gänse auf dem Weg trödelten, weil sie das Gras an den Rändern abfressen wollten.

Sonntags ging das ganze Dorf in die Kirche und zwar zumeist in Tracht, vor allem die alten Frauen hatten noch ein solches Festtagsgewand. Nach dem Gottesdienst verzogen sich die Männer zum Frühschoppen in eines der beiden Wirtshäuser, während die Frauen das Mittagessen vorbereiteten. Das war auch die Zeit, zu der Tante Johanna ihren Laden aufsperrte, denn man konnte sicher sein, dass die Kinder angelaufen kamen und ein Pfund Salz oder Nudeln oder sonst was kaufen mussten, das vergessen worden war. – Wo ist das heute noch möglich?
Während der Woche hatte Tante Johanna schon vor sieben Uhr das Geschäft geöffnet, weil frische Brötchen und Brot zum Frühstück verlangt wurden.

Der Pastor spielte mit den Städtlers ein hinterhältiges Spiel. Tante Johanna war evangelisch, Onkel Hermann katholisch, sie hatten zwar katholisch gehei-ratet, die Kinder, so war zwischen den Beiden vereinbart, sollten evangelisch erzogen werden und deshalb waren sie in der Kirche der Kreisstadt in diesem Glauben getauft worden. Nach dem Krieg war die Rivalität zwischen den beiden Religionen noch sehr ausgeprägt, nicht gerade zum Vorteil der Menschen, aber was scherte das die Pfaffen und vor allem den Papst, schließlich ging es um die Errettung der Seelen – glaubten sie dummen Schäfchen!
Der Pastor von Kelling nahm also eines Tages Onkel Hermann gewissermaßen ins Gebet und machte ihm klar: Wenn die Kinder nicht auch katholisch erzogen würden, wäre sein Seelenheil ernstlich in Gefahr, ja, sicherlich müsste er lange Zeit im Fegefeuer dafür büßen. Onkel Hermann setzte also alle Hebel in Bewegung, die Kinder auf seine katholische Seite zu ziehen. Sie blieben deshalb im katholischen Religionsunterricht und gingen mit ihm in die Kirche. Bis es Tante Johanna zu dumm wurde und sie sie mit nach Bayerbach in die evangelische Kirche nahm. Diese permanenten Auseinandersetzungen wegen des Glaubens zerstörten nach und nach ihre gemeinsame Lebensgrundlage. Erst im hohen Alter, als Onkel Hermann merkte, dass er nur noch kurze Zeit zu

leben hatte und der seltsame Pfarrer aus Kelling schon lange tot war, rückte er mit der Wahrheit seiner Frau gegenüber heraus.

Nach einigen Monaten mussten Peter und seine Mutter wieder nach Hause, nach Kiesdorf, zurück, denn es war Erntezeit und Großmutter hatte geschrieben, dass das Unkraut bereits höher sei als das Gemüse; sie habe nicht die Zeit, auch noch den Gartenteil ihrer Schwiegertochter zu hacken und zu jäten. Sie musste sich schließlich um ihren Mann und seine diversen Marotten kümmern. Also brachen sie die Zelte in Kelling ab und machten sich auf den Heimweg. Peters Freunde waren froh, dass er wieder in Kiesdorf war. Gemeinsam liefen sie durch das ganze Dorf und führten ihm alle Veränderungen vor. Da gab es einen neuen Hund, mancher hatte eine neue Katze bekommen oder es waren neue Kälber geboren worden. Das Ärgerlichste war, dass es inzwischen ein schweres Gewitter gegeben hatte und dabei war einer der besten Apfelbäume mit der Sorte „Goldparmäne", umgefallen – welch ein Verlust für die Kinder, denn das waren in Dorfnähe die besten und schmackhaftesten Äpfel überhaupt gewesen!

In diesem Herbst kamen wieder Onkel Karl und Tante Alma aus Oberursel zu Besuch und blieben für ein paar Tage. Spaziergänge zu Sonnwalds nach Marktanderstadt standen auf dem Programm und Wanderungen in den herbstlichen Spessart. Ansonsten passierte nichts aufregendes mehr bis zu Peters Einschulung im Jahr darauf.
Einmal am Abend, als alle um den Tisch saßen und Bier tranken, kam Tante Alma auf ein Thema zu sprechen, das sie anscheinend beschäftigte und sprach Peters Mutter an: „Hast du dir eigentlich schon mal überlegt, dass Peter der Einzige ist, der unseren Namen weiterträgt. Wir haben keine Kinder, Friedrich und Ella haben bis jetzt nur eine Tochter und der älteste Sohn ebenfalls. Peterla, da wirst du dich später mal ranhalten müssen!" – „Da mach ich mir noch keine grauen Haare", meinte Peters Mutter, „bis dahin ist noch viel Zeit. Strengt ihr euch lieber mal selbst an."

Und wieder ein Jahr später hat Peters Mutter erneut ihre Schwester in Kelling besucht, weil diese ihr zweites Kind, ein Mädchen, genannt die kleine Johanna, erwartete.
Nach der Geburt ging es der großen Johanna schlecht, sie erholte sich von der schweren Geburt nur langsam. Peters Mutter besorgte den Haushalt, den Garten, half in der Backstube und bediente die Kunden im Laden, außerdem bestellte sie die benötigten Waren.

Als es Johanna wieder besser ging, gab es Krach. Ihr war es langweilig im Bett, aber aufzustehen hatte der Arzt streng verboten. Jede Anstrengung sowieso. Sie nörgelte herum, das Essen schmeckte ihr nicht, statt Kamillentee wollte sie Rotwein mit verquirltem Eigelb. Weil sie das nicht bekam, wurde sie aggressiv. Als sie ihre Schwester beschuldigte, sie habe ihren Mann verführt, packte diese ihren Koffer und reiste mit Peter heim.

Einige Jahre war Funkstille. Bis Tante Frieda und Onkel Friedrich mit ihrer Tochter Jutta in den Schulferien nach Kiesdorf zu Besuch kamen und zwar mit einem kleinen Lieferwagen. Der brauchte zwar von Null auf Hundert eine Ewigkeit – man hätte nebenher laufen und Blümchen pflücken können – die Höchstgeschwindigkeit lag nicht viel über einhundert Stundenkilometer, bei Rückenwind und bergab vielleicht sogar einhundertdreißig. Sie überredeten Peters Mutter mit nach Kelling zu kommen, denn Johanna würde das Gesagte längst bereuen und möchte sich wieder versöhnen.

Mutters Schwester Johanna hatte inzwischen ihr drittes Kind, den Rolf bekommen, die Eltern waren alt geworden und auch keine große Hilfe mehr, sondern die Oma eher eine Belastung, weil sie bettlägerig war, Unterstützung an allen Ecken und Enden war dringend nötig. Doch das stellte sich erst nach der Ankunft heraus.

Peter hatte noch einige Wochen Schulferien, also setzten sich alle in das Auto und fuhren nach Oberbayern. Zuerst ging es auf der Bundesstraße 8 nach Nürnberg, denn eine Autobahn zwischen Frankfurt und der Frankenmetropole war noch nicht gebaut und es dauerte auch noch einige Jahre bis es soweit war.

Autos gab es 1950 nicht viel mehr als eine halbe Million in ganz Deutschland, die Straßen waren teilweise in einem erbärmlichen Zustand, was sich aber schnell änderte. Man hatte schließlich einen Verkehrsminister in Bonn und der verfügte über einen großen Etat.

1955 lief bei Volkswagen bereits der ein millionste Käfer vom Band. Selbstverständlich baute Porsche schon seine Traumautos. Damit verunglückte der 24-jährige amerikanische Filmschauspieler James Dean bei Paso Robles tödlich. Er hatte nur drei Filme gedreht und trotzdem wurde er zum Idol einer ganzen Generation.

Ein sehr beliebtes Fahrzeug war 1956 das Gogomobil mit 20 PS und 100 Km/h Spitzengeschwindigkeit.

Das kurioseste Modell jedoch war der Janus mit den zwei Einstiegen vorn und hinten, die Passagiere saßen Rücken an Rücken.

Die Entwicklung war rasant: 1960 fuhren bereits fast 13 Millionen Pkw auf Westdeutschlands Straßen und Urlaubsreisen mit dem Auto nach Österreich, Spanien und Italien waren die Regel und der Renner.

Mit dem Janus kamen eines Tages Onkel Karl und Tante Alma aus Oberursel zu Besuch. Voller Stolz wurde das „Wunderauto" präsentiert und alle durften abwechselnd eine Runde mitfahren. „Toll", meinte Peter leise zu seiner Mutter als er ausstieg, „einen Vorteil hat es, es gibt keine Ablage auf der Rückbank und damit kann man dort keine Klopapierrolle in dem gehäkelten Hut unterbringen!" – Diese Geschmacksverirrung war damals große Mode und in vielen Fahrzeugen zu sehen.

Mit einigen Pausen kamen sie endlich am späten Nachmittag in Kelling an, obwohl sie früh am Morgen gestartet waren. Tante Frieda hatte schon unterwegs eine Idee: Jutta und Peter sollten in den Laden gehen und Bonbons einkaufen. Johanna würde sich über die fremden Kinder wundern, aber ganz sicher nicht wissen, wer sie waren. Also wurde das Fahrzeug uneinsehbar vom Laden abgestellt und die Zwei machten sich, versehen mit Geld, auf den Weg. Tante Johanna wunderte sich über die beiden fremden Kinder, die in den Laden kamen und Bonbons verlangten. Da machte es sofort „klick" bei ihr und sie zählte eins und eins zusammen. Denn Kinder aus dem Dorf oder der Umgebung konnten es nicht sein, die hätten „Gutti" verlangt. „Aha", sagte sie, „ihr seid Peter und Jutta, stimmt's? Und wo sind eure Eltern?" – Damit war der schöne Plan, Tante Johanna zu derblecken, wie man in Bayern sagt, durchkreuzt.
Also gingen sie alle drei um die Ecke, Tante Johanna begrüßte die Besucher und holte sie ins Haus. Onkel Friedrich fuhr mit seiner Knatterkiste auf den Hof und lud das Gepäck aus. Die Zimmer wurden verteilt, es gab Platz genug im Haus, und anschließend setzte man sich um den Küchentisch zum Abendessen. Die anderen Familienmitglieder kamen nach und nach dazu und der Laden wurde geschlossen. Das Haus war inzwischen umgebaut worden, es gab ein großes Badezimmer im ersten Stock und im Erdgeschoss ein Klo sowie eine separate Dusche, außerdem war die Backstube ausgebaut, ein neuer Backofen eingebaut und das Mehllager verkleinert worden. Offene Waren gab es kaum noch, abwiegen war fast nicht mehr nötig, denn mehr und mehr fertigverpackte Markenprodukte standen in den Regalen und die Kunden bedienten sich zumeist selbst.

Nach einigen Tagen war die Lage klar, Tante Johanna brauchte Hilfe, vor allem weil die Oma in ein Pflegeheim übersiedeln sollte. Sie war krank, machte ins

Bett, musste angezogen, gefüttert und gewaschen werden. Sie stand kaum noch auf.
Peters Mutter suchte den Dorflehrer Sager auf und machte mit ihm klar, dass ihr Sohn in Kelling in die Schule gehen sollte. Die nötigen Hefte und das Schreibzeug, auch eine Schultasche gab es bei Tante Johanna im Laden. Also machte Peter sich Mitte September mit vielen anderen Kindern auf den Weg, denn die Schule lag am Dorfausgang an der Straße nach Bayerbach. Es gab nur ein Klassenzimmer und nur den einen Lehrer für alle acht Klassen. Der Schulunterricht begann beinahe jeden Morgen mit Kopfrechnen – Kettenaufgaben waren Lehrer Sagers Spezialität: Zwei mal sechs, weniger drei, und neun, geteilt durch drei ... so ging das manchmal eine halbe Stunde lang, aufschreiben von Zwischenergebnissen war verboten! Auch Lehrer Sager hatte keinen Zettel, sondern rechnete alles im Kopf mit. Peter hasste diese Rechnerei wie alle seine Mitschüler! Niemals in der ganzen Zeit, als Peter dort zur Schule ging, hatte jemand am Schluss die richtige Lösung.
In den ersten Tagen lief die Schule nur im Schongang. Einige Schüler waren noch nicht vom Hopfenzupfen zurück. Sie hatten vom Kultusministerium die generelle Erlaubnis zum Geldverdienen auf den Hopfenhöfen. Denn die Kleinbauern waren auf diese jährlichen Einnahmen angewiesen. Ganze Familien mit Kind und Kegel zogen Jahr für Jahr in die Holledau. Essen und Übernachten waren frei, im Schnitt hatte jeder Hof fünfzig Zupfer, bis zu 10 Mark konnte man pro Tag verdienen.
1955 kamen die ersten Pflückmaschinen auf die Höfe und nach ein paar Jahren brauchte man keine Hopfenzupfer mehr.

Ein Problem sah Lehrer Sager, das ihn umtrieb, jedoch der Schulrat, den er befragte, beruhigte ihn. Kelling war zu fast hundert Prozent katholisch und Peter evangelisch. Es gab für ihn keinen Religionsunterricht. Für einen Schüler würde kein Pfarrer aus Bayerbach nach Kelling kommen und Peter konnte nicht nach Bayerbach fahren. Es ging zwar morgens ein Bus hin und abends wieder zurück, doch das war nicht ausreichend. Und Fahrradfahren konnte er noch nicht. Außerdem gab es im Winter viel Schnee und Kälte – es war schlicht unmöglich.

Doch das Fahrradfahren sollte Peter bald lernen: Onkel Hermann brachte es ihm bei. Einige Tage lang hielt er Peter am Sattel fest und führte ihn die Straße hin und wieder zurück. Mehr und mehr konnte Peter das Gleichgewicht halten und als am Ende des dritten Tages Onkel Hermann Peter auf dem Radl los lies, fuhr er alleine weiter. So lange bis er nach hinten sah – und nichts sah. Prompt fiel er auf die Nase. Da half nur gutes Zureden und ein weiterer Tag mit

Festhalten am Sattel. Aber danach probierte er es allein und von nun an saß er wirklich fest im Sattel.

Das Bemühen von Onkel Hermann war nicht ganz uneigennützig, denn er hatte geplant, dass Peter und sein Sohn Dieter in Zukunft das Brot und andere Backwaren nach Klosterthal ins Altenheim liefern sollten und er sich diese mühsame Arbeit sparen könnte. Zweimal in der Woche mussten sie die drei Kilometer auf der anfangs nicht geteerten Straße dorthin fahren. Nur im Winter, wenn Schnee lag oder es sehr kalt war, erledigte Onkel Hermann das selbst, sonst wären Tante Johanna und Peters Mutter rabiat geworden.

Man kann es sich kaum vorstellen: Die beiden Jungs hatten Brot im Rucksack, Brot auf dem Gepäckträger und manchmal auch noch Brot oder Brötchen in Taschen am Lenker! Natürlich kam es vor, dass einer von Beiden in den Graben fuhr und umfiel. – Hauptsache, dem Brot war nichts passiert!

Von der Heimleiterin, die das Brot entgegennahm, bekamen sie immer einen Groschen für ihre Mühe. Ein Sonderlob oder gar eine süße Belohnung von Onkel oder Tante war nicht üblich. Dieter bekam öfter mal von Opa ein paar Bonbons extra, wenn Peter nicht hinsah. Denn Dieter war sein Liebling, seinen anderen Enkel konnte er anscheinend nicht leiden, denn der maulte öfter nach, wenn er ihm, dem vermeintlich Großen, wieder mal eine Sonderarbeit aufhalste. Das liebe Dieterlein musste natürlich nichts tun! Peter beschwerte sich öfter bei seiner Mutter. Doch die meinte stets, das sei doch nicht so schlimm. Peter mit seinem Gerechtigkeitsgefühl fand das jedoch ganz gemein! Wie sein Großvater so ungerecht sein konnte, war ihm unbegreiflich. Das Verhältnis zu ihm war zutiefst gestört und konnte auch nie mehr repariert werden.

Kelling war zu jener Zeit noch eine ökologische Oase, wie fast das ganze landwirtschaftlich genutzte Deutschland. Artenreiche Magerwiesen waren die Regel, totgegüllte Löwenzahnwüsten gab es einfach nicht. Denn der flüssige Dünger war viel zu kostbar, um ihn auf die Wiesen zu kippen; er wurde für die Felder zur Erzeugung von Nahrungs- und Futtermitteln nötig gebraucht, schließlich kostete Gülle im Gegensatz zu Kunstdünger kein Geld, die Viecher produzierten ihn ständig so nebenbei.

Auf den Wiesen flatterten Schmetterlinge wie Schwalbenschwanz, Trauermantel, Zitronenfalter, Pfauenaugen und die kleinen Bläulinge, deren Männchen hellblau, die Weibchen dagegen braun sind sowie viele andere Arten. Heuschrecken und Heupferdchen hüpften herum und die männlichen Grillen lockten lautstark mit ihrer Musik die Weibchen an. Auch der blaue Enzian leuchtete im Frühsommer gerade an sonnigen Hängen, bis zur Heuernte blühten Federnelken, Wiesenknopf, Margeriten und Wiesensalbei sowie -zig andere Arten, die heute weitgehend verschwunden sind.

Peter war so oft er nur konnte mit Dieter, der kleinen Johanna und den Freunden auf den Wiesen rund ums Dorf unterwegs. Gerne hätte er Schmetterlinge mit dem Netz gefangen, wie er es in Büchern gesehen hatte und sie dann aufgespießt. Berühmte Naturforscher machten so was. Aber dazu fehlten den Kindern, Gott sei Dank, die Kenntnisse und die Möglichkeiten. So blieb es beim Bewundern der lebenden Tierchen.

Heiße Tage waren häufig während der Sommerferien. Es gab zwar einen See mit verschilften Ufern, der gerne zum Baden und anderem aufgesucht wurde, weil er einsam unweit der Dorfgärten, dem sogenannten „Kobus" lag und sehr warmes Badewasser bot. Peter, Dieter und die Freunde mussten mit dem Radl fahren, denn der Weg dorthin war weit und voller Spurrillen, die von den Bauernwagen tief ausgefahren worden waren. In der Mitte dagegen wuchs Gras. In den Spurrillen hatte sich trockener Sand angesammelt, wer unsicher fuhr, fiel vom Rad und wenn er Pech hatte, schlug er sich die Knie blutig.
Also fuhr man lieber zum Wiesbach, der an Kelling vorbeifloss. Das Wasser war zwar kälter und zum Schwimmen ungeeignet, weil nicht tief genug, aber von den Kindern konnte das sowieso noch keiner. Zum Herumtollen und um sich zu erfrischen, reichte das Wasser jedoch aus.

Wie im See so gab es auch im Wiesbach Fische, doch fangen ließen sie sich nicht, dazu waren sie zu schnell. Also probierten sie es mit dem Angeln. Von zu Hause stibitzten sie Nadeln und bogen diese krumm. Eine Rute war schnell gefunden, ebenso ein Stück Schnur und passende Regenwürmer. Lange badeten sie ihre Würmer und die Fische freuten sich, denn sie fraßen die Würmer regelmäßig ab, doch aufgespießt hat sich kein einziger.
Die Kletten waren im Sommer grün und dick, aber noch nicht reif. Trotzdem setzten sie sich fest, wenn man sie warf, vor allem in langen Haaren. Die kleine Johanna war mit beim Baden, als die Jungs die Kletten entdeckten, abpflückten und nach jedem warfen, der sich nicht in Sicherheit brachte. Johanna stand in der Gegend herum, Kletten flogen ihr ins Haar, sie weinte, niemand kümmerte sich um sie. Auch Peter nicht, der eigentlich auf sie aufpassen sollte. Und plötzlich war sie weg.
Peter fragte die Jungs, sogar der schlaue Dieter wusste nicht, wo sie war. Peter bekam es mit der Angst zu tun und lief zum Haus zurück. Dort herrschte bereits große Aufregung, denn man musste die Kletten aus Johannas langen Haaren mit der Schere herausschneiden. Peter fand das völlig überflüssig, denn er war der Meinung, man hätte sie einfach herausziehen können. Onkel Hermann führte sich auf und schrie herum, ebenfalls der Opa und die Tante Johanna. Als Peter eine Bemerkung machte, dass er die ganze Aufregung

nicht verstehen könne, bekam er eine Watschen von Onkel Hermann: „Da hast Du's, vielleicht verstehst du es so besser. Du bist doch der Älteste, warum kannst du auf die Kleine nicht aufpassen?" – Peter beschwerte sich bei seiner Mutter. „Warum muss ich immer aufpassen, ich bin nicht der Älteste, das ist Opa. Soll er doch das Baby hüten!" maulte er bei seiner Mutter unter Schluchzen herum. Vor Wut schnaubend lief sie auf Onkel Hermann zu: „Wenn du das noch einmal machst, kannst du was erleben – dann fahren wir sofort heim. Meinen Sohn schlägt niemand außer mir!" schrie sie ihn an.
Und das alles wegen ein paar simpler Kletten. Beinahe wäre eine Familientragödie daraus geworden!

Es war der bisher heißeste Tag des Jahres. Das Thermometer kletterte auf weit über dreißig Grad. Auch nachts kühlte es kaum ab. Von fern sah man Wetterleuchten. Tante Johanna kam gerade von ihrem Hofkontrollgang zurück und war ganz aufgeregt. „Kommt mal mit raus, das hab ich seit meiner Zeit in der alten Heimat nicht mehr gesehen: eine ganze Wolke von Glühwürmchen." Sie liefen alle hinter ihr her. Neben der Bank im Hof flogen sie durcheinander. Lauter kleine Lichter. Peter sagte ganz leise: „Oh, die sind wunderschön, Tante Johanna. Bei uns in Kiesdorf gibt es keine. So was habe ich noch nie gesehen!" – Noch lange standen sie im Hof und sahen dem Tanz der Glühwürmchen zu und keiner sagte mehr ein Wort.

Lehrer Sager hatte noch ein Lieblingsfach mit dem er seine Schüler quälte: Heimatkunde. Peter empfand das zwar nicht so, aber mancher seiner Mitschüler hatte damit große Probleme. Denn einige von ihnen waren nicht gerade große Leuchten und des Lehrers Rohrstock tanzte gerne auf Handflächen und Hosenböden der Jungs. Mädchen wurden dafür an den Haaren gezogen, wenn sie mal wieder eine dumme Antwort gegeben hatten, unaufmerksam waren oder herumkasperten.
Peter wurde verschont und erhielt höchstens mal eine ernsthafte Ermahnung. Vielleicht lag der Grund darin, dass seine Tante die „Bäckin" war. Die Lehrersfrau und Tante Johanna verstanden sich gut und klatschten oftmals lange im Laden. Außerdem unterschied Peter sich schon vom Dialekt her von den Einheimischen, da es ihm bei Strafe verboten war, Dialekt zu sprechen.
Die Aufteilung der Alpen und deren landschaftliche Unterschiede mussten die Schüler bis zum Erbrechen lernen, in ein Heft zeichnen und beschreiben.
Selbstverständlich wurden Diktate abgehalten, Nacherzählungen gemacht und Aufsätze geschrieben. Es dauerte eine ganze Weile, bis die Hausaufgaben fertiggestellt waren. Oftmals kamen Schüler ohne ihre Ausarbeitungen in die Schule, denn sie hatten keine Zeit gehabt, weil sie auf dem Hof mithelfen

mussten, gerade während der Ernte. Das passte Lehrer Sager nicht und er knöpfte sich die Eltern deswegen vor. Aber geändert hat das nichts denn die Zwänge waren stärker.

Im Spätsommer ist Erntezeit, auch bei Städtlers war das so. Man hatte zum ersten (und letzten) Mal auf einem gepachteten Feld Roggen ausgesät, der eingebracht werden musste. Tage vorher war schon ein Schild an der Ladentür angebracht, dass an einem bestimmten Tag das Geschäft geschlossen sei. Früh zogen sie, bewaffnet mit Sensen, los. Onkel Hermann und Opa schnitten die Halme, Peters Mutter und Tante Johanna banden die Garben und stellten sie zu Puppen auf, damit sie trockneten. Opa und Oma hatten das schon so in der alten Heimat, dem Warthegau, gemacht. Die Kinder sammelten die verlorenen Ähren und versorgten die Erwachsenen mit Getränken. Für die Brotzeiten und das Mittagessen war genug mitgenommen worden, denn man wollte die Arbeit nur kurz unterbrechen und dafür nicht den langen Weg nach Hause gehen. Roggenernte war damals ein mühseliges Geschäft und dauerte den ganzen Tag. Die Kinder quengelten, denn sie langweilten sich und es war ihnen heiß, obwohl sie sich in den Schatten der Puppen zurückzogen. Aber dort ging kein Lüftchen, was noch unangenehmer war. Endlich, die Sonne ging schon unter, war es geschafft. Das Getreide war gemäht und die Garben waren aufgestellt. Müde und mit schmerzenden Gliedern machte man sich auf den Heimweg. In dieser Nacht schliefen alle den Schlaf der Gerechten. Onkel Hermann und Opa gingen sofort ins Bett, denn sie mussten ja wieder sehr früh aufstehen und Brot backen.

Gegenüber heute waren die Felder weder mit Halmverkürzer noch mit Unkrautvernichtungsmitteln besprüht worden. Die Halme waren noch so lang, dass sie beim Roggen den Frauen oftmals über die Köpfe reichten und es durften noch Kornrade, Mohn- und Kornblumen wachsen. Statt Halmwüste sah man ein buntes Blumenmeer, vor allem an den Feldrändern.

Nach einigen Tagen kam der nächste Akt. Mit dem Pferdewagen des Nachbarn fuhren die Männer aufs Feld. Peter war auch mit dabei. Kunstvoll, so wie es sich gehörte, wurden die Garben auf den Wagen gegabelt und in die Scheuer beim Nachbarn gefahren. Nach einigen Wochen kam die Dreschmaschine, der Roggen wurde ausgedroschen und die Säcke in die Mühle gefahren. Endlich war das Mehl im Lager bei den Städtlers angekommen. Peter hörte, wie sich Opa und sein Schwiegersohn über die Rentabilität der gesamten Aktion unterhielten. „Wenn man die Zeit rechnet und alles, was es gekostet hat, einschließlich des Saatgetreides, haben wir nicht viel gespart. Das machen wir in Zukunft nicht mehr, " so hörte er Onkel Hermann sprechen.

Anders war es bei den Kartoffeln, die im „Kobus", so hieß die Gartenanlage des Dorfes, angebaut wurden. Es war eine moorige, dunkle Erde, die es dort gab, trotzdem nicht zu feucht, so dass die Kartoffeln gut gediehen und im Herbst große schmackhafte Knollen ausgegraben wurden. Die Kartoffeln kamen natürlich in den Keller und dienten zur eigenen Ernährung, die kleinen wurden gekocht und an die Schweine verfüttert.

In dem kleinen Gärtchen am Haus waren im Frühling Tomaten gepflanzt worden, die jetzt reif wurden und die es abends als Beilage zu Brot mit Wurst oder Schinken gab. Als sie zum ersten Mal auf den Tisch kamen, traute Peter seinen Augen nicht: Onkel Hermann, aber auch sein Sohn Dieter, der es ihm nachmachte, streute Zucker auf seine aufgeschnittenen Tomaten und nicht, wie er es kannte, Salz. Er konnte sich nicht genug wundern, über diese Geschmacksverirrung, wie er meinte.

Mit dem Herbst kam für Peter die Leidenszeit auch in Kelling, denn seine Mutter hatte ihr Lieblingskleidungsstück für Peter, den Strumpfgürtel, zu Hause nicht vergessen. Als Tante Johanna und Onkel Hermann das Wunderwerk sahen, konnten sie sich vor Lachen kaum halten. Und Peter standen die Tränen in den Augen. Hatte er das verdient, vor versammelter Mannschaft ausgelacht zu werden wegen dieses vermaledeiten Strapsgürtels? – Onkel Hermann hatte ein Einsehen. Am nächsten Tag fuhr er mit ihm auf den Fahrrädern nach Bayerbach und kaufte eine Lederhose, dreiviertellang, dazu die entsprechenden Strümpfe. Zünftig wie ein bayerischer „Bua" schaute er jetzt aus. – Doch in Franken war auch dieses Bekleidungsstück zu jener Zeit eine Lachnummer!

Dann kam der Winter und mit ihm der 6. Dezember, Nikolaus. Damals gab es noch einen Brauch, der in Kelling heute eingeschlafen ist, früher jedoch für die Kinder äußerst unangenehm war. Die Krampusse, junge, noch unverheiratete Männer, liefen verkleidet und mit grausligen Masken vorm Gesicht in Gruppen durchs Dorf und verprügelten jeden mit Ruten, ob alt oder jung, den sie antrafen. Sie drangen auch in die Häuser ein, wenn diese nicht regelrecht verrammelt waren.
Freunde von Peter aus dem Nachbarhaus waren bei Tante Johanna zu Besuch. Als sie die Krampusse kommen hörten, liefen sie alle die Treppen hoch auf den Speicher und versteckten sich dort in den auf das Verbrennen

wartenden leeren Kartons. Die Schachteln, welche einmal Camelia-Damenbinden, enthielten, waren riesengroß, so dass sich sogar zwei Jungs bequem darin verstecken konnten.
Onkel Hermann hatte das Treppenlaufen und schon vorher die vorbereiteten Kartons bemerkt. Als die Krampusse hereinstürmten, zeigte er ihnen das Versteck auf dem Dachboden. Voller Tatendrang liefen die Krampusse auf den Boden und verprügelten die Jungs mit ihren Ruten bis die sich endgültig in Sicherheit bringen konnten – hinter dem Rücken von Tante Johanna, die energisch die Krampusse aus dem Haus warf. Dieter und die kleine Johanna wurden natürlich vom Opa versteckt und blieben verschont. Peter war wieder einmal stinkigsauer auf den Großvater und seine Ungerechtigkeit!

Doch es sollte noch schlimmer kommen. Der Nikolaus selbst wurde später am Abend erwartet und der kam auch mit einem Höllenlärm. Er schepperte zur Haustür herein, schlug mit der Rute an die Tür, Onkel Hermann riss sie auf und schon war der Nikolaus in der Stube. Peters Herz war im Keller. Das Entsetzen stand ihm ins Gesicht geschrieben, auch Dieter war geschockt und die kleine Johanna plärrte, als würde sie am Spieß braten. Die Erwachsenen stießen sich heimlich an und feixten. „So, so", begann der Nikolaus seine Strafpredigt, „das sind also die Übeltäter". Er warf seinen Sack auf den Boden und trampelte darauf herum, dass es nur so knackte und krachte. „Da sind die Jungs vom Tschipper drin, grad eben habe ich sie abgeholt, das sind genau solche Taugenichtse wie ihr hier. Doch das wird ihnen schlecht bekommen, die nehme ich mit!" Und er hüpfte weiter auf dem Sack herum.
„Ja, was steht denn da alles drin geschrieben?" Damit schlug er ein riesiges Buch auf. „So, so, hier habe ich alle eure Schandtaten schwarz auf weiß. Aber auch die von euch!" Mit seiner Rute zeigte er auf die Erwachsenen. „Vor allem von dir!" Peters Mutter bekam mit der Rute eins übergezogen. „Darauf komme ich später noch zurück! Also die kleine Johanna war ja recht brav, aber sie folgt nicht. Sie wirft sich oft auf den Boden und schreit, wenn ihr was nicht passt. Bist du jetzt gleich still!" schrie er sie an, so dass sie das Weinen sofort vergaß. „Und der Dieter will seine Hausaufgaben oft nicht machen. Er geht auch nicht zum Metzger, wenn seine Mutter ihn schickt. Das hört ab sofort auf!" schrie er wieder so laut, dass Dieter vor Schreck der Mund offen stehen blieb.
„Und jetzt kommen wir zu dir, mein lieber Peter. Kannst du eigentlich ein Gedicht?" Peter zitterte so, dass er fast keinen Ton herausbrachte. „Lieber guter Weihnachtsmann, sieh mich nicht ..." begann er stockend, „sieh mich nicht so böse an, stecke deine Rute ein, ich will auch ..." und dann fing auch er an zu weinen. „Ach du liebe Zeit, haben wir denn hier nur Heulsusen? Jetzt plärrt noch einer!" Der Nikolaus schien ernsthaft böse. „Na, dann lassen wir

das mal mit dem Gedicht. Denn in meinem Buch steht, dass du deinen Teller nicht leer isst. Anscheinend schmeckt es dir nicht, was in Kelling gekocht wird?" „Doch, doch, schon ..." stotterte Peter. „Na, dafür habe ich ein Rezept", rief der Nikolaus und riss sich einige seiner Barthaare aus. „Hier, Hermann nimm das", und er drückte dem Onkel die Haare in die Hand. „Wenn er wieder einmal nicht essen will, brauchst du nur an den Haaren zu ziehen, dann komm' ich und helf' ihm beim Essen. So, macht's gut, auf Wiedersehen. Und bleibt ja brav und anständig!" drohte er mit der Rute, „alle miteinander!" Und schon wandte er sich zum Gehen. „Aber halt, ich hab ja noch was vergessen!" rief er und langte nach seinem anderen Sack. „Ein paar Geschenke hab ich ja auch noch." Er holte daraus für jeden eine Tüte heraus und ein Päckchen, eingeschlagen in Weihnachtspapier. Dann verabschiedete er sich und verschwand.

Peter glaubte ja eigentlich nicht mehr an den Nikolaus. Doch mit dem heutigen Besuch war sein festgefügtes Weltbild zutiefst erschüttert. Sollte es den alten Herrn, der alles weiß, doch geben? Peter musste darüber einmal intensiv nachdenken. Für heute war er zu müde und er fiel in einen tiefen, doch unruhigen, traumlosen Schlaf. Am nächsten Morgen lag seine Bettdecke auf dem Boden. Er hob sie auf, als es gerade dämmerte und wollte sich wieder einkuscheln, da viel sein Blick auf die Bilder über seinem Bett. Vor allem eines beeindruckte ihn immer wieder: Es zeigte einen kleinen Jungen, der auf einem Baumstamm über einen Bach balancierte. Schräg hinter ihm flog sein Schutzengel und passte auf, dass ihm nichts passierte. Zwar in äußerst kitschig-süßer Manier gemalt, hat es auf Peter immer wieder großen Eindruck gemacht, und er betrachtete es aufmerksam. Er schlief nochmals ein und wachte von seinem eigenen Schrei auf. Peter hatte geträumt, er würde in ein tiefes Loch fallen.

Ein paar Tage später gab es wieder einmal gekochtes Rindfleisch, ein Gericht das Peter nicht ausstehen konnte. Denn das Fleisch vom Metzger war nicht lange genug abgehangen, so dass es beim Kochen zäh blieb, außerdem war es wohl von einer alten Kuh und daher langfaserig und flachsig. Er stocherte in seinem Teller herum, es schien immer mehr zu werden als weniger. Peter konnte es einfach nicht beißen, er kaute darauf herum, schob es mit der Zunge von einer Backe in die andere, aber er konnte es nicht hinunterkriegen. Tränen traten ihm in die Augen und in den Backenmuskeln bekam er beinahe einen Krampf. In solchen Augenblicken wünschte er, die Tante hätte einen Hund, dem er den Backeninhalt unter dem Tisch hätte zukommen lassen können. Die Katze, die immer um den Mittagstisch herumschlich, mochte so was auch nicht,

das hatte er längst ausprobiert. „Peter, iss jetzt endlich deinen Teller leer!"
mahnte seine Mutter immer wieder. „Onkel Hermann, hol doch mal die Haare
vom Nikolaus". „Ja, du hast Recht! Ich glaube er will wieder nicht essen, " rief
Onkel Hermann recht laut und ging zum Küchenschrank. Kaum hatte er die
Haare in der Hand, ging die Tür auf und der Nikolaus schaute ins Zimmer. „Ja,
der Peter will wieder nicht essen", schimpfte er lauthals, „wie lange soll das
denn noch dauern?" Peter stopfte Gabel um Gabel in den Mund und im Nu war
der Teller leer. „So ist's recht. Und nicht vergessen: Wenn er wieder mal nicht
isst, einfach am Bart ziehen – ich komme sofort!"
Dieses Spielchen, das die Erwachsenen amüsierte, wurde noch einige Male
praktiziert. Und Peter berichtete später in Kiesdorf jedem, der es hören wollte:
„Hier bei uns gibt es keinen echten Nikolaus, aber in Kelling schon!"

Onkel Hermann bewahrte sichtbar die Haare im Küchenschrank auf. Peter war
oftmals versucht, diese einfach verschwinden zu lassen, doch was wäre wohl
passiert, wenn er sie in die Hand genommen hätte? – Gar nicht auszudenken!

Erst viele Jahre später hat Peter erfahren, wie das mit dem Nikolaus in Kelling
funktionierte: Onkel Hermann sprach sehr laut darüber, dass Peter mal wieder
nicht essen will. Herr Konkolny, der Nachbar in der Wohnung gegenüber hörte
es, setzte schnell die Nikolausmaske auf und schaute durch die Tür. Sofort
hatte Peter wieder Appetit.

Doch als Peter und seine Mutter im Jahr darauf wiederkamen, war es vorbei mit
dem Nikolausärger: Die Konkolnys waren ausgezogen und die Barthaare aus
dem Küchenschrank verschwunden, weil nutzlos.

Vor Sylvester verkaufte auch Tante Johanna Knaller und Kracher. Die älteren
Jungs von Kelling hatten besondere Ideen, was man damit machen konnte. Sie
besorgten sich leere Konservendosen ohne Deckel. Ein Knaller wurde
angezündet, auf den Boden geworfen, schnell mit der Dose bedeckt und diese
in den Boden getreten. Beim Explodieren des Knallkörpers flog die Dose in
hohem Bogen in die Luft. – Ein Glück, dass niemand von den Kindern getroffen
wurde! – Heute würde wohl sofort die Polizei kommen! Aber Tante Johanna
schaute den Jungs sowieso nur zu, ohne etwas zu sagen, denn sie dachte an
den Umsatz, den sie mit dem Verkauf der Knaller erzielte. Dieses Spielchen
funktionierte natürlich nur, wenn der Boden nicht gefroren war und kein Schnee
lag.
Am ersten Januar war bei Tante Johanna in jedem Jahr Großkampftag: es
musste Inventur gemacht werden. Das heißt der gesamte Warenbestand wurde

gezählt, die Stückzahlen und der Preis jedes Artikels in Listen eingetragen. Alle Familienmitglieder halfen mit, soweit sie dazu schon oder noch fähig waren. Selbstverständlich auch im Warenlager. Und dort war es kalt. Lange konnte man sich in diesem Raum nicht aufhalten, ohne sich wieder aufzuwärmen. Besser war es im Laden, obwohl die Temperatur im Winter auch hier selten über fünfzehn Grad lag. Peter ging zwar immer mit Feuereifer an die Arbeit, die Begeisterung ließ aber schnell nach und er versuchte sich zu drücken, so wie sein Cousin. Aber der arme Bub war ja noch so klein – da hielt der Großvater seine schützende Hand über ihn!

Wieder einmal war ein Vertreter da gewesen und hatte die Bestellung von Tante Johanna gewissenhaft notiert. Diesmal hatte sie viel Zeit, niemand kam in den Laden. Sie blätterte auch die Verzeichnisse durch, welche sie sich sonst ersparte, weil sie, wie sie es nannte, „nur unnützes Zeug" enthielten. Da entdeckte sie etwas, was sie noch nie gesehen hatte: die Rose von Jericho. Augenblicklich war sie fasziniert. Eine vertrocknete Pflanze, die, legt man sie ins Wasser, olivgrün wird. Sie stammt aus den Wüsten Israels und wurde als wahre Wunderpflanze bezeichnet. Die musste sie haben. Danach suchte sie als allererstes, als der Lkw ein paar Tage später die Waren brachte. Und tatsächlich, es stimmte, obwohl sie anfangs glaubte, das wäre ein Schwindel. Jeder, der nicht schnell genug aus ihrer Nähe verschwand, wurde damit belabert. Einfach schlimm! Aber wie jedes Wunder hatte auch dieses einmal ein Ende: Tante Johanna vergaß, die Pflanze nach einiger Zeit wieder eintrocknen zu lassen und so verschimmelte diese ganz einfach. Da war es hin, das schöne Geld, das sie dafür ausgegeben hatte. Aber der Reiz des Neuen war ohnehin vorbei.

Tante Johanna war von Neuheiten immer wieder begeistert. So sah sie eines Tages in einem Haushaltswarengeschäft in Bayerbach ein kleines Tellerchen aus Porzellan, das in den Milchtopf gelegt, diese daran hindern sollte, überzukochen. Das war bei ihr schon immer ein Problem. Beispielsweise stand sie am Herd und wartete, dass die Milch zum Kochen kommt. In der Zwischenzeit bimmelte jedoch die Türglocke, sie lief in den Laden und vergaß die Milch – bis es durchdringend stank, im ganzen Haus und auch im Laden. Schon eilte sie zurück in die Küche und ebenfalls alle anderen, die den Mief gerochen hatten. Zumeist hatte irgendjemand das Malheur inzwischen beseitigt.
Das kleine Tellerchen erfüllte sein Versprechen. Es klapperte gehörig im Topf, die Milch kochte jedoch nicht mehr über. Mit der Zeit überhörte sie das Klappern, vor allem wenn viele Käufer im Laden waren oder die Neuheiten, die

eine Kundschaft zu erzählen wusste, besonders interessant waren. Dann kochte die Milch still vor sich hin, bis sie im Topf schließlich verdunstet war und anbrannte – es stank wieder. Bei einem Rettungsmanöver für den Topf warf sie eines Tages alles auf den gefliesten Boden und das Milchüberkochrettungstellerchen zerbrach. Es wurde nicht mehr ersetzt.

Nach dem Zwischenzeugnis im Februar, das recht ordentlich ausfiel, fuhren Peter und seine Mutter nach Kiesdorf zurück. „Peter ist ein anständiger und fleißiger Bub. Im Unterricht dürfte er noch etwas lebendiger sein." schrieb Lehrer Sager als Bewertung. Es wurde Zeit, sich vorzubereiten, schließlich sollte Peter in ein paar Wochen ins Internat und auf die Oberrealschule wechseln.

Man feierte am Abend zuvor noch Abschied und Tante Johanna spendierte eine Flasche Sekt und hatte von uns Kindern vom Wirt roten und gekochten Schinken holen lassen. Das gute Schwarzbrot und Butter gab es im Laden. „Lieber einmal gut gelebt, als immer gestümpert", meinte sie dazu nur.
Onkel Hermann erzählte später noch einen neuen Witz, den er vor kurzem gehört hatte: „Klein-Fritzchen will von seinem Vater wissen, was der Unterschied sei, zwischen Verlobung und Hochzeit. Das ist so, wie wenn du zum Geburtstag ein Radl geschenkt bekommst, aber erst zu Weihnachten damit fahren darfst. Fritzchen ist tief beeindruckt, aber dann kommt ihm eine Idee: Gell, Papa, aber klingeln darf man!"
Und wie immer, wenn Onkel Herrmann eine seiner Reden besonders unterstreichen wollte, kam der Satz: „So isses und so warsch, nach dem Buckel kommt der Hals!"
Tante Johanna schüttelte den Kopf und sagte nur: „Herrmann, Herrmann, du kannst es einfach nicht lassen!" „Ja", sagte Peters Mutter direkt ironisch, „unter jedem Dach ist irgendwo ein Ach."

In diesem Frühjahr kam Elise mit Mann und Tochter zu Besuch. Elises Mann, der Arthur, hatte sich inzwischen einen Fotoapparat angeschafft und von den Kindern sollten Fotos gemacht werden. Alle versammelten sich vor dem Hauseingang in Bayers Hof. Großmutter jedoch war unzufrieden mit Peters Frisur. Immer wieder war sie mit dem Kamm zugange und zog den Scheitel nach. Peter hasste es, wenn sich jemand an seinem Kopf zu schaffen machte und den Scheitel mochte er sowieso nicht. Er trug lieber seine Haare nach vorn gekämmt und einen Pony, aber Oma und Mutter wollten einen Scheitel, wie ihn sein Vater hatte. Er hasste es dann noch mehr, wenn sie behaupteten, er sähe

aus wie sein Vater! Er wollte er selbst sein und nicht wie sein Vater, von dem er sowieso keine Vorstellungen hatte!

Sogar Mauz musste mit auf eins der Bilder und Peter fragte seine Oma, ob der nicht viel zu struppig fürs Fotografieren sei. Beinahe hätte er eine Ohrfeige bekommen für seine Frechheit. Es gibt noch heute einige Aufnahmen mit Großmutter und dem Kamm in Peters Haaren. Doch sogar Silvia auf dem Topf war vor Arthurs Fotomanie nicht sicher! Auf einem der Fotos ist auch der einzige Beweis zu finden, dass es Peters Lieblingsschmusetier, den schwarz-gelben Hund mit dem von seiner Mutter gestrickten Fell, einmal gegeben hat und es kein Traum war.

Der Aufreger der Saison waren die ersten „Parkographen", die in diesem Jahr im Ruhrgebiet aufgestellt wurden. Keiner aus der Verwandtschaft hatte zwar ein Auto, aber jeder regte sich darüber auf, dass jetzt sogar das Parken pro Stunde einen Groschen kosten sollte. Na ja, mit denen im Ruhrgebiet kann man das ja machen, war die allgemeine Meinung, die verdienen anscheinend zu viel.

Selbstverständlich kamen Sonnwalds zu Besuch und wurden besucht. – Das Übliche.

Doch Sonnwalds waren inzwischen in die Waldbergstraße umgezogen. Im ersten Stock eines neugebauten Einfamilienhauses, das einem Bundeswehroffizier gehörte, bewohnten sie eine entsprechend große Wohnung.

Der Offizier wurde plötzlich nach Norddeutschland versetzt und seine Familie folgte ihm. Den Großeltern wurde die freie Wohnung angeboten. Innerhalb von wenigen Tagen waren sie umgezogen. Neue Möbel ergänzten die alten, vor allem ein neues Schlafzimmer, eine neue Couch, ein ausziehbarer Esstisch, eine Eckbank und mehrere Stühle wurden neu angeschafft. Dazu kam ein neues großes Radio mit magischem Auge, wie es damals hochmodern war. Außerdem ein neuer nachgemachter Perserteppich unter dem Tisch. Die Wohnung bestand aus dem Wohnzimmer mit kleiner Küche, die durch einen

Vorhang abgetrennt war, einem Schlafzimmer, das früher das Wohnzimmer der Offiziersfamilie war, mit großem Blumenfenster nach Süden ausgerichtet, einem Badezimmer mit Toilette und einem mit Holz und Kohle zu beheizenden Wasserkessel. Wollte man Baden, musste eine gute halbe Stunde vorher mit dem Schüren begonnen werden. Außerdem waren noch ein größeres und kleineres Zimmer vorhanden und ein Abstellraum. Zentralheizung gab es nicht, die Räume mussten mit Öfen beheizt werden. Das Haus war vollunterkellert, entsprechend der Zimmer im Haus.

Bei dem Herrn Offizier machte Peter sich auch noch unbeliebt, denn er war bei seinen Großeltern, als dieser letzte Punkte wegen der Wohnung besprechen wollte. „Na", sagte er, das wird einmal ein strammer Soldat vor dem Herrn!" „Auf keinen Fall", antwortete Peter ihm, „ich muss nicht zur Wehrmacht, ich bin der einzige Sohn einer Kriegerwitwe!"

Peter war hellauf begeistert als er von dem Besuch bei den Großeltern in Marktanderstadt nach Hause kam. Das war modernes Wohnen und nicht so ein aufeinander glucken wie in Kiesdorf! – „Das kannst du vergessen! Das können wir uns nicht leisten!" antwortete seine Mutter auf einen entsprechenden drängenden Vorstoß. „Gerade jetzt, wo du ins Internat gehst. Was sollen wir mit einer großen, teuren Wohnung in Marktanderstadt. Ich weiß kaum, wie wir das schon jetzt alles bezahlen sollen!" – Damit war das Thema erst einmal vom Tisch.

Die ersten Besucher kamen nach Marktanderstadt, aber nicht mehr zu Peter und seiner Mutter nach Kiesdorf. Onkel Karl und Tante Alma waren wieder übers Wochenende angereist. Sie hatten es auch recht einfach: Vor ihrer Wohnung in Oberursel fuhr die Straßenbahn nach Frankfurt-Hauptbahnhof. Hier stiegen sie um in einen Zug, mit dem sie nach Aschaffenburg reisten, vor dem Bahnhof wartete bereits der Bus, der nach Würzburg fuhr und in Marktanderstadt hielt. Ein Zimmer im Hotel direkt am Main hatten sie wie immer vorher telefonisch reserviert. Der lange und weite Fußweg nach Kiesdorf konnte entfallen.

In diesen Sommerferien, vor Peters Umzug nach Würzburg ins Internat, kamen auch Onkel Friedrich, Tante Ella und ihre Tochter Brigitte zu Besuch zu den Großeltern. Das Wetter war besonders schön, man saß im Garten unter schattenspendenden Bäumen oder ließ sich in den Liegestühlen die Sonne auf den Bauch brennen. Und davon war bei den beiden inzwischen einiges vorhanden. Die Fresswelle in Deutschland hatte ihre sichtbaren Spuren hinterlassen.

Onkel Karl und Tante Alma wurden aufgefordert, doch auch zu kommen und sie kamen. Entfernte Verwandte oder Bekannte, die ein Auto hatten und ebenfalls in Oberursel wohnten, trafen ein. Oma kochte, die Frauen halfen zwar mit, aber nicht immer. Denn es musste ja auch serviert, gespült und aufgeräumt werden. Opa brachte Flasche um Flasche, zwar spendierten die Onkels die eine oder andere großzügigerweise – sie soffen ja auch wie die Löcher und rauchten: Zigaretten, auch die Damen und Zigarren, wie Onkel Friedrich. An einem Sonntagmittag waren es mehr als ein gutes Dutzend Personen.

Peter aß gerne bei seiner Oma. Vor allem ihr grüner Salat war besonders schmackhaft, nicht so wässrig wie bei seiner Mutter. Als Kräuter verwendete sie feingeschnittenen Liebstöckel, Schnittlauch und Petersilie, außerdem kam etwas Zucker in die Salatsoße. Alle dicken Mitteladern wurden entfernt und nur die gelben Blätter verwendet. Einfach ein Gedicht.

Es wurden Witze erzählt, einer ist Peter bis heute im Gedächtnis geblieben, obwohl er ihn damals nicht verstanden hat: „Eine Frau kommt ins Geschäft zurück, in dem sie gerade ein Paar Schuhe gekauft und gleich anbehalten hat. Herr Geschäftsführer, sagt sie, ich weiß nicht, was los ist, alle Männer starren auf meine Schuhe! Ja, gnädige Frau, was soll ich Ihnen sagen, ich möchte es einmal so formulieren: Durch das Seidenhöschen, spiegelt sich ihr Döschen auf dem Lack von ...“ (Hier folgte der Name des Schuhgeschäfts.)
Alle lachten sich krumm und schief, nur die Kinder machten lange Gesichter.

Gott sei Dank war wenigstens Brigitte da, zwar fast zwei Jahre älter als Peter, aber immerhin, man konnte wenigstens mit ihr spielen obwohl sie ein Mädchen und recht zickig war.

Und dann, am Montag, ging es Onkel Friedrich schlecht. Er hatte Bauchschmerzen und musste sich übergeben. Er lag in seinem Hotelzimmer und konnte nicht aufstehen. Brigitte kam zur Großmutter und überbrachte die schlechte Nachricht. Oma lief ganz aufgeregt herum. Lag es etwa an ihrem Essen, das er nicht vertragen hat? Peters Mutter vermutete, er habe sich überfressen und war noch immer besoffen, jedoch am Essen konnte es nicht liegen, allen anderen ging es gut. Der zu Hilfe gerufene Arzt wies ihn sofort ins Krankenhaus ein: Verdacht auf Blinddarmentzündung. Mit Blaulicht und Martinshorn wurde er weggefahren und noch am Vormittag operiert. Man wollte keinen Durchbruch riskieren. Später, als er merklich abgemagert und noch schwach auf den Beinen auf einer Liege im Garten lag, beschwerte er sich: „Da muss man in dieses Kuhdorf kommen, um seinen Blinddarm im Krankenhaus zu opfern! Das hätte ich zu Hause auch erster Klasse mit Chefarztbehandlung haben können!"

Kaum waren die Düsseldorfer weg, kam Tante Röschen aus dem Rheinland zu Besuch bei den Großeltern nach Markt-anderstadt. Wie sie eigentlich mit ihnen verwandt war, wusste Peter nicht. In eines der noch freien Zimmer wurde eine provisorische Liege gestellt und Rös-chen genoss die Tage im Garten mit Sonnen, Lesen, Schlafen und Nichtstun. Sie war eine große, intelligente Dame, die sich gerne mit Peter unterhielt und er sich mit ihr.
Auch über die Wetterentwicklung am nächsten Tag wusste sie Bescheid; sie beobachtete die Wolken und zog ihre Schlüsse: „Heute Schöppkes, morgen Tröppkes!" sagte sie, wenn sich Schäf-chenwölkchen am Himmel zeigten. Und man konnte darauf wetten, dass es am nächsten Tag regnen würde.
Peter verbrachte viel Zeit in Marktanderstadt bei den Großeltern und Tante Röschen. Meistens fuhr er morgens mit dem Bus hin und abends wieder zurück, heim nach Kiesdorf.

Tante Röschen zitierte auch Gedichte, beispielsweise „Herbsttag" von Rainer-Maria Rilke:
HERR: es ist Zeit. Der Sommer war sehr groß.
Leg deinen Schatten auf die Sonnenuhren,
und auf den Fluren lass die Winde los.

Befiehl den letzten Früchten voll zu sein;
gieb ihnen noch zwei südlichere Tage,
dränge sie zur Vollendung hin und jage
die letzte Süße in den schweren Wein.

Wer jetzt kein Haus hat, baut sich keines mehr.
Wer jetzt allein ist, wird es lange bleiben,
wird wachen, lesen, lange Briefe schreiben

und wird in den Alleen hin und her
unruhig wandern, wenn die Blatter treiben.
Oder, obwohl es nicht in die Zeit passte, „Er ist's" von
Eduard Mörike:
Frühling lässt sein blaues Band
wieder flattern durch die Lüfte;
süße, wohlbekannte Düfte
streifen ahnungsvoll das Land.
Veilchen träumen schon,
wollen balde kommen.
– Horch, von fern ein leiser Harfenton!
Frühling, ja du bists!
Dich hab ich vernommen!

Meistens waren die Großeltern und Tante Röschen noch beim Frühstück, wenn Peter eintraf; er setzte sich dazu und trank ein Glas Milch. Wenn Besuch da war, buk Großmutter meistens einen Rosinenstriezel, einen Hefezopf mit Zucker glasiert und reichlich von den Weinbeeren darin. Tante Röschen schnitt sich ein gutes Stück ab und strich dick Butter auf das Stück Kuchen. Großvater Hugo sah missbilligend zu, sein Gesicht wurde rot und röter bis er sich vor Ärger nicht mehr zurückhalten konnte: „Du Röschen, wir tun die Butter in den Striezel, aber nicht auch noch oben drauf!" – Tante Röschen schaute ganz verstört, Peter platzte fast vor Lachen und Großmutter bekam einen roten Kopf, allerdings vor Scham. „Ach, lass doch, Hugo!" sagte sie, „so kleinlich sind wir auch nicht!"
Doch Großvater ging der lange Besuch auf die Nerven. Eines Tages marschierte er zum Bahnhof und erkundigte sich nach dem Fahrplan. Dann kam er nach Hause und sagte zu Tante Röschen. „Röschen, du kommst uns auf die Dauer zu teuer. Morgen früh um sieben Uhr dreiunddreißig geht dein Zug. Ich bring dich mit dem Handwagen hin." – Und Tante Röschen reiste ab. Was blieb ihr auch anderes übrig.
Aber sie war nicht nachtragend. Zur Beerdigung von Großvater Hugo war sie wieder da.

Kapitel 8
Ab ins Internat

Und dann war der große Tag da. Peter und seine Mutter fuhren im Bus mit einem großen Koffer und einer großen Tasche nach Würzburg ins Internat. Sie wurden vom Heimleiter Dr. Hausmann empfangen, später auch im Speisesaal von der gesamten Mannschaft. Sie bestand im Wesentlichen aus drei Erziehern und einer Erzieherin für die Mädchen und ebenso vielen Präfekten beziehungsweise einer Präfektin. Dazu kamen noch eine Krankenschwester und die Küchen- und Putzmann-, besser gesagt, Frauenschaft.
Dr. Hausmann hielt eine Ansprache und bat die Eltern, in einer Stunde das Haus zu verlassen, damit die Kinder auspacken und sich in ihren Zimmern einrichten konnten.
Peter, aber auch so manches andere Kind, musste mit den Tränen kämpfen, als sich seine Mutter und bei anderen auch der Vater verabschiedete. Die Jüngsten, genannt Spatzen, kamen selbstverständlich ins Spatzenzimmer mit zehn Betten. Links und rechts an der Wand standen je drei davon und in der Mitte ein Viererblock. Zu jedem Bett gehörte ein Stuhl und zwischen den Balkontüren stand ein großer Tisch. Das war alles. Bilder an den Wänden? – Fehlanzeige.
Abends wurden die Vorhänge zugezogen, sonst hätten die Mädchen von ihrem Bereich aus ins Zimmer schauen können.
Im Gang befanden sich abschließbare Schränke, der Schuhputzraum mit den Toiletten dahinter, der Wasch- und ein separater Raum mit vier Duschen und zwei Badewannen. Gleich nach dem Abendessen war für die Jüngeren an jedem Mittwoch Badetag. Das heißt zum Baden musste man sich rechtzeitig anmelden, sonst blieb nur die Dusche.

Im Internat waren etwa 100 Jungs von 11 bis an die 20 Jahre und circa 30 Mädchen, ebenfalls in diesem Altersbereich.
Die Mädchen wohnten in einem separaten Flügel mit eigenem Eingang, benutzten aber den gemeinsamen Hof und den Speisesaal, außerdem die Tischtennisräume im Dachgeschoss sowie die Kegelbahn im Keller.
Neben dem Zehner-Zimmer gab es noch je eins mit sechs und acht Betten, außerdem mehrere mit vier und zwei.
Im dritten Stock, dem Dachgeschoss, schliefen die Aufsichtspersonen; Dr. Hausmann hatte dort seine Wohnung und die Krankenschwester, sozusagen die Hausdame.
Im Erdgeschoss waren der Empfang mit der Internatssekretärin, das Büro von Dr. Hausmann, die Küche, der Speisesaal und mehrere WCs in einem

separaten Raum. Vor dem Speisesaal waren noch ein offener Warteraum mit einer Sitzgruppe und einigen Tageszeitungen, die auf dem Tisch lagen, beispielsweise die Süddeutsche Zeitung und die Main-Post.

Eine Treppe führte in den Keller mit abgeschlossenen Räumen für die Vorräte, außerdem konnten hier Koffer und Fahrräder abgestellt werden.

Bei den Jungs gab es im zweiten Stock zwei Studierzimmer, wo am Nachmittag von sechzehn bis achtzehn Uhr die Hausaufgaben und das Memorieren des Lehrstoffs angesagt waren. Ein Lehrer beziehungsweise Präfekt hatte hier die Aufsicht.

Um sieben Uhr wurde aufgestanden und anschließend das Bett gemacht, das war für die Meisten ungewohnt und musste eingeübt werden. Dann ging es in den Waschraum und wieder zurück zum Anziehen. Nach dem Frühstück holte sich jeder seine Schultasche mit den Büchern für den Tag, entsprechend dem Stundenplan und alle machten sich auf den Weg in die Schulen. Da diese zumeist nur einige Minuten vom Internat entfernt lagen, war man pünktlich um acht Uhr im Klassenzimmer.

Um halb zwei Uhr gab es Mittagessen und dann kam Dr. Hausmanns große Stunde: der tägliche Ausflug. Alle bis zur sechsten Klasse, man zählte damals die Jahre in der Volksschule nicht mit, waren dazu verpflichtet, es sei denn, sie hatten eine gute Entschuldigung oder waren krank.

An Spazierrouten gab es eine ganze Auswahl, am Beliebtesten war die Gang auf die Festung Marienberg: am Main entlang über die alte Mainbrücke und dann den Festungswall hinauf. Dort oben angekommen, konnte im Festungsgraben Fußball gespielt werden und hinter der ersten Festungsmauer in den kleinen Wäldchen Indianer oder Tarzan, denn es gab „Lianen", die von den Bäumen bis zum Boden hingen, wenn Peter sich recht erinnert, waren es die Ranken vom wilden Hopfen. Rissen sie ab, fiel man auf die Nase!

Jungs, die schon länger im Internat waren, kannten sich auf der Festung aus und wussten die interessantesten Stellen. Auch die damals noch nicht blockierten Stollen in den Fels beziehungsweise Höhlen von manchmal einigen hundert Meter Länge wurden erforscht. Immer wieder fanden sich Eisenteile, manchmal sogar uralte Messer und Schwerter. Einige ältere Jungs erzählten, dass es einen Gang unter dem Main hindurch bis zur Residenz gäbe, doch gefunden hat ihn niemand.

Eines Tages hörte ein Erzieher von den Ausflügen in den Untergrund und verbot diese bei Androhung aller Höllenqualen ausdrücklichst. Später hat die Schlösserverwaltung Bayerns die Stollen verrammelt und teilweise mit massiven Gittern versehen, denn sie waren äußerst einsturzgefährdet – nicht auszudenken was passiert wäre, wenn etwas passiert wäre!

Oftmals ging der Spazierweg am Main entlang, bis sie die Stadt hinter sich gelassen hatten, dort gab es das Übliche: Fußball oder Fangen und sonstige Spielchen, wie sie unter den Jungs gang und gäbe waren. Es gab auch viel miteinander zu bereden. Jeder wusste was, vor allem über das Thema Nummer eins: Sex, das war für die Spatzen hochinteressant.

Im 8er-Zimmer wohnte Detlef, dessen Denken und Handeln sich nur um sein Glied drehte. Keiner von den Jungs im Spatzenzimmer hatte zu der Zeit schon einen Samenerguss, bis auf Peters Freund Klaus, aber der war auch ein Jahr älter als die andern. Detlef jedoch, der schon zwei Jahre älter war als die Jungs im 10er-Zimmer, zog fast jeden Abend beim Zubettgehen seine Show ab: Er verkroch sich unter die Bettdecke und kam mit seinem Erguss in der hohlen Hand wieder zum Vorschein. Auf Wunsch führte er das Ganze auch coram publico vor. Manche von den Draufgängern im Spatzenzimmer ließen sich das lehrreiche Schauspiel nicht entgehen.

Eines heißen Sommertages während des Spaziergangs, alle waren nur leicht bekleidet mit kurzen Hosen und Hemdchen, blieben Detlef und seine Kumpane weit hinter den anderen zurück. Sie hatten einige Mädchen entdeckt, die sich am Main sonnten. Als Detlef die Gelegenheit für günstig hielt, legte er sich neben sie ins Gras, zog seine Hose runter und präsentierte sich in aller Herrlichkeit. Unter großem Gekreische und Geschimpfe liefen die jungen Damen davon und Detlefs Clique hat sich vor Lachen und Johlen nicht mehr eingekriegt. Selbstverständlich berichteten sie von ihren Heldentaten und Detlef war in seinem Zimmer geradezu ein Star.

Die Spatzen mussten bis 20.00 Uhr in ihren Betten liegen. Im Sommer war es zu dieser Zeit noch nicht vollständig dunkel, ganz abgesehen davon, dass die Älteren, die erst um 21.00 Uhr und später zu Bett gehen mussten, noch im Gang und im Waschraum herumliefen und Lärm machten. Also unterhielt man sich, erzählte Witze, mit Vorliebe zotige, die vom alten Grafen waren sehr beliebt: „Johann spann' schnell die Kutsche an, wir fahren in den Puff, er steht!" Brüllendes Gelächter war die Folge.

Peter hatte auch einen Witz mitgebracht: „Fragt die Nonne in der Klosterschule: „Was ist das? Es hüpft von Ast zu Ast und hat einen buschigen Schwanz?"
Meldet sich Fritzchen: Normal hätte ich gesagt, das ist ein Eichhörnchen, aber wie ich den Laden hier kenne, ist das bestimmt wieder das liebe kleine Jesulein!"

Auch Buch- und Filmnacherzählungen waren beliebt. Einer schilderte ein interessantes Buch- oder Filmerlebnis während seiner Ferien. Mancher der Jungs war darin richtig gut und konnte den Stoff spannend erzählen, so dass sie kaum zu atmen wagten und still zuhörten.
Oftmals kam ein Erzieher und prüfte, ob bereits Ruhe eingekehrt war, ansonsten gab es Ärger: Vor allem Ausgangssperre für die gesamte Mannschaft drohte. Aber mit der Zeit waren die Jungs regelrechte Schauspieler. Es bereitete ihnen kein Problem, sich schlafend zu stellen, sobald die Türklinke gedrückt wurde, so dass auch Profis wie die Erzieher darauf hereinfielen.

Peter und später auch sein Freund Klaus brachten von zu Hause rohe Eier mit, die in der Internatsküche im Kühlschrank deponiert werden durften. Jeden Abend vor dem Schlafengehen ließen sich die beiden je ein rohes Ei mit Zucker und Milch aufschlagen und tranken das Gebräu. Denn Peters Mutter hatte große Angst, dass der arme Junge nicht genügend zu essen bekommen könnte und vielleicht vom Fleisch fiele. Und Klaus machte dasselbe mit aus Sympathie. Doch bald schlief die Eieraktion ein, denn das blieb nicht geheim und die anderen Jungs machten blöde Witze darüber, von wegen Potenz und so.
Viel lieber als die rohen Eier waren Peter sowieso die Semmeln mit Fleischsalat, die es für wenig Geld bei der Metzgerei nebenan gab. Wenn er es sich leisten konnte, holte er sich heimlich still und leise eine davon und aß sie mit Genuss auf dem kurzen Weg zurück ins Internat, was jedoch meistens eine große Matscherei gab, denn der Salat quoll aus der Semmel heraus, wenn er hineinbiss. Fleischsalat war ihm bis dahin nicht bekannt, jedenfalls beim Metzger in Marktanderstadt gab es so etwas damals nicht.

Von der Krankenschwester konnte man sich Spiele ausleihen. Für Mensch ärgere dich nicht fühlte man sich schon viel zu alt, aber mit Mikado, dem Spiel mit den wackeligen Stäbchen, vertrieben die Jungs sich gerne die Zeit. Später entdeckten sie Monopoly und es bekam regelrechten Kultcharakter. Bis zum Erbrechen wurde das eine Zeitlang in jeder freien Minute gespielt. Doch auch diesem Vergnügen wurde man überdrüssig und es schlief, so wie alle Moden im Internat, nach und nach ein.

Eine weitere Modeerscheinung, die sich einige Wochen wie eine Seuche im Internat und der Schule verbreitete, war das verschießen von Papierhäkchen mit einem Gummi. Dazu rollten die Jungs kleine Papierstückchen zu einem Röllchen zusammen, das dann gebogen und verschossen wurde. Wenn man die nackte Haut traf, war das recht schmerzhaft, vor allem wenn ein solches Geschoss ins Auge ging. Natürlich war dieses Herumschießen strengstens verboten, man durfte sich also nicht erwischen lassen! Aber immer wieder kam diese Mode wie ein Bumerang zurück und alle machten bis zum Erbrechen mit, bis sie wieder einschlief.

Klaus entdeckte Ausschneidebögen mit denen man Schiffe und Flugzeuge aus dünner Pappe basteln konnte – eine neue Mode hielt im Spatzenzimmer Einzug. Aber diese Pappflieger waren sehr empfindlich, also ging man zu Plastikmodellen über und später versuchte man sich an Fliegern aus Balsaholz, die mit auf die Festung genommen wurden, um sie dort fliegen zu lassen, was mal weniger gut, mal besser gelang. Die Jungs waren über viele Wochen hinweg beschäftigt und kamen nicht auf dumme Ideen.

Peter baute in den Pfingstferien zu Hause in Kiesdorf ein Segelschiff nach einem eigenen Entwurf. Die Spannten bastelte er aus Balsaholz, überzog alles mit einem weißen Stoff, den er mit Klarlack tränkte. Auf die Segel verzichtete er erst einmal. So trabte er zum Kiesbach und spielte Stapellauf. Jedoch das Schiff neigte sich zur Seite und lief voll Wasser. Auch ein Stein als Ballast half nicht, es war eine kippelige Angelegenheit, so dass er auf weitere Versuche verzichtete.

Der Kiesbach war ein ökologisch einwandfreies Gewässer, damals noch. Es wimmelte von Röhrenwürmern, Flohkrebschen und Kaulquappen, alles Tiere, die für den Biologieunterricht interessant waren. Jedoch in der ersten Klasse wurden die Jungs mit Narben und Stempel und sonstigen Blütenaufbauten gequält. Trockener hätte man ein so interessantes Fach nicht gestalten können. Das ganze Programm mussten sie auch noch auswendig lernen! Die meisten Schüler blendeten sich während des Unterrichts geistig aus und widmeten sich lieber den Greifspielchen unter der Bank oder dem Stecken der Hand in die Hosentasche des Nachbarn, denn dort gab es häufig ein Loch.
Zur Oberrealschule waren es nur ein paar Minuten, so dass keine Gefahr bestand, zu spät zu kommen. In der ersten Klasse waren 36 Schüler, ausschließlich Jungs, die in drei Bankreihen mit jeweils zwei Buben nebeneinander saßen. Peters Platz war in der linken Reihe in der Mitte. Sein Nachbar machte sich meistens besonders breit und verteilte seine Hefte und Bücher auch auf Peters Seite. Bis es ihm zu viel wurde. Dann wurde abgemessen und ein Strich in der Mitte der Bank gezogen. Ab sofort schob Peter die Utensilien seines Nachbarn bis zum Strich zurück und er hatte genügend Platz für seine eigenen.

Die erste Fremdsprache war Englisch. Peters Lieblingsfächer jedoch waren Biologie und Erdkunde, trotz der trockenen Vermittlung des Lehrstoffs. Alle Bücher wurden von der Schule gestellt bis auf den Atlas, den musste jeder selbst kaufen und er kostete über zwanzig Mark, eine Menge Geld für eine Kriegerwitwe!
Englisch machte Peter anfangs richtig Spaß, auch das mühsame Lernen von Vokabeln, die in ein kleines Heftchen geschrieben wurden. Die Jungs fragten sich untereinander ab. Einer seiner Freunde hatte Latein als erste Fremdsprache; mit ihm lernte er am liebsten. Eines der wenigen lateinischen Wörter, das er sich bis ins hohe Alter merkte war: „Agricola" der Bauer.

An Deutsch hatte Peter keine besondere Freude. Plötzlich war alles anders, als in der Volksschule gewohnt. Wurde bisher beispielsweise „schön" als Wiewort bezeichnet, hieß es jetzt plötzlich Verb. Wer sollte sich das alles merken? Außerdem hatte der Lehrer so merkwürdige Sprüche auf Lager: „Wer nämlich mit h schreibt, ist dämlich" oder „Wer brauchen ohne zu gebraucht, braucht brauchen gar nicht zu gebrauchen" und viele mehr.
Wenn Peter heute so manchen Fernsehmoderator hört, dann fragt er sich schon, auf welcher Schule dieser war, denn häufig scheinen diese Leute nie etwas von „brauchen" mit „zu" gehört zu haben. Wieso diese, wenn sie nicht gescheit deutsch sprechen können, vor allem beim Bayerischen Rundfunk, moderieren dürfen, ist ihm nach wie vor ein einziges Rätsel.

Grässlich für Peter war der Musikunterricht. Die Theorie wurde langweilig präsentiert, die Praxis des Vorsingens fand Peter peinlich. – Warum kann man so einen Unterricht nicht interessanter gestalten, fragte er sich damals schon? Hier machte sich ganz bestimmt die jahrelang von seiner Mutter geübte Praxis bemerkbar: „Du singst einen halben Ton zu tief!"

Religionsunterricht fand auch statt. Peter war stolz auf seine Bibel, die seine Mutter aus Kelling mitgebracht, das heißt in der Kreisstadt im Buchladen gekauft hatte. Als ein Text aus der Bibel verlesen wurde, merkte er, dass in seinem Buch ein anderer Wortlaut stand. Der Religionslehrer war verblüfft. „Du hast ja eine ganz andere Übersetzung", verkündete er schlau, als hätte Peter das nicht schon selbst gemerkt. Dann hatte der Lehrer eine Idee. Er schaute auf den ersten Seiten nach und stellte erstaunt fest: „Das ist ja eine katholische Bibel!" – Die ganze Klasse johlte und buhte.
Peter warf bei der nächsten Heimreise seiner Mutter das Buch beinahe an den Kopf, aber zumindest knallte er es auf den Tisch: „Das kannst du dir in die Haare schmieren, was kaufst du eigentlich für einen Schmarren? – Eine

katholische Bibel Damit habe ich mich für alle Zeiten bis auf die Knochen in der Klasse blamiert!" – Diesmal fiel seiner Mutter zum ersten Mal nichts mehr ein, sie konnte nur den Kopf schütteln.
Sportliche Übungen wurden auf einem Platz hinter dem Hallenbad oder in der schuleigenen Turnhalle abgehalten. Schon im ersten Schuljahr bekam er eine Siegerurkunde bei den Bundesjugendspielen, so wie auch später fast jedes Jahr, obwohl er mit Sport wenig am Hut hatte.
Ebenfalls in der ersten Klasse wurde Wert auf Schwimmunterricht gelegt und Peter konnte nach wenigen Wochen schon gut schwimmen.

Wenn am Samstag oder Sonntag genügend Kinder im Internat geblieben und nicht heim gefahren waren, wurden die Spaziergänge ausgedehnt, beispielsweise auf das Käppele, der Marienwallfahrtskirche über der Stadt Würzburg, erbaut von Balthasar Neumann – und weiter durch den Wald hinauf zur Frankenwarte, einem einsamen Aussichtsturm, erbaut 1894 auf dem über 350 m hohen Nikolausberg, von dem man einen guten Rundblick über Würzburg hat.

Dr. Hausmann hatte ein Steckenpferd mit dem er die Kinder regelrecht quälte. Während des Spaziergangs wurde ausdauernd gesungen, Wander- und Volkslieder, frei nach dem Motto: Wo man singt, da lass' dich ruhig nieder, böse Menschen haben keine Lieder. (Deswegen hat man bei den braunen Gutmenschen ja auch nie gesungen!?)
Dr. Hausmann beziehungsweise die Präfekten, welche die Schüler begleiteten, erfüllte es anscheinend mit Stolz, wenn Passanten stehen blieben und den Jungs nachschauten. Denen war die ganze Singerei eher peinlich.
Beliebt war beispielsweise „Hoch auf dem gelben Wagen", „Das Wandern ist des Müllers Lust", „Wem Gott will rechte Gunst erweisen", vor allem „Wenn die bunten Fahnen wehen" sowie „Ins Land der Franken fahren" – und viele mehr.
Die Texte mussten die Jungs von der Tafel in ein gesondertes Heft abschreiben und auswendig lernen, denn keiner von ihnen kannte alle Strophen und wenn dann höchstens die ersten paar Zeilen. Selbstverständlich wurde überprüft, ob die Jungs die Lieder auswendig konnten.

Peter war es nicht gewohnt, mit so vielen Kindern alles gemeinsam zu machen: zu schlafen, zu essen, zu lernen, spazieren zu gehen, sich aus- und anzuziehen, zu waschen und zur Schule zu gehen. Doch seine Kameraden auch nicht. Beim Eintritt in das Internat waren die meisten von ihnen kurz vor der Pubertät, also gerade elf Jahre alt, aber die Älteren machten natürlich ihre Späßchen mit den Jüngeren. Da wurde schon mal hinter den Schränken alles

Möglich ausprobiert und gezeigt. Oder unter der Dusche der Vorhang weggezo-gen und kontrolliert, ob da unten schon Haare waren – alles in allem die üblichen Jungenspielchen in einem Internat.

Es kam immer wieder vor, dass ein Kind nicht mehr ins Internat zurückkehrte, doch das Bett blieb nicht lange leer, es kam ein anderer. Zur Begrüßung hatten die Jungs sich ein Späßchen ausgedacht, das perfide und heimtückisch war. Jedes Bett war mit einer dreiteiligen Matratze als Liegefläche ausgestattet mit einem Leintuch darüber. Während der Neue im Waschraum war, entfernten die Jungs den Mittelteil der Matratze, legten einen nassen Schwamm stattdessen hinein und zogen das Leintuch darüber wieder straff. Wenn der „Frischling" sich in sein Bett legte, patschte er auf den nassen Schwamm – eine unangenehme Situation und alle lachten sich schief – bis auf den Neuen.
Peter wollte diese „Begrüßung" immer wieder abschaffen, aber gerade der Junge, welcher als Letzter mit dem nassen Schwamm Bekanntschaft gemacht hatte, bestand auf diesem Brauch. – Und so blieb es dabei.

Bernd war aus Sachsen nach Würzburg gekommen. Seine Mutter war beruflich sehr eingespannt, so dass er von Anfang an im Internat war, selbstverständlich bis auf die Wochenenden. Von dem berühmten sächsischen Dialekt mit den weichen „K" und den gezogenen Lauten merkte man eigentlich überhaupt nichts bei ihm, im Gegenteil, sein fränkischer Dialekt war durchaus hörbar.
Dr. Hausmann führte immer wieder voller Stolz interessierte Eltern durch das neu gebaute Haus und präsentierte ihnen die vielfältigen Einrichtungen. Wenn die Jungs auf ihrem Zimmer waren, machte er sich einen geradezu sadisti-schen Spaß, den armen Bernd vorzuführen. Dann musste er auf sächsisch sagen: „Der Gaffee muss sieße sein". Eine peinliche Veranstaltung, doch Dr. Hausmann genoss es immer wieder und lachte lauthals und scheppernd – meistens allein.

Peter hatte einen guten Freund gefunden, drei Jahre älter als er, der in einem Zweierzimmer wohnte und schon im dritten Jahr in Würzburg war. Ihn konnte er alles fragen, was er über das Internat, die Schule, Würzburg, das Leben und sonst wissen wollte und niemand anderen damit belästigen mochte. Er bekam immer eine ehrliche Antwort. Auch wenn er Ärger mit anderen Jungs hatte, Jimmy wusste eine Lösung.
Er hasste geradezu die alten Nazis samt ihrem ehemaligen Leithammel Hitler und sprach damit Peter aus dem Herzen. Einmal meinte er: „Ein Genie wie Einstein musste aus Deutschland emigrieren, weil er Jude war, damit sich das strohdumme braune Gesocks breit machen konnte!"

Er war ein Mischling, sah gut aus, war selbstverständlich immer braun, auch im Winter, und einfach ein prima Kumpel. Im Herbst hatte Peters Mutter ihrem Sohn eine selbstgestrickte gelb-schwarze Pudelmütze mit Bommel mitgegeben und ihm aufgetragen, besser gesagt befohlen, sie bei den Spaziergängen aufzusetzen. Doch Jimmy hat sich, sobald er Peter mit seiner Mütze sah, diese selbst auf seine krausen Haare gesetzt. Peter musste zugeben, dass die Mütze seinem Freund viel besser stand als ihm. Solange Jimmy im Internat war, hat sich Peter dort sehr wohl gefühlt, denn er hatte eine direkte Bezugsperson, die ohne jede Hintergedanken sein Freund war.

Einmal hatten beide bei einem der Spaziergänge zur Festung ein tiefsinniges Gespräch. Jimmy fragte: „Wir sind ja hier in einem christlichen Internat. Glaubst du an Gott, Peter?" „Eigentlich schon, doch wenn ich Gott mal um etwas bitte, nützt das gar nichts. Also manchmal zweifle ich schon". antwortete er. „Ein Pfarrer hat mir einmal gesagt", meinte Jimmy, „Gott erfüllt nicht alle unsere Wünsche – aber alle seine Verkündigungen. Denk mal darüber nach, denn da ist viel Wahres dran. Außerdem ist es doch dumm, nicht an Gott zu glauben. Weißt du auch warum?" „Nein", sagte Peter. Und Jimmy antwortete: „Wenn es Gott gibt und du glaubst an ihn, kommst du wahrscheinlich in den Himmel. Wenn du nicht an ihn glaubst, wirst du vermutlich dort nicht aufgenommen. Gibt es aber Gott nicht und du glaubst trotzdem an ihn, was kannst du schon verlieren? Höchstens das Himmelreich." – Oft musste Peter noch im Alter an dieses Gespräch denken, wenn er wieder einmal an Gott und der Welt verzweifeln wollte.

Nach etwa einem halben Jahr sagte Jimmy zu Peter, dass er nur noch wenige Wochen in Würzburg zur Schule gehen würde, sein Vater, ein Amerikaner, war in die Heimat abkommandiert worden und die Familie sollte mit in die Vereinigten Staaten ziehen. Peter war traurig, obwohl Jimmy versuchte, ihn zu trösten.

Und dann passierte noch ein Unglück: Glastüren trennten die Flure zu den Zimmern zum Treppenhaus hin ab. Diese waren an der Wand leicht mit Schnäppern befestigt, standen jedoch immer offen. Jimmy war bei Peter im Spatzenzimmer zu Besuch, dabei machte Peter eine freche Bemerkung und Jimmy rief: „Das sollst du mir büßen!" Peter lief aus dem Zimmer und den Flur entlang ins Treppenhaus, Jimmy hinter ihm her. Am Ende des Flurs stieß Peter an eine der Glastüren, die sprang auf und Jimmy knallte mit dem Unterarm dagegen. Das Glas zersprang und Jimmy hatte eine gut zehn Zentimeter lange Schnittwunde, die heftig blutete. Die Krankenschwester wurde gerufen, Erzieher kamen gelaufen, denn der Krach des zersplitternden Glases auf dem Fliesenboden war im ganzen Haus zu hören. Sogar Dr. Hausmann schaute aus seinem Büro, um nachzusehen, was los war.

Jimmy wurde verbunden und nahm alle Schuld auf sich. Er habe sich ungeschickt verhalten und hätte besser aufpassen sollen. – Eben ein wahrer Freund, wie ihn Peter nie mehr fand!

Die Glastüren wurden im ganzen Haus nach und nach mit Sicherheitsglas versehen und fest an der Wand verankert. Ein solcher Unfall ist während der ganzen Zeit von Peters Aufenthalt im Internat nicht wieder passiert.

Und dann eines Tages war Jimmy nicht mehr da. Selbstverständlich hatte er sich von Peter verabschiedet. Wie in Trance lief Peter auf den Spazierwegen, die früher so viel Spaß gemacht hatten und jetzt regelrecht öde waren. Erst nach und nach erholte er sich von dem Schock und schloss sich den gleichaltrigen Freunden aus dem Spatzenzimmer wieder enger an.

Würzburg wurde am 16. März 1945, also wenige Tage vor Kriegsende, durch Bomben der Engländer völlig zerstört.
Schon 1944 hatten die Amerikaner 20 Bomben auf Bahnhof und Gleisanlagen geworfen, da die Stadt als Eisenbahnknotenpunkt angeblich von enormer strategischer Bedeutung war. Dabei starben 42 Menschen!
Die Ruinen der Bombardierung durch die Engländer waren auch nach über einem Dutzend von Jahren noch überall im Stadtbild präsent. Die Neubaukirche in der Nähe des Internats beispielsweise, erbaut zurzeit von Julius Echter, ein monumentales Gotteshaus, konnte erst Jahrzehnte später restauriert werden.
Die Residenz, ein barockes Kleinod, erbaut von Balthasar Neumann, ausgestattet mit einem kunstgeschichtlich äußerst wertvollen Treppenhaus, das von Tiepolo 1752 mit dem weltgrößten Fresko ausgemalt wurde – unwahrscheinlich kriegswichtig für Deutschland! – überlebte die Bombennacht ebenso wenig wie die vielen architektonisch einmaligen Wohn- und Geschäftshäuser dieser alten Kulturstadt. Napoleon sagte, als er die Treppe in der Residenz hinaufstieg, „ein wahrhaft stattliches Pfarrhaus".
Fünftausend Menschen, vor allem Frauen, Kinder und Alte starben bei dieser absolut überflüssigen, ja verbrecherischen Zerstörung, geplant von Bomber-Harry, dem die Queen-Mam noch kurz vor ihrem Tod ein Denkmal in London errichten ließ. – Peter dachte, als er davon hörte: „Wenn Massenmördern, ganz gleich, wo und wann sie mordeten oder morden ließen, Denkmäler errichtet werden, dann ist die Menschheit moralisch am Ende!"
Sogar Churchill sprach am Ende seines Lebens von Terrorakten, die die Briten in Deutschland begangen hätten!

Was in Jahrhunderten geschaffen worden war, wurde in nur neunzehn Minuten vernichtet: 270 Flugzeuge warfen fast eintausend Tonnen Brand- und Sprengbomben über dieser kulturhistorisch bedeutenden Stadt ab. Neunzigtausend Menschen verloren ihr Zuhause und ihren gesamten Besitz.

Auch der Dom St. Kilian wurde schwer getroffen, er brannte restlos aus, die Bomben schmolzen und zerstörten dabei zum großen Teil den Domschatz, endgültig stürzte das Gemäuer 1946 ein.

Peter erinnerte sich, was seine Großmutter immer sagte, dass Hitler den Krieg verlor, weil er in Russland Kirchen zerstörte. Würde das stimmen, dann so fragte er sich, maß Gott doch wohl mit zweierlei Maß.

Der erste Würzburger Oberbürgermeister nach dem Krieg sagte im Jahr 1947: „In knappen Minuten wurde zerstört, was Jahrhunderte gebaut haben. Zerstört, was Generationen vererbt haben. Würzburg ausradiert, um einen Ausdruck aus dem Wörterbuch des Untermenschen zu gebrauchen. Tausende von Menschen in Schrecken und Qual getötet."

Jedes Jahr wurde am Tag der Bombardierung in der Schule durch entsprechende Veranstaltungen oder Lesungen von Augenzeugenberichten diesem Irrsinn gedacht. Auch heute noch läuten die Glocken der Stadt am 16. März ab 20.20 Uhr neunzehn Minuten lang.

Wer so eine Barbarei zu verantworten hat, dessen Menschen waren Peter suspekt. Er ist später in vielen Ländern der Erde gewesen, in England nie!

Dieses Verbrechen kann man auch nicht gegenrechnen durch den Irrsinn, den Hitler mit seiner Bombardierung Londons begangen hat; einer Kulturnation wäre so etwas einfach nicht würdig – ganz im Gegenteil!

Den Kindern war es strengstens untersagt, in den Ruinen herumzukriechen. Trotzdem hielten sie sich nicht immer daran, denn es war manchmal einfach zu verlockend, hinter die Mauern zu schauen. Zum Glück ist nie etwas passiert!

Nicht an jedem Tag gab es Spaziergänge, sondern mindestens einmal pro Woche stand der Nachmittag zur freien Verfügung. Dann gingen Peter und seine Freunde entweder zum Einkaufen, aber noch lieber ins Kino, obwohl das Taschengeld ja nie reichte.

Peters Mutter schickte anfangs dem für ihn zuständigen Präfekt, Thomas, der Peter schon in Marktanderstadt für die Oberrealschule fit gemacht hatte, einen gewissen Geldbetrag, der für Schulsachen wie Tinte, Bleistifte, Tesafilm und mehr, aber auch fürs Kino ausgegeben werden konnte. Doch das permanente Rechtfertigen, wenn er Geld brauchte, ging ihm gegen den Strich und so verwaltete er bald mehr schlecht als recht sein Taschengeld selbst.

Viel davon gab er für Tesafilm aus, denn er sammelte Blätter von Bäumen, die er auf ein Papier legte und mit Tesafilm beklebte, bis sie ganz damit bedeckt waren. So hielten sie sich jahrelang. Doch ein Röllchen reichte nicht weit und sein Taschengeld war schnell verbraucht.

Im späten Winter fand Peter auf der Festung am Boden der kleinen Wäldchen die Gerippe von Ahornblättern, welche ihn faszinierten. Die gesamte Blattmasse war anscheinend weg gefault, so dass nur noch die Blattadern übrig blieben. Auch diese klebte er in seine Sammlung.

Die Jungs wussten über die aktuellen Filme bestens Bescheid. Ab und zu reichte das Geld auch für die Zeitschrift „Film-Revue", die über neue Projekte dieses Genres ausführlich berichtete. Natürlich informierten sie sich durch die Vorschauen in den Kinos und die Tageszeitungen, beispielsweise die Main-Post, die im Vorraum des Internatbüros auslag.

Ein Film beeindruckte sie damals besonders: „Vorstoß nach Paititi". Ein Abenteuerfilm von Hans Ertl, dem Bergsteiger, Abenteurer und Filmer über seine Anden-Amazonas-Expedition.

Peter und sein bester Freund Klaus schliefen in zwei hintereinanderliegenden Betten. Die Gestelle hatten an einem Ende zwei Längsstangen und am anderen ein furniertes, lackiertes Sperrholzbrett. Normalerweise standen die Betten so, dass am Kopfende die geschlossene Fläche, am Fußende die Stangen waren. Die Beiden drehten ihre Betten jedoch so, dass sich die Stangen am jeweiligen Kopfende befanden und sie bei Bedarf ihre Köpfe im wahrsten Sinne des Wortes zusammenstecken konnten. Das erlaubte lange Flüstergespräche bis spät in die Nacht. Und was hatte man sich alles zu erzählen. Denn dem Klaus kam es ja schon. Nun machte er nachts im Bett bei Peter immer wieder einen „Vorstoß nach Paititi", bis er unter der Decke und in der Schlafanzughose angelangt war. Peter war nicht faul und revanchierte sich. Es dauerte nicht lange, bis Klaus dem Peter beigebracht hatte, wie man sich selbst und dem Freund viel Freude bereiten konnte. Ein ganz neues, aufregendes Spielchen, das höchst angenehme Gefühle erzeugte. Klaus hatte stets ein Papiertaschentuch parat, damit die Bettdecke oder das Laken nicht unnötig gestärkt wurde.

Fast alle Jungs lebten ihre sexuellen Bedürfnisse problemlos aus, ohne große moralische Bedenken. Ob allein oder mit mehreren, danach fragten sie nicht, es kam auf die Gelegenheit und auch Sympathie an.
Problematisch wurde es, wenn dabei die Ausrichtung nicht auf das eigene, sondern auf das andere Geschlecht im Mädchentrakt gerichtet war. Der Präfekt

der Kleinsten schlich sich mitten in der Nacht über den Tischtennissaal in ein bestimmtes Mädchenzimmer und schlüpfte dort zu seiner Angebeteten ins Bett. Die anderen Mädchen im Zimmer bemerkten die nächtlichen Aktivitäten und petzten. Beide flogen raus! – Welch ein Skandal, der für tagelangen Gesprächsstoff sorgte. Und das Spatzenzimmer stand einige Zeit ohne Präfekt da.

Doch die Freundschaft mit Klaus wurde durch einen Krach getrübt. Es gab keine Vertraulichkeiten unter der Decke mehr, sie sprachen nicht mehr miteinander. Peter freundete sich mit Christoph an und tauschte mit einem Jungen aus dem Viererbettblock das Bett, welches neben dem von Christoph stand. Und damit begann eine neue Ära von „Vorstoß nach Paititi".
Christoph war sehr angetan von den nächtlichen Spielchen und wollte sie nach der Schule am Tag fortsetzen, unter dem Bettgestell auf dem Fußboden in der Zimmerecke. Viele Male praktizierten sie da unten gegenseitig die Erfüllung ihrer Bedürfnisse, ohne dass sie jemand bemerkte. Christoph hatte eine Angewohnheit, an die sich Peter erst gewöhnen musste. Immer dann, wenn es ihm gelang, ihn zum Höhepunkt zu bringen, stöhnte er: „Du Sau!"

Doch kein Krach dauert ewig. Eines Tages hatten Peter und Klaus sich wieder versöhnt und er zog in sein altes Bett zurück. Alles war wie zuvor: Friede, Freude, Eierkuchen!
Ein Junge, Rainer, den Peter lange nicht beachtet hatte, schob sich in den Vordergrund, denn er war aus Marktanderstadt, fuhr aber in der Regel nicht mit dem Bus nach Hause, sondern er wurde fast jede Woche von seinem Vater abgeholt. Seine Eltern hatten ein Eisenwarengeschäft und er entwickelte sich mehr und mehr zu einem aggressiven Typen, auch in sexueller Hinsicht, der gerne raufte. Er führte das sogenannte Sackcatchen in die Gruppe ein, das heißt es wurde solange an die jeweiligen Hosen gegriffen, bis der Hosenstall offen und sich das beste Stück des Gegners im Freien präsentierte oder gar die Hose unten an den Knöcheln hing. Meistens standen die anderen Jungs drum herum und feuerten die Gegner gebührend an. Wer zuerst das Teil des Gegners präsentierte, hatte gewonnen und war Sieger in dem Spiel.

Rainer provozierte sogar fremde Männer im Hallenbad. Alle Jungs behielten unter der Dusche ihre Badehose an, außer Rainer, aber nur wenn fremde Männer ohne Hose unter der Dusche standen. Dann stellte er sich möglichst nahe daneben, manche Männer bekamen ein steifes Glied und Rainer konnte sich kaum satt sehen. Das machte er solange bis einmal ein Mann bei ihm hinlangte. Voller Empörung kam er aus der Dusche und schimpfte wie ein Rohrspatz – seine Freunde lachten sich kaputt.

Eines Sonntagabends bei seiner Rückkehr von zu Hause hatte Rainer ein Witzheftchen dabei und las daraus vor. Auch die größeren Jungs kamen und lachten sich kaputt, vor allem über die erotischen Witze, sogar der Präfekt lächelte verschämt. Am nächsten Tag hatte sich die Existenz des Witzheftchens bis zu einem Erzieher herumgesprochen und er konfiszierte es. Rainer wurde zum Heimleiter zitiert und er bekam einen Verweis. Als sein Vater am nächsten Freitag kam, um Rainer abzuholen, wurde ihm nahegelegt, wenn er seinem Sohn weiterhin solches Lesematerial an die Hand geben möchte, soll er es außerhalb dieses Internats tun und seinen Sohn bitte nicht mehr zurückbringen.

Moritz, ein Junge von bereits 15 Jahren, trieb sich oftmals bei den Kleinen herum. Einmal holte Peter während der Studierzeit ein Buch aus seinem Schrank. Als er ihn gerade aufschloss, bemerkte er Moritz, der hinter den Schränken zwischen den Fenstern stand, wo er vom Flur aus nicht gesehen werden konnte. Er winkte ihn zu sich und zog sofort seine Trainingshose runter. Sein Glied, stand steif und groß von ihm ab. Er nahm Peters Hand, legte sie auf dieses Monstrum und bewegte sie auf und ab, schon nach kurzer Zeit war er befriedigt.
Peter war ganz aufgeregt und flüsterte Klaus bei seiner Rückkehr zu, was er soeben erlebt hatte. Vor allem war er geschockt über den erstaunlichen Umfang des Apparats. „Denk dir nichts dabei, das macht der öfter. Und deiner wächst sicher auch noch!" meinte Klaus.

Wenige Tage später war Moritz nicht mehr im Internat. Was war geschehen? Als die Schüler aus dem Unterricht ins Haus zurückkehrten, wurden sie gleich an der Tür abgefangen und sofort in den Speisesaal befohlen. Dann kam ein freundlicher Herr und brachte jeden Einzelnen ins Büro von Dr. Hausmann. Der Mann stellte Fragen, beispielsweise ob einem etwas aufgefallen war oder man in der vergangenen Nacht etwas gehört habe. Anschließend musste jeder Junge seine Hände zeigen und einen Fingerabdruck hinterlassen.
Die Jungs waren ratlos. Einige vermuteten, dass ein Mord geschehen war, aber es fehlte doch niemand. Sogar der Hausmeister war schon gesehen worden.
Erst am Abend wurden sie von einem Erzieher aufgeklärt: In der Nacht zuvor war das Internatsbüro und der Schrank mit dem kleinen Tresor aufgebrochen und Geld entwendet worden. Dieses war jedoch in einem Kuvert, welches mit einem Kontaktmittel versehen worden war, das sich auf den Fingern festsetzt,

wenn man es berührt. Und an Moritz Fingern war das Pulver festgestellt worden. Er soll trotz des Beweises geleugnet haben. Nach der Anzeige bei der Polizei wurde er sofort aus dem Heim entlassen. Da er jedoch bei seinen Eltern wohnte, kam er nicht ins Kittchen, was ihm sonst wohl geblüht hätte.

Die Mutter von seinem Freund Klaus besaß einen Bahnhofskiosk in einer vom Fremdenverkehr stark frequentierten Stadt in Mittelfranken. Er fuhr genau wie Peter alle zwei Wochen nach Hause, aber bei seiner Rückkehr war er ausgestattet mit Schokolade, Bonbons, Drops, Keksen und anderen süßen Schmankerl. Peter bekam auch mal das eine oder andere Leckerli.
Klaus verfügte über das meiste Taschengeld aller Jungs in seinem Alter im Internat; sogar die Sprösslinge mit einem „von" im Namen oder deren Väter Unternehmer waren, konnten da nicht mithalten.
Einmal jedoch hat Klaus einen gehörigen Rüffel von einer Verkäuferin vom alten Schlag einstecken müssen. Er kaufte ein Buch und sagte zu Peter, hörbar im ganzen Laden, als er einen Fünfzigmarkschein auf den Tresen warf: „Na ja, was macht es schon, dass es so teuer ist, wo der war gibt's noch mehr davon!"
– „Mein Junge", sagte die Dame, „du weißt anscheinend den Wert des Geldes nicht zu schätzen! Wahrscheinlich hast du noch nie dafür arbeiten müssen!" – Klaus bekam sogar einen roten Kopf, das erste Mal, dass Peter ihn so verlegen sah. Später nuschelte er kleinlaut: „Du erzählst das aber Niemandem, versprochen?" – Daran hat sich Peter bis heute gehalten.

Beim Nachmittagsspaziergang auf die Festung wurden von den Jungs eines Tages zunächst unerklärliche Veränderungen des Geländes festgestellt. Reben waren gepflanzt worden, wo vorher noch nie welche standen, sie auch bestimmt nicht wachsen oder gar Weintrauben tragen würden. Lastwagen versperrten den Zugang zum Eingangstor. Leute liefen anscheinend ziellos durch die Gegend und brüllten Befehle. Am Abend erfuhren sie von ihrem Präfekten, dass ein Film auf der Festung gedreht wurde, die Außenaufnahmen zu „Der Cornet". Peter van Eyck spielte mit, die anderen Schauspieler kannten die Jungs nicht. Den Film hat auch niemand von ihnen später im Kino gesehen, anscheinend war es kein weltbewegendes Machwerk. – Doch es bot den Jungs viel Gesprächsstoff.

Dann wurden Peter und die anderen Jungs auf den Film „Sissi" aufmerksam. Eine ältere Küchenhilfe lag ihnen in den Ohren, sie sollten doch endlich diesen wunderschönen Film ansehen. Sie sei schon ein Dutzend Mal drin gewesen und immer wieder begeistert herausgekommen.

Eines Nachmittags war es so weit. Sie machten sich auf, die Schnulze zu betrachten. Und alle waren hin und weg. Man ging noch einmal in diesen Film, manche von ihnen auch noch ein drittes Mal.
Eine regelrechte Sissi-Manie brach aus. Sie spielten Szenen im Schlafsaal nach. Klaus war Kaiser Franz Joseph, Bernd spielte den ungarischen Grafen, Peter war Sissi. Abends spielte Peter und Klaus unter der Bettdecke Sissi bis zum Erbrechen. Es endete stets damit, dass sie ein intensives Eheleben nachvollzogen, so wie sie es sich eben vorstellten.

Dann kam der Fasching. Die Jungs spielten wieder Sissi: Sie verkleideten sich wie im Film gesehen. Die armen Mütter mussten Uniformen nähen und entsprechende Hüte kaufen beziehungsweise basteln. Peter bekam von seiner Mutter ein langes Sissi-Kleid geschneidert und lieh sich eine blonde Perücke von einem Friseur für fünf Mark pro Tag, zwei Tage lang – damals ein Vermögen für ihn! Das „Kaiserpaar" war der Aufreger des Internats. Sissi musste sich zu den Mädchen an den Tisch setzen – höchst unangenehm, doch neidvolle Blicke wurden „ihr" zugeworfen. Dr. Hausmann war regelrecht irritiert! – Auch diese Mode verebbte wie alle anderen und beim nächsten Fasching redete niemand mehr von Sissi.

Anni aus Kiesdorf erinnerte Peter wieder an die Sissi-Zeit. Doch da wohnten seine Mutter und er schon in Marktanderstadt. Eines Tages sagte seine Mutter zu ihm: „Übermorgen kommt die Anni und holt sich dein Kleid, sie will auch mal Prinzessin sein." Er konnte sich zwar nicht vorstellen, wie die dicke Anni in dieses Kleid passen sollte, seine Mutter meinte, sie habe inzwischen etwas abgenommen. Vielleicht, so überlegte Peter still, könnte er sie dazu überreden, es im Schlafzimmer anzuprobieren. Und vielleicht könnten sie die gemeinsamen Spielchen aus der Kinderzeit fortsetzen und sogar intensivieren?
Dann kam die Anni und klingelte. Sachlich erklärte sie Peter, dass sie das Kleid abholen wolle, welches seine Mutter ihr versprochen habe. Er gab ihr das Paket und weiter wurde kein Wort gesprochen. Wie sollte er auch das Gespräch auf so Intimes wie Anprobe, geschweige denn andere Dinge

bringen? – Trotzdem hatte Peter das Gefühl, eine wirkliche Chance zum Sissi-
und Kaiserspielen verpasst zu haben.

Und eines Tages Mitte Juli war das Schuljahr zu Ende. Es gab Zeugnisse, die
Bücher wurden zurückgegeben und der Klassenlehrer wünschte schöne
Ferien. Bis Peters Bus fuhr, waren noch ein paar Stunden Zeit. Die nutzte er,
um den Schrank auszuräumen und um seinen Koffer zu packen. Außerdem
verabschiedete er sich von seinen Kameraden, manche wurden von ihren
Eltern abgeholt, andere fuhren mit dem Zug heim oder mit dem Bus wie Peter.
Ein paar von den Jungs kamen im nächsten Jahr nicht wieder. Doch seine
Freunde würden alle im September wieder da sein.

Kapitel 9
Endlich: Umzug vom Dorf in die Stadt

Rainer hänselte Peter immer wieder, weil er in dem Kuhkaff Kiesdorf wohnte, wie er sich ausdrückte, und das er anscheinend gut kannte. Marktanderstadt, wo er wohnte und sein Vater ein Eisenwarengeschäft betrieb, war auch nicht gerade eine Großstadt mit seinen knapp sechstausend Einwohnern, aber im Vergleich zu Kiesdorf schon.

Peter war es selbst leid, in diesem Kaff in einem kleinen Zimmer, zusammen mit seiner Mutter, zu hausen. Einmal schimpfte er: „Wenn ich die Arme ausstrecke, kann ich fast beide Zimmerwände berühren".
Es war wirklich und wahrhaftig ein großer Unterschied zum Internat: Dort gab es viel Platz zum Wohnen, Schlafen, Lernen und Spielen, ganze Fluchten und Stockwerke standen den Kindern zur Verfügung, alles war neu und durch die großen Fenster und Glastüren hell und luftig. In Kiesdorf gab es nur ein paar Quadratmeter altes Fachwerk, dunkel und muffig – er fühlte sich regelrecht eingesperrt. Dazu kam noch, dass in seinem Alter außer dem Kleinbauernsohn Rainer niemand mehr da war mit dem er spielen oder Quatsch machen konnte.

Schließlich hatte er seine Mutter weichgekocht, so dass sie mit nach Marktanderstadt kam, um sich die Zimmer bei den Großeltern nochmals anzusehen und sich mit ihnen über einen Einzug zu unterhalten. Sie wollte es sich überlegen.
Sie unkte herum: „Du wirst es sehen, mit den Großeltern geht es nicht gut. Wir hatten schon bei den Bayers ständig Krach mit ihnen. Mit dem Alten kann man nicht auskommen. Und dann auch noch die Sonnwalds in selben Haus! – Du wirst noch an meine Worte denken." Aber Peter war das jetzt egal, er wollte weg vom Dorf, im Internat hatte er genug darunter zu leiden.
Er kannte seine Mutter nur zu gut, einem Krach war sie noch nie aus dem Weg gegangen und notfalls brach sie ihn selbst vom Zaun.
Eine Bekannte erzählte Peters Mutter, dass in derselben Straße, in der jetzt die Großeltern wohnten, die Waldbergstraße in Marktanderstadt, eine Wohnung zu vermieten sei. Sofort musste sich Peter „anständig" anziehen und sie machten sich auf den Weg. Die Wohnung lag im ersten Stock, war abgeschlossen und hatte zwei Zimmer, ein typisches, mit Hilfe des Heimstättenwerks, gebautes Haus. Nur ein Problem gab es: der Hausherr war blind, eine Verwundung im Krieg. Es musste sichergestellt sein, dass jede Tür entweder ganz geöffnet oder geschlossen war, sonst bestand die Gefahr, dass er sich den Kopf anstieß, wenn er im Haus umherging. Mutter sagte schweren Herzens ab, aber

diese Garantie konnte sie nicht geben, dass ihr Sohn ständig jede Tür im Haus schloss oder ganz offen stehen ließ und sie selbst auch nicht.

Plötzlich ging es ganz schnell: noch vor den großen Ferien wurde ein Umzugstermin festgelegt und Helmut fuhr die paar Habseligkeiten von Peter und seiner Mutter mit dem Traktor nach Marktanderstadt in die Waldstraße.

Die Zimmer waren nach dem Auszug der Hauseigentümer renoviert worden, so dass sofort eingezogen werden konnte. Lediglich ein neuer Küchenschrank wurde angeschafft, alles andere konnte wie bisher verwendet werden. Peters Mutter richtete das kleinere Zimmer als Wohnzimmer mit Küche, das größere als Schlafzimmer ein.
Peter hatte von Anfang an gesagt, das sei ein Unfug. Nach wenigen Tagen schon merkte sie es selbst. Sogar ihre neue Freundin, Frau Bäumer, die im Neubaugebiet wohnte, fragte, warum das größte Zimmer zum Schlafen benutzt wird, in dem man sich doch nur nachts aufhält und da hat man schließlich die Augen zu.
Also wurde nochmals umgeräumt. Peters Mutter bekam das kleine Zimmer als Schlafzimmer. Das große Doppelbett wurde geteilt, ein Bett im Keller aufbewahrt, das andere bekam die Mutter, außerdem den Kleiderschrank und die Frisierkommode. Das große Zimmer wurde zu Küche und Wohnzimmer, ausgestattet mit neuer Sitzgruppe, bestehend aus Couch, die abends in Peters Bett verwandelt werden konnte; dazu wurden zwei Cocktailsesselchen angeschafft, wie sie in den 50er-Jahren Mode waren und ein dreibeiniges nierenförmiges Couchtischchen mit einer schwarzen Platte, die ein wildes farbiges Strichmuster zeigte. Eine dreiarmige Tütenleuchte und ein anthrazitfarbener Teppich mit einigen wilden farbigen Strichen ergänzte die hochmoderne Einrichtung.
Besucher bewunderten stets die gelungene Zusammenstellung! – Peters Mutter war mächtig stolz auf ihren guten Geschmack, dabei hat sie nur das gekauft, was der Verkäufer ihr aufschwatzte, wie Peter im geheimen dachte.
Immer öfter kam jetzt Frau Bäumer zum Kaffeetrinken am Sonntagnachmittag oder Peters Mutter ging zu ihr. Sie wohnte bei ihrer Tochter und deren Mann in einer Doppelhaushälfte in dem neuen Teil von Marktanderstadt. Da sie

alleinstehend und Rentnerin war, wusste sie mit ihrer Zeit wenig anzufangen. Peters Mutter half ihr nach Kräften, die Zeit zu vertreiben: die Beiden konnten stundenlang über Gott und Welt quatschen!

Mit Frau Bäumer hat Peters Mutter auch über seine Pubertät gesprochen und ihr Leid geklagt: Sie wisse nicht, wie sie die Aufklärung bewerkstelligen solle, denn sie geniere sich, über solche Dinge zu sprechen. Frau Bäumer wusste Rat: Sie brachte beim nächsten Besuch ein Arztbuch mit, das zwar schon viele Jahrzehnte alt war, aber besser als nichts. Das Buch wurde von Peters Mutter auf den Küchenschrank gelegt, aber so, dass er es unbedingt bemerken musste. Dann gingen sie lange spazieren.

Natürlich bemerkte Peter das Buch und lachte sich kaputt über die veralteten Ansichten. Da wurde von Sünde gesprochen und vor dem vorehelichen Geschlechtsverkehr gewarnt, auch dass man vom Onanieren leicht geisteskrank werden könne und so weiter. Er legte es wieder zurück, dort lag es lange Zeit herum und irgendwann war es verschwunden.

Eine andere Ratschtante war Frau Bergmann, die schon vor einiger Zeit von Kiesdorf nach Marktanderstadt gezogen war. Ihr Mann lag inzwischen auf den Friedhof und sie wohnte mit ihrem jüngsten Sohn in einer Dreizimmerwohnung. Der Ältere studierte in Heidelberg und wohnte nicht mehr zu Hause. Berti wusste, obwohl noch recht jung, bereits sehr viel über das gemeinsame Lieblingsthema, denn er hatte die Sachen seines älteren Bruders durchsucht und einen Schlüssel für eine Kassette gefunden mit interessanten Fotos und Heftchen voller geiler Zeichnungen und Fotos. Die brachte Berti eines Tages mit und Peter war ganz begeistert von den Vorlagen, die er interessiert betrachtete. Natürlich wurde von Peter versucht, bei Berti hinzufühlen wie üblich, was da in der Hose versteckt war, doch Berti jaulte regelmäßig auf und Peter hatte Angst, dass von den Müttern dumme Fragen gestellt werden könnten. Also verschob er es auf später.

Auch den anderen Freunden aus Kiesdorf begegnete Peter in Marktanderstadt und zog mit ihnen durch die Stadt. Werners und Joachims Eltern hatten zusammen mit den Großeltern in Marktanderstadt ein großes Doppelhaus gebaut, beide hatten im Obergeschoss ein eigenes Zimmer und Peter besuchte sie dort. Werners Vater war Gärtner, er pflegte den großen Garten einer Industriellen-Familie, die Drahtwaren aller Art herstellte. Sein eigener Garten profitierte davon und Peter bewunderte immer wieder die Blütenpracht rund ums Haus.

Marktanderstadt hatte damals noch einige Reste seiner Stadtmauer, die jedoch nicht als besonders erhaltenswert galten. Heute wäre man in der Stadtverwaltung froh, wenn diese Überbleibsel noch stehen würden, aber in den Zeiten des Modernisierungswahns Ende der 50er und in den 60er Jahren wurde alles Alte plattgemacht, einschließlich der Fachwerkhäuser und gepflasterten Straßen.
Dafür wurde das ehemalige „braune Haus", wo die Nazis einmal residierten, erhalten und später zum Krankenhaus umfunktioniert. Ansonsten hat man die braune Vergangenheit in der Stadt, einschließlich Judendeportationen, nie aufgearbeitet; das Thema wurde und wird eisern totgeschwiegen.
Die kleinen Gässchen zum Main hinunter konnte man nicht verbreitern oder wesentlich verändern, sie blieben wie sie waren. Eines dieser Gässchen ist auch heute noch so schmal, dass man gerade mal eng nebeneinander gehen kann – ideal für Paare und Pärchen.

Peters Mutter machte sich im Garten rund ums Haus nützlich. Sie brachte die bereits verwildernden Flächen wieder in Ordnung, grub den Gemüsegarten um und mähte den Rasen. Der Garten in Kiesdorf war immer noch existent, obwohl dort nichts mehr angebaut wurde, aber es gab noch Erdbeeren, Rosen und Johannisbeersträucher, außerdem einige Stauden. Erst im Jahr darauf löste Peter ihn auf und was verwertbar war, verpflanzte er in den neuen Garten seiner Mutter auf einem Kirchengelände am Rande des Ortes.
Doch auch im Hausgarten gab es Unstimmigkeiten. Peters Mutter hatte andere Vorstellungen als Großvater über das Anpflanzen und das Säen. Eines Tages schmiss sie ihm den Rechen vor die Füße und machte keinen Handschlag mehr.

Jeden Abend erklommen die Großeltern die Treppe zur Wohnung von Sonnwalds im ersten Stock. Und erst spät, meistens schon gegen Mitternacht, kamen sie mit viel Gepolter wieder herunter und weckten Peter und seine Mutter. Sie war der Meinung, dass sie dort oben auch dem Alkohol ausgiebig zusprachen, sonst wären sie vielleicht leiser.
Sicher ist, dass sie alle Angelegenheiten ausführlich durchhechelten, so auch die Kündigung der Gartenarbeit, welche ihre Schwiegertochter bisher erledigt hatte. Herr Sonnwald versprach, die Lücke zu füllen und im Garten mitzuhelfen.
Das Erste was er tat, war der Bau des „Turms zu Babel", wie Peters Mutter ihn nannte. Vom Hausbau lagen in einer Ecke noch immer Sandstein-quader herum, die er zu einem runden Bauwerk aufschichtete, etwa einen Meter im Durchmesser und ebenso hoch. Aufgefüllt mit Erde und bepflanzt mit Blumen

und Trockenmauerpflanzen war es nicht einmal schlecht, doch hier im Vorgarten wirkte es einfach deplatziert.

Das nächste Wunderwerk war der verkleinerte Nachbau der Schneekoppe aus dem Riesengebirge mit allen Bauden auf halber und ganzer Höhe. Aus irgendeinem Spielwarenladen hatte er kleine Häuschen gekauft und eingesetzt. Entsprechende Pflanzen, die er an anderer Stelle des Gartens ausgrub, stellten Wiesen und Wälder dar, außerdem hatte er die Wanderwege auf den Gipfel eingebaut.

Einmal haben Opa und Herr Sonnwald sogar mit viel Aufwand einem Baum im Garten einen Pfahl verpasst und ihn daran angebunden, obwohl er schon so groß war, dass es völlig unnötig war. Aber was Herr Sonnwald anordnete ...

Ansonsten rutschte er zumeist auf seinem Hosenboden herum, um das Unkraut aus den Beetrosen am Hauseingang zu entfernen.

Das Haus, in dem Peter und seine Mutter jetzt wohnten, war das Letzte in der Straße, danach kamen nur noch Felder und die geteerte Straße wurde zum Feldweg, der auf den Hausberg führte. Oftmals spazierten, gerade am Sonntag, Menschen am Garten vorbei und staunten oder lachten über die sonderbaren Bauwerke. War Herr Sonnwald im Garten, erklärte er lang und breit die Schneekoppe samt der verlorenen und hoffentlich bald wieder den Deutschen gehörenden Heimat.

Das alles spielte sich direkt vor Peters Fenster ab.

Das war die ganze Tätigkeit, die Sonnwald im Garten durchführte und Großvater musste sich selbst um die eigentlichen Flächen kümmern. Manchmal kam Peters Oma und bat ihn, die eine oder andere Arbeit, vor allem das Rasenmähen, für sie zu erledigen. Er machte das gern, denn Oma steckte ihm so manchen Schein zu.

Sonnwald ging im Herbst häufig in den Wald und kam immer wieder mit einer Tasche voller Pilze zurück. Peters Mutter lachte sich kaputt, als sie sah, dass er die wurmigen Pilze aufgeschnitten zum Trocknen in den Garten auf entsprechende Gestelle gelegt hat. „Na ja", meinte sie, „da trocknet er gleich die Fleischeinlage mit."

Peter wohnte trotz allem gerne in dem Haus, denn es hatte den schönen großen Garten mit Bäumen, die Schatten spendeten und sogar eine Schaukel, die die Offiziersfamilie für ihre Kinder angeschafft hatte. Darauf ließ es sich wunderbar träumen und den Lerchen zuhören, die damals noch im Frühjahr jubilierend in den Himmel stiegen. Oftmals kam die Nachbarskatze und ließ sich auf den Schoß nehmen, dann schaukelten sie gemeinsam.

Besonders genoss Peter das abschließbare Bad. In den Ferien und wenn er am Wochenende aus dem Internat nach Hause kam, heizte er am Samstag-spätnachmittag den Badeofen an und ließ heißes Wasser in die Wanne einlaufen. Er hatte eine Tube „Badedas" gekauft, und gab ein wenig davon ins Wasser, natürlich nur halb so viel wie in der Gebrauchsanleitung angegeben wurde, denn der Badezusatz war teuer. Trotzdem schäumte und duftete es herrlich. Für ihn war das Luxus pur!

Es gab mehr und mehr Anzeichen, dass Peters Mutter mit ihren Befürchtungen Recht behalten sollte – es zeichnete sich Ärger mit den Großeltern ab. Es begann damit, dass Herr Sonnwald Peters Mutter im Hausgang zu betatschen versuchte. Er zog sie auf die Treppe, langte ihr an die Brüste und flüsterte lüstern: „Du magst das doch sicher auch. Lang mal da unten hin, da ist genau das, was du jetzt brauchst!" Sie schmierte dem alten Lüstling eine und schrie: „Wenn du altes Schwein das noch mal machst, sag ich's deiner Frau!" Und damit verschwand sie in ihrer Wohnung.
Seither war das Kriegsbeil zwischen den beiden ausgegraben und Peters Mutter hat nie wieder ein Wort mit ihm gewechselt.

Einige Zeit später war Peter im Keller und schichtete Briketts auf. Da bemerkte er eine Maus, die durch die Tür wischte. Peter lief hinterher und er sah sie unter der Tür zum Keller der Großeltern verschwinden. Peter machte die Tür auf, aber er konnte die Maus nirgends entdecken. Da stand plötzlich sein Großvater hinter ihm. „Was machst du denn in unserem Keller – willst wohl Kohlen klauen?" Peter war empört! „Wir haben selber genug Kohlen, wir brauchen deine nicht!" antwortete er. „Da ist eine Maus in euern Keller gelaufen, die frisst die Vorräte an!" „Du kannst mir viel erzählen, du

Hundsbub!" schrie er und kam auf ihn zu. Peter lief an ihm vorbei, Großvater hinter ihm her.

Peters Mutter kam die Treppe herunter, angelockt von dem Lärm, den die Beiden machten. „Geh auf die Seite, du hast ihn angestiftet, unsere guten Kohlen zu stehlen!" schrie er zornesrot im Gesicht. Die Mutter blieb mitten im Gang stehen und hielt die Hand von sich gestreckt. „Du bist doch verrückt, lass meinen Jungen in Ruh, sonst hau ich dir eine runter, du alter Depp!" Im nächsten Moment lief Opa mit der Brust auf ihre Hand – fiel um wie ein Stein und knallte mit dem Hinterkopf auf den Zementboden. Großmutter kam die Kellertreppe herunter und sah ihren Mann leblos auf dem Boden liegen. „Du hast den Vater umgebracht. Du Mörderin, du Mörderin!" schrie sie außer sich. Sie kniete sich hin und hob den Kopf ihres Mannes in den Schoß. Der machte die Augen wieder auf und fragte: „Wo bin ich?" „Julchen hat dich umgebracht!" rief sie. Da hielt es Peter nicht mehr aus vor Lachen. „Ruf schnell einen Arzt!" sagte seine Mutter zu ihm. Und Peter lief zur Nachbarin ins Nebenhaus, die ein Telefon hatte.

Kurze Zeit später kam der Doktor und untersuchte den Opa, der inzwischen auf der Couch in der Wohnküche lag. „Nur eine leichte Gehirnerschütterung", meinte er zu Peters Mutter, „aber sind sie vorsichtig, er ist nicht mehr der Jüngste, das kann leicht schlecht ausgehen!" – Peters Mutter machte ihrem Sohn noch lange Vorwürfe: „Immer wegen dir, lass doch endlich den Mann in Ruh, ich komm noch in Teufels Küche!"

Peter war sich wie so oft keiner Schuld bewusst, fühlte sich ungerecht behandelt und schmollte mehrere Tage mit seiner Mutter.

Das Schwimmbad in Marktanderstadt, nicht weit weg vom Main, war für die ganze Gegend das einzige Erholungszentrum: zwar nicht sehr groß, aber mit zwei Becken, eines für Nichtschwimmer, das andere für Schwimmer und mit einem Sprungturm. Manchmal waren an heißen Sommertagen mehrere Hundert Menschen, vor allem Kinder jeden Alters, im Bad. Dann konnte man sich kaum herumdrehen, ohne an seinen Nachbarn zu stoßen und musste aufpassen, auf keinen zu treten.

Die Jungs in Marktanderstadt im Volksschulalter seien, so hörte Peter von seinen Freunden immer wieder, sexuell besonders interessiert. Fast jede ihrer Hosentaschen war mit einem Loch versehen, damit man bequemer die eigenen und fremden Spielsachen erreichen konnte. Ganz Wilde machten es sogar im Unterricht und nahmen in Kauf, dass es bei ihnen mehr oder weniger feucht in der Hose wurde. Das gegenseitige Abgreifen war allgemein üblich, auch wenn ein Lehrer in der Nähe war, hatte man selten Scheu.

Die Holzwände der Umkleidekabinen im Schwimmbad hatten unzählige Löcher und häufig saßen Jungs lange in den Kabuffs, manchmal auch zu mehreren, und beobachteten die Frauen und Männer beim Umziehen, um dann ihren Freunden zu berichteten, was sie alles Interessantes beobachtet hatten.
Selbstverständlich gab es einen Kiosk mit ein paar Tischen und Stühlen davor. Eis war der Renner jeder Saison, doch es gab auch die üblichen Dinge für den kleinen Hunger zwischendurch und alle Arten von Süßigkeiten.
Wem es im Bad nicht gefiel, konnte auch im Main schwimmen, doch das wurde zunehmend problematischer. Der Fluss war durch die Einleitungen von Abwässern immer dreckiger geworden, außerdem nahm der Schiffsverkehr zu und der Sog und die Wellenbildung der Kähne konnten Ungeübten zum Verhängnis werden.

Obwohl Peters Mutters selbst keine Bücher las, war sie der Auffassung, dass Lesen die Rechtschreibung enorm fördere. Frau Bäumer machte seine Mutter auf den Bertelsmann Lesering aufmerksam und schickte ihr einen Vertreter. Sie schloss einen Vertrag ab und Peter konnte aus dem Katalog entsprechende Bücher wählen. So kamen nach und nach „Buddenbrooks" und „Felix Krull" von Thomas Mann, aber auch Hemingway und viele andere. Abenteuergeschichten waren ebenfalls darunter, eines der liebsten Bücher von Peter, das viele seiner Freunde im Internat sich ausgeliehen haben, war die Schatzinsel. Die Geschichte von Jim Hawkins, eines cleveren Jungen, der durch Zufall an die Schatzkarte des Piratenkapitäns Flint gerät, auf der sagenhafte Schätze auf einer fernen Insel verzeichnet sind. Wer wird das Lied vergessen, wenn er es einmal gelesen hat und im Geiste mitsang: „Fünfzehn Mann auf der Kiste des Toten – Jo-ho-ho, und eine Flasche mit Rum!" – Aufregend bis in die Träume hinein.

In den Weihnachtsferien gab es eines Tages sehr viel Schnee. Peter stellte, zusammen mit seinen Freunden Werner, Joachim und Berti, einen Schneemann in den Garten. Sie bauten Festungsanlagen und legten Schneeballberge an. Dann ging es los und sie bewarfen sich mit den Schneebällen. Schließlich kamen sie hinter den Schanzen vor und gingen handgreiflich aufeinander los bis alles dem Erdboden gleich gemacht war. Plötzlich trat Großvater aus der Terrassentür und plärrte: „Jetzt ist Schluss mit dem Krach. Macht, dass ihr nach Hause kommt!" – Na ja, das war's dann wieder einmal.

Am Faschingsdienstag gab es buntes Treiben auf dem Marktplatz. Alle Kinder und Jugendlichen waren da – vor allem aber die „Strohbären": Mit Stroh

umwickelte junge Männer, die an Stricken über den Platz geführt und auf jeden losgelassen wurden, den sie erwischen konnten. Dann gab es Schläge mit den Ruten, vor allem junge Mädchen waren beliebte Opfer. Peter und seine Freunde hatten oftmals den Eindruck, dass sich so manche ganz gerne fangen ließ.
Die Jungs spielten lieber Cowboy und Indianer, denn es gab einen neuen Spielzeugrevolver, der mit einem Kapselkranz bestückt wurde und sechs ziemlich laute Schüsse von sich gab. Dank Omas Zuwendungen wurde Peters Munition nicht alle!

Der Frühling war am Waldberg eine besonders schöne Zeit, denn an den Südhang lehnte sich die Sonne an und ließ die Blumen sprießen. Vor allem Küchenschellen fühlten sich hier wohl und blühten in großen Kolonien. Natürlich betrachteten Peter und seine Freunde eingehend den Kreuzgang mit dem in kleinen vergitterten Häuschen dargestellten Leidensweg Christi bis hinauf zur höchsten Stelle, auf der eine kleine Kirche stand. Am Waldberg konnten die Jagdhochstände beklettert und einmal sogar ein junges Pärchen beobachtet werden, das ein stilles Plätzchen für seine Liebesspiele suchte.

Und eines Sommers war auf der der Stadt gegenüberliegender Mainseite ein großes Polizeiaufgebot zu sehen. Sogar aus Würzburg seien Kriminaler angereist, hieß es. Ein Leichenwagen stand ebenfalls da. Mit Ferngläsern kamen die Leute ans stadtseitige Ufer gelaufen, denn die Polizei hatte die Neugierigen vom anderen Ufer weggescheucht. Wilde Gerüchte machten die Runde. Von Massenmord war die Rede. Und dann stand es am nächsten Tag in der Zeitung: Ein Landstreicher war umgebracht worden, von den Tätern fehlte noch jede Spur. Doch schnell hatte man seine Kumpane erwischt und ins Kittchen gesteckt. Er hatte im Suff mit einer Erbschaft geprahlt, aber vergessen zu erzählen, dass diese schon zwanzig Jahre vorher passiert war.
1956 lieferte ein Thema viel Gesprächsstoff im Internat: die Umstellung der Autonummernschilder. Obwohl es sie nicht betraf, diskutierten alle die Vor- und Nachteile. Statt ‚II A' für Bayern wurden Abkürzungen der Orte verwendet. Peter fand das toll, endlich konnte man gleich erkennen, woher ein Auto kam.

Kapitel 10
Und immer wieder Kelling

Sie hatte es längst mit ihrer Schwester abgesprochen, besser gesagt, mit ihr schriftlich vereinbart: Auch in diesem Jahr würden Peter und seine Mutter die Ferien wieder in Kelling verbringen.

Also fuhren beide mit dem Zug zu den „Bäcks", um dort Ferien zu machen oder besser gesagt, mitzuhelfen. Inzwischen war die Großmutter gestorben und in aller Stille beerdigt worden. Im letzten Jahr war sie zum Pflegefall geworden, da sie Windeln brauchte und gar nicht mehr aufstand. Großvater konnte nur noch wenig helfen, zumeist in der Backstube, also war jede Unterstützung willkommen. Vor allem, da Johanna unterdessen noch ein drittes Kind, den Rolf, bekommen hatte. Er war ein stiller Junge, der nicht viel Arbeit oder gar Ärger machte. Peters Mutter kümmerte sich den ganzen Tag um ihn, half aber auch noch im Laden und in der Backstube aus, selbstverständlich war sie auch in der Küche zu finden – eben überall dort, wo Not am Mann beziehungsweise an der Frau war.

Peter stürmte gleich in den Laden, als sie ankamen. Tante Johanna bediente gerade Kunden und er bediente sich an den „Guttis", die überall herumstanden. „Ja, Grüß dich, du Lausbub. Nimmst du deine Finger da raus!", sagte sie und holte zum Spaß mit der Hand aus. Peter duckte sich darunter weg. „Angst, aber keine Besserung", rief sie – es war ihr Standardspruch in solchen Situationen und Peter hatte das Gefühl, er ist in seiner zweiten Heimat angekommen. Ein weiterer Spruch, den sie bei jeder passendenden Gelegenheit gebrauchte, hieß: "Man wird alt wie eine Kuh und lernt immer noch dazu."

Peter trieb sich mit seinen Kellinger Freunden, die er alle noch aus seiner Schulzeit im Ort kannte, im Dorf und auf den Wiesen herum. Manche Bauernjungs mussten Kühe hüten, denn die Viecher durften auf keinen Fall auf fremde Wiesen oder gar Felder laufen. Peter lernte dabei, dass Kühe gar nicht so doof sind, wie er immer dachte. Es gab eine genaue Rangordnung unter ihnen, die Ranghöchste marschierte immer an erster Stelle und suchte sich das beste Gras aus.
Jede Kuh hatte einen Namen, der mit demselben Buchstaben anfangen musste wie der ihrer Mutter.
Die Jungs waren inzwischen alle in der Pubertät. Am Rand der eingezäunten Weide stand das Gras hoch, so dass man sich dorthin zurückziehen konnte, um Vergleiche der Entwicklung seit Peters letztem Besuch anzustellen.

Selbstverständlich wurden Proben des Könnens von jedem der Jungs abgelegt, sonst wäre ja das Kühe hüten zu langweilig geworden, wie schön dass jeder seine Spielsachen mit sich führte.
Peter gefiel das Kühe hüten. Man lag faul in der Sonne, döste vor sich hin und hatte wenig zu tun. Als späterer Beruf wäre das nicht uninteressant.
„Studierter Kuhhirt", bezeichnete Onkel Hermann treffend Peters momentane Tätigkeit, doch das prallte an ihm ab. Auch seine Mutter schüttelte nur den Kopf und hoffte auf spätere Einsicht.

Nicht nur das Kühe hüten stand bei Peter und seinen Freunden auf dem Programm, sondern auch Verstecken, über mehrere Höfe hinweg. Einmal waren sie zu viert in einer Bretterhütte, in der das Feuerholz der Nachbarn aufbewahrt wurde, gleich neben dem Hof der Bäcks. Sie alberten herum, einer holte sein Glied heraus, steckte es durch ein Astloch und pinkelte. Das gab ein Riesengelächter. Bevor er wieder einpacken konnte, wurde er von zwei Jungs festgehalten und Peter zog ihm seine Hose ganz herunter. Dann war der Nächste an der Reihe, rundum. Es wurde noch ein lustiger Nachmittag.

In diesem Jahr gab es viele Wespen, die es auf Süßes im Laden, der Backstube und der Küche abgesehen hatten. Peter und Dieter wurden zum Wespenfangen und -umbringen abgestellt. Dieter nahm eine tote Wespe in die Hand und wurde prompt gestochen. Tante Johanna schimpfte: „Ich hab' dir doch gesagt, du sollst Wespen nicht anfassen, die stechen auch noch wenn sie schon eine Zeitlang tot sind!" – Na ja, Dieter würde sicherlich diese Lektion so schnell nicht wieder vergessen.

Onkel Hermann besaß einen Fahrradanhänger, der die meiste Zeit im Schuppen stand. Als die Jungs vom Dorf und Dieter sowie die kleine Johanna wieder einmal im Hof herumstanden oder auf der Bank lümmelten und sich langweilten, hatte Peter eine Idee: Omnibus spielen. Dazu holten sie den Radanhänger aus dem Schuppen, Peter fragte Onkel Hermann, ob sie ihn mal zum Spielen haben könnten. „Ja, aber macht ihn nicht kaputt, ich brauche ihn noch!" war die Antwort. Und schon ging's los. Nur der Seppi konnte nicht mitspielen, er musste eine Beinschiene tragen, weil er an Kinderlähmung erkrankt war.
Es wurden Haltestellen eingerichtet und jeder besorgte sich Blätter als Geld, denn das Mitfahren kostete etwas. Zwei Jungs zogen den Anhänger, das waren die Gäule, Peter war der Kontrolleur und fuhr immer mit. Er hatte sich aus Zeitungspapier Streifen geschnitten, die die Fahrscheine darstellten. Die Kinder stiegen ein und aus. Das Spiel wurde immer wilder, da die „Pferde"

Quatsch machten. Peter sagte öfter, dass sie den Blödsinn sein lassen sollten. Und dann war es passiert: Eins der Räder hing seitlich weg, die Achse war gebrochen. Onkel Hermann tobte. Wo er den Hänger reparieren ließ und was es kostete hat er Peter nicht gesagt. Jedoch ging er dem Onkel einige Tage weiträumig aus dem Weg.

Im Laden gab es Comic-Heftchen mit Indianergeschichten. Das brachte Peter auf eine Idee: Er spielte mit Dieter und der kleinen Johanna Indianer. Dazu baute er ein Tippi, also ein Indianerzelt, wie er es in den Heftchen gesehen hatte. Stangen bildeten das Gerüst, Wellpappe die Außenhaut und den Boden. Kartons gab es genügend auf dem Speicher, denn alle selbstbedienungs-gerechten Waren wurden inzwischen in großen Kartons angeliefert. Eine auf-klappbare Tür und ein ebensolches Fensterchen ergänzten den Ausstattungs-komfort. Eine Decke und paar Kissen aus den Zimmern im ersten Stock dienten der Bequemlichkeit. Da hinein zogen sie sich zurück und niemand konnte sie sehen. Peter las Johanna aus den Indianerheftchen vor. Doch als er einmal aufstand und unvorsichtig war, fiel er durch die Wand des Tippis. Das halbe Zelt war kaputt. Er hatte jedoch keine Lust, es wieder zu reparieren. Nach einigen Tagen kam ein Gewitter mit Platzregen und Sturm, der das Tippi total zerstörte.

Tante Johanna bat Peter und Dieter, im Wald Brombeeren zu sammeln. Große Lust hatten die Beiden nicht dazu und so probierten sie es wie so oft mit der Frage: „Können wir das nicht Morgen machen?" Und prompt kam Tante Johannas Antwort: „Morgen, morgen, nur nicht heute, sagen alle faulen Leute!" Ein anderer Spruch, der in diese Kategorie gehörte und von ihr immer wieder zu hören war: „Am Abend wird der Faule fleißig."

Also machten sie sich auf den Weg in den Wald. Sie fanden auch genügend Brombeeren und Tante Johanna probierte ein Eisrezept aus, das sie in einer Zeitschrift gefunden hatte. Die Früchte wurden zerkleinert, durch ein Sieb gestrichen, gezuckert, mit Vanille gewürzt und geschlagene Sahne unterge-hoben. In eine Schale gefüllt, stellte sie die Masse in die Tiefkühltruhe, rührte alle halbe Stunde gut durch, bis sie cremig gefroren war. Dann durfte jeder davon kosten. Es schmeckte sehr gut und nichts blieb übrig.

Aus dem Allgäu kamen Verwandte vom Onkel Hermann zu Besuch, dabei auch ein Junge, etwa drei oder vier Jahre älter als Peter, und etwas geistig minderbemittelt, so war Peters Gefühl. Nachdem sie alles Übliche gespielt hatten und auch schon beim Baden im Bach und im See gewesen waren, kam

Peter auf die Idee, in die Sandgrube zu gehen, um dort zu spielen. Am nächsten Tag kamen sie wieder, ausgerüstet mit Schaufeln und Brettchen. Mit viel Mühe bauten sie einen Serpentinenweg, was viel Zeit in Anspruch nahm, denn es sollte eine Qualitätsarbeit werden, warum wissen die Götter. Es dämmerte schon und der Weg war längst noch nicht fertig, da hörten sie weit drüben am Waldrand ein unheimliches Geräusch, das – so schien es – weder menschlichen noch tierischen Ursprungs sein konnte. Sie hörten auf zu buddeln und zu reden. Sie starrten auf den Waldrand, sahen aber nur sich bewegende Äste und hörten das unheimliche Geräusch. Die Schaufeln fielen ihnen aus den Händen und sie rannten als sei der Gottseibeiuns höchstpersönlich hinter ihnen her, nach Hause. Scheinheilig stand Onkel Hermann in der Tür, als die Jungs angerannt kamen und mit geradezu überschlagenden Stimmen ihr Erlebnis berichteten.
Onkel Hermann meinte, dass er schon mal gehört habe, dort drüben gebe es ein seltsames Wesen, vielleicht frisst es auch kleine Kinder. Tante Johanna war entsetzt über die Geschichten, die ihr Mann von sich gab und sagte, sie sollten kein Wort davon glauben.
Bei Tageslicht sah die ganze Sache schon wieder freundlicher aus. Die Jungs arbeiteten noch einmal einen ganzen Tag und dachten nicht mehr an das, was Onkel Hermann ihnen erzählt hatte. Aber am Abend ging es wieder los: die unheimlichen Geräusche waren erneut da. Das war zu viel des Guten. Sie gingen nicht mehr in die Sandgrube, sondern suchten sich ein anderes ,Spielei'.
Erst Jahre später, bereits nach dem Tod von Onkel Hermann, hat Tante Johanna ausgeplaudert, dass ihr Mann das „Ungeheuer" von der Sandgrube war – sie hätten es sich gleich denken können!

Onkel Hermann machte sich aber auch beim Kochen unbeliebt. Die kleine Johanna hatte zum Geburtstag ein paar Geräte für die Puppenküche bekommen, die Peter mit ihr gemeinsam ausprobierte, meistens kochten sie Suppe. Da kam Onkel Hermann herein und wollte ihnen im Laden ein neues Spielzeug zeigen. „Aber das kennen wir ja schon alles". meinte Peter. Dann gingen sie wieder in die Küche, die Suppe war fertig und wurde den Puppen serviert. Schon der erste Löffel schmeckte scheußlich, die Suppe war gründlich versalzen. Auch Peters Mutter stellte das fest. Die Suppe wurde weggeschüttet und die armen Puppen mussten hungern. Die kleine Johanna stritt energisch ab, zu viel Salz daran getan zu haben. Peter hatte einen Verdacht: „Ja", sagte seine Mutter, „Onkel Hermann war vorhin in der Küche!" – „Dein Vater war's, da verwette ich meinen Kopf!" sagte Peter zur kleinen Johanna. Wenn sie wieder kochten, ließen sie sich nicht mehr von ihm ablenken.

Beim Abendessen erzählte Onkel Hermann mal wieder einen Witz, den er heute beim Einkaufen in der Metzgerei gehört hatte: Der Lehrling sagt zum Meister: „Meister, wenn das rauskommt, was da reinkommt, kommen sie rein und nimmer raus!"

Eine Zeit lang spielte Onkel Hermann jede Woche Toto. Das war stets eine „größer Sach", wie Dieter erklärte. Denn es mussten genau die Chancen erörtert und gut überlegt werden, wer gewinnen oder verlieren könnte. Je nachdem welche Mannschaft gewinnen, verlieren oder unentschieden spielen würde, danach musste eine eins, zwei oder null in das entsprechende Kästchen eingetragen werden. Einmal haben sie in der ganzen Zeit ein paar Mark gewonnen – das war es aber auch schon. Irgendwann ist es ihnen zu blöd geworden und sie haben das Spielen aufgegeben, vor allem auch, weil der Tippzettel mit dem Rad zur Annahmestelle nach Bayerbach gebracht werden musste, was zeitaufwendig war. Später kam Lotte auf, was das ganze Hin- und Herüberlegen und Rechnen überflüssig machte.

Tante Johanna hatte in ihrem Laden eine neue Kassenschublade bekommen, das Modernste auf diesem Gebiet. Im Griff waren vier Tasten integriert, die so eingestellt werden konnten, dass man zwei bestimmte Tasten drücken musste, sonst ging die Kasse nicht auf, sondern klingelte laut und vernehmlich. Es konnte also niemand Unbefugter die Kasse öffnen, der das richtige Drücken nicht kannte. Nach einer gewissen Zeit und auf sein Quengeln hin, zeigte die Tante auch Peter, welches die richtigen Tasten waren. Selbstverständlich hat er hoch und heilig versprochen, niemandem das Geheimnis zu verraten. Peter, der Geheimnisträger, er war wahnsinnig stolz über das Vertrauen seiner Tante!

Immer mehr andere Artikel, außer Lebensmittel, fanden ihren Weg in den Laden. So entdeckte Peter eines Tages Anziehpuppen, gedruckt auf Pappe, mit Kleidern aus Papier, die ausgeschnitten werden mussten und dann mittels Laschen auf die Puppen gehängt werden konnten. Peter bettelte solange, bis Tante Johanna ihm einen Bogen schenkte. Sofort machte er sich an die Arbeit und behängte die Figuren mit den ausgeschnittenen Bekleidungen. Oft und lange konnte er sich damit beschäftigen. Aber irgendwann wurde auch dieses Spielchen langweilig und die Anziehpuppen mit ihren Sachen verschwanden irgendwohin.

Tante Johanna las in der Zeitung von einem Prozess: ein Mann hatte seine ganze Familie umgebracht und wurde zu lebenslangem Zuchthaus verurteilt. Ja, was regte sie sich auf: „Den sollte man gleich aufhängen, anstatt ihn bis zu

seinem Tod mit unserem Geld durchzufüttern!" „Aber in den 10 Geboten steht doch, du sollst nicht töten." warf Peter schüchtern ein und fuhr fort: „Man darf doch auch einen Mörder nicht töten. Wer sollte das denn tun?" Darauf Tante Johanna: „Da gibt es sicher genügend, die sich zur Verfügung stellen. Zur Not würde ich es sogar selbst machen." Peter war entsetzt. „Du selbst?" fragte er verständnislos. „Ja, denn in der Bibel steht auch, Auge um Auge, Zahn um Zahn!" – Doch da kam sie an den Richtigen. Denn erst vor kurzem hatten sie in der Bibel im 2. Buch Moses im Religionsunterricht darüber gelesen. „Das ist ganz anders gemeint", warf er ein. „Hast du eine Bibel da", fragte er. Und schon holte die Tante Johanna ihre Bibel aus dem Schlafzimmer. Nach kurzem Blättern hatte Peter die Stelle gefunden und er las vor:
„Wenn Männer hadern, und verletzen ein schwangeres Weib, dass ihr die Frucht abgeht, und ihr kein Schade widerfährt, so soll man ihn um Geld strafen, wie viel des Weibes Mann ihm auflegt, und er soll's geben nach der Schiedsrichter Erkennen. Kommt ihr aber ein Schade daraus, so soll er lassen Seele um Seele, Auge um Auge, Zahn um Zahn, Hand um Hand, Fuß um Fuß, Brand um Brand, Wunde um Wunde, Beule um Beule." Und Peter fuhr fort: „Also hier geht es um Schadensersatz bei Körperverletzungen, aber nicht um Vergeltung." – „Um Vergeltung geht es beim Christentum doch sowieso nicht", warf Peters Mutter ein, „soweit ich das verstehe, sondern um Liebe, oder?"
Tante Johanna brachte das Thema nie wieder aufs Tapet und wenn sie noch so oft von Mördern und Totschlägern las.

Jeden Samstag wurde gebadet, die ganze Familie und der Besuch auch. Dazu wurde die große Badewanne in die Backstube gestellt, Wasser heiß gemacht und dann mussten alle Kinder zuerst in die Wanne steigen. Meist gab es ein großes Geplansche und Gespritze. Peters Mutter holte ihn aus dem Wasser, wickelte ihn in ein Handtuch und führte ihn in die Küche, wo alle anderen, auch der Opa um den Tisch herum saßen. Dort nahm sie ihm das Handtuch ab und Peter schämte sich. Er wusste gar nicht, wohin mit den Augen und den Händen. Er trat von einem Fuß auf den anderen, als Opa mit einem Blick auf sein Glied eine Bemerkung auf Polnisch machte, die Peter natürlich nicht verstand. Alle schauten auch dorthin und Peter begriff, dass er eine Bemerkung dazu gemacht hatte, denn für sein Alter war er schon weit entwickelt. Peter wurde krebsrot und rief laut nach seinem Schlafanzug. Das hat er seiner Mutter nie verziehen und nie mehr wieder ließ er sich von ihr aus der Wanne holen!

Ein Jagdpächter, den Onkel Hermann kannte, brachte eines Tages ein kleines Reh, das seine Mutter bei einem Verkehrsunfall verloren hatte. Das Reh war schon recht selbständig, konnte aber noch nicht im Wald allein überleben. Dieter und die kleine Johanna bettelten so lange bis ihr Vater einverstanden war, dass das Reh in einem der inzwischen leeren Schweineställe untergebracht wurde. Außerdem konnte es im Obstgarten seinen Auslauf haben. Das Reh, ein Bock, gedieh prächtig. Doch nach einigen Monaten war der Rehbock geschlechtsreif und griff jeden an, der sich dem Auslauf näherte. Der Jäger musste ihn einfangen und mitnehmen, nach seinen Aussagen hat er das Tier wieder im Wald ausgesetzt.

Als Peter und seine Mutter erneut zu Besuch kamen, hatte Dieter einen Hund, den Cockerspaniel Flora. Er war ganz verrückt nach ihm und hatte für nichts und niemand anderen Zeit. Dann war Dieter mit seinem Vater einen ganzen Tag weggefahren und Tante Johanna meinte: „Der Hund langweilt sich so, geh doch mal mit ihm spazieren, hier ist die Leine." Peter war ganz stolz. Das wollte er dem Dieter am Abend aber ganz brühwarm unter die Nase reiben, was er alles mit dem Hund unternommen hatte. Doch schon als Peter ihm die Leine umbinden wollte, zeigte der Köter seine Zähne und knurrte ihn an. Peter verzichtete auf den Spaziergang und würdigte das Biest keines Blickes mehr. Cocker wurden auch später nicht zu seinen Lieblingshunden, er fand sie falsch und hinterhältig.
Einen Vorteil hatte die ganze Angelegenheit: Er konnte sich den Unterschied gut merken, dass in Biologie die Pflanzenwelt Flora heißt, denn Dieters Hund gehörte natürlich zur Tierwelt, der Fauna.

Peter sollte zum Metzger fahren, aber an dem Rad mit dem er immer fuhr, war die Kette kaputt. Er wollte das vom Dieter nehmen, aber der gab es ihm nicht. Er beschwerte sich bei seiner Mutter, doch die meinte nur: „Dann geh' halt zu Fuß, der Klügere gibt nach!" „Natürlich, ich soll immer der Klügere sein und deshalb laufen so viele von den Deppen herum und lachen sich ins Fäustchen!"

In diesem Jahr kam Lydia, die Tante aus Amerika, nach Kelling, welche Peter zu Weihnachten lange Jahre immer einen Dollar geschickt hatte, weil sie in München landete. Sie wollte anschließend mit dem Zug nach Helmstedt zu Onkel Friedrich und Tante Frieda weiterfahren. Ein Bekannter vom Onkel Hermann aus dem Dorf, der über ein Auto verfügte, fuhr ihn und Tante Johanna zum Flughafen und beide brachten die Tante wohlbehalten nach Kelling. Viel hatte sie zu erzählen und berichtete, dass Friedrich und Frieda nach Amerika auswandern wollen, zwar noch nicht gleich, aber in absehbarer

Zeit. Am Abend saßen sie alle zusammen um den Tisch, Tante Johanna spendierte sogar ein paar Flaschen Wein.

Sie hatte einen neuen Spruch von Martin Luther parat, den sie von einer Kundin gehört hatte: „Bier ist Menschenwerk, Wein ist von Gott." – Ein großes Hallo war das Ergebnis.

Und Onkel Hermann setzte noch eins drauf:

„Das Wasser ist zu jeder Zeit,
die beste aller Gottesgaben;
mich aber lehrt Bescheidenheit,
Man muss stets nicht das Beste haben."

Die Stimmung wurde immer lustiger, man lachte viel, sogar über Dinge, die eigentlich gar nicht zum Lachen waren. Auch über Mode wurde gesprochen und Johanna machte der Tante aus Amerika ein Kompliment, wie sie meinte: „Lydia, du hast immer so billige Fähnchen an und siehst so gut darin aus!" – Der Tante blieb das Lachen im Halse stecken.

Man diskutierte noch eine Zeit lang über Wein, Wasser und Bier, dem Leib-und-Magen-Getränk der Bayern. Tante Johanna wusste, dass Wein in der Bibel mehr als 500 Mal erwähnt wird und erinnerte daran, dass Jesus Wasser in Wein verwandelt hat.

Das größte Ereignis in Peters Augen war jedoch ein Zirkusbesuch in Bayerbach. Die ganze Familie ging in die Nachmittagsvorstellung für Kinder. Am Beeindruckensten fand Peter die Vorführung eines Mädchens, das sich nach rückwärts beugte und ihren Kopf durch die Unterschenkel steckte. Das wollte er auch können. „Dazu bist du schon viel zu alt", amüsierte sich seine Mutter, da hättest du schon vor zehn Jahren mit dem Üben anfangen müssen. Trotzdem probierte es Peter immer wieder, doch vergebens. Und nach ein paar Tagen hatte er das Ganze vergessen.

Im Mai des folgenden Jahres starb der Großvater. Peters Mutter fuhr also wieder nach Kelling. Peter konnte natürlich nicht mit, denn er durfte die Schule wegen einer Beerdigung eines Großvaters nicht schwänzen.

Kapitel 11
Ein lustiges, aufregendes Jahr – Internat zum Zweiten

Als der Sommer fast zu Ende war, also Mitte September, am Tag vor Schulanfang, fuhren Peter und seine Mutter wieder mit dem Bus nach Würzburg ins Internat. In diesem Jahr hatte er schon Übung und die Freunde begrüßten sich überschwänglich. Jeder war randvoll mit Neuigkeiten, so dass die Anwesenheit der Mütter und Väter schnell vergessen war. Nach dem Empfang durch Dr. Hausmann fühlten diese sich überflüssig und verschwanden schnell.

Die Jungs aus dem Spatzenzimmer wechselten teils in das 6er-, teils ins 8er-Zimmer. Im kleineren Schlafraum waren sie wieder beisammen: Peter, Klaus, Bernd, Rainer und noch zwei andere. Es würde ein lustiges, aufregendes Jahr werden, so glaubten sie alle.

Natürlich hatten sie sich wieder viel zu erzählen. Was sie alles erlebt hatten und wo sie im Urlaub waren. Peter konnte nur von Kühen, Schweinen und den anderen Jungs aus Kelling berichten. Doch Klaus hatte einen neuen Witz gehört, den musste er loswerden: „Ein Mann kam in ein Blumengeschäft und sagte: ‚Ich brauche Blumen für meine Freundin'. ‚Was möchten Sie denn', fragte die Verkäuferin, ‚Rosen zum Kosen, Lilien zum Spielien ...'? – ‚Dann geben Sie mir bitte Wicken!'

Das Jahr hatte extrem kalt begonnen. Im Februar fiel das Thermometer bis auf −20° C und der Main war zugefroren. Die Kinder liefen Schlittschuh und spielten Eishockey mit einem kleinen Ball und Holzstöcken, die sie sich irgendwo von irgendwelchen Sträuchern besorgt hatten.

„Hast Du es in der Wochenschau gesehen?" fragte Peter seinen Freund Klaus. Da gibt es einen neuen Sänger in Amerika, Rock'n Roll, heißt das, was er singt." „Ja", Klaus war ganz begeistert, „ich hab schon versucht, eine Platte zu kaufen, aber die Schlafmützen bei uns führen so was nicht, bei Mozart wäre das natürlich was anderes!"
Und tatsächlich, ein neuer Musikstil begann die Welt zu erobern: Am 9. September 1956 war Elvis in der Ed-Sullivan-Fernsehshow aufgetreten, die eine Einschaltquote von 86 % (!) erreichte und präsentierte sich als King of Rock and Roll.

Beim Frühstück am ersten Wochenende gab es sogar als Überraschung gekochte Eier. Klaus holte sich eins und dann fragte er: „Wer kann das Ei zum

Stehen bringen?" „Das Ei nicht, aber was Anderes gerne", sagte Rainer mit einem geilen Glitzern in den Augen. „Nein, ohne Quatsch, wer kann dieses Ei zum Stehen bringen?", fragte Klaus noch einmal. „Niemand? – Das ist doch ganz einfach!" Er nahm das Ei und stieß es auf den Tisch, dass die Schale eingedrückt wurde. „Das hätte ich auch gekonnt!" rief Rainer. „Das hat man Columbus auch geantwortet, als er dieselbe Frage stellte und seitdem spricht man vom Ei des Columbus. Erstaunte Gesichter ringsum – und wieder hatte man etwas gelernt. Natürlich hatte Peter diese Geschichte von seinem Onkel Hermann aus Kelling mitgebracht.

Zum ersten Mal las Peter einen ausführlichen Bericht über Sigmund Freud und seine Forschungen zu Beginn des zwanzigsten Jahrhunderts – und war empört. Vor allem seine Aussagen zum Ödipus-Komplex fand Peter komisch. Diesen Komplex leitete er von Ödipus her, dem sagenhaften König von Theben, der seinen Vater umbrachte, weil er ihn nicht kannte und anschließend die Witwe, seine Mutter, heiratete. „Jeder", schreibt Freud, „war einmal im Keime und der Fantasie ein solcher Ödipus." Peter war empört. Niemals hatte er das Bedürfnis, seinen Vater zu töten! – War auch gar nicht möglich, sein Vater war längst tot, umgekommen im Krieg. Wie kommt Freud, so fragte er sich, zu dieser Verallgemeinerung? Er zweifelte sehr an den „Erkenntnissen" dieses Mannes. Ganz zu schweigen von dem Wunsch, seine Mutter zu heiraten. – Gewiss, als er klein war, plapperte immer wieder daher, dass seine Mutter die einzige Frau in seinem Leben sei und er sie niemals verlassen werde. Seine Mutter nahm dies anscheinend für bare Münze, was die Tante Johanna zu Lachstürmen veranlasste. Als ein geschiedener Vertreter sich intensiv um Peters Mutter bemühte und Johanna ihr zuredete, doch mit ihm auszugehen, meinte sie, das könne sie einfach nicht tun. „Ach, weißt Du", sagte sie zu ihrer Schwester, „das kann ich doch Peterle nicht antun, er hängt doch so an mir. Nie will er mich verlassen, sagt er immer." – „Du bist eine dumme Henne", antwortete ihre Schwester, „glaubst du denn, was ein kleiner Bub sagt, gilt für ihn auch zwanzig Jahre später noch?" – Und tatsächlich hat er mit etwas über 20 Jahren nicht seine Mutter, sondern selbstverständlich ein anderes Mädchen geheiratet.

Ein weiterer Film, der lange Zeit als Vorlage für Peters und Klausis nächtliche Spielchen diente, war „Liane. Das Mädchen aus dem Urwald" mit Marion Michael und Hardy Krüger. Eine geradezu schwachsinnige Story, doch dank der nur mit Haaren „bekleideten" Brüste der blonden Urwaldbewohnerin ein phänomenaler Erfolg.

Wie Peter und Klaus es schafften, in das Kino zu kommen, um den Film zu sehen, ist nicht bekannt, denn er war erst ab 16 Jahren zugelassen.
Die Geschichte ist kurz erzählt, bot aber den beiden vielfältige Ausschmückungen: Im Südosten Afrikas findet eine Expedition ein junges Mädchen, das europäischer Abstammung zu sein scheint. Sie fangen das Mädchen ein und nehmen es mit nach Europa. Dort finden sie heraus, dass sie Liane heißt und ein großes Vermögen geerbt hat. Doch der Verwalter will verhindern, dass sich das Mädchen ins gemachte Nest setzt. Nach vielen Verwicklungen kehrt Liane wieder in ihren „friedlichen" Urwald zurück. Und der Fortsetzung waren Tür und Tor geöffnet.

Eines Tages, nachdem Klaus sich wieder einmal über Peter lustig gemacht hatte und er damit prahlte, wie oft hintereinander er es konnte, schloss Peter sich im Klo ein und probierte es lange. Plötzlich hatte er ein eigenartiges, gutes Gefühl, das durch den ganzen Körper ging, er schlaffte richtig ab. Glücklich und zufrieden ging er zurück in den Studiersaal. Aufatmend setzte er sich auf seinem Platz neben Klaus und raunte ihm leise zu: „Endlich! Es hat geklappt. Das wird jetzt mein Lieblingssport!"

In diesem Schuljahr hatte Dr. Hausmann eine Überraschung bereit. Die Eltern wurden gebeten, ihren Kindern sogenannte Familienausflüge zu ermöglichen und dafür einen gewissen, jedoch nicht übermäßigen Betrag zur Verfügung zu stellen. Er plane mit den Kindern und Jugendlichen per Omnibus und Schiff die nähere Umgebung zu erkunden. Als Erstes fuhren sie an einem Herbstsonntag per Schiff auf dem Main. Selbstverständlich wurde wie üblich das gesamte Repertoire rauf und runter gesungen. Einige der älteren Jungs sangen ganz neue Lieder, beispielsweise
„Bolle reist' sich jüngst zu Pfingsten,
nach Pankow war sein Ziel,
da verlor er seinen Jüngsten
janz plötzlich im Jewühl,
'ne volle halbe Stunde
hat er nach ihm jespürt,
aber dennoch hat sich Bolle
janz köstlich amüsiert ..."
Woher beziehungsweise von wem dieses preußische Liedgut stammte, war nicht mehr auszumachen.
Ein anderer gab ein Gedicht zum Besten:
„Finster war's, der Mond schien helle
Auf die grünbeschneite Flur,

Als ein Wagen blitzesschnelle
Langsam um die Ecke fuhr.
Drinnen saßen stehend Leute
Schweigend ins Gespräch vertieft,
Als ein totgeschossner Hase
Auf dem Wasser Schlittschuh lief
Und ein blondgelockter Knabe
Mit kohlrabenschwarzem Haar
Auf die grüne Bank sich setzte,
Die gelb angestrichen war."
Und so weiter

Das Highlight der ganzen Fahrt war jedoch die Parodie eines Liebespaares, von einem der älteren Jungen präsentiert, die absolute Spitze war, aber leider nicht wieder aufgeführt werden durfte, weil viel zu erotisch, wie die Heimleitung meinte. Im kleinen Kreis hat der Junge sie aber noch öfter gezeigt, einfach weil die Nachfrage so groß war. Er stellte sich auf dem Schiff in eine Ecke, senkte den Kopf und langte mit seinen Händen auf den Rücken, krallte sich regelrecht fest oder fuhr damit auf und ab, so als würde ein Mädchen ihn umarmen (und er sie). Dazu gab er stöhnende Laute von sich: „Oh Liebling, ich sehne mich ja so nach dir" und ähnliches, dabei gab er lautstarke Kuss- und Knutsch-geräusche von sich. Die Jungs lagen beinahe auf dem Boden vor Lachen, ja sie brüllten geradezu. Die Erzieher lachten ebenfalls, Dr. Hausmann jedoch und die Hausdame Schwester Helga saßen mit verkniffenen Mündern da und waren entsetzt.

Weitere Ausflüge wurden in diesem Herbst nicht mehr unternommen, sondern nur noch zwei Busreisen im Frühjahr, dann schliefen die Familienausflüge wieder ein.

Peter und seine Freunde waren aus dem Spatzenzimmer sozusagen ausge-flogen, da, wie jedes Jahr, dort neue Bewohner Einzug gehalten hatten. Einer der Jungs, Jörg, schloss sich jedoch lieber den Älteren an und trieb sich immer wieder im Sechserzimmer herum. Er war ein aufgewecktes Kerlchen, freundlich und nett, sehr aktiv, Sport war sein Lieblingsfach, schlank und hübsch mit blonden Haaren und blauen Augen, er hätte der kleinere Bruder von Klaus sein können.

Vor allem Rainer hatte es ihm angetan mit dem er immer wieder herumraufte. Als Peter an einem heißen Herbsttag ins Zimmer kam, lag Jörg auf dem Boden, er hatte ein kurzärmeliges Hemdchen und eine knappe kurze Hose an. Klaus saß auf seinem Bett und Rainer befasste sich intensiv mit ihm. Gleich wurde Peter mit einbezogen und es entwickelten sich die üblichen Jungenspielchen, wobei Jörg der Aktivste von allen war, ungewöhnlich bei einem so jungen Kerlchen.

Dann war es Zeit zum Mittagessen und die Spielchen wurden abgebrochen. Jörg war aber das ganze Schuljahr immer wieder Gast im Sechserzimmer. Im Sommer schlüpfte er, wenn bei den Spatzen und bei den Größeren schon das Licht gelöscht war, über den Balkon zu seinen neuen Freunden und forderte sie auf mit ihm die gewünschten Spielchen zu treiben, die ihm anscheinend so großen Spaß machten. Es fand sich immer jemand, der dazu bereit war. Vor allem Rainer brachte ihm alles Nötige bei, was er anschließend mit viel Begeisterung praktizierte und das Ergebnis stolz den Jungs präsentierte.

Ein anderer Junge, Thomas, ebenfalls ein freundliches und aufgeschlossenes Kerlchen, war sogenannter Tagesschüler im Internat. Das heißt er kam nach der Schule ins Haus und ging nach dem Abendessen zurück zu seinen Eltern, die beide berufstätig waren. Da Wolfram aus dem Sechserzimmer im Krankenhaus lag, weil er am Blinddarm operiert wurde, konnte Thomas für zehn Tage auch über Nacht bleiben, denn seine Eltern wollten verreisen. Thomas ging in die erste Klasse des Gymnasiums und war noch keine zwölf Jahre alt. Schon in der ersten Nacht hüpfte er im Zimmer ohne Schlafanzughose herum. Zu jedem der fünf Jungs ging er ans Bett, hob seine Schlafanzugjacke und lud sie ein, doch einmal bei ihm zu fühlen. Na ja, weltbewegendes war nicht zu entdecken. Es war wieder Rainer, der ihn in die Freuden des Herrn Onan einweihte und sie hatten in den zehn Tagen eine Menge Spaß mit dem Jungen.

Etwas führte bei Thomas immer wieder zu Lachanfällen, obwohl es für Peter und seine Freunde nichts ungewöhnliches, sondern alltägliches war: sie verniedlichten die Namen ihrer Freunde, beispielsweise Raini, Klausi, Peti, Berndi. Nachdem Thomas sich darüber lustig gemacht hatte, wurde er von allen selbstverständlich ganz bewusst nur Thomas genannt.
Im Oktober 1956 sorgte ein Ereignis für permanente Diskussionen und schürte regelrecht den Hass gegen die Russen: Der Aufstand der Ungarn gegen ihre Besatzer. Hunderttausende demonstrierten. Die Russen schlugen den Aufstand blutig nieder und Tausende starben oder verließen sogar ihr Land. Peters Mutter tobte, ihre Vorurteile gegen die Sowjets wurden auf grausame Weise bestätigt.

In der Straße, in der das Internat lag, gab es am unteren Ende zum Main hin eine Konditorei. Dort entdeckte Peter eine Leckerei: Ananastörtchen. Ein kleines, rundes Gebäck mit Biskuitboden und Creme, abgedeckt mit einer Scheibe Dosenananas und in der Mitte eine kandierte knallrote Kirsche. Das Törtchen kostete zwar 50 Pfennig, aber ab und zu leistete er sich diese Leckerei. Und er fragte sich, warum seine Mutter nicht auch so etwas Gutes machte, sondern immer nur den staubtrockenen Marmorkuchen oder einen Gugelhupf, der auch nicht saftiger war?

Am anderen Ende der Straße, direkt gegenüber dem Hofgarten, gab es auf einem Trümmergrundstück einen Kiosk, an dem Peter fast nie vorbeigehen konnte, ohne dort einen der neuen Schokoriegel zu kaufen, zum Beispiel Butterfinger, Mars oder ähnliche verlockende Süßigkeiten, die damals direkt aus den USA kamen.

An einem Besuchswochenende im Januar 1957 fand Peter seine Mutter wieder einmal wütend vor. „Ich habe es doch gesagt!" rief sie ihm zu. „Jetzt ist es soweit! Die ersten Rekruten für die neue Wehrmacht wurden gemustert. Dieser Dreckskerl kann es nicht lassen! Der steuert mit Gewalt auf einen dritten Weltkrieg zu!" Sie meinte damit Adenauer und seine Politik.

In der Klasse gab es einen Lesewettbewerb und Peter hatte ein Buch gewonnen. Ein englischsprachiger schmaler Band mit vielen Geschichten vom Land sowie mit lustigen Zeichnungen versehen und dem Titel: „Bunny has a narrow Escape." Bis ins hohe Alter konnte er sich an eine Geschichte erinnern: „Mighty Mouse and the Scarecrow." Die Story von einer Maus, die eine Vogelscheuche zum Freund hat und sie vor allen Gefahren beschützt.

Als Klausi in diesem Schuljahr aus den Ferien ins Internat zurückkam, hatte er eine Überraschung parat: Ein Detektorradio mit Kopfhörer. Wenn alle anderen schliefen, steckte Peter seinen Kopf durch die Stäbe am Kopfende und beide hörten, manchmal mehr als eine Stunde lang, Radio. Als die Weihnachtsferien zu Ende waren, brachte Klaus ein nagelneues Kofferradio mit, das unter dem Weihnachtsbaum gestanden hatte. Da konnten jetzt alle im Zimmer mithören, doch wenn der Präfekt kontrollierte, durfte es auf keinen Fall mehr spielen, sonst hätte er es mitgenommen.

Klausi war beim Orangenessen zu Hause eine Idee gekommen. In Zukunft wollte er die Papierchen sammeln, mit denen die Produzenten ihre Früchte einwickelten. Manchmal waren diese mit den interessantesten Motiven und

Informationen bedruckt, zwar zumeist in spanischer oder italienischer Sprache, aber trotzdem. Also machten sich Klaus und Peter auf den Weg und baten die Verkäufer vor allem auf dem Markt um ein Einwickelpapierchen. Mit der Zeit hatten sie unzählige Exemplare, die sie fein säuberlich auf ein Blatt Papier klebten und in einem Ordner abhefteten. Peter hatte diesen noch viele Jahre, bis der den Weg alles Irdischen ging und irgendwann einmal verschwand, denn seine Mutter war nicht begeistert von dieser Sammelleidenschaft, die ihrer Meinung nach zu nichts führte und Zeitverschwendung war.

Im Treppenaufgang zum ersten Stock der Oberrealschule hatte der Biologielehrer eine Attraktion aufgestellt: Ein kleines Aquarium mit einer Unmenge von Wasserflöhen. Diese wuselten ständig umeinander, Peter stand oft und lange, wenn es möglich war, dort und beobachtete diese kleinen Tierchen. Eines Tages hatte anscheinend der Bio-Lehrer einen Fisch dazugesetzt; die Wasserflöhe wurden immer weniger und bald gab es keinen Einzigen mehr davon im Aquarium und es verschwand wieder, vermutlich hat er es mit nach Hause genommen.

Erdkunde entwickelte sich mehr und mehr zu Peters Lieblingsunterricht. In seinem immer noch recht neuen Atlas entdeckte er die Ostsee und dort die Kurische Nehrung, den langen Sanddünenstreifen mit Orten wie Nidda.
Der Schriftsteller Thomas Mann hatte sich hier Anfang der 30er-Jahre ein Haus am Schwiegermutterberg bauen lassen. Nach seiner Emigration in die USA, weil er Jude war, hat Göring es sich unter den Nagel gerissen, heute ist es ein Museum zum Gedenken an den Schriftsteller, nicht an den braunen Schwachkopf.
Dorthin wollte Peter später einmal fahren, das müsste herrlich sein: Sand, Sonne und Meer.
Aber auch eine andere Insel hat ihn fasziniert, als er sie im Atlas betrachtete: Celebes oder wie sie heute heißt: Sulawesi. Allein schon die Form regte seine Fantasie an. Dort wollte er einmal hinreisen. Beinahe wäre es gelungen, aber dann flog er mit seiner Frau auf die Philippinen.

Peters Erdkunde-Lehrer leistete sich eines Tages einen herrlichen gedanklichen und verbalen Schnitzer, der bei allen Schülern lange Zeit für Heiterkeit sorgte. Er sagte in der Klasse: „Ich schätze auch das fremde Vieh, aber das eigene ist mir näher, weil es gewissermaßen unter einer Sonne mit mir aufgewachsen ist."

Peter stand im Hof mit einem Haselnussstock in der Hand und schaute seinen Freunden beim Fußballspielen zu. Er hatte ihnen seinen neuen gelben Plastikball geliehen, den er an Weihnachten geschenkt bekommen hatte. Rainer war wie immer der Unbeherrschteste und drosch den Ball an die hohe Ruinenmauer, die den Hof begrenzte. Der Ball prallte ab und knallte einem der älteren Jungs mit Namen Emil, etwa sechzehn Jahre alt und ein richtiger Kotzbrocken, der zufällig vorbeiging, an den Hinterkopf. Er drehte sich um, sah Peter stehen und gab ihm eine Ohrfeige, dass der die Engel singen hörte. Peter war so wütend, dass er mit dem Stock ausholte und dem Jungen eins überzog. Der knallte ihm noch mal eine und er bekam wieder eine mit dem Stock. Das ging so fünfmal hin und her. Dann schrie ein Erzieher, der auf den Balkon in der zweiten Etage getreten war herunter: „Emil! Peter! Hört sofort auf damit und kommt rauf zu mir!" Beide erschraken und liefen hinauf zu dem Erzieher, der sie bereits erwartete. Er ließ sich den Grund für die Schlägerei erzählten. Dann erhielt Emil eine ganze Woche Ausgangsverbot und einen Aufsatz als Strafarbeit: „Warum ich Kleinere nicht schlagen darf", fünf Seiten lang und eng beschrieben. Für Peter gab es eine ausdrückliche Ermahnung. Seine Backe war noch tagelang geschwollen, doch Emil hatte seine dicken Striemen wesentlich länger.
Dieser Ball ging irgendwann einmal kaputt, Peter schnitt ihn in der Mitte durch, das heile Teil verwendete er noch viele Jahre, bis ins hohe Alter, um Gips oder Spachtelmasse darin anzurühren. Denn die eingetrockneten Reste ließen sich aus der biegsamen Plastikhälfte problemlos entfernen.

An einem Samstag seines Besuchswochenendes ging Peter zu seinen Großeltern und da saß dick und breit Herr Sonnwald und unterhielt sich mit seinem Opa. „Das hat uns gerade noch gefehlt", hörte Peter Herrn Sonnwald meckern, „jetzt kommen auch noch die Italiener zum Arbeiten zu uns. Genügt es nicht, dass die dummen Deutschen denen das Geld im Urlaub hinterher tragen?" Opa hatte dazu keine Meinung, trotzdem sagte er: „Na, die werden schon in der Regierung wissen, was sie tun!"
Und tatsächlich waren Anfang Januar die ersten Gastarbeiter mit einem Sonderzug in Deutschland eingetroffen. Die Wirtschaft boomte, Peter hatte es in der Zeitung gelesen, denn im Internat lagen ja einige Zeitungen im Erdgeschoss aus; die Arbeitslosenquote betrug nur noch 1,8 %, eine selten geringe Anzahl.

In der Woche darauf war große Aufregung. Die Schüler in den Vierer- und Zweierzimmern wurden gebeten am Wochenende nach Hause zu fahren, es kämen englische „Students", die von der evangelischen Kirche eingeladen

worden waren. Und tatsächlich fuhr am Freitagnachmittag ein Bus mit etwa 30 Jungs und Mädchen vor, alle etwa siebzehn bis achtzehn Jahre alt. Vermutlich sollten sie sich ansehen, was ihre Väter in Würzburg verbrochen hatten.
Sie bezogen ihre Zimmer, belegten die Studierräume und fuhren mit ihrem Bus die üblichen Sehenswürdigkeiten an, soweit sie noch standen.
Peter und Klaus konnten an diesem Wochenende nicht nach Hause fahren, doch in diesen „großen" Zimmern wollte man die Gäste sowieso nicht unterbringen. Verwundert waren die Beiden beim Frühstück, das hatten sie noch nie erlebt: die Engländer aßen rohe Gurkenscheiben zum Frühstück! Beide schüttelten sich und griffen lieber zum gewohnten Marmeladentopf.

Die Freunde im Sechserzimmer hatten ein neues Thema. Im Biologieunterricht fiel der Satz: „Wir stammen vom Affen ab." Das elektrisierte die Jungs. Sie wollten mehr darüber wissen. Einer der Erzieher lieh ihnen ein Buch über Darwins Evolutionstheorie, das ausdauernd studiert wurde. Auch dessen Aussage faszinierte Peter: „Außerhalb der Logik ist alles Zufall."

Peter kam überquellend mit seinem neuen Wissen nach Marktanderstadt und erzählte brühwarm seiner Mutter: „Wusstest Du, dass die Menschen vom Affen abstammen." – „Du vielleicht, ich nicht. Mich hat Gott geschaffen. Lies in der Bibel nach, dort steht es in der Schöpfungsgeschichte: Gott schuf den Menschen nach seinem Vorbild, und so ist es auch richtig. Woher hast du denn diese neue Weisheit?" „Das haben wir im Biologieunterricht durchgenommen", antwortete Peter. „Wenn euch eure Lehrer so einen Quatsch erzählen, nehme ich dich von der Schule!" schimpfte seine Mutter. – „Au ja, dann kann ich immer zu Hause bleiben und spielen!" freute sich Peter. „Das könnte dir so passen! Ich steck' dich in eine Lehre, dann ist gleich Schluss mit dem Affenquatsch!" – Seine Mutter war nun ernsthaft böse. „Ich will nichts mehr davon hören, das ist mein letztes Wort." – Na gut, dachte Peter, dann soll sie eben dumm bleiben! Das mit dem Erschaffen der Menschen nach dem Ebenbild Gottes kann gar nicht stimmen, sonst gäbe es nicht so viele Idioten auf der Welt!

Aber von diesem gedanklichen Jux einmal abgesehen: Die sogenannten Creationisten hatten damals noch nicht den Einfluss wie heute in Amerika, denn sonst hätte Peter ernstlich Krach mit seiner Mutter bekommen, weil sie sicher zu den Gläubigen des christlichen Schöpfungsaktes zu rechnen gewesen wäre. Je länger er über die biblischen Geschichten bei Moses nachdachte, desto mehr kamen sie ihm vor, als wären sie von den Gebrüdern Grimm verfasst. Woher nehmen die Leute an, dass es Gottes Wort sei? Hat er ihnen das gesagt? Soweit Peter wusste, hat Gott keine Aufzeichnungen hinterlassen, sondern es ist alles Menschenwerk! Von Menschen geschrieben! Und bei Menschen ist von Unfehlbarkeit keine Spur zu finden, auch wenn Papst Pius IX. das am 18. Juli 1870 als Glaubenssatz verkündet hat. Und von einem Stellvertreter Gottes hatte er in der Bibel auch nichts gelesen. Wieso maßt sich ein Mensch an, von Gott auf diesen Platz geschickt worden zu sein? Schon die albernen Gewänder, die diese Leute trugen, reizten ihn zum Lachen. Wo soll Gott überhaupt hocken. Peter hatte nie gemerkt, wenn er Gott um etwas gebeten hatte, dass er das auch bekam oder ein Ereignis von Gott beeinflusst worden wäre, jedenfalls nicht anders, als es der Zufall so wollte oder die Zwangsläufigkeit der Umstände es ergaben.

Peter machte sich immer wieder einen Spaß daraus, seine Mutter erst mit englischen, später dann noch mehr mit französischen Wörtern zu quälen. Er erinnerte sich noch gut an die polnischen Worte, mit denen sie ihn einst genervt und sogar ausgelacht hatte. Jetzt revanchierte er sich. Beispielweise sagte seine Mutter immer: „Made in Germany", sie sprach es so aus, wie es geschrieben wird. „Du bist auch so eine Made, aber eine ganz schön dicke!" meinte er nicht gerade freundlich, „das heißt ,Mäid in Tschermänny'".

Peter mochte den Schulsport gern, allerdings nur im Sommer, denn dann fand er im Freien statt. Vor allem der 50-Meter-Lauf hatte es ihm angetan. Zusammen mit seinem Freund Klaus waren sie die Besten der ganzen Klasse; zwar regelrechte Konkurrenten, allerdings im positiven Sinn, denn einmal war Peter der Bessere, einmal Klaus. Sogar dem Sportlehrer machte es Spaß, wie sich die Beiden gegenseitig anstachelten. Eines Tages wechselte der Sportlehrer und die Sache, von der die ganze Oberrealschule sprach, denn die Zeiten, die beide liefen, waren außergewöhnlich, schlief ein. Und Sport wurde für Peter zu einem Fach wie jedes andere auch.
In einem weiteren Fach war Peter sehr gut und die Mitarbeit machte ihm viel Spaß: Kunstunterricht. „Mir wäre es viel lieber, du hättest den Einser in Englisch und nicht in Kunst", meckerte seine Mutter, anstatt sich über seinen Erfolg zu freuen. Doch Peter malte weiter, vor allem hatten es ihm Gebirgslandschaften angetan, die er mit dicken Farben aus dem Wasserfarbkasten gestaltete. Sein Freund Klaus war erstaunt und ganz begeistert.
Trotz der Ablehnung seiner Leistungen in Kunst bedachte er seine Mutter zum Geburtstag und vor allem zum Muttertag

mit selbstgemalten und in gotischer Schrift mit schwarzer und roter Tusche und speziellen Federn geschriebenen Karten. Ja, er schnitt einmal sogar ein Türchen in Herzform in die Karte.
Auch wenn sie es nicht so gut zeigen konnte, aber sie freute sich doch und präsentierte das Geschenk allen ihren Bekannten, vor allem den Tratschtanten.

Ab diesem Jahr war ein neuer Schüler im Internat, den Peter anfangs nicht beachtete, obwohl er aus Marktanderstadt stammte und auch immer mit dem Bus nach Hause fuhr. Er war zwei Jahre älter als Peter, hieß Wolfgang und wohnte in einem Zweierzimmer auf derselben Etage. Seine Mutter hatte das einzige gute Fotogeschäft in der Stadt und Wolfgang besaß eine Super-8-Kamera. Damit machte er kleine Filme mit einer richtigen Handlung, zu denen er selbst das „Drehbuch" schrieb und es umsetzte. Er produzierte mit seinen Freunden auch einen Film im Internat und in Würzburg, einen kleinen Krimi mit einer Handlung zum Schmunzeln. Den zeigte er eines Abends im Speisesaal und alle, alle kamen, sogar die Mädchen.
Trotz des Altersunterschieds freundeten sich die Beiden an und Wolfgang berichtete ihm, was alles beim Filmen zu beachten sei. Klaus war wohl eifersüchtig, denn er machte Peter heftige Vorwürfe, wahrscheinlich, so schimpfte er, wolle er ja nur eine Rolle im nächsten Film haben. Obwohl Peter auch schon daran gedacht hatte, stritt er das natürlich ab und erklärte Klaus für total verrückt!
„Ja, ja", meinte Klaus nur und zitierte wieder einmal seinen neuesten Spruch, den er in der letzten Zeit ständig parat hatte: „Wer lügt, betrügt, malt Männle in die Bibel und zeigt Wanderburschen den falschen Weg." Peter war sauer und konterte: „Witz komm' raus, du bist umzingelt."

Dann las Peter in einer Jugendzeitschrift eine tolle Geschichte, die an einem Fluss spielte. Peter zeigte Wolfgang die Story, und meinte, das könnte man hervorragend am Main drehen, dort in den Randbereichen, wo viel Schilf und hohe Weiden wuchsen. Aber er zeigte sich nicht interessiert und so löste sich Peters angepeilte Filmkarriere, die er sich so schön ausgemalt hatte, regelrecht in Luft auf.
Zum Vokabellernen durften die Jungs während der Studierzeit für eine halbe Stunde, manchmal auch länger, in ihren Zimmern üben. Doch zuweilen kam einer der Kollegen, machte seine Hose auf und forderte Peter zu Übungen auf, die sie bereits perfekt beherrschten. Meist war es Rainer oder Bernd, manchmal aber auch Gerhard aus dem Achterzimmer. Dann wurde aus einsamem Lernen ein eher beidseitiges Vergnügen.

Im Sommer dieses Schuljahres zogen die Jüngeren wieder ein paar Mal in der Woche nach dem Essen gemeinsam auf die Festung. Einige spielten Fußball, Peter und seine Freunde zog es jedoch in die kleinen Wäldchen, die sich hinter dem Tor hinzogen. Dort spielten sie vorzugsweise Verstecken. Es gab viele hohe Ahornbäume, in die man klettern konnte und von unten kaum zu sehen war. Wer suchen musste, war immer arm dran.
Aber auch die Anlage Klein-Nizza hatte es ihnen angetan. Peter war begeistert von den vielen Blumen, gerade im Frühling und von den exotischen Bäumen. Manche kannte er gar nicht, denn die wuchsen nicht in Marktanderstadt, beispielsweise Ginkgo, aber auch Platanen sah er in Würzburg zum ersten Mal, die ihn vor allem wegen ihrer Rinde faszinierten

Wieder einmal war das Schuljahr zu Ende, die Bücher wurden zurück- und die Zeugnisse ausgegeben. Peter war wie gewohnt in der mittleren Leistungsgruppe und ganz zufrieden. Man wünschte sich schöne Ferien und freute sich schon auf ein Wiedersehen.
Da auch Rainer nicht verreisen würde, hatte er versprochen, bei Peter vorbeizukommen. Und Peter freute sich schon drauf, denn er wusste, was Rainer bei seinen Besuchen vorhatte.

Peter plante dagegen in erster Linie etwas anderes. Im Biologieunterricht hatte er das Schulmikroskop und die fantastische Welt der Vergrößerungen kennengelernt. Er war fasziniert. So etwas musste er auch zu Hause haben. Im Kaufhof von Würzburg hatte er ein Mikroskop mit bis zu 250-facher Vergrößerung gesehen, das gar nicht mal so teuer war. Vielleicht konnte er seine Mutter und die Großmutter beschwatzen, dass so ein Gerät extrem wichtig für die Schule sei. Und es funktionierte. Peter fuhr mit dem Bus nach Würzburg und erstand das Mikroskop. Doch Peter staunte nicht schlecht, was alles nötig war, um Präparate herzustellen. Ein Glasträger und dazu noch kleine Abdeckplättchen, denn die vorbereiteten Abschnitte, beispielweise ein Fliegenbein, mussten in Kanadabalsam, einem Harz, eingebettet werden, um sie dauerhaft zu konservieren. Wenn eine Luftblase mit eingeschlossen wurde, konnte man wieder von vorn beginnen. Das hatte sich Peter einfacher vorgestellt. Aber mit der Zeit bekam er Übung darin und er konnte sich stundenlang damit beschäftigen.
Einmal hatte Peter eine Idee. Er wollte nachsehen, was in dem Zeug drin ist, das aus seinem Glied kommt: Ein regelrechtes Gewimmel war da zu sehen, fast wie Kaulquappen. Peter war begeistert. Das musste er Berti zeigen und er fuhr zu ihm. Berti wollte es natürlich auch sehen und schon machte er sich an

die Arbeit. Auch bei ihm wimmelte es nur so von Samenfäden. Peter wusste selbstverständlich, was das war und er klärte Bertchen auf.

In den Schulferien besuchte Peter Tante Alma und Onkel Karl in Oberursel. Sie schleppten ihn zu allen möglichen Bekann-ten, die ihn wenig interessierten, die aber anscheinend alle seinen Vater gut kannten. Immer wieder kamen die geläufigen Sprüche, dass er ihm ja direkt aus dem Gesicht geschnitten wäre. Zum Verrücktwerden!
An einem schönen Tag fuhren sie mit Bekannten aus Oberursel und deren Auto auf den Feldberg. Dort oben war es recht kühl, aber der Blick rundum war einmalig. Man konnte bis nach Frankfurt sehen.
Am liebsten jedoch waren Peter seine Besuche im Frankfurter Zoo und im Palmengarten. Die Gewächshäuser mit den unterschiedlichsten Pflanzen, beispielswei-se Kakteen oder die riesigen Wasser-pflanzen aus den tropischen Zonen waren für ihn überwältigend. Die Seerosen, Victoria regia aus Südamerika, mit Blättern von mehr als einem Meter Durchmesser ließen ihn staunen, ja regelrecht ehrfurchts-voll werden.
In diesem Glashaus mit hoher Luftfeuch-tigkeit und viel Hitze glaubte er kaum noch atmen zu können. Begeistert schrieb er seiner Mutter nach Kelling, wo sie sich wieder wie gewohnt aufhielt:
„Liebe Mutti! Jetzt habe ich schon den Zoo und den Palmengarten gesehen. Es war sehr schön. Das Bild hier auf der Karte stammt aus dem großen Palmenhaus, an dem Treppenaufgang, da kann man die ganze Halle prima überschauen. Viele Grüße von allen. Dein Peter"

Kapitel 12
Besuch, Besuch, Besuch

Die Ferien im Jahr 1957 wurden aufregend. Tante Ella und Onkel Friedrich mit ihrer Tochter Brigitte kamen für eine Woche zu Besuch. Brigitte wohnte mit ihren Eltern in der Großstadt Düsseldorf, Marktanderstadt war in ihren Augen ein Kuhdorf, alles war viel zu klein und rückständig. Peter besaß noch keinen Plattenspieler, geschweige denn ein Kofferradio – bisher hatte er auch nichts davon wirklich vermisst.
In der Woche ihres Besuchs fand das jährliche Volksfest mit Festzelt und verschiedenen Attraktionen statt, was eben auf solchen Festen üblich ist. Im Zelt produzierte sich am Samstagabend jeden Jahres ein Darsteller beziehungsweise Conférencier, bekannt aus Funk und Fernsehen. Die Manager der ortsansässigen Brauerei bemühten sich, ihren Kunden und denen, die es werden sollten, jedes Jahr ein interessantes Programm zu bieten. Dahin gingen die Erwachsenen, die Kinder und Jugendlichen zog es in die Fahrgeschäfte, so auch Brigitte und Peter. Vor allem Autoskooter und noch mehr die Spinne, ein sich drehendes Monstrum mit Sitzreihen, welche sich in der Luft auf und ab bewegten, hatte es den beiden angetan. Je nach Andrang der Interessenten war die Fahrdauer mal kürzer oder länger. Hier bekam Peter seine ersten Zungenküsse von Brigitte, ein Spielchen, das ihm sehr gut gefiel. Auch oder gerade die streichelnde Hand auf seinem Oberschenkel hatte ihm sehr behagt und war richtig erregend. Das Ding zwischen seinen Beinen machte sich unangenehm bemerkbar, war irgendwie störend. Als er versuchte, ihre kleinen Brüstchen zu streicheln, hat sie die Lehrstunde schnell abgebrochen – noch.

Außer Frau Bergmann kam Frau Meierhof öfter am Sonntag zum Kaffee, zusammen mit ihrem Sohn Joachim, der so alt wie Peter war und den er noch aus Kiesdorf kannte, wo er sich beim Gänsehüten unliebsam aufgeführt hatte. Doch jetzt gingen die Beiden meistens in die Garage, dort befand sich Opas Werkstatt und das Brennholz. Peter und Joachim rauften oft, was stets an den mittleren Körperteilen endete. Joachim wollte dort solange gerieben werden, bis er gzufrieden stöhnte.
Einer seiner starken Sprüche lautete: „Mauseloch gevögelt – die ganze Welt gevögelt." Angeblich sagte das immer ein Arbeiter in seinem Betrieb, denn Joachim lernte Bierbrauer.

Die Garage hatte ein zweiflügeliges Tor und daneben eine normale Tür, die hauptsächlich benutzt wurde. Opa sah es nicht gern, wenn Peter sich in der Garage aufhielt, ganz zu schweigen von den Freunden, die er mitnahm.

Hinter der Garage befanden sich noch zwei Räume mit Lattentüren, in dem einen lagerte das Holz von Peter und seiner Mutter, in dem daneben das von Sonnwalds.
In Kiesdorf hatte der Großvater viel Holz aus dem Wald geholt, kleingesägt und gehackt, das wollte er nicht den Schäfers überlassen, sondern hat es nach Marktanderstadt mitgenommen und in der Garage aufgeschichtet. Peter bemerkte, dass viele Käfer auf dem Holz herumkrochen. Ein Freund sagte ihm, das seien Holzböcke, deren Larven im Holz gelebt haben und jetzt herauskrochen. Ob das stimmte, hat Peter nie überprüft, auch nicht, als seine Mutter ihm das Jugendlexikon geschenkt hat – vermutlich hat er die Böcke einfach vergessen.

Rainer besuchte Peter, wie er es angekündigt hatte, in diesem Sommer mehrmals. Schon zu Weihnachten hatte er ein Fahrrad bekommen, so dass er rasch bei ihm vorbeischauen konnte, wenn es ihn juckte. Er war nach wie vor in dieser Beziehung sehr aktiv, was Peter ja schon vom Internat her von ihm kannte.

Und dann kam Onkel Friedrich mit Tante Frieda und ihrer Tochter Jutta und dem inzwischen zweijährigen Sohn Uwe mit ihrem Auto zu Besuch. Sie kamen von Kelling und waren auf dem Weg nach Hause. Jutta fragte, ob Peter nicht mitfahren wolle, in Bayern seien ja noch einige Wochen Ferien. Das war natürlich die Idee! Sofort stieg Tante Frieda auf das Thema ein und forderte seine Mutter auf, ebenfalls mitzufahren. Doch so kurzfristig konnte sie sich nicht dazu entschließen. Aber sie versprach Peter, in ein paar Tagen nachzukommen, dann würden sie zusammen nach Walsrode zu den dort lebenden vielen Bekannten und Verwandten fahren, die sie schon so oft eingeladen hatten, aber das musste sie mit denen erst abstimmen.

Peter langweilte sich sowieso, denn außer Schwimmbad und Schwimmen im Main gab es keine Abwechslung. Also wurde der Koffer gepackt und am nächsten Tag ging die Reise los nach Helmstedt. Die Familie wurde schon sehnsüchtig erwartet, denn das Geschäft mit dem Waschmaschinenverleih und der Heißmangel lief mit Aushilfen auch während des Urlaubs weiter. Die Kunden, welche keine Waschmaschinen besaßen, riefen an und Onkel Friedrich stellte meistens am nächsten Tag zur vereinbarten Zeit eine Waschmaschine in die Wohnung, nach dem Waschen holte er sie wieder ab. Tante Frieda dagegen bügelte den ganzen Tag auf der Heißmangel. Peter und Jutta waren daher mit sich selbst beschäftigt – meistens war es langweilig, denn außer dem kleinen Garten gab es keine Abwechslung. Er hörte Platten oder

sah fern, aber damals gab es nur das erste Programm, welches nur während der Funk- und Fernsehausstellung auch am Nachmittag sendete. Die Plattenauswahl war nicht überwältigend: „Ich kenn' ein kleines Wegerl im Helenental, das ist für alte Ehepaare viel zu schmal..." sang ein österreichischer Interpret – die anderen Platten waren von ähnlicher Qualität.
Was Peter damals nicht wusste, er aber später einmal in einem Reisebericht las, das Heilbad Helenental liegt bei Baden bei Wien. Schon Kaiser Franz-Joseph machte hier Urlaub und sogar Beethoven und andere mehr oder weniger Berühmte schätzten das Bad.

Die Post brachte ein Paket aus Amerika. Die Verwandten von Tante Frieda hatten wieder einmal, wie schon öfter, wie Jutta sagte, amerikanische Lebensmittel geschickt. Hersheys Schokosirup kam zum Vorschein und Instant-Kaffee in Portionsbeuteln, Schokolade und andere Süßigkeiten in allen möglichen Geschmacksrichtungen, Ananas in Dosen und manche andere Dinge. Das alles wurde in die Vorratsschränke in der Küche gepackt und dort blieb es liegen. Peter holte sich ein paar Päckchen Kaffee und Süßigkeiten, die er in seinem Koffer versteckte. Ein paar Tage später legte Tante Frieda die gewaschene Kleidung in den Koffer, räumte alles, was Peter darin deponiert hatte, heraus, verlor aber darüber kein Wort. Peter schämte sich bodenlos.

Tante Frieda machte eines Tages den Vorschlag, die Kinder sollten doch zum Waldbad gehen, es sei zwar etwa eine halbe Stunde zu Fuß, aber vielleicht könnte Onkel Friedrich sie hinfahren. Onkel Friedrich konnte. Außerdem kam noch eine Freundin von Jutta mit. Im Waldbad angekommen und umgezogen, lagen die beiden Freundinnen zusammen auf einer Decke und tuschelten die ganze Zeit. Ins Wasser wollten sie nicht gehen, also machte sich Peter auf und ging Schwimmen. Doch allein war das höchst langweilig. Peter wanderte durch das ganze Bad, viele Menschen waren während der Woche nicht anwesend, vor allem Mütter mit kleinen Kindern.
Etwas abseits bemerkte Peter drei Jungs, vielleicht etwas jünger als er selbst, die auf dem Bauch lagen und laut lachten. Er kaufte sich am Kiosk ein Eis und ging wieder zurück. Jetzt sah er nur noch einen Jungen auf der Decke liegen, doch da kam ein Kopf unter der Decke zum Vorschein und Peter bemerkte rhythmische Auf- und Abbewegungen. Etwas abseits setzte er sich hin, leckte an seinem Eis und sah ihnen zu. Am liebsten wäre er hingegangen – doch er traute sich letztlich doch nicht. Dann standen die Jungs auf, nahmen ihre Decken und verzogen sich ganz an den Rand der Liegewiese unter die Bäume. Peter ging zurück zu Jutta und ihrer Freundin, die sich nach wie vor wahnsinnig viel zu erzählen hatten. Immer wieder schielte das fremde Mädchen, so schien

es Peter, auf seine Badehose. Als es ihm zu dumm wurde, ging er lange zum Schwimmen. Und dann war es endlich Zeit für den Heimweg. Als sie am Stadtrand zu einer Schrebergartenanlage kamen, machten die Mädchen einen Umweg durch ein Stück Ödland. Peter traute seinen Augen nicht. Überall hingen benutzte Präservative. „Weißt du eigentlich, was das ist?" fragte scheinheilig Jutta. Peter bekam einen roten Kopf, schwieg und ging schneller. Er hörte noch das dümmliche Lachen der Freundin. „Halt, komm zurück, das ist die falsche Richtung!" rief Jutta hinter ihm her. Doch Peter scherte sich nicht darum. Einen Mann, der ihm entgegenkam, fragte er, wie er zu der Straße käme, in der Tante Frieda und Onkel Friedrich wohnte – und der freundliche Mann erklärte es ihm ausführlich. Etwas später als Jutta traf er dort ein – doch Jutta war für ihn gestorben.

Am nächsten Tag rief Tante Helene an, die Frau des zweiten Bruders von Peters Mutter, Onkel Max. Die beiden hatten zwei Söhne, Volker, etwa elf Jahre alt und den ein Jahr jüngeren Dieter; außerdem gab es noch einen Halbbruder, ein Sohn aus der ersten Ehe, der jedoch schon in Hamburg arbeitete, Hartmut; er war die meiste Zeit nicht zu Hause.
Tante Frieda erzählte ihr, dass Peter zu Besuch sei. Ihre Schwägerin machte den Vorschlag, doch zu ihnen zu kommen, Peter könnte noch ein paar Tage bei ihren Söhnen bleiben, anschließend würde sie ihn zur Bahn bringen, damit er nach Hause fahren kann. Und so wurde es vereinbart. Am kommenden Sonntag fuhren alle nach Oberstetten und Peter zog ins Zimmer der Jungs. Er verstand sich sofort mit den beiden. Kaum hatte er seinen Koffer ausgepackt, wurde gerauft. Viele Hunde sind des Hasen Tod – Peter lag bald auf dem Boden und seine Hose war offen. Begeistert machten sich beide über den Inhalt her, doch Peter war ebenfalls nicht faul und untersuchte das, was sich bei den Beiden befand. Dann hörten sie, dass jemand die Treppe hochkam. Denn Jutta fühlte sich ausgeschlossen und war unzufrieden, was den dreien von Tante Helene einen Anschiss einbrachte. In der Nacht mussten alle Kinder im Wohnzimmer schlafen, auch Jutta. Volker gab lange keine Ruhe und war andauernd bei Peter zugange, was auch zu hören war, bis Jutta laut fragte, „Peter, was macht ihr denn da?" „Gar nichts, was sollen wir denn schon machen?" lautete die unschuldige Gegenfrage von Peter.

Am nächsten Tag fuhren die Helmstedter wieder nach Hause und alle drei Jungs zogen in das Kinderzimmer, das jetzt wieder frei war. Peter erlebte ein paar schöne Tage mit viel Aktion in Oberstetten – solange bis seine Mutter telefonisch ihren Besuch ankündigte.

Doch sie blieben nicht mehr lange in Oberstetten. Peters Mutter zog es in eine Kleinstadt in der Lüneburger Heide. Dort wohnten Verwandte von ihr. In welchem Verhältnis sie zu ihr standen, hat er allerdings nie begriffen. Sie saßen den ganzen Tag zusammen und redeten und redeten, manchmal auch im Garten. Es wurde eine Ente geschlachtet und der Onkel bereitete ein seltsames Gericht zu, von dem Peter nichts aß: Schwarz-sauer, mit dem Blut der Ente! Grauenvoll für ihn. Ein Festmahl für die anderen, denn so etwas gab es immer in der alten Heimat. Peters Mutter schwärmte geradezu und bedauerte ein ums andere Mal, dass sie das seit sie von zu Hause fort wäre, nicht mehr gegessen hätte. Die im Riesengebirge würden sowieso nichts vom Kochen verstehen, behauptete sie.

Die Tante machte den Vorschlag, er solle sich das Rad vom Onkel leihen und in die Lüneburger Heide fahren. Der Weg zum Grab von Hermann Löns wäre gut ausgeschildert. Löns, von diesem Schriftsteller hatte er zwar schon gehört, aber noch nichts gelesen. Dabei ist es auch geblieben. Eigentlich war der Weg das Ziel, denn viel zu sehen gab es nicht: ein Felsbrocken lag in der Heide mit einer entsprechenden Aufschrift. Das war's auch schon. Später hat er einmal gelesen, dass der Schriftsteller dort gar nicht begraben wäre, aber so genau wollte er es auch nicht wissen.
Auf dem Rückweg kehrte er in einem Gasthaus an der Straße ein, um etwas zu trinken. Dabei faszinierten ihn die Bierdeckel einer Brauerei aus dem Umland. Denn man hatte sich etwas einfallen lassen: Auf der Rückseite jedes Deckels war eine Karikatur mit einem Spruch, abgestimmt auf das jeweilige Sternzeichen. An einen konnte er sich seltsamerweise bis ins hohe Alter erinnern: „Der Waage-Mensch, er wägt und wiegt, er weiß, dass Ratsherren-Pils ihm liegt." Vermutlich weil seine Großmutter im Sternzeichen Waage geboren war.
Peter war der einzige Gast im Raum, es war ja früher Nachmittag und da arbeiteten die Bauern der Umgebung bei dem schönen Wetter auf den Feldern und lungerten nicht in der Gastwirtschaft herum. Also konnte er von den anderen Tischen die Bierdeckel durchsehen, bis er zwölf verschiedene zusammen hatte, die er in seiner Tasche versteckte, welche er vom Rad mit ins Lokal genommen hatte. Diese Bierdeckel brachten ihn auf die Idee, Bierdeckel zu sammeln. Ein paar Monate später konnte er schon eine ganze Anzahl davon an die Wände des Kellers nageln, in dem er seine Eisenbahn aufbaute.
Als Peter wieder zurück war, hat niemand gefragt, wie es ihm gefallen hat, auch seine Mutter wollte nichts darüber wissen. Ein anderes Thema wurde von vorn bis hinten durchgehechelt: Frieda und Friedrich mit ihren beiden Kindern wollen noch Ende des Jahres endgültig nach Amerika auswandern.

Es sei schon alles verkauft, hieß es, das Haus und das Geschäft mit dem Waschmaschinenverleih und der Heißmangel. Der Termin würde auch schon feststehen. Ein Verwandter von Tante Frieda hätte alles von Amerika aus organisiert.

Peter fiel eine kleine Kofferschreibmaschine auf, die fast neu in der Wohnung von Onkel und Tante herumstand. Er fragte, ob er einmal darauf schreiben könne. Also wurde Papier geholt und Peter setzte sich in eine stille Ecke und probierte, natürlich nach dem Adler-Suchsystem: kreisen und niederstoßen. Die Tante und Peters Mutter einigten sich anscheinend, Mutter zahlte ein paar Mark und als sie abreisten war die Schreibmaschine mit im Gepäck.

Zu Hause angekommen, führte Peter der Oma die Maschine vor und zeigte ihr, wie sie funktionierte. Oma ließ ihn gleich probieren, ob er damit auch ein Kuvert beschriften konnte – er konnte. Und künftig hatte er eine neue Aufgabe. Immer wenn Oma einen Brief geschrieben hatte, kam sie zu Peter und er schrieb Adresse und Absender mit der Maschine. Das hatte seinen Grund: Oma konnte nur die deutsche Schrift und hatte Angst, dass die Beamten bei der Post vielleicht ihr Geschreibsel nicht lesen könnten und der Brief verloren ging. Peter bekam für jedes Kuvert eine Deutsche Mark. So war beiden gedient.

Doch nicht nur Kuverts durfte er beschriften. Oma brauchte schon lange eine Brille und wenn sie einen Faden in ein Nadelöhr bringen wollte, hatte sie Schwierigkeiten; auch in diesem Fall kam sie aus ihrem Zimmer und bat Peter, das für sie zu tun und er half ihr auch in diesem Fall sehr gerne.

Kapitel 13
Ein Kind, ein Kind – Internat zum Dritten

Plötzlich waren die Ferien vorbei und seine Mutter fuhr mit Peter wieder nach Würzburg ins Internat. Diesmal war alles anders: Dr. Hausmann lag im Bett, er hatte sich in seinem Urlaub ein Bein gebrochen. Wie es passierte, war nicht bekannt, aber alle mussten zur Begrüßung in den dritten Stock an seinem Bett erscheinen. Noch nie war Peter vorher in den geheiligten Räumen des Internatsleiters gewesen. Die Einrichtung war sachlich und zweckmäßig, wie von den anderen Räumen her gewohnt und keineswegs luxuriös, was man hätte annehmen können.

Alle Anwesenden, vielleicht ein Dutzend Eltern, standen mit ihren Kindern um sein Ruhelager aus dem das Gipsbein herausragte. Er begrüßte die Anwesenden und redete und redete. Plötzlich stellte er das andere Bein auf und winkelte das Knie an, dabei lüpfte er die Bettdecke und präsentierte sein Gemächt in aller Herrlichkeit, weil das Nachthemd hochgerutscht war. Peter hätte beinahe laut losgelacht, bekam aber stattdessen einen roten Kopf, und seine Mutter gab ihm mit dem Ellbogen einen Stoß in die Rippen. Noch Jahrzehnte später war diese Begegnung am Bett von Dr. Hausmann immer das Erste, was sie zu erzählen wusste, wenn von Peters Internatzeiten die Rede war. Und dabei lachte sie regelrecht dreckig.

Ins Sechser-Zimmer zog ein neuer Junge ein, weil der andere nicht mehr ins Internat kam. Thomas war ein etwas moppeliger Adliger, alles war rund an ihm, der Bauch, das Gesicht, der Hintern, doch er hatte eine lustige gutmütige Art. Er wohnte auf einem Schloss in Franken und hatte einen sogar Peter bekannten Namen. Rainer wollte gleich von ihm wissen, wie das so auf dem Schloss sei und ob es bei ihnen spuke. Schließlich hatten sie erst zu Ende des letzten Schuljahrs im Englischunterricht „The Canterville Ghost" lesen und einiges übersetzen müssen. Rainer wollte auch wissen, ob es immer noch üblich sei, die Fahne herauszuhängen, wenn der Schlossherr daheim ist. „Na klar", sagte Thomas, „ist der Lappen draußen, ist der Lump drin." Alle mussten lauthals lachen.

Trotzdem machten die anderen fünf an einem der ersten Abende das Spielchen mit dem nassen Schwamm. Aber Thomas war schon darüber informiert, denn sein älterer Bruder, der in einem Zweier-Zimmer wohnte, hatte ihn davor gewarnt. Also probierte Thomas erst, bevor er ins Bett stieg, ob die Matratze auch da war und holte den nassen Schwamm hervor. Große

Enttäuschung in allen anderen Betten. „Och, Mann! Das ist gemein. Du machst einem jeden Spaß kaputt", war noch die Feinste der Bemerkungen.
Das war das Ende der „nassen Überraschungen" bei den Jungs im Sechser-Zimmer.

Die letzten Tage des Sommers waren noch schön warm, also fuhr man mit der Straßenbahn in einen Vorort von Würzburg, dort war ein neues Schwimmbad eröffnet worden, eine großzügige Anlage mit einer langen Rutsche und viel Platz um die Becken herum. Peter fuhr zum ersten Mal mit der Straßenbahn, denn in Marktanderstadt gab es so was natürlich nicht. In der Bahn hingen überall Werbeplakate mit einem Kühlschrank-Motiv, einer gutaussehenden Frau und dem Spruch: „So schön wär', ein Frigidaire". Klaus klärte ihn auf, dass das eine französische Marke sei, sie hätten zu Hause auch so einen, doch das hatte er sich schon gedacht.

Dr. Hausmann hatte inzwischen einen Gehgips bekommen und humpelte auf Krücken durchs Haus, was bei den drei Stockwerken gar nicht so einfach war, denn einen Fahrstuhl gab es natürlich nicht. Immer wieder hörte man seine Rufe durchs Haus: „Ein Kind, ein Kind!" Wieder einmal hatte er etwas fallen lassen und wollte, dass es aufgehoben wird. Schon im Normalfall war er ein dicker Mann, der Probleme beim Bücken hatte, doch mit dem Gips war das ganz aussichtslos. Und Gnade den Kindern Gott, wenn nicht alles aus den Zimmern spritzte, sobald er rief. Seine Stimme war auch sonst recht eindrucksvoll, aber jetzt brüllte er, dass die Wände wackelten!

In diesem Jahr gab es noch ein Ereignis, das bei allen Jungs die ganze Fantasie in Anspruch nahm und sie in höchste Aufregung versetzte. Die Russen hatten den Sputnik ins All geschossen. Die Nachricht aus Bernds Kofferradio elektrisierte alle. Das Piep, Piep, Piep … war nicht zu überhören. Weltraumfahrt, davon träumten sie! Vielleicht war das sogar eine ganz neue Karriere, die sich da eröffnete. Denn die Amerikaner würden nicht lange auf sich warten lassen und ebenfalls ins All reisen, davon waren sie restlos überzeugt.

Eine ganz irdische neue Mode war ausgebrochen und jeder machte mit: man spielte Schiffe versenken. Wer dieses Spiel aufgebracht hat, war unbekannt, aber fast jeder beteiligte sich. Zwei Jungs saßen sich gegenüber. Auf einem Rechenblatt wurde ein Viereck gezeichnet und an die Ränder Buchstaben und Zahlen geschrieben und verdeckt Schiffe eingezeichnet: Schnellboote, Kreutzer und Flugzeugträger, ebenso viele wie vereinbart. Jeder fragte

abwechselnd, beispielsweise „A5" und der Gegner antwortete „Wasser" oder „Treffer".
Dieses Spiel wurde nie langweilig. Die Mode ebbte zwar immer mal wieder ab, aber irgendwo saßen sich ständig zwei gegenüber und „B7" und „Wasser" oder „Treffer" war zu hören.

Im Biologieunterricht, der für Peter nach wie vor interessant war, nahm man die Insekten durch. Der Lehrer brachte Stabheuschrecken in den Unterricht mit. Sie seien einfach zu halten und wer sich dafür interessiere, dem würde er sogar ein Pärchen abgeben, wenn derjenige für tadellose, artgerechte Haltung garantiere. Peter war fasziniert. So etwas musste er haben. Doch Bernd war sicher, dass im Internat das Halten von Stabheuschrecken nicht erlaubt sei. Peter bestellte also erst mal sein Pärchen, sagte aber, er müsse erst um Erlaubnis fragen. Natürlich hat schon der erste Präfekt rundheraus abgelehnt. Am Wochenende bezirzte er seine Mutter, doch die lehnte auch sofort ab. Er sei nicht da und sie werde sich nicht mit so einem Viechzeug rumärgern, das komme nicht in Frage und wo solle sie Futter herbekommen! – So endete sein Traum von der Stabheuschreckenzucht und seine geplante große Karriere. „Alles machst du einem kaputt, nichts darf ich, gegen alles, was ich machen will, hast du was!" warf er seiner Mutter an den Kopf und rannte weinend davon. Doch seine Mutter blieb hart und die Stabheuschrecken behielt der Biolehrer. Einfach schade!

Der Winter war vorbei. Die ewigen Jungenspielchen wurden auch zunehmend langweilig, es gab dabei nichts Neues. Aber im Internat waren ja auch Mädchen. Klaus war hier der Vorreiter. Er war inzwischen so etwas wie das Alphatier des Sechser-Zimmers, auch weil er ein Jahr älter war, als die anderen, deshalb fiel es ihm sicher leichter, die ersten Kontakte zu den Mädchen zu knüpfen. Ein keckes, fast immer lachendes junges Ding hatte es ihm besonders angetan, auch Peter war sie nicht gleichgültig. Sie wurde von den anderen Jutta gerufen. Mit ihr und ihren Freundinnen verabredeten sich die Jungs in der Kegelbahn nach dem Abendessen und alle waren dabei. Kegeln war Nebensache, viele konnten die Hände nicht bei sich behalten, aber Nervosität lag auf beiden Seiten in der Luft. Bevor es jedoch intimer werden konnte, kam die Leiterin der Mädchenabteilung und befahl das Ende der Veranstaltung. Man verabredete, sich das nächste Mal im Hofgarten zu treffen, am freien Nachmittag, wenn kein Spaziergang vorgesehen war.
Doch bevor es dazu kam, hatte Peter wieder einmal Probleme mit seinem Freund Klaus. Während der Hausaufgaben im Studierzimmer schrieb Peter ihm ein Zettelchen: „Gehst Du jetzt eigentlich mit der Jutta?" „Nein!" schrieb er

zurück. Und Peter: „Dann will ich versuchen, etwas mit ihr zu tun zu bekommen." – Da lachte Klaus hässlich und flüsterte: „... zu tun zu bekommen, was ist denn das für ein Deutsch? So einen Blödsinn kannst nur du schreiben!" Später zeigte er den Zettel im ganzen Zimmer herum. Alle lachten. Peter wusste nicht, was er falsch gemacht haben sollte. Er war sauer auf Klaus und die anderen und zog sich in sein Schneckenhaus zurück. Das war das Ende der noch gar nicht begonnen Romanzen, doch noch einmal sollten sie wie ein Strohfeuer aufflackern.

An dem Wochenende vor seinem Geburtstag fuhr er nach Hause, weil er im Internat feiern wollte. Seine Mutter hatte zwei Nusskuchen, überzogen mit Schokolade, gebacken, die sich viele Tage hielten und in der Internatsküche bis zur Geburtstagsparty deponiert wurden.
Peter lud das ganze Sechserzimmer ein und die Mädchenclique. Die Jungs wussten ja, dass er am 1. April Geburtstag hatte, die Mädchen glaubten zuerst an einen Aprilscherz, doch als ein Präfekt bei der Leiterin der Mädchenabteilung die Einladung bestätigte, kamen sie.
Die Küche brachte die aufgeschnittenen Kuchen und spendierte einige Kannen Kakao. Einer der großen Tische im Speisesaal war festlich gedeckt und ein paar Luftballons waren an den Lampen befestigt. Klaus hatte sein Radio mitgebracht und einige Mädchen tanzten zusammen, von den Jungs konnte das noch niemand und Peter schwor sich, bald einen Tanzkurs zu besuchen. Ansonsten war nicht viel geboten, denn die Mädchen mussten gleich nach der Feier wieder in ihre „geschossene Abteilung" zurück. Dennoch sprach man noch lange von dem gelungenen Fest, denn bisher war es noch nie gelungen, Mädchen zu einer Feier dazuzuholen.

Damals war am Samstagvormittag noch Schule. Erst mittags konnte Peter daher mit dem Bus nach Marktanderstadt, also nach Hause, fahren. Sein Geburtstag sollte daheim nachgefeiert werden. Gleich nach der Begrüßung bekam Peter die Geschenke präsentiert. Na ja, das Übliche: Ein Buch, sogar das, welches Peter sich gewünscht hat: Dick und Dally und die Ponys. Außerdem natürlich was zum Anziehen, die Geburtstagstorte – es sollten sicher die Ratschtanten kommen, Peter machte ein enttäuschtes Gesicht und wollte gleich zur Oma. Opa pusselte im Garten herum, wie Peter beim Heimkommen schon gesehen hatte. Oma hatte sicher ein Kuvert mit einem Schein vorbereitet. Doch Peters Mutter hielt ihn zurück und tat geheimnisvoll. „Einen Moment, komm erst mal mit", sagte sie, und ging voraus zur Garage, öffnete das Tor und da stand ein nigelnagelneues Fahrrad! „Für mich?" fragte Peter ganz überrascht. „Ja, das gehört dir ganz allein und noch einmal herzlichen Glückwunsch zum 14. Geburtstag". Er gab seiner Mutter zum Dank einen Kuss. Sofort probierte er das Rad aus und fuhr die Waldbergstraße hinunter in die Stadt. Leider traf er keinen seiner Freunde, aber er wollte sowieso gleich wieder nach Hause, um seine Großmutter zu begrüßen. Dort bekam er, wie erwartet, das Kuvert mit dem ersehnten größeren Schein.

Die nächsten Wochenenden, wenn er nach Hause fuhr, verbrachte er auf seinem Fahrrad. Er fand es komisch, dass Rainer nie auf die Idee kam, ihn im Auto mit nach Marktanderstadt zu nehmen, doch er fragte ihn auch nicht. So kam es, dass sie sich nie in Marktanderstadt verabredeten. Darüber wurde nicht gesprochen. Peter fuhr weiterhin mit dem Bus, das dauerte etwa eine Stunde. Zu Hause angekommen, fuhr er zu seinen Freunden, dann waren sie alle mit ihren Rädern unterwegs.
An einem Samstagabend fuhr er am Busbahnhof vorbei. Dort war immer viel los, auch am Wochenende, weil von hier aus die Busse in die kleineren Orte der Umgebung fuhren, aber auch nach Würzburg und Aschaffenburg oder die von daher her kamen.
Die Züge mussten am Main entlang fahren und brauchten endlos lange, außerdem war der Bahnhof auf der anderen Mainseite, das heißt man musste über die Brücke und noch ein ganzes Stück laufen, bis man dort angekommen war.
Für die Autofahrer war es ein ständiges Ärgernis, denn das Gleis lag unmittelbar vor der Brücke und war anfangs sogar noch mit einer Schranke, später dann mit Blinklicht gesichert. Manchmal stauten sich die Autos auf den drei Straßen, die sich kurz vor der Brücke vereinigten einige hundert Meter weit und auf der anderen Seite oftmals über die ganze Brücke bis in die Stadt hinein.

Am Busbahnhof trafen sich die Jungs jeden Abend, wenn das Wetter schön war, sie quatschten und sie machten Quatsch. Peter sah einen Jungen, den er von einem seiner Freunde her kannte und stellte sich dazu. Der bewunderte Peters neues Fahrrad und das machte ihn ganz stolz. Er kam auch mit den Anderen ins Gespräch, vor allem lernte er die Clique um Johnny kennen, der auf Elvis machte, und zu der auch Manni gehörte, dessen Mutter ein Geschäft für Haushaltswaren und Geschirr führte, was Peter schon wusste. Außerdem gehörten noch die Kinder von Bohms, Jürgen und Paul, zur Clique. Jürgen war so alt wie Peter, Paul etwa zwei oder drei Jahre jünger.

Wieder ein paar Wochen später fragten Johnny und ein anderer Junge Peter, den er bisher noch nie am Busbahnhof gesehen hatte und der Kurti hieß, wo er zur Schule ging. „Ich bin im Internat und auf der Oberrealschule in Würzburg", antwortete er. „Warum gehst du nicht, wie wir alle, in die Oberrealschule in Mähring, da wärst du immer zu Hause". Diese Aussage von Kurti elektrisierte Peter geradezu. Sofort startete er beim Nachhause kommen einen Angriff auf seine Mutter. Selbstverständlich lehnte sie ab. Doch als Peter zu bedenken gab, dass sie die Kosten für das Internat sparen würden, versprach sie, ernsthaft darüber nachzudenken. Aber ein Hauptargument blieb: „Im Internat achten sie darauf, dass du lernst und deine Hausaufgaben machst. Und hier gammelst du den ganzen Tag nur rum. Ich sehe es doch, wenn du zu Hause bist. Du schaust nicht einmal in ein Schulbuch." „Du kannst es doch kontrollieren und mir beim Lernen helfen", meinte dagegen Peter. „Du weißt, dass ich jetzt bei der Firma Schwarz arbeite. Wenn ich abends nach Hause komme, bin ich todmüde und habe keine Lust mehr, mit dir Hausaufgaben zu machen, außerdem hättest du den ganzen Nachmittag dafür Zeit, abends ist es dafür sowieso viel zu spät!"

Trotzdem war sich Peter sicher, dass er seine Mutter noch herumkriegen würde. Frohgemut fuhr er an diesem Sonntagabend mit dem Bus nach Würzburg. Jetzt würden bald die herrlichen Zeiten anbrechen – ohne dumme Büffelei und stundenlanges Hausaufgaben machen im Studierzimmer.

Peters Mutter arbeitete seit einiger Zeit bei Schwarz am Fließband. Dort bediente sie eine Maschine, die irgendein Teil an irgendeine Küchenmaschine befestigte. Sie sei immer die Schnellste, das hätte auch der Abteilungsleiter zu ihr gesagt. Ja, sie müsse oft warten, bis das Teil der vor ihr arbeitenden Frau zu ihr käme und bei der Frau neben ihr würden sich ihre Teile stapeln. „Da siehst du mal wieder", sagte sie zu ihrem Sohn, „was ich noch alles leiste!" – Kurze Zeit nach ihrem Selbstlob war sie sogar so schnell, dass sie die Maschine, welche in kluger Voraussicht mit zwei Händen zu bedienen war, mit den Ellenbogen schaltete und eine Hand in die Maschine brachte. Eine lange Genesung mit verbundener und immer wieder zu behandelnder Hand im Krankenhaus schloss sich an. Dann legte man ihr nahe, zu kündigen, denn man hatte Angst, dass das nochmals passieren würde.

Erst zu Beginn des Winters fand Peters Mutter in einer Druckerei wieder Arbeit, wo sie zumeist Werbeprospekte in Zeitungen einlegte. An ihrem Arbeitsplatz gab es keine Maschinen und sie konnte so schnell arbeiten, wie sie wollte, ohne dass etwas passierte.

Von dem Geburtstagsgeld der Oma kaufte sich Peter etwas, was andere Jungs im Internat und am Busbahnhof längst hatten: eine Lewis-Jeans. Von so etwas hatte seine Mutter nicht die geringste Ahnung. Aber so neu, wie die war, konnte er sie nicht anziehen. Am nächsten Heimfahrsamstag packte er sie in seinen Koffer. Seine Mutter war entsetzt, als sie diesen auspackte. „Was, eine Hose mit Nieten? Bist du von allen guten Geistern verlassen. Was willst du denn mit so einem Gelumpe, die bringst du am Montag sofort zurück ins Geschäft und lässt dir dein Geld wiedergeben. Sagst, deine Mutter hat das angeschafft!" Selbstverständlich weigerte sich Peter entschieden. „Du weist überhaupt nicht, was Mode ist bei den Jugendlichen. Du liest ja nur die Heim und Welt, die berichten nur von alten Omas und Opas, aber nicht, was Jungs heute anziehen! Die anderen haben alle solche Jeans und mich lachen sie aus!" „Musst du denn jeden Blödsinn mitmachen? Wenn die aus dem Fenster springen, springst du auch, oder?" fragte seine Mutter, „Klar" meinte Peter, „wir wohnen ja im Erdgeschoss!" „Wenn du noch frech wirst, fängst du gleich eine!" Die Auseinandersetzung ging noch eine Zeit lang hin und her, bis Peter den Badeofen anheizte.
Er zog die neuen Jeans an und ließ das Wasser so heiß in die Wanne, dass er es gerade noch aushielt. Johnny hatte ihm gesagt, wie er es machen sollte. Er seifte die Hose gründlich rundherum ein und duschte alles wieder ab. Mit der nassen Hose ging er in den Garten, und setzte sich in die Sonne. Seine Mutter keifte hinter ihm her, weil alles nass war. „Was machst du denn da für einen Quatsch!" rief sie, „Du holst dir noch eine Lungenentzündung." „Eine Lungenentzündung am Hintern!" rief er zurück. „Ja, ja, Hofart muss leiden", meinte seine Großmutter kopfschüttelnd.

Als es Peter zu unangenehm wurde, zog er die Hose aus und hing sie auf die Leine in die Sonne. Als sie trocken war, brachte er sie zu seiner Mutter und bat, sie zu bügeln, denn er wollte sie morgen anziehen. „Was?" fragte seine Mutter, „am Sonntag so eine hässliche Arbeiterhose anziehen, bist du denn noch gescheit? Was sollen denn die Leute von uns denken?" Da war sie wieder, die Sorge, dass sie eine Schlampe sei. „Aber ja keine Bügelfalten!" befahl Peter ihr. „Was soll ich denn sonst machen?" fragte sie. „Ohne Falten rundum bügeln natürlich, wer hat schon Bügelfalten in seiner Jeans!" Kopfschüttelnd nahm Peters Mutter die Hose in Empfang. Am Sonntagnachmittag wurde die ganze Sache mit der Ratschtante, die zu Besuch kam, eingehend durchgehechelt. Und man stellte fest, dass man die Jugend heutzutage einfach nicht mehr verstehen würde. „Bei uns hätte es so etwas nicht gegeben", stellten beide irritiert, aber einmütig fest.

Peter ließ jetzt bei seinem Freund Klaus durchklingen, dass er das Internat verlassen wolle, um auf eine Schule in Mähring zu wechseln. Klaus war richtig sauer. „Drei Jahre haben wir uns aneinander gewöhnt und jetzt gehst du einfach fort? – Die Schule schaffst du doch allein nie", prophezeite er, „du kommst garantiert zurück!"
Dann ging es wie immer bei seiner Mutter, wenn sie sich zu einer Sache durchgerungen hatte, ganz schnell. Sie hatte für den kommenden Montag einen Vorstellungstermin beim Direktor der Oberrealschule in Mähring vereinbart. Peter wurde in Würzburg für diesen Tag entschuldigt und der Wechsel war eingeleitet, das Internat gekündigt. „Steter Tropfen höhlt den Stein", lachte Peter sich ins Fäustchen.

Mitte August, kurz vor Ende der Schulzeit, drängte Christoph zu einem Besuch der Festung. Peter konnte sich denken, was er dort wollte, denn es waren die letzten Tage, die sie zusammen im Internat verbrachten. Das Wetter sollte schön bleiben, also verabredeten sie sich für den nächsten Tag und nach dem Mittagessen machten sie sich auf den Weg. Kaum oben angekommen, drängte Christoph den Peter in die Büsche am Waldrand und bevor er richtig schauen konnte hatte hing seine Hose an den Knöcheln. Und nicht lange Zeit später hörte man seine in einem solchen Fall fast heiser ausgestoßenen Worte: „Du Sau!" und ein paar Minuten später noch einmal: „Du Sau!"

Kapitel 14
Freitag, der 13.: Immer Klassenarbeit in Englisch

Peters Mutter war nicht untätig, in diesen Ferien wollten sie nicht verreisen, denn er sollte sich auf seine neue Schule gründlich vorbereiten. Doch zuerst stand ein anderes Thema an: Der Garten in Kiesdorf musste nach Marktanderstadt umgezogen werden, vor allem die Beerensträucher, Erdbeeren und Blumenstauden. Dafür nahm sie sich Urlaub, damit dieses Vorhauben auch gelingen würde.

Von der katholischen Kirche hatte Mutter im Tal eines kleinen Bächleins, in der Nähe der Bundesstraße, ein Gartengrundstück gepachtet, etwa zehn Nachbarn waren schon da. Dieser Garten sollte einen Zaun, ein Gartentor, und wenn möglich, eine kleine Laube zum Drinsitzen erhalten. Kaum war Peter in Marktanderstadt angekommen, ging die Plackerei los. Vom Großvater liehen sie sich den Handwagen, den er noch in Kiesdorf beim Schreiner angefertigt hatte und eine Säge. Vom Bürgermeister in Kiesdorf hatte Peters Mutter gegen eine kleine Spende die Erlaubnis erhalten, eine Anzahl dürrer, armdicker Fichtenbäumchen umzusägen und nach Marktanderstadt zu bringen. An drei Tagen hintereinander zogen sie los, bis die Bäumchenabschnitte in der Garage lagen. Noch einmal eine Woche dauerte es, bis daraus Pfähle wurden, schließlich mussten sie mit dem Beil angespitzt werden. Eine Plackerei bei der sich Peter wünschte, er wäre im Internat geblieben.

Dann wurde der größte Hammer den Opa besaß von ihm ausgeborgt und sie zogen, im wahrsten Sinne des Wortes, in den Garten. Von Peters Freunden hatte keiner Zeit! „Ja, ja", sagte seine Mutter, wer die Arbeit kennt und sich nicht drückt, der ist verrückt." Und weiter: „In der Not gehen tausend Freunde auf ein Lot." Doch Peter war darüber nicht traurig, denn er wusste, er hätte es ebenso gemacht. – Was gingen schließlich die Freunde der fremde Garten an, wenn es Geld gegeben hätte, wäre es sicher anders gewesen, aber Peters Mutter wollte nicht schon wieder zahlen!

Mühsam wurde ein Pfahl nach dem anderen in die Erde gerammt. Peters Mutter hatte ein ausgezeichnetes Augenmaß, sie merkte sofort, wenn ein Pfahl auch nur wenige Zentimeter schief stand. An den Eckpfosten wurden noch Abstützungen schräg in den Boden gehauen, damit die Pfosten nicht umfielen. Ein Stück hinter dem Bahnhof gab es eine Drahtfabrik, dort holten sie eine entsprechende Menge davon, um den Garten einzuzäunen. Auch das machte mehrere Fahrten mit dem Handwagen erforderlich. Das Gartentor wurde aus Brettern zusammengenagelt, mit Draht bespannt und an Scharnieren befestigt. Eine Kette mit Schloss machte die ganze Sache wenigstens einigermaßen diebessicher.
Aufatmend ließ sich Peter in den Handwagen fallen. „Wie schön wäre jetzt eine Laube, in die wir uns setzen könnten", meinte seine Mutter zum Schluss. Da wusste Peter, was noch auf ihn zukam.

Er setzte sich hin und machte einen Bauplan, das war noch seine leichteste Übung. Die Laube sollte aus je zwei Längs- und Querwänden bestehen, untenherum mit Brettern verschalt, ebenso oben, aber nur an einer Längs- und den beiden Querwänden, denn das Dach sollte eine Schräge bekommen, damit der Regen ablaufen konnte. Selbstverständlich war ein Stück der vorderen Längsseite offen, damit man bequem rein- und rauskonnte.
An alle Teile wurden in exaktem Abstand Latten geschraubt, so dass eine luftige Hütte entstand. Auf das Dach kamen Eternitwellplatten.
Von einem Freund bekam er einen Ableger vom Wilden Wein, der in kurzer Zeit die Laube komplett überwucherte. Zum Sitzen wurden entsprechende Bretter abgebracht. Peters Mutter nähte dafür Polster. Ein kleiner Tisch an einer Wand vervollständigte die Einrichtung. Gebührend wurde die Laube mit zwei Ratschtanten, Kaffee aus der Thermoskanne und Kuchen eingeweiht.

Peter machte sich schnell aus dem Staub, er wollte zu einem Freund fahren und sich wegen der vielen Arbeit bedauern lassen. Dazu musste er erst einmal auf einem Wiesenweg, der tückisch war, mit seinem Rad fahren, um auf die Bundesstraße zu kommen. Als er abstieg, weil er Angst vor einem Sturz hatte, sah er am Bach ein Zelt stehen. Ein leichtbekleidetes Pärchen kam heraus, das Mädchen kannte er. Sie wohnte mit ihrer Mutter und Großmutter in einem Gässchen, das zum Main führte, in der Nähe der Turnhalle und war ein paar Jahre älter als er.

Sein Freund Joachim hatte ihm erzählt, dass sie bei einer Tante in Frankfurt gewesen war, aber jetzt Stadtverbot hätte, weil die Polizei in einem Abbruchhaus, aus dem sie herauskam, kurz danach ein Höschen und einen Bh gefunden hätte.

Diese Mitteilung brachte jedoch Peters Fantasie in Fahrt. Ihm konnte man damals anscheinend alles erzählen, vor allem, was Mädchen betraf, er glaubte es. Doch Peter war noch mehr verblüfft, als sie winkte und rief „Komm' mal runter zu uns!" Er drehte sich um, aber da war niemand, sie meinte wahrhaftig ihn. Er wusste nicht, was er machen sollte. Sie hatte doch einen Macker dabei! Schnell schwang er sich auf sein Fahrrad und fuhr davon.

Am Abend traf er seinen Freund Joachim und erzählte ihm, was er erlebt hatte. „Mann, bist du blöd", meinte er, „ich wäre zu ihr runtergefahren! Die wollte es sicher mal mit zwei Jungs treiben, vielleicht hat es ihr Freund nicht so gebracht, wie sie es brauchte!"

Peter wälzte sich lange im Bett herum, bis er an diesem Abend einschlafen konnte. Am nächsten Tag, als er zum Garten fuhr, war er fest entschlossen, der Einladung zu folgen. Doch das Zelt war verschwunden.

Abends fuhr er wieder zum Busbahnhof. Bei den Jugendlichen war das Liebeszelt auf der Wiese in aller Munde. Es wurde erzählt, dass der Hausmeister von der sich in der Nähe befindenden Landwirtschaftsschule einen Riesenkrach geschlagen habe, denn die Jungs hingen an den Fenstern und machten dreckige Bemerkungen in Richtung Zelt. Er soll mit der Polizei gedroht haben, wenn sie nicht sofort verschwinden würden. Peter hat von der Einladung des Mädchens, sie zu besuchen, nichts gesagt, es war in jeder Beziehung besser so, fand er. Aber er musste an den Ausspruch seiner Großmutter denken, den er einmal von ihr gehört hatte: „Jugend reimt sich auf Tugend – und Tugend ist, wenn keiner kommt."

Wenn Peter mit seinem Rad durch die Stadt fuhr, blieb er immer vor dem einzigen Spielwarenladen stehen, den es in Marktanderstadt gab. In einem der Schaufenster war eine Anlage zu sehen, auf der elektrische Eisenbahnen fuhren. Das war faszinierend. So etwas musste er auch haben. Endlich fasste er sich ein Herz und ging hinein. Der Mann zeigte ihm alles, was er für eine Erstausstattung brauchte, aber das war so teuer, dass er sicher war, sich so etwas nie leisten zu können. Er bekam eine Menge Prospekte, die er nur anschaute, wenn seine Mutter nicht in der Wohnung war und ansonsten gut versteckte. Jetzt hieß es sparen und auf Weihnachtsgeschenke in Geldkuverts zu vertrauen.

Zuerst wollte er sich auf die neue Schule in Mähring vorbereiten. Eine Monatskarte musste gekauft werden, ebenso Hefte und alles was sonst noch nötig war. Johnny sagte ihm, was er brauchen würde.
Und dann war es soweit. Er fuhr mit dem Rad, seine Schultasche auf dem Gepäckträger, zum Bahnhof. Viele Fahrschüler waren schon da, andere kamen mit ihm an. Mit lautem Gepfeife fuhr der rote Schienenbus um die Kurve. Alle stiegen ein und los ging's. In Mähring angekommen, mussten sie noch ein paar hundert Meter laufen. Und da lag das stattliche Gebäude inmitten einer Wiese, daneben der gekieste Pausenhof, umgeben von einer niedrigen Mauer mit Eisengitterzaun. Gebaut um die Jahrhundertwende, mit ein paar Türmchen und einer großen Treppe zu einer ebensolchen Eingangstür, die erwartungsvoll offen stand.

Peter musste sich im Sekretariat melden und fragte schüchtern, ob er zu seinen Freunden in die Klasse 4b gehen könnte. Er konnte. Also machte er sich auf den Weg, trat ein und sagte: „Ich bin der Neue". „Aha", meinte der Lehrer, „das habe ich mir schon gedacht". Alle lachten. Nachdem er seinen Namen nannte, setzte er sich auf den einzigen freien Platz in der ersten Reihe, rechts vom Lehrerpult.

Der Lehrer erzählte viel von seinem Urlaub. Er sei mit seiner Familie in Rom und südlich davon mit dem Auto unterwegs gewesen, einfach überwältigend.
An Peters Ohren plätscherte das Gerede geradezu vorbei, ohne dass er genau mitbekam, was der Lehrer von sich gab. Er betrachtete lieber seine Mitschüler, viele waren aus Mähring, andere kamen aus Orten im Spessart und am Main, doch das erfuhr er erst nach und nach. Die Jungs aus Marktanderstadt kannte er inzwischen alle. Fast alle. Da gab es einen, dessen Vater ein hohes Tier bei der Sparkasse war. Im Winter, wenn er Schnupfen hatte, wie fast immer, benutzte er nicht, wie die anderen alle ein ganzes Tempotuch, nein er pusselte die einzelnen Lagen auseinander, faltete sie zweimal und benutzte jedes der kleinen viereckigen Tüchlein einmal. Johnny war sich sicher, der wird mal Beamter, so krampfig wie der sich aufführt. Und so ist es auch gekommen: Peter traf ihn einmal viel später in der Stadtverwaltung wieder.

Eine der ersten Hausaufgaben war selbstverständlich wie jedes Jahr: „Mein schönstes Ferienerlebnis". Prompt kam die Frage: „Darf ich auch mein scheußlichstes Erlebnis schildern, ich hatte kein schönstes".
Er durfte. Beliebt waren damals auch Bildbeschreibungen. Im Lesebuch war ein Gemälde von Oskar Kokoschka abgedruckt. Das musste beschrieben werden.

Solche Aufgaben waren für Peter zum Steinerweichen langweilig. Kein Wunder, dass er lieber mit seinen Freunden durch die Gegend fuhr.

An einem Sonntag im Herbst, es war wieder einmal einer der letzten heißen Tage, fuhr Peter mit seinem Freund Werner und einem gleichaltrigen Jungen, den er bei ihm kennen gelernt hatte, über Wertheim ins Taubertal. Nachdem sie eine Rast eingelegt und ihre mitgebrachten Brote aufgegessen hatten, ruhten sie sich eine Zeit lang aus und dösten in der Sonne. Peter wurde es zu heiß. Er machte den Vorschlag, sie sollten in der Tauber schwimmen gehen, die an dieser Stelle zwar nicht sehr tief und breit war, aber sich bestens dafür eignen würde. „Ich hab' keine Badehose dabei", jammerten die Beiden. „Ich auch nicht, was macht das schon, dann baden wir halt ohne oder geniert ihr euch?" – Als feige wollten sie nicht gelten und wie Werner da unten aussah, das wusste Peter schon lange. Also zog man sich hinter den Büschen aus, damit man sie von der Straße aus nicht sehen konnte. Plötzlich lachte Werner so laut, dass Peter regelrecht erschrak. „Er zeigte mit dem Finger auf Michaels Ausstattung in der Körpermitte und brachte kaum ein Wort heraus: „Das ... ist ... ja ... wie ... bei ... einem ... Zwerg!" Doch Michael war nicht beleidigt. „Der wächst schon noch, wie ich", meinte er und sprang ins Wasser.

Die kleineren Jungs trieben in den Pausen ihre Greifspielchen, die älteren aus Peters Klasse, so sagte ihm Kurti, hätten im vergangenen Schuljahr beschlossen, damit aufzuhören. Jedenfalls fast.

Auf der Fahrt mit dem Schienenbus ergab es sich immer öfter, dass Kurti neben ihm saß. Die Fahrt dauerte etwa eine halbe Stunde. Bei der Hinfahrt wurden die Hausaufgaben verglichen und oftmals erst gemacht, das heißt abgeschrieben, bei der Rückfahrt wurde Quatsch gemacht oder gelesen. Obwohl Peter auf seine Eisenbahnanlage sparen wollte, kaufte er alle Comics, die ihm gefielen: Micky Maus, Fix und Foxi und so weiter. Die Zeit reichte meistens aus, ein Heftchen durchzulesen.

Außerdem hatte Peter kleine Schmökerheftchen entdeckt, die „Pete" hießen. Sie handelten von einem Jungen, der unbedingt ein Cowboy sein wollte und seinen vielfältigen Abenteuern. Sie erschienen einmal im Monat und er verschlang sie geradezu. Jürgen bekam mit, dass Peter die Pete-Heftchen kaufte und er bemerkte nebenbei, dass er noch eine ganze Menge davon irgendwo zu Hause habe, ob Peter sie möchte. „Geliehen?" fragte er. „Nein, ich verkauf' sie dir." antwortete er. „Was willste denn dafür?", fragte Peter. „Du kannst sie für die Hälfte haben."

Peter dachte an seinen selbstauferlegten Sparzwang und wog ab: Eisenbahn an Weihnachten oder etwas später und Pete-Heftchen jetzt oder nie. Er entschied sich für Pete-Heftchen jetzt.

Am nächsten Tag brachte Jürgen achtzehn Stück mit, davon sogar das Allererste. Peter war zwar sauer wegen der neun Mark, die er dafür ausgeben musste, war aber trotzdem selig. Zu Hause versteckte er sie sorgfältig unter seinen Schulsachen. In den nächsten Tagen sah man ihn nur noch mit dem Kopf in den Pete-Heftchen. Seine Mutter bekam davon nichts mit, sie arbeitete ja den ganzen Tag.

Wenn Peter ein Comic kaufte, war Kurti stets an seiner Seite. Mit der Zeit fiel ihm auf, dass er seine Hände nicht bei sich behalten konnte. Er langte immer wieder unter Peters Schultasche und ertastete, was es dort so gab. Erst von außen, dann hatte er plötzlich den Reißverschluss offen und seine Hand drin. Kurti störte auch nicht, dass andere dabei waren, sogar Mädchen hinderten ihn nicht. Er legte höchstens mal seine Jacke auf Peters Schultasche, die sowieso alles verbarg.

Irgendwie war es komisch mit ihm, denn bei sich ließ er nicht fummeln. Als Peter es einmal versuchte, kreischte er los wie eine alte Jungfer, die ihr Heiligstes verteidigt. Wer weiß, vielleicht war es auch so! Alle schauten auf die beiden und so versuchte er es nie mehr wieder.

Das schlimmste Schimpfwort zu der Zeit war: Hundertfünfundsiebziger. Peter musste erst im Lexikon nachsehen, was das bedeutete. Fast jeder praktizierte einige der Spielchen, manche mehr, andere weniger, aber so bezeichnet zu werden, wollte keiner. Da wurde jeder sauer. Denn was sie machten, war doch weiter nichts als ein Jux und Quatsch.

Noch ein anderer Junge, Bruno, hatte seinen Spaß an diesen Spielchen, indem er fragte: „Darf ich mal fühlen?" – Häufig durfte er.

Dann erzählte Kurti, er sei im WwuVC. Peter kam sich richtig doof vor, jeder schien zu wissen, was das ist, nur er nicht. Bis Kurti ihn nach einiger Zeit aufklärte: Wander-, Wichs- und Vögel-Club.
„Und wie wird man da Mitglied?", wollte Peter wissen. Kurti lachte sich kaputt über so viel Dummheit.

Plötzlich kam eine Mode auf, die jeder mitmachen musste, wollte er unter seinen Freunden weiterhin anerkannt sein: Pokern. Peter hatte keine Ahnung davon, jedoch Kurti zeigte es ihm und er lernte schnell. Eine Zeit lang gab es fast nichts anderes als Pokern. Dabei wurde zwar um Geld gespielt, aber nicht um reales, sondern es wurden Fantasiedollars in Millionenhöhe eingesetzt – und gewonnen oder verloren. Das machte einen Riesenspaß, bis das Spiel ebenso schnell wieder einschlief, wie es aufgekommen war und einfach langweilig wurde.

Es war auch die Zeit, in der sich Peter für Zeitungen und Zeitschriften interessierte. Gefiel ihm ein Titelblatt oder eine Schlagzeile, kaufte er das Presseerzeugnis. Vor allem der Stern oder die Frankfurter Allgemeine Zeitung waren seine Lieblingsblätter. Die FAZ hatte es ihm besonders angetan, denn sie warb mit dem Reklamesatz: „Dahinter steckt immer ein kluger Kopf". Doch meistens fand er die Artikel so hochgestochen, dass er einfach nicht ganz begriff, wovon die Rede war.

Die Lehrerin für Englisch fiel Peter besonders auf, meistens unangenehm! Immer wenn ein Dreizehnter auf einen Freitag fiel, wurde eine Schularbeit geschrieben. Mit hundertprozentiger Sicherheit! Und das war für Peter regelmäßig ein Fiasko. Ebenso wie in Französisch. Vokabeln zu lernen oder Grammatik zu büffeln war ihm ein Graus. Er hatte so viele Pläne, ihm ging so viel im Kopf herum, dass es ihm schwer fiel, sich auf die Sprache im Besonderen und die Schule im Allgemeinen zu konzentrieren. Auch Übersetzungen zu machen, waren für ihn endlos langweilig, er schrieb sie lieber von Kurti im Zug ab. Seine Zensuren waren entsprechend: zumeist befriedigend oder sogar ungenügend.

Wenn einer der Jungs in der Englischstunde „People" mit „Leute" übersetzte, war regelmäßig von dieser Lehrerin zu hören: „Leute ist bimbam!" – Lachen konnte darüber keiner mehr.

Die Benotung fünf oder gar sechs bei seinen Schulaufgaben mussten von seiner Mutter unterschrieben werden. Doch dem Zirkus, den sie dabei machte, wollte er sich nicht wieder aussetzen. Also betrog er regelrecht seine Mutter: Er richtete es so ein, dass seine Korrekturen über das nächste Blatt hinausgingen. Dann löste er die Schnur in der Mitte des Heftes, welche die einzelnen Blätter zusammenhielt, entfernte die Seite mit der Benotung und band alles wieder zusammen. Weil seine Mutter sowieso nicht verstand, was in Englisch oder Französisch da geschrieben stand, auch wenn sie rückwärts blätterte, unterschrieb sie anstandslos. Jetzt musste er nur das Blatt wieder einfügen, alles säuberlich zusammenbinden und der Krach war vermieden.

Aber es half alles nichts. Im Zwischenzeugnis prangte unübersehbar: Versetzung gefährdet. Aber die Konfirmation stand vor der Tür und seine Mutter war abgelenkt, sie hatte erst mal anderes um die Ohren.

Peters Lieblingsfach, außer Biologie und Erdkunde, war immer noch Kunsterziehung. Der Lehrer kündigte an, dass in der nächsten Stunde mit Ton gearbeitet werden würde. Jeder bekäme so viel Modelliermasse, dass es für eine kleine Vase reichen würde.
Und dann war es soweit. Der Lehrer klatschte jedem einen Batzen auf ein Stück Karton vor ihm auf sein Pult und zeigte, wie es gemacht wird. Zuerst musste der Ton einige Zeit durchgeknetet werden, um alle Luftblasen zu entfernen, sonst würde das Kunstwerk beim Brennen platzen.
Anschließend wurden „Würste" gerollt, wie bei der Weihnachtsbäckerei. Aus den Würsten wurde erst der Boden gerollt und sorgfältig verstrichen. Darauf kam Lage für Lage, bis die Vasenwand fertig war. Der Lehrer war angetan von Peters Vase, vor allem weil er so sorgfältig und schnell arbeitete. Er schlug vor, einen Krug zu formen, doch Peter wusste nicht, wie das gehen soll. Also nahm sich der Lehrer seine Vase vor, machte einen Gießschnabel, formte einen Henkel und einen Hals. Diese Vase hatte Peter noch bis zu seinem Lebensende.

Eines Tages brachte einer der Jungs ein Buch mit in die Klasse: „Das Mädchen aus Saigon". Er hatte es von seinem älteren Bruder „ausgeliehen" und las die interessanten, das heißt die erotischen Stellen laut daraus vor, vor allem während der großen Pause. Ein paar der Jungs kamen anschließend zu spät in die Klasse, sie waren noch schnell auf dem Klo gewesen.

Peter hatte schon einiges darüber gelesen und im Radio gehört, auch fast jeder der Jungs redete davon, aber niemand hatte so ein Ding zu Hause: den Hula-Hoop-Reifen! Eines Tages sah Peter einige davon in einem Schaufenster in Marktanderstadt liegen. Sofort fuhr er nach Hause und bettelte bei seiner Oma, bis sie ihm fünf Mark gab, denn so viel kostete das Ding. Voller Stolz kam er zurück. Und probierte und probierte und probierte ... Endlich, nach fast endlosen Versuchen drehte der Reifen sich um seine Taille, ohne gleich dem physischen Gesetz zu folgen und auf den Boden zu fallen. Am Abend, als seine Mutter von der Arbeit kam, schlug sie die Hände über dem Kopf zusammen: „Was hast du denn da wieder für einen Blödsinn gekauft? Kann man dich nicht mal für ein paar Stunden allein lassen? Ich werde der Oma verbieten, dir Geld zu geben, du kaufst nur Schmarren! Ich dachte, das Reifen laufen lassen auf der Straße hast du schon in Kiesdorf aufgehört; wirst Du jetzt wieder kindisch und fängst nochmal damit an?"

Als Peter das Hüftkreisen mit dem Hula Hoop schon gut konnte, probierte es seine Mutter auch. Doch bei ihrer vollschlanken Figur ging nichts. Nachdem sie sich viele Male bückte, um den Reifen wieder nach oben zu befördern, kam sie aus der Puste und gab auf. „So ein Blödsinn!" war ihre Meinung zu diesem „Sportgerät". Auch als sie in der Wochenschau im Kino sehen konnte, welche Meister es im Kreisen gab, und dass manche Leute es mit vielen Reifen perfekt konnten, änderte sie ihre Meinung nicht. Peter lachte sich ins Fäustchen. Endlich gab es mal wieder etwas, das er besser konnte als seine Mutter.

Zu Weihnachten wünschte sich Peter diesmal als Geschenk nur Geld von seiner Mutter und den Großeltern, nichts anderes. Zu lesen hatte er noch genug und zum Anziehen wollte er sowieso nichts, in seinen Augen waren das keine Geschenke, sondern eine Notwendigkeit.

Aber eine Eisenbahn, die wollte er unbedingt. Jedem, der es hören wollte oder nicht, er erzählte es ihm oder ihr.

In einer Illustrierten hatte er gelesen, dass es in der Ostzone keine Engel mehr gäbe, sondern nur noch Jahresendflügler, das erzählte er sofort seiner Mutter. „Jetzt spinnen die total", war ihr trockener Kommentar.

In der Woche nach Weihnachten waren Peter und seine Mutter bei einer der Ratschtanten, die immer zu Besuch kam, zum Kaffee eingeladen und diesmal half alles nichts, er musste mit. Diese Bekannte wohnte in einem Haus der Neubausiedlung, das der Schwiegersohn mit ihrer Tochter über das Heimstättenwerk gebaut hatte, eine Doppelhaushälfte, wie vielfach üblich in diesem Stadtteil. Die Bekannte bewohnte ein paar Zimmer in dem Haus. Nach dem Kaffee mit Christstollen saßen Peter und seine Mutter bequem auf einer ausladenden Couch, als die Tochter hereinkam, sie begrüßte und sich gegenüber in einen Sessel setzte. Peter bemerkte, dass sie sehr nervös war. Er hatte seine enge Jeans angezogen und da zeichnete sich manches ab. Er bemerkte, dass sie immer wieder dorthin schaute. Später fragte sie, ob sie den Christbaum anschauen wollten. „Ja", sagte die Bekannte, „geht mal runter, in diesem Jahr ist er besonders schön". „Ach, Peter, geh du schon mal vor, ich möchte Frau Kurz noch was erzählen".

Was blieb Peter übrig, er stand auf und ging mit. Gerade als sie ins Wohnzimmer gingen, und die Tochter von Frau Kurz Peter den Arm um die Schultern legte, ihn an sich drückte und seinen Rücken zu streicheln begann, hörten sie, wie ein Schlüssel ins Schloss der Haustür gesteckt wurde. Der Mann mit seinem kleinen Sohn kam vom Spaziergang zurück. – Und wieder war eine große Gelegenheit vorüber.

Bevor die Woche zu Ende ging, machte Peter Kassensturz. Dann ging er in das Spielwarengeschäft und kaufte seine erste Lok, zwei Waggons, Schienen und einen Trafo, alles H0 von Märklin. Nach langen Überlegungen, Befragungen der anderen Jungs, welche mit einer elektrischen Eisenbahn spielten, war er überzeugt, dass dies die beste Wahl für ihn sei.

Voller Stolz baute er auf dem Tisch die Schienen zu einem Kreis auf, setzte die Lok und die Waggons darauf und schloss sie an. Dann drehte er den Regler des Trafos und langsam setzte sich der Zug in Bewegung. Ein richtiges Glücksgefühl durchrieselte ihn, er musste ganz tief Luft holen. Das Glück der Erde, lag bei ihm nicht auf dem Rücken der Pferde, sondern vor ihm auf dem Tisch in Form seiner Eisenbahn.

„So ein großer Junge spielt noch mit der Eisenbahn, man glaubt es nicht", war der Kommentar seiner Mutter. Warum konnte sie nicht kapieren, was ein „Mann" zu seinem Glück braucht?

Johnny war ganz verrückt nach Rock-n'-Roll-Musik von Elvis. Er ließ sich Koteletten stehen und frisierte sich eine Tolle. Am Anfang lachten die Jungs, doch als er von den Mädchen angehimmelt wurde, verging es ihnen. Er wusste immer, was es Neues auf diesem Gebiet gab, denn er hörte den AFN-Sender und war ihnen allen in Englisch voraus. Ja, er konnte sogar zu der Musik tanzen, was auf Partys sehr von Vorteil war. Man erzählte sich hinter vorgehaltener Hand, dass die eine oder andere sich mit ihm eingelassen habe, aber Genaueres wusste keiner und Johnny schwieg eisern. Kurti fragte ihn einmal kurzentschlossen. „Der Kavalier genießt und schweigt", war seine altkluge Antwort. Einfach beeindruckend!

Im nächsten Frühjahr sollte Peter zur Konfirmation gehen, sein Internatsfreund Rainer, der noch in Würzburg war, auch, so hatte er es ihm erzählt. Doch im Gegensatz zu Peters, fand Rainers Konfirmandenunterricht in Würzburg statt. Einmal in der Woche musste Peter also zur Kirche gehen. In der Sakristei und einem Nebenraum gleich am Eingang fand der Unterricht statt. Es gab selbstverständlich auch hier Hausaufgaben, beispielsweise mussten die zehn Gebote mit den Auslegungen von Martin Luther auswendig gelernt werden. Der kleine Katechismus war dafür unerlässlich.

Das vierte Gebot
Du sollst deinen Vater und deine Mutter ehren, auf daß dir's wohlgehe und du lange lebest auf Erden.
Was ist das?

Wir sollen Gott fürchten und lieben, daß wir unsere Eltern und Herren nicht verachten noch erzürnen, sondern sie in Ehren halten, ihnen dienen, gehorchen, sie lieb und wert haben.

Seine Mutter, die ihn meistens abhörte, konnte das vierte Gebot gar nicht oft genug hören. Doch warum er Gott fürchten sollte, hat sich ihm ein Leben lang nicht erschlossen. Eigentlich dachte er immer, Gott sei gütig.

Ende Februar wurde Opas 80. Geburtstag gefeiert. Tante Röschen war aus dem Rheinland angereist ebenso Onkel und Tante aus Oberursel. Sie hatten mit Peters Mutter zusammengelegt und einen großen Geschenkkorb mit leckeren Sachen gekauft, alles, was Großvater gerne aß und trank. Eine goldene 80 schmückte das Geschenk. Gefeiert wurde in der Wohnküche der Großeltern. Als die drei Besucher abreisten, versprachen sie, zu Peters Konfirmation wiederzukommen.

Endlich war die letzte Unterrichtsstunde vorbei und der große Tag nahte: die Konfirmation. Peter hatte sich wieder nur Geld gewünscht, denn endlich wollte er eine Spanplatte kaufen und in einem Kellerraum seine Eisenbahn aufbauen.

Die Konfirmanden saßen in den reservieren und geschmückten ersten Reihen auf beiden Seiten der kleinen evangelischen Kirche in Marktanderstadt. Der Pfarrer hielt eine ergreifende Rede und das Taufgelöbnis wurde bestätigt, das bewusste „Ja" zum christlichen Glauben und zur Kirchenzuge-hörigkeit. Anschließend erhielten die Konfir-manden ihre Urkunde, bei Peter stand der Spruch, vom Pfarrer handschriftlich ge-schrieben: „Dein Leben lang habe Gott vor Augen und im Herzen und hüte dich, dass du in keine Sünde willigest und tust wider Gottes Gebote (Tobias 4, 6)".

Mutter hatte im Restaurant des Hotels am Marktplatz ein Nebenzimmer reserviert. Es hatten sich viele Verwandte und Bekannte angesagt: Selbstverständlich Oma und Opa, Tante Alma und Onkel Karl aus Oberursel,

Tante Röschen aus dem Rheinland, Tante Gertrud aus Kiesdorf, auch Mutters Tratschtante – aber ohne Tochter. Peter durfte zum ersten Mal Wein trinken, die anderen Männer tranken Bier zum Essen und auch danach, doch das war Peter zu bitter. Mutter ließ sich nicht lumpen und bestellte zusätzlich Schnaps. Es wurde viel geredet, vor allem unter den Verwandten war immer wieder zu hören, dass Peter seinem Vater wie aus dem Gesicht geschnitten sei, bis auf die Haare, die trug sein Vater nach hinten gekämmt.

Am Nachmittag gab es Kaffee, Kuchen und Torte. Alle machten puuuhhh, und sagten laut: „Ich kriege nichts mehr runter!", dann schlugen sie selbstverständlich zu, als hätten sie tagelang nichts zu essen bekommen. Es kostete sie ja nichts!

Für den Nachmittag hatte sich der Pfarrer angesagt und als er endlich kam, trank er schnell nur eine Tasse Kaffee. Was er sagte, wusste später niemand mehr. Er blieb auch nicht lange, denn er hatte schließlich zwanzig Konfirmanden und Konfirmandinnen zu besuchen.

Mutter machte eine Liste und schrieb auf, was Peter geschenkt bekommen hatte. Es blieb ihm nichts anderes übrig, er musste sich schriftlich (!) bedanken. Mit viel Maulerei ging auch das vorüber. Mutter kannte ihren Sohn und hatte in weiser Voraussicht Dankeskarten drucken lassen, so dass nicht viel zu schreiben war. Von manchen Geschäftsleuten waren Blumen oder kleine Aufmerksamkeiten geschickt worden, doch darum kümmerten sich Mutter und Oma. Was gingen ihn die Geschäftsleute an?

Peter bereitete im Keller die Eisenbahnanlage vor, denn er hatte dafür ausreichend Geld bekommen. Mit seinem Freund Werner holte er vom Schreiner zwei Platten, die sie mühsam auf dem Handwagen nach Hause transportierten, in den Keller trugen und dort aufbauten. Peter versprach ihm für seine Hilfe, dass er immer wenn er möchte, mitspielen darf.

Peter plante Schienenwege, einen Berg mit Tunnel, einen Bach, den Bahnhof und einen Ort drum herum. Aus Papier und viel Gips modellierte er den Hügel. Da er nicht nur mit der Bahn, sondern auch mit maßstabsgerechten Autos, vor allem Lkw und Sportwagen, spielen wollte, wurden die Straßen sorgsam gestaltet, teils aus Gips geformt und mit Ölfarbe anthrazitfarben angemalt. Die anderen Flächen wurden mit grünem Sägemehl bestreut, die vorher mit Tapetenkleister bestrichen worden waren. Häuser wurden nach den Bausätzen von Faller gebaut und erhielten Licht. Straßenlampen machten die Nacht zum Tag. Am Bach klapperte eine Mühle, das heißt ihr Rad drehte sich und gab Geräusche von sich. Eine Schranke senkte sich bei Annäherung eines Zuges und öffnete sich wieder, wenn er durchgefahren war. Eben wie im richtigen Leben. Stundenlang konnte er bei seiner Eisenbahn zubringen. Seine Mutter war ja den ganzen Tag nicht zu Hause. Hausaufgaben wurden zur Neben-sache. Bis zum Zeugnis.

Denn nach der Konfirmation hatte der Alltag Peter wieder eingeholt, vor allem die Schule. Es war abzusehen, dass er die Klasse wiederholen musste, denn es war aussichtslos, von seinen zwei Fünfen in Englisch und Französisch herunterzukommen.
In Deutsch dagegen hatte er eine Zwei. Der Lehrer kündigte an, dass vor dem Schuljahresende jeder ein Referat vorbereiten müsse, er erwarte entsprechen-de Vorschläge und nach der Genehmigung die Ausarbeitung; die besten Refe-rate sollten vor der Klasse verlesen werden.

Nach vielen Überlegungen kam Peter eine Idee. Die Zeitschrift Stern hatte vor einiger Zeit eine Serie über die kommende Weltmacht China veröffentlicht, das wäre eine gute Grundlage. Sofort suchte er sich die Zeitschriften heraus, las die Artikel aufmerksam durch, machte ein Konzept und sein Vorschlag wurde vom Lehrer akzeptiert. Er hatte etwa vier Wochen Zeit, dann war Abgabetermin. Der Artikel war eine gute Grundlage; er verwendete davon nichts wortwörtlich, sondern machte einen Vortrag daraus, den er mit Ausführungen im Lexikon ergänzte. Trotzdem war es mühsam, er musste viele Tage mehrere Stunden lang hart daran arbeiten. Erst schrieb er alles mit der Hand und dann mit der Maschine. Als er das Referat seiner Mutter zur Probe vortrug, machte sie derartige – in seinen Augen – dumme Anmerkungen, dass er es nicht wieder versuchte.
Es wurde Juli und die Hitze brütete über der Stadt. Häufig musste er in den neuen Garten gehen, um zu gießen. Es gab zwar einen Wasseranschluss, aber der war drei Gärten entfernt, so dass er einige Zeit mit der Gießkanne unterwegs war und schleppen musste, bis ihm die Zunge raushing, so kam es ihm jedenfalls vor.

Oma erinnerte ihn daran, dass morgen die Düsseldorfer kommen würden. Brigitte müsste bei ihnen in der Wohnung schlafen, da sie nur noch ein kleines

Zimmer im Hotel am Main bekommen hätten und da passe kein drittes Bett hinein. Peter war das egal. In seinem Bett würde sie sowieso nicht schlafen!
Noch am selben Tag schrieb er sein Referat zu Ende, denn der Abgabetermin war auch morgen.
Dann waren die Düsseldorfer da. Mit lautem Hallo. „Was bist du groß geworden, Peter, schon ein richtiger Mann", wurde er begrüßt.
In der kommenden Woche war noch ein Schulausflug geplant, dann gab es Zeugnisse und die Ferien konnten beginnen.

Mit dem Schiff fuhren sie von Mähring nach Rothenfels. Kurti setzte sich wieder neben Peter und probierte seine Spielchen unter Peters Jacke, doch das war ihm heute lästig bei den vielen Menschen. Er stand auf und lehnte sich an die Reling. Sie besichtigten die Burg, auf der eine Jugendherberge untergebacht war, anschließend fuhren sie mit dem Bus nach Mespelbrunn, das ebenfalls besichtigt wurde und es folgte eine kurze Wanderung im Spessart bis sie mit dem Bus nach Mähring zurückkehrten.

Das Donnerwetter wegen des Zeugnisses war ganz leise, schließlich war Besuch im Haus. „Wir sprechen uns noch", war die einzige Drohung seiner Mutter.

Endlich Ferien. Peter und Brigitte spazierten auf den Waldberg, da sie katholisch war, interessierten sie die Bilder in den Häuschen auf dem Kreuzweg hinauf zur Kapelle. Doch das hinderte sie nicht daran, zu fragen: „Peter, hast du eine Freundin?" „Nein!" war seine Antwort. „Hast du schon mal geküsst?" wollte sie wissen. „Nein!" war seine Antwort. „Willst du wissen, wie das ist?" „Nein!" war seine Antwort. „Warum nicht?" „Darum" rief er und rannte verlegen davon.

Kapitel 15
Geh zur Post, da hast du was Sicheres

Der Rest des Jahres verging mit den üblichen Vorwürfen von Peters Mutter. Sie kontrollierte jetzt genau die Hausaufgaben, nachdem sie von ihrer Arbeit zurück war. Peter hatte meistens schon den Tisch gedeckt und Tee gemacht, denn abends gab es fast immer belegte Brote oder Semmeln mit Kräutertee. Sie warnte ihn, wenn er nicht lerne und seine Noten besser würden, werde sie den Keller zuschließen. Was seine Mutter nicht wusste, Opa bewahrte in der Garage eine Blechschachtel mit Schlüsseln auf, die doppelt waren oder die er irgendwo gefunden hatte. Peter hatte sie geprüft und einen zweiten Schlüssel, der zu seinem Eisenbahnkeller passte, gefunden. Vorsorglich hatte er ihn versteckt. Seine Freunde, sogar Rainer aus dem Internat, kamen, um ihn nach der Schule zu besuchen. Wenn sie genug von ihren Greifspielchen hatten, gingen sie in den Keller und beschäftigten sich stundenlang mit der Eisenbahn und den Modellautos.
Peter hatte inzwischen Papier mit Messer und Schere zerkleinert und mit Stempeln aus seiner Kinderdruckerei als Geld bedruckt.
Mit den kleinen Lastwagen brachte sein Freund Kisten und Fässer zum Bahnhof, lud sie auf die Waggons und Peter fuhr sie mit dem Zug zum Bestimmungsort. Sie wechselten auch die Fronten und Peter musste mit den Autos fahren, während sein Freund sich um die Eisenbahn kümmerte. Manchmal entgleiste ein Zug, dann war das Malheur groß. Viel Geld musste für die Fracht oder die Schäden bezahlt werden.

Seine Hausaufgaben erledigte Peter anschließend auf die Schnelle, bevor seine Mutter heimkam. Oft hatte er manches nicht erledigt, angeblich weil er nicht wusste wie er es machen sollte. Seine Mutter wusste es meist auch nicht. Also blieb nur Abschreiben im Schienenbus.
Kurti war nach wie vor sehr aktiv, fast immer saß er neben Peter, der sich alles gutmütig gefallen ließ, vermutlich machte es ihm sogar Spaß.

Zu Weihnachten hatte Peter nur von Oma Geld bekommen, seine Mutter hatte wieder das Übliche geschenkt: einen selbstgestrickten Pullover, eine scheußliche Hose, die seine Kumpel später die ‚Bäckerhose' nannten und die er danach nie wieder anzog, ein Buch und selbstgebackene Plätzchen, bei denen er tatkräftig mitgeholfen hatte, sie zu backen. Wie immer die große Enttäuschung.
Für das Weihnachtsgeld der Großmutter und mit seinem Taschengeld kaufte Peter sich einen zweiten Trafo, außerdem eine Elektrolok und er begann, eine

Oberleitung zu installieren. Damit hatte er jetzt zwei Stromkreise, was die tollsten Eisenbahnunfälle möglich machte. Mit seinen Freunden ließ er es immer wieder krachen, bis eine Lok kaputt war und er sie zum Reparieren bringen musste, was wieder Geld kostete.

Mit Johnny und Kurti verabredete sich Peter, am kommenden Sonntagnachmittag ins Kino zu gehen. Sie wollten einen Film anschauen, über den die ganze Schule sprach: „Serengeti darf nicht sterben". Während der Dreharbeiten war der Sohn von Bernhard Grzimek bei einem Flugzeugabsturz ums Leben gekommen, als ein Geier gegen die Tragfläche seines Flugzeugs prallte.
Ein Freund von Johnny war auch dabei, den Peter vom Sehen kannte, der Manni aus dem Haushaltswarengeschäft. Es hatte in den vergangen Tagen viel geschneit und kalt war es auch, das schönste Wetter zum Schlittenfahren am Waldberg. Johnny machte den Vorschlag, sich bei Peter am nächsten Nachmittag zu treffen, denn der wohnte gleich unterhalb des Hügels. Nach einigen Abfahrten und anstrengenden Aufstiegen gingen sie wieder zurück und Peter fragte, ob sie noch zu ihm kommen wollten, da sie gerade vor seinem Haus standen. „Klar", meinte Manni, „wenn's Cola bei dir gibt!" Also gingen sie in seine Wohnung, vorher mussten sie aber den Schnee gründlich von den Schuhen putzen, sie im Gang ausziehen und vor der Tür stehen lassen. Peter gab eine Runde Cola aus, dann wurde rumgealbert. Manni war ein Könner in den Greifspielchen, sogar Johnny machte mit, der sich sonst immer raushielt.
Manni fragte Johnny, ob er immer noch mit der Ingrid ginge. Er wollte jedoch nicht richtig raus mit der Sprache und druckste rum. Darauf nannte Manni ihn einen Poussierstängel, was ziemlich neidisch klang.
Da Manni ziemlich grob wurde, trat Peter einen Schritt zurück, bückte sich und setzte sich aus Versehen auf den kleinen, dreieckigen Couchtisch mit der Glasplatte. Prompt knirschte es und die Beiden schüttelten sich vor Lachen. Die Platte hatte quer durch das Glas einen Sprung. Peter war das Herumalbern vergangen und die beiden anderen machten sich auf den Heimweg.
Am Abend sah seine Mutter sofort, was passiert war und es gab ein Donnerwetter. Dass seine beiden neuen Freunde zu Besuch waren, konnte er nicht erzählen, also erfand er ein Märchen von der Nachbarskatze, die er nicht treten wollte und dabei den Tisch übersah. Na, ja, eine Notlüge halt.

In der Schule wurde ausführlich das Ergebnis der Präsidentschaftswahlen in den USA diskutiert. John F. Kennedy wurde allgemein als der beste Präsident seit Jahrzehnten betrachtet, eine Aufbruchstimmung machte sich auch in Deutschland breit, ja geradezu eine Euphorie.

Ein Ereignis kurz vor Weihnachten erschütterte alle, die es hörten: der Absturz eines Flugzeugs über der Münchner Innenstadt. Es streifte einen Turm und fiel in die Neuhauser Straße auf eine Straßenbahn. Viele Straßenpassanten wurden verletzt oder kamen ums Leben, wie auch alle Passagiere an Bord des Flugzeugs.

Das Zwischenzeugnis war nicht viel besser als das Jahreszeugnis vom vergangenen Sommer. „Versetzung gefährdet" prangte unübersehbar an prominenter Stelle. Dass ihr Sohn sich doch wohl nicht für den Arzt- oder Anwaltsberuf beziehungsweise noch besser als höherer Beamter eignen und Karriere machen würde, damit hatte sich Peters Mutter anscheinend abgefunden. Leider würde wohl nichts werden, dass sie allen, die es hören wollten oder nicht, sagen konnte: „Seht her, das ist mein (!) Sohn, kein Wunder bei dieser Mutter". Die Auseinandersetzungen und Gefechte führte sie nur noch, um den Schein zu wahren.

In den Osterferien fuhr er mit seinem Freund Werner nach Kiesdorf, um Horst zu besuchen, der bei der alten Frau Bayer mit seiner Mutter und Großmutter wohnte. Inzwischen hatte seine Schwester geheiratet und war in die USA gezogen. Peter hatte noch einen Hintergedanken. Seit Wochen bearbeitete er seine Mutter, doch wie Opa früher, ein paar Karnickel zu halten. „Geh' mir bloß fort, das kommt nicht infrage! Was soll ich denn noch alles machen? Ich arbeite den ganzen Tag, versorge den Haushalt, koche, wasche, flicke, bügele, putze und du machst nicht mal deine Hausaufgaben, sondern flegelst nur rum und tust nichts! Und dann soll ich mich auch noch um die Viecher kümmern. Meine Antwort ist nein!" Seine Mutter war sehr böse. „Das stimmt doch nicht", antwortete Peter, „ich kehre, sauge Staub, koche ab und zu, spüle und trockne ab und mache auch noch Essen", antwortete Peter. „Ja, ab und zu und was ist mit dem Rest?" wollte seine Mutter wissen. Er versprach hoch und heilig, sich allein um die Tiere zu kümmern, sie täglich zu füttern und den Stall auszumisten, sie habe damit absolut nichts zu tun und außerdem würden sie sogar noch Mist produzieren für den Garten. „Also wird es wieder nichts mit dem Lernen! Junge, Junge, was soll bloß aus dir werden?"
Peter wusste: Steter Tropfen höhlt den Stein. Es dauerte nicht mehr lange, bis sie ihre Zustimmung gab. Auch Oma und Opa hatten sowieso nichts dagegen.

Bei seiner Fahrt nach Kiesdorf wollte er Horsts Vater fragen, ob er ihm zwei Karnickel verkaufen würde. Nachdem ihm Horst von der Beerdigung seines Vaters erzählt hatte und sie die Kaninchen abschaffen wollten, war Peter hocherfreut. Er suchte sich gleich zwei junge Tiere aus und versprach, sie Anfang nächsten Monats abzuholen, außerdem zahlte er gleich etwas an.

Am nächsten Tag besorgte er sich Bretter und Kükendraht, daraus baute er einen Stall mit vier Pfosten und zwei Türen. Das Teuerste war eine Rolle Teerpappe, denn er musste den Stall wetterfest machen. Also nagelte er die Pappe auf das Dach und an drei Seiten, damit es nicht reinregnete. Zum Schluss band er den Stall noch am Zaun der Nachbarin mit Draht fest.
Mit Opas Sichel ging er zum Waldberg und schnitt Gras, das er zu Heu trocknen ließ. Das Gras war noch nicht sehr hoch, und gab nicht viel her, aber für den Anfang reichte es. Außerdem hatte Horst ihm versprochen, aus Schäfers Scheune eine Ladung Heu zu besorgen. Seine Mutter schüttelte nur den Kopf, machte ein paar abfällige Bemerkungen, aber was sollte sie schon machen gegen so viel Durchsetzungsvermögen.
Als der Stall fertig war, musste er nur noch bezogen werden. Also fuhren Peter und Werner eines Nachmittags wieder nach Kiesdorf, diesmal mit dem Handwagen. Unterwegs pflückten sie schon mal Löwenzahn und Klee. Peter hatte vorsichtshalber eine Tasche und einen alten Kartoffelsack mitgenommen, damit nicht jeder sehen konnte, dass sie geklaut hatten.
Horst half die Karnickel in einen Karton zu stecken, das Heu war schon vorbereitet und wurde in den Sack gefüllt, außerdem hatte er zwei Rüben aus Schäfers Keller besorgt. Dann ging es mit den Tieren in die neue Heimat. Sie lebten sich schnell ein. Der Stall stand in einem mit Draht eingezäunten Gartenstück, darin wurden früher einmal Hühner gehalten. Sogar ein Loch in der Wand gab es, doch der Stall diente jetzt Sonnwalds als Holzschuppen.
Peter konnte seine Karnickel also auch aus dem Stall lassen, was diese sehr genossen. Sie kratzten in der Erde herum und fraßen die kleinen Sonnenblumen, die an einer Stelle vom Nachbar herübergewuchert waren. Erst viel später erfuhr er, dass es sich dabei um Topinambur handelte. Den Tieren schmeckte es. Die Knollen konnte man sogar essen, gerieben im Salat oder gekocht wie Kartoffeln.

Es war noch viel Dachpappe übrig und Peter hatte wieder eine Idee. Er wollte noch einen Stall bauen für drei Enten. Horst hatte ihm erzählt, dass es unweit von Marktanderstadt eine Brutanstalt gäbe, die Hühner, Enten, Gänse und was sonst noch alles in ihren elektrisch beheizten Kästen ausbrütete. Also fuhr er mit dem Rad hin und fragte nach, wann er ein paar Entenküken holen könnte und was die kosten würden.

Wieder höhlte steter Tropfen den Stein: Peter baute einen Entenstall. Die alte Wanne aus dem Keller grub er teilweise in den Boden, aber doch so hoch, dass die Karnickel nicht hineinplumpsen konnten.

Peter fuhr ein zweites Mal zur Brutanstalt und holte seine Entchen ab. Zuerst bekamen sie geschnittene Brennnesseln mit gekochtem, kleingehacktem Ei zu fressen, aber nach ein paar Tagen war eins der Küken tot. Und am nächsten Tag die beiden anderen auch. Warum konnte ihm niemand erklären. „Vielleicht vermissen sie ihre Mutter", orakelte Oma. „So ein Quatsch", dachte Peter, „die hatten sie nie vorher gekannt". Er war sehr traurig. Nachfragen wollte er bei der Brüterei nicht, was sollte er dort auch erfahren. Er wollte schon den Stall abreißen, als Werner eine Idee hatte: „Warum machst du nicht einen Hühnerstall daraus. Die Schäfers haben in jedem Frühjahr eine Glucke mit Küken. Vielleicht bekommst du welche."

Also machte sich Peter wieder an die Arbeit, baute Nester und Sitzstangen in den Stall, weißelte alles frisch aus, polsterte die Nester mit Heu und dann fuhren beide an einem Sonntag wieder einmal nach Kiesdorf.

Die alte Frau Schäfer freute sich geradezu ihn wieder einmal zu sehen. Sie hatte in diesem Jahr zwei Glucken angesetzt, die Küken waren schon ein paar Wochen alt und sie gab Peter je zwei davon ab, Wyandotten und Blausperber, die einen braun und dick, die anderen schwarz-weiß gesprenkelt und etwas schlanker.

Die Hühner entwickelten sich prächtig, ihnen gefiel es in dem Stall und bald legten sie die ersten Eier. Sogar Oma und Opa bekamen davon welche ab. Peter war unbändig stolz und prahlte vor seiner Mutter, dass sie jetzt eine Menge Geld sparen würden, vielleicht könnten sie sogar noch Eier verkaufen.

Seine Mutter machte ein bedenkliches Gesicht und wiegte ihren Kopf. Sie dachte an Peters weitere Ausbildung. Denn das Zeugnis nahte und damit der Abgang von der Schule.

Der Auslauf des Hühnerstalls grenzte an den Garten eines stadtbekannten Kakteenspezialisten. Er war leitender Beamter bei der Stadtverwaltung und hatte einige hundert Exemplare in seinem Gewächshaus. Jedes Jahr brachte die Zeitung einen Bericht mit Fotos der „Königin der Nacht", eines eigentlich unscheinbaren kletternden Kaktus, mit langen Trieben und einer großen Blüte von bis zu 30 cm Durchmesser, die nach nur einer Nacht welkte.

Peter hätte gerne einmal die Kakteen gesehen, aber so einen unscheinbaren Nachbarknaben hat dieser bewunderte Kakteenkönig nicht beachtet. Dabei war Peter so stolz auf seinen Kaktus, einen Echinopsis, der ebenfalls jedes Jahr eine, manchmal sogar mehrere große Blüten zeigte. Doch dafür interessierte sich keine Zeitung!

Seine Mutter hatte ihre Arbeit in der Druckerei gekündigt, das ewige Prospekteinlegen und die damit verbundenen schmutzigen Finger wegen der frischen Druckerschwärze und der Gestank gingen ihr zunehmend auf die Nerven.

Sie hatte von einem Nebenerwerbslandwirt gehört, der Mohn anbaute, vor allem wegen der Kapseln, die, zumeist gefärbt, von Blumenläden und Gärtnereien für Gestecke und Kränze verwendet wurden. Jetzt war Erntezeit. Die Kapseln wurden vorsichtig abgeschnitten und zum Trocknen in seine Scheune gebracht. Anschließend wurde der Mohn ausgeschüttelt, die entsprechende Menge Kapseln abgezählt und gebündelt. Peter konnte immer Geld gebrauchen, also fuhr er mit dem Rad nach der Schule aufs Feld. Eine Wespe hatte es plötzlich auf ihn abgesehen, vielleicht roch sie den Schokoladenpudding, den er zum Nachtisch gegessen hatte. Eine ganze Zeit lang schwirrte sie um seinen Kopf herum. Öfter mal schlug er nach ihr, natürlich ohne zu treffen. „Hör auf damit, rief seine Mutter", „die sticht dich sonst noch." „Die blöde Wespe macht mich noch verrückt." Und schon hatte sie Peter in den Kopf gestochen. Ein wahnsinniger Schmerz durchfuhr ihn. Er schmiss die Schere hin, sprang auf sein Rad und fuhr mit Tränen in den Augen nach Hause. Beinahe wäre er auch noch in den Graben gefahren, weil er nichts sah vor lauter Tränen. Oma war im Garten und fragte, was denn mit ihm los sei, warum er schon wieder zurückkäme. „Eine Wespe hat mich in den Kopf gestochen", rief Peter. „Du armer Junge, ich komm' gleich und helfe dir", sagte sie. Kurz darauf stand sie in der Tür mit ihrem Allerweltsheilmittel „essigsaure Tonerde". Davon schüttete sie etwas auf ein Tuch und betupfte vorsichtig den Stich. Der Schmerz ließ etwas nach und Peter schlief auf der Couch ein. Als seine Mutter auch nach Hause kam, war der Schmerz abgeklungen und alles war wieder Friede, Freude, Eierkuchen. Doch vom Mohnkapselschneiden hatte er genug.

Ein paar Wochen später ging er jedoch zum Kapselbündeln in die Scheune, ganz in der Nähe. Seine Mutter und einige Frauen saßen dort, schüttelten den Mohn aus den Kapseln, zählten sie ab und schnürten sie zu Bündeln.
Eines Tages war ein junges Mädchen mit ihrer Mutter dabei, das er kannte. Er wusste nicht, wo er sie schon einmal gesehen hatte, doch auf einmal fiel es ihm ein und er wurde rot bis über beide Ohren: Es war die Winkerin aus dem Zelt auf der Wiese in der Nähe des Gartens! Er wollte in den Boden versinken, doch anscheinend hatte sie ihn nicht erkannt. Aber ihre Gegenwart war ihm äußerst unangenehm, so dass er am nächsten Tag nicht mehr mitging, angeblich musste er Heu für die Karnickel machen, was sogar stimmte. Als es trocken war, fuhr er es mit dem Handwagen heim und beförderte es auf den kleinen Dachboden über der Garage. Dort war es trocken und richtig heiß. Er machte genügend Heu, so dass es bis zum nächsten Sommer reichen würde.

Peter ging wieder einmal mit seinen Schulkameraden ins Kino und wieder auf Empfehlung des Bio-Lehrers: „Die Wüste lebt" wurde gezeigt, ein Film der alle begeisterte. Ein paar Jahre später hat Peter diesen Film auch im Fernsehen gesehen und war genauso begeistert wie beim ersten Mal.

Noch einen Film haben Peter und seine Freunde angesehen: „Die Bücke" von Bernhard Wicki mit den Schauspielern Fritz Wepper, Volker Lechtenbrink, Günter Pfitzmann und Vicco von Bülow. Ein Antikriegsfilm, der ihn regelrecht erschütterte, sogar aufwühlte und in seiner Meinung über den Verbrecher Hitler bestätigte. Warum musste dieser absolute Schwachkopf, ein arbeitsloser österreichischer Anstreicher, einen Krieg vom Zaun brechen, der seinem Vater und Millionen anderen Menschen das Leben kostete? – Und warum haben so viele Deutsche diesem Verbrecher zugejubelt, obwohl sie wissen mussten, dass er ein Verbrecher und absoluter Menschenverächter, ein totaler Schwachkopf war?

Eines Tages sprach seine Mutter mit ihm, was er nach der Schule zu tun gedenke. Sie war früher bei der Post gewesen und schlug daher vor, dass er ebenfalls eine Lehre dort machen sollte. Peter sah sich schon mit einer großen Tasche von Tür zu Tür gehen und Briefe austragen oder hinter dem Schalter sitzen und Briefmarken verkaufen und abstempeln. Nein, das wollte er auf keinen Fall. Doch seine Mutter ließ nicht locker. „Bei der Post, da hast du was Sicheres. Und später wirst du Beamter. Da musst du schon goldene Löffel

stehlen, bevor sie dich entlassen und die gibt es dort nicht. Geh' doch dorthin, da hätte ich wenigstens eine Sorge weniger!" – Die Aussicht auf eine Beamtenkarriere grauste Peter geradezu, es schüttelte ihn regelrecht. Seine Mutter war beleidigt.
Also schlug sie die Sparkasse vor, die würden Lehrlinge suchen. Das ist auch nicht viel anders, dachte er. Peter liebte zwar Geld, aber mit fremden umzugehen, war ihm zuwider, außerdem fand er das Ganze einfach zu trocken und zu uninteressant, um es ein Leben lang zu machen.

Eines Tages sagte Peters Mutter, dass sie nach Offenbach fahren würden. Sie kannte ja die Mutter von Claus und Barbara mit denen er als kleiner Junge mit seiner Eisenbahn gespielt hatte, als sie noch alle in Kiesdorf wohnten. Meistens schrieben sie sich nur zu Weihnachten, aber in Offenbach gab es große Industrieunternehmen und Peters Mutter war nicht abgeneigt, dorthin zu ziehen. Sie nahmen den Bus bis nach Aschaffenburg und anschließend den Zug nach Offenbach. Seine Mutter hatte einen Termin vereinbart und er stellte sich in der Personalabteilung vor. Er schien einen guten Eindruck zu machen, denn seine Mutter sagte ihm, er könne am 1. September anfangen.

Sie blieben noch ein paar Tage und Peter spielte mit den Beiden Karten, vor allem Quartett. Geschlafen haben Claus und Peter in einer separaten Kammer, die mit einem Vorhang abgetrennt war, seine Mutter auf der Couch im Wohnzimmer, und Barbara mit ihrer Mutter im Schlafzimmer. Eines Abends gingen beide Mütter weg, die Kinder waren allein zu Hause. Peter lag schon im Bett, die beiden Geschwister liefen noch im Wohnzimmer herum. Dann hörte er nichts mehr. Es kam ihm komisch vor und er lugte durch einen Spalt im Vorhang. Da sah er Barbara vor ihrem Bruder stehen, der nur noch seine Unterhose anhatte und darin eine Riesenbeule, ihre Hand war ebendort eifrig beschäftigt. Dann hörte er Claus leise sagen, vielleicht steht Peter auf und sieht dich. Dann gingen Beide in ihre Betten. Am nächsten Morgen fuhren Peter und seine Mutter wieder nach Hause. Er hat Claus irgendwie beneidet, vor allem, dass er selbst keine Schwester hatte, aber andererseits: was hätte er alles mit ihr teilen müssen – vielleicht auch noch das Taschengeld und die Geschenke von seiner Oma, es war eigentlich schon viel besser so.

Peters Mutter war nicht davon überzeugt, dass Peter seine Lehrzeit in Offenbach verbringen sollte. Ihr waren schon vorher die Verwandten in einem Ort bei Walsrode eingefallen, einer der Onkel arbeitete in dem großen Werk, das den Ort dominierte und in dem viele auch aus der Umgebung tätig waren. Der Onkel teilte ihr mit, dass selbstverständlich Lehrlinge eingestellt würden, aber

dazu müsste Peter sich in der Firma vorstellen. Also fuhren sie viele hundert Kilometer mit dem Zug dorthin. Seine Mutter war wie gewohnt angetan, vor allem weil es viele Ratschtanten gab, da wäre sie den ganzen Tag beschäftigt. Aber der Umzug! Was das kostet! Die Tante machte den Vorschlag, Peter könne ja bei ihnen wohnen und mit dem Rad ins Werk fahren. Das ganze Arrangement gefiel ihm überhaupt nicht, er äußerte sich vorerst nicht dazu, weil er die Begeisterung seiner Mutter nicht torpedieren wollte. Doch schon auf der Heimfahrt meinte er, dass er nicht nach Walsrode möchte. Da wäre er ganz weg von zu Hause und das sei alles viel zu umständlich, außerdem kenne er ja die Verwandten eigentlich überhaupt nicht.
Ein Freund hatte ihm gesagt, dass die Kindermöbelfabrik in einem kleinen Vorort von Marktanderstadt Lehrlinge für den kaufmännischen Bereich suchen würde. Seine Mutter machte einen Termin und ein Bekannter fuhr sie mit dem Auto hin.
Peters Mutter hatte einen neuen Anzug mit weißem Hemd und Krawatte für ihn gekauft, er kam sich richtig verkleidet vor.
Lange unterhielten sie sich mit dem Firmenpatriarchen, einem Mann, der Peter sofort beeindruckte, er stellte viele Fragen, die Peter seiner Meinung nach bestens beantwortete. Der Firmenchef stellte zwei Möglichkeiten in Aussicht: Einmal eine Lehre zum Industriekaufmann und weil er Peters gute Noten in Kunsterziehung sah, auch eine Lehre zum Stoffdesigner im Tochterunternehmen, das Dekostoffe, vor allem für den Wohnbereich, entwarf und fertigte. Darüber hatte Peter noch gar nicht nachgedacht, doch seine Mutter entschied: Lehre zum Industriekaufmann, mit dem Begriff Designer konnte sie nichts anfangen, das war einfach zu unseriös, das war ja fast wie Maler!
Am ersten September sollte Peter anfangen, ein kräftiger Händedruck besiegelte die Abmachung. Peters Mutter fiel ein riesiger Felsbrocken vom Herzen.

Es waren noch Ferien und das jährliche Volksfest stand vor der Tür. Auch heuer wieder kamen, wie in den vergangenen Jahren, eine ganze Gruppe Jungen und Mädchen aus dem Ruhrpott nach Marktanderstadt. Sie waren Lehrlinge in einem großen chemischen Betrieb und wohnten in der Landwirtschaftsschule. Das war ein zusätzliches Ereignis, denn die Mädchen interessierten sich sehr für die etwa gleichaltrigen Jungs in dieser Stadt. Man traf sich abends am Busbahnhof, die Jungs produzierten sich wie der Auerhähne bei der Balz und die Mädchen kicherten verschämt vor sich hin, wie das eben Backfische so tun – so nannte man die pubertierenden Teenager damals. Während des Volksfestes ließen sie sich gerne zu Fahrten einladen, wie Peter schnell herausfand. Ein Mädchen hatte es ihm besonders angetan und er fuhr so lange mit ihr, wie sein Geld reichte. Sie bedankte sich mit heißen

Zungenküssen, was Peter anfangs eklig fand, weil ungewohnt, und weiteren Aufmerksamkeiten an und auch in seiner Hose. Sie hatte auch nichts gegen Aufmerksamkeiten unter ihrem Pullover. Doch als es interessant zu werden versprach, fuhren sie bereits wieder heim. Peter und das Mädchen hatten zwar Adressen getauscht und sie schrieb ihm einmal, doch Peter hatte Wichtigeres zu tun: Brigitte kam mit ihren Eltern zu Besuch – und sie lag sozusagen näher. Denn sie übernachtete wieder wie gewohnt bei den Großeltern, und jeden Abend ging die ganze Familie zum Volksfest, sogar Oma und Opa waren manchmal dabei.

Am Samstag wollten alle fünf Erwachsenen zum bunten Abend gehen mit einem Conférencier, bekannt aus Funk und Fernsehen. Peter und Brigitte waren noch lange auf, sie knutschten und tauschten lange Zungenküsse, die er inzwischen perfekt gelernt hatte und gar nicht mehr so übel fand. Manchmal ließ sie den einen Arm, der ihn gestreichelt hatte, runterfallen, mitten auf seine Hose, wo ein ziemlich harter Brocken lag. Das ermutigte Peter seinerseits, bei Brigitte weiter oben die Hügelchen zu erkunden, was ihr wohlige Seufzer entlockte. Beide wurden mutiger, bald waren seine Hose offen und ihr Pullover weit nach oben gerutscht. Jetzt musste auch Peter wohlig seufzen. Plötzlich hörten Sie an der Gartentür Geräusche und Gesprächsfetzen drangen ins Zimmer. Sofort war Brigitte aus dem Zimmer und in ihrem Bett verschwunden. Peter klappte die Couch zum Bett auf, er hatte es gerade fertig und wollte seinen Schlafanzug anziehen, als seine Mutter in der Tür stand, dahinter Oma und Opa. „Du bist ja noch auf!" stellten sie unisono fest. „Ich konnte nicht schlafen und hab' noch gelesen". Es war zwar kein Buch zu sehen, aber das fiel ihnen bei der Beleuchtung nicht weiter auf. „Na, dann, gute Nacht, " wünschten sie und die Tür schloss sich hinter ihnen. Glück gehabt, dass er nicht aufstehen musste, dachte Peter, denn da er hätte einiges zu verstecken gehabt.

Brigittes Eltern konnten diesmal nicht lange bleiben und wollten in den nächsten Tagen wieder nach Düsseldorf zurückfahren. Brigitte bettelte mit Unterstützung von Peter, dass sie erst später heim musste und nach langem Hin und Her wurde es ihr erlaubt. Somit folgten noch ein paar schöne Tage mit Brigitte. Beide ver-trieben sich die Tage im Schwimm-bad, wo ihn neidische Blicke trafen, auf dem Waldberg und bei schönen Stunden auf der Couch. Nachdem sie wieder einmal das Rauchen probierten und danach viel Pfefferminzbonbons gelutscht hatten, wagten sie sich nach Hause. Doch es half alles nichts. Oma schnüffelte und rief: „Ihr habt geraucht!"

Dann war es soweit. Brigitte fuhr ab. Der Katzenjammer bei Peter war groß. Er hatte zum ersten Mal richtigen Liebeskummer, nagenden, herzerdrückenden Liebeskummer. Oft lag er auf seiner Couch und dachte voll Sehnsucht an Brigitte, an ihre kleinen Brüstchen, den schwachen Pelz weiter unten und ihre Hand bei ihm.

Sie schrieben sich lange heiße Briefe. Peters Mutter wunderte sich, dass Oma so gut über ihre Tätigkeit und Peters neue Lehrstelle Bescheid wusste. Aber nur solange, bis Peter einmal zur Oma ging, doch niemand war im Zimmer, dafür lag ein Brief von Brigittes Mutter auf dem Tisch, den er las. Und so erfuhr er alles. Er nahm ihn mit und schrieb einige Passagen ab, darunter auch: „Brigitte und Peter schreiben sich regelmäßig, wie ihr wisst, da erfahren wir wenigstens etwas über Julchen". Und: „Du brauchst keine Angst zu haben, aus der Verbindung der Beiden kann nichts werden, Brigitte hat einen festen Freund".

Für Peter brach eine Welt zusammen. Er fühlte regelrecht, wie seine Liebe in Scherben fiel. Eine ohnmächtige Wut packte ihn, dass seine Brigitte ihn so hintergangen hatte. Ab sofort schrieb er ihr keine Zeile mehr und er las auch keine Briefe mehr von ihr, sondern zerriss sie und warf sie in den Abfall. Oma sagte einmal, Brigitte hätte sich beschwert, er würde ihr nicht mehr schreiben. „Ich habe für so einen Quatsch keine Zeit!" antwortete er böse. Oma schüttelte nur den Kopf und schloss die Tür hinter sich. Danach kamen keine Briefe mehr von Brigitte.

Kapitel 16
Lehrjahre sind keine Herrenjahre

Am ersten September fuhr Peter, angezogen mit seinen zweitbesten Klamotten, im Bus nach Steinfurt ins KiDo-Werk. Die Hauptverwaltung und ein Teil der Produktion waren in den alten Gebäuden mitten im Dorf untergebracht. Die Sekretärin des Chefs schickte ihn jedoch ins neue Werk am Ortsausgang, er solle in den ersten Stock, durch die Tür und gleich wieder die erste Tür rechts gehen, dort würde er schon erwartet, sie würde ihn gleich anmelden. Auf dem Parkplatz vor dem Büro hier stehe ein Auto mit Fahrer, das könne ihn mitnehmen.

Im neuen Werk angekommen, verhielt er sich so wie beschrieben, die Tür war offen und man begrüßte ihn als neuen Lehrling. Damals hießen sie noch so, bevor man diesen Begriff durch „Auszubildende" ersetzte. Peters Vorgänger sozusagen war schon bereit ins alte Werk zu wechseln, denn er hatte seine Prüfung zum Industriekaufmann bereits hinter sich und sollte eine neue Aufgabe im Verkauf übernehmen. Auf die Schnelle erzählte er ihm alles Wesentliche: Er müsse vor allem die Briefe des Betriebsleiters aufnehmen und mit der Schreibmaschine schreiben, ebenso Bestellungen und mehr für die Ingenieure aus den Büros nebenan. Die Adressen fände er zumeist in den Ordnern, auf die er zeigte, sonst müsse er eben fragen. Er erklärte Peter, wo die Briefvordrucke, das Kohle- und Durchschlagpapier lagen und wie viele Durchschläge jeweils erforderlich waren.
Außerdem hatte er die Ablage in Ordnung zu halten und das Telefon zu bedienen. Sein Vorgänger, er hieß Dieter, erklärte kurz, wie das Annehmen und Verbinden von Gesprächen funktioniert; wie er sich zu melden hatte und so weiter – zu Hause gab es kein Telefon, für Peter waren das alles böhmische Dörfer. Warum hatte er nicht mehr gelernt, dann könnte er jetzt mit seinen Freunden in der Klasse sitzen und vor sich hin träumen?
Vormittags gäbe es eine Pause, dann würde die Sirene heulen, ebenfalls um zwölf Uhr, wenn der Betrieb Mittagspause macht.
Ansonsten müsse er vielleicht in der Personalabteilung mithelfen, wenn die wöchentliche Lohnzahlung fällig sei, aber das machen die in der Regel alleine, sagte er, höchstens mal, wenn wirklich Not am Mann ist.
Am Spätnachmittag, um etwa halb fünf, müsse er die Post ins alte Werk bringen, sie kuvertieren und frankieren. Dabei würde ihm der „Oberpostminister", also der Mitarbeiter im Postbüro, zu Beginn sicherlich helfen. Von dort aus könne er gleich wieder nach Hause fahren. Dann sagte er noch: „Viel

Spaß, wenn du was wissen willst, ruf' mich an." Und schon war er verschwunden.

Es dauerte nicht lange und das Telefon klingelte zum ersten Mal. Er nahm ab, meldete sich wie empfohlen und verband, mit Herzklopfen – so laut wie eine Kirchenglocke, glaubte er, mit dem Betriebsleiter, Herrn Lange. Der sagte ihm, er solle gleich nach dem Gespräch zu ihm kommen. Also legte er sich den Stenoblock bereit, obwohl er noch kein Steno konnte, sowie einen Bleistift und wartete auf das Ende des Gesprächs, was ihm am Telefon per Lichtsignal angezeigt wurde.

Peter sah sich im Raum um. Am Fenster standen noch ein Schreibtisch und ein riesiges Reißbrett mit angefangenen Plänen. Er erkannte einen Kleiderschrank, gezeichnet von allen Seiten und im Aufriss. Kaum saß er an seinem Schreibtisch, bimmelte wieder das Telefon und Herr Lange sagte ihm, er solle jetzt zu ihm kommen, vorher aber das Telefon umstellen und erklärte ihm, wie das gemacht wird.

Peter klopfte und stellte sich vor. Herr Lange schüttelte ihm die Hand und sagte, er hoffe auf gute Zusammenarbeit. Er wollte eine Menge von ihm wissen, vor allem ob er schon Steno könne und Maschineschreiben. Peter antwortete, dass er Steno erst in der Berufsschule lernen würde, Schreibmaschine dagegen ginge schon ganz gut, zwar noch nicht blind aber doch recht flott. „Na, wenigsten was", meinte Herr Lange etwas hoffnungsfroh und in der Tat war es so, dass Peter inzwischen ganz gut nach dem Adlersuchsystem schreiben konnte. Zum Schluss bat er ihn, in einer Stunde wiederzukommen, er habe einige Briefe zu diktieren und dabei zeigte er auf die Postmappe. So ein Ding hatte Peter noch nie gesehen, doch fortan würde es zu seinem Leben dazugehören.

Als Peter wieder in „sein" Büro kam, war der Mitarbeiter auch schon da und sie stellten sich gegenseitig vor. Später erfuhr Peter, dass es sich dabei um den Chefkonstrukteur des Werks handelte, der alle Möbel entwarf und dafür sorgte, dass sie in einwandfreier Qualität produziert wurden. Einer seiner Standardaussprüche, den Peter noch viele Male hören sollte, lautete: „Alles klar, keiner weiß Bescheid".

Heute noch nicht, aber Morgen müsste Peter ein paar Anfragen rausschicken, die er ihm diktieren wolle. Peter untersuchte seinen Schreibtisch, spannte einen Satz Briefpapier mit Kohle- und Durchschlagpapier ein und bereitete sich für das Diktat mit dem Betriebsleiter vor. Die anderen Mitarbeiter auf der Etage erschienen der Reihe nach, sprachen mit Herrn Harrer, der einiges auf seinem Zeichenbrett zu erklären hatte, vor allem was die Konstruktion einer neuen Maschine betraf. Einer meinte: „Na ja, wie üblich, sitzt, passt, wackelt und hat Luft."

Die verantwortlichen Mitarbeiter für die Produktion waren mächtig stolz auf eine ganz neue Maschine, deshalb war das Werk überhaupt gebaut worden. Sie bedruckte Hartfaserplatten mit einer Holzmaserung, lackierte und trocknete sie in einem Arbeitsgang. Durch auswechselbare Walzen konnte jede gewünschte Maserung produziert werden. Das hatte Kostenvorteile und verhinderte, dass sich wie bei furnierten Holz Kinder durch Holzsplitter, die von der Oberfläche abplatzten, verletzen konnten.

Nachdem Peter das Diktat mühsam und langsam in Lang-, statt in Kurzschrift aufgenommen hatte, schrieb er es in die Maschine, anfangs ein Fiasko. Er musste häufig den Duden befragen, trotzdem waren Fehler in zwei Briefen, die er nochmals schreiben musste. Am nächsten Tag hatte Herr Lange ein Diktiergerät mitgebracht und stellte Peter voller Stolz das dazugehörende Abspielgerät und die Fußbedienung auf den Schreibtisch. Er erklärte ihm, wie es funktioniert und künftig waren die Besuche bei Herrn Lange nicht mehr so häufig.

Diktiergeräte hatten früher den Umfang eines Aktenkoffers, da die Aufnahme und Wiedergabe nicht von einem Miniband oder gar durch elektronische Aufzeichnung erfolgte, sondern von einem Speichermedium in der Größe einer Langspielplatte. Außerdem war sie sehr empfindlich, konnte leicht zerkratzen oder zerbrechen und sie war teuer. Aber es erleichterte dem Betriebsleiter die Arbeit enorm, weil es Zeit sparte.

Am Nachmittag rief die Chefsekretärin an und teilte Peter mit, dass er ab Mittwoch jede Woche die Berufsschule zu besuchen habe. Alles Weitere würde er in seiner Klasse erfahren. Sie nannte ihm auch gleich seine Klassennummer, in die er zu gehen hatte, pünktlich um acht Uhr habe er dort zu sein.

Selbstverständlich fuhr er an diesem Tag mit seinem Rad in die neuerbaute Schule und begab sich in seine Klasse. Dort traf er einige alte Bekannte wieder: Werner, der früher in Kiesdorf wohnte, Manni Wagner vom Haushaltswarengeschäft, Michael, der mit auf der Radtour an der Tauber war und Bruno, der Fühler. In der Klasse waren alle Kaufmannslehrlinge zusam-mengefasst, also Einzelhandels-, Großhandels- und Industriekaufleute, bzw. die es werden wollten und sollten. Jungs und Mädchen waren zu etwa gleichen Teilen vertreten.

Der Klassenlehrer hatte viel zu erklären. Schließlich mussten neue Hefte gekauft und Bücher verteilt werden, die die Schule zur Verfügung stellte. Er verlangte, dass ihm die Berichtshefte an jedem Monatsanfang zu übergeben seien. Selbstverständlich sei vorher ein ausführlicher Bericht über die Tätigkeiten im vergangenen Monat zu schreiben und vom entsprechenden Abteilungsleiter der Lehrfirma zu unterschreiben.

Es gab unter anderem Unterricht in Buchführung, Steno, Schreibmaschine und noch einige andere Fächer, alle mehr oder weniger berufsbezogen.

Jeder Schultag begann mit einem Schulgebet, das von der Tafel abgeschrieben werden musste:

Name		Klasse	Datum		Seite
		GI 1	21.9.60		Blatt

Schulgebet

Wir bitten dich o Herr, komm' unseren Handlungen mit deiner Hilfe zuvor und begleite sie mit deiner Gnade, damit all unser Arbeiten und Beten durch dich begonnen und vollendet werde.

Amen

Ein besonderes Anliegen des Gemeinschaftskundelehrers war Körperpflege und Körperertüchtigung im Allgemeinen. Gleich bei seinem ersten Unterricht, erklärte er lang und breit, was man alles machen sollte: Jeden Morgen jeweils zwanzig Rumpfbeugen, Kniebeugen und Liegestütze, die er der Klasse vormachte.

Außerdem klärte er darüber auf, wie man durch das Hochziehen von Wasser in der Nase diese reinigt und so weiter. Wer seiner Umwelt etwas Gutes tun wolle, solle sich ein Deodorant gegen Körpergeruch besorgen und vielleicht ein dezentes Rasierwasser.

Peter hatte sich angewöhnt, bei gutem Wetter mit dem Fahrrad sowohl in die Schule als auch in die Firma zu fahren. Denn immer öfter musste er sich ins alte Werk begeben, auch wenn gerade keiner mit dem Auto dorthin fuhr. Vor allem die Ingenieure wollten, dass er mittags ins Dorf fuhr, um etwas für sie zum Essen zu holen. Das dauerte mindestens eine halbe Stunde, denn beim Metzger war zu dieser Zeit immer viel los. Dann war Peters halbe Mittagszeit schon vorbei, bis er selbst zum Essen kam. Eines Tages sah Herr Lange, wie Peter vollbepackt ins Werk zurückkam und fragte ihn, was das denn für eine

Aktion sei, jetzt in seiner Mittagspause. Als Peter ihm erklärte, er kaufe für die Ingenieure ein, wurde Herr Lange richtig böse, ging in deren Zimmer und machte ihnen anscheinend klar, dass ein Lehrling kein Hausknecht sei und sie sich ihr Essen gefälligst selbst holen sollten.
Selbstverständlich waren die Herren sauer auf Peter, weil sie glaubten, er habe sie verpetzt. Doch Herr Harrer wusste es besser und er sagte es ihnen auch. Als er zurückkam meinte er nur, bei manchen Leuten wäre es besser, wenn sie vor in Gang setzen ihres Mundwerks, das Gehirn einschalteten.

Peter fand Herrn Harrer immer sympathischer. Schon wenn er am Montagmorgen ins Büro kam, hatte er meist einen lustigen Spruch auf den Lippen, beispielsweise: „Heute ist Montag, morgen ist Dienstag und übermorgen ist Mittwoch, die halbe Woche schon rum und noch nix g'schafft!"

Herr Harrer gab Peter hin und wieder wichtige Tipps, zum Beispiel, wie er mit einer Büroklammer mehrere Seiten richtig zusammenhalten konnte und zwar so, dass das längere Teil der Klammer nach vorn zeigt, denn so war es möglich, weitere Seiten unter die Büroklammer zu schieben. Außerdem sagte er ihm im Vertrauen, dass er beim Händeschütteln kräftig zulangen sollte, denn sonst meint das Gegenüber, man sei ein Weichei. Peter hielt sich künftig daran – sehr zu seinem Vorteil.
Einmal fragte Peter ihn, wie man mit einem Rechenschieber rechnet, doch Herr Harrer sagte ihm, er solle besser die Maschine benutzen, sein Mathelehrer früher habe die Dinger restlos abgelehnt und er selbst nehme ihn auch nur manchmal, um eine Kopfrechnung zu überprüfen. Dieser Lehrer bezeichnete die Rechenschiebernutzer immer als diejenigen, bei denen 2 mal 2 etwa 3,9 sei. Doch dann nahm er einen großen Schieber und erklärte Peter die Nutzung. Doch Peter war sicher, das sei bestimmt nicht seine Rechenzukunft.
Auch hatte Herr Harrer bemerkt, dass Peter schüchtern war und bei einem unbekannten Menschen manchmal rot wurde, wenn er mit ihm sprach. Ihm wäre es früher auch so gegangen, erzählte er Peter. „Da gibt es einen einfachen Trick: Stell dir vor, dein Gegenüber sei nackt, aber du darfst dabei natürlich nicht lachen." – Peter musste lachen.

Eines seiner interessanten Erlebnisse mit Herrn Harrer war eine Reise zum Holzeinkauf in den Spessart. Sie fuhren in ein Waldstück mit hohen, dicken Buchenstämmen. Der Förster erwartete sie schon. Herr Harrer lief von einem Baum zum nächsten und entschied sich für ganz bestimmte Exemplare, die der Förster kennzeichnete. Herr Harrer zeigte Peter, worauf es ihm ankam: Die Stämme mussten gerade gewachsenen sein und wenige „Chinesenbärte" haben; so würde man die sichtbaren sichelförmigen Einkerbungen auf der Rinde nennen, dort, wo einmal ein Ast gewachsen war.

Herr Harrer ging anschließend mit ihm und dem Förster in ein Wirtshaus, wo alle etwas tranken und eine Kleinigkeit aßen, das er bezahlte.

An einem der nächsten Tage besichtigten sie den Holzplatz, denn die angelieferten Stämme wurden nach ganz bestimmten Vorgaben gesägt und anschließend in der Trockenkammer auf einen bestimmten Restfeuchtigkeitswert gebracht. Selbstverständlich schrieb Peter einen langen Bericht in sein Heft von dem Herr Lange sehr angetan war und Peter dafür lobte. „Besser hätte ich das auch nicht gekonnt", meinte er.

In der Berufsschule gab es an jedem Unterrichtstag auch das Fach Maschineschreiben. In einem extra Saal stand auf jedem Platz eine Schreibmaschine im Büroformat, etwa 30 insgesamt. Zuerst wurden Texte aus einem Buch abgeschrieben. Die Lehrerin ging von Einem zum Anderen und prüfte das Können. Dann verteilte sie Abdeckkappen für die Tasten, genau acht Stück für jeden. Die mittlere Reihe und da genau die Buchstaben „asdf – ölkj" mussten damit verdeckt werden.

Dann ging es los – endlos. Immer wieder diktierte sie „asdf – ölkj", bis ihre Schüler es nicht mehr hören konnten. Ganze Seiten wurden vollgeschrieben bis es alle im Schlaf beherrschten. Neue Buchstaben kamen dazu, erst „g" und „h", später die in den Reihen darüber und darunter. Am Ende des Schuljahres konnte wirklich jeder blind schreiben. – Und das war der Sinn der ganzen Übung!

Nicht ganz so einfach war Stenographie. Peter hat es nie geschafft, diese Kurzschrift so zu beherrschen, dass er sie auch privat oder geschäftlich als Ersatz der Langschrift einsetzen konnte, er brauchte es auch nicht, er hatte ja ein Diktiergerät. Nur wenn er etwas notieren wollte, das seine Mutter nicht lesen sollte, obwohl sie angeblich Kurzschrift gelernt hatte, schrieb er Steno. Mit den Jahren verlernte er es jedoch wieder, da er es nicht brauchte.

Die Schule machte Weihnachtsferien. Peter kam am letzten Tag aus seinem Klassenzimmer, er hatte es eilig und wollte nach Hause. Als er an der Nachbarklasse vorbeiging, sah er wie ein Junge dem anderen von hinten umfasste und vorn an die Hose griff. Sofort war der nächste zur Stelle, bis mehr als zwanzig Jungs ebenfalls das Spielchen mitmachten. Und immer noch kamen welche dazu. Peter überlegte, ob er da mitmischen sollte, er hatte schon seine Schultasche abgestellt, doch er sah gerade noch, wie ein Pulk Mädchen aus seiner Klasse den Quergang entlang kam. Sofort griff er wieder nach seiner Tasche und ging eilig weiter, als wäre nichts geschehen. Die Reihe der Jungs löste sich auf, als sie die Mädchen kommen sahen und die Spielchen hatten ein Ende. Peter sah noch, wie ein paar Jungs über den Hof liefen und im Klo verschwan-den, er jedoch fuhr mit dem Rad nach Hause.

Am selben Abend besuchte er Werner, der ein eigenes Zimmer im ersten Stock im Haus seiner Eltern hatte. Michael war auch da und Peter brachte Berti mit, der mit seiner Mutter ebenfalls in Marktanderstadt wohnte. Michael erzählte, er wisse von einem Mann, der hole sich Jungs in sein Haus und dann macht er das Gleiche, wie sie früher, aber er zahlt gut dafür. Peter bekam ganz große Ohren und wollte wissen, wer das sei und wo er wohne. Doch Michael sagte es nicht. Vor Peters Augen tanzten die Markscheine und er schlug vor, dass sie alle zusammen einmal hingehen sollten. Vielleicht, antwortete Michael, aber vorher müsse er das noch einmal genauer checken. Peter vergaß die Angelegenheit und Michael kam auch nicht wieder darauf zurück.

Peters Mutter wurde immer unzufriedener mit der Wohnung bei den Großeltern. Sie hatte wieder Arbeit gefunden und nähte in einem Geschäft vor allem Vor-hänge für deren Kundschaft. Das konnte sie sehr gut und es machte ihr Spaß, der Verdienst ebenfalls. Außerdem hatte Peter jetzt sein Gehalt, zwar wenig, aber er brauchte kein Taschengeld mehr. Seine Mutter hörte bei allen ihren Bekannten herum und erfuhr, dass im Neubaugebiet drei Wohnblocks mit jeweils fünfzehn Wohnungen entstehen sollten.

Ein Makler in Wertheim würde die Vermietung vornehmen. Sofort nahm sie Kontakt mit ihm auf und vereinbarte einen Termin. Die Miete war zwar hoch, aber noch tragbar. Dafür hatte die Wohnung drei Zimmer und Küche, einen Balkon und Fahrstuhl, so dass sie bequem in den dritten Stock kamen.
Sie fuhren also beide nach Wertheim. Der Makler erzählte viel, vor allem würde die Jugend heute nicht begreifen, dass man hart arbeiten müsse, wolle man es zu etwas bringen. Er sprach Peters Mutter aus der Seele. Das alles hatte Peter irgendwo schon einmal so oder ähnlich gehört. Zwei Wahlverwandte hatten sich gefunden.

Ein Mietvertrag wurde in Aussicht gestellt und ein Besichtigungstermin vereinbart. Es würde zwar noch ein dreiviertel Jahr dauern, bis sie einziehen konnten, weil der erste Block schon restlos vermietet sei und der zweite noch im Bau, vom dritten sah man nur ein Loch, aber Peters Mutter war richtig euphorisch: Endlich weg von den Schwiegereltern.

„Und was machen wir mit den Hühnern und Karnickeln", fragte Peter traurig. „Na, was schon, wir haben doch bisher auch Kaninchenbraten gegessen. Das machen wir jetzt wieder und den Rest kochen wir in Gläser ein", antwortete sie. „Für meine Eisenbahn habe ich dort auch keinen Platz", meckerte Peter weiter. „Das ist auch gut so! Es wird höchste Eisenbahn, dass du dich endlich um deine Zukunft kümmerst und nicht mehr herumspielst. Du bist schon ein junger Mann", war ihr Kommentar. Sie redete, wie sie es brauchte: einmal war er ein kleiner Bub, ein anderes Mal ein Mann!
Peter war mehr als traurig. Mutter holte wieder einmal den Karnickelschlachter. Großen Appetit hatte er nicht auf Kaninchenbraten, seine Mutter brachte den Rest den Großeltern.

Die Hühner schlachteten sie selbst. Mit Tränen in den Augen köpfte Peter seine schönen, großen und dicken Hennen. Eine schlug so kräftig mit den Flügeln, dass sie ihm aus der Hand ohne Kopf vom Hackklotz flog und noch mehrere Meter über den Betonboden in der Garage flatterte, bis sie tot war, eine blutige Spur hinterlassend.
Das reichte Peter. Er ging in den Keller zu seiner Eisenbahn und heulte. Die letzte Henne musste seine Mutter alleine köpfen. „Alles bleibt immer an mir hängen, ich habe es doch gewusst!" war ihr ärgerlicher Kommentar. Die Hühner wurden von ihr gebrüht, gerupft, ausgenommen, zerteilt und in Weckgläser eingekocht. Es waren fast ein Dutzend, die sie in den Keller zu den Gurken, Bohnen, Erdbeeren und Mohrrüben stellte.

Nachdem die Hühner in den Gläsern und die Karnickel gegessen waren, zertrümmerte Peter mit Tränen in den Augen die Ställe, schaffte den Abfall auf das Feld neben dem Garten und zündete alles an.

Auch seine Eisenbahn baute Peter ab und verstaute sie in Kartons. Der Berg und die Rampen wurden nach und nach in der Mülltonne deponiert.
Eines Tages kam seine Mutter und war ganz aufgeregt: „Ich habe jemanden gefunden, der will deine Eisenbahn kaufen, aber du musst sie in seiner Wohnung, im Kinderzimmer aufbauen." „Warum" fragte Peter, „kann er oder sein Sohn das nicht selbst? So schwer ist das doch nicht." „Sein Sohn ist erst

fünf und er selbst hat keine Zeit, er ist Lehrer in der Schule hier." antwortete sie. „Na, ja, ein Pauker, wo sollte der auch was fürs Leben lernen!"
Peter war nicht begeistert, aber andererseits bekam er etwas Geld und das war auch was. Also packte er einen Teil der Eisenbahn, den er mit dem Rad transportieren konnte und fuhr zu dem Käufer Dieser hatte bereits eine Platte besorgt und ein Untergestell, so dass Peter mit der Planung beginnen konnte. Wieder kam ins hintere rechte Eck ein Berg mit einem Tunnel, doch diesmal gebaut aus feinmaschigem Draht und überzogen mit Gips. Ausgehärtet war er eine leichte, aber stabile Erhebung. Die Straßen wurden mit schwarzem, die Wiesen mit grünem, die Felder mit braunem Sägemehl bestreut, und alles aufgebaut, was zur Verfügung stand. Nach ein paar Tagen, als alles fertig war, bekam er sein Geld und fuhr zufrieden, aber dennoch wehmütig, nach Hause.

Als Peter wieder einmal in den Keller ging, um aufzuräumen, bemerkte er einen ekligen Gestank. Er schloss den anderen Keller auf, in dem die Vorräte lagerten und da sah er die Bescherung. Alle Gläser mit den eingeweckten Hühnerteilen waren aufgegangen. Seine Mutter konnte sich nicht erklären, was sie falsch gemacht haben sollte. Doch Frau Bäumer sagte es ihr: „Sie haben die Hühnerteile mit Knochen eingekocht, das hätten sie nicht tun dürfen! Fleisch nur ohne Knochen einwecken, das sollten sie sich merken!"
Mutter grub ein Loch im Garten, leerte die schönen Hühner hinein und schaufelte alles wieder zu. Peter holte ein paar Blümchen und legte sie auf den Haufen. Mutter schüttelte wieder einmal verständnislos ihr weises Haupt.

Dann war es soweit: Die „sieben Sachen" wurden verpackt und Peter mit seinen Freunden fuhren alles auf Handwagen, dem vom Opa und einem, den Werner mitbrachte, in die neue Wohnung. Seine Mutter konnte es natürlich nicht lassen, dumme Bemerkungen zu machen, wenn Peter wieder einmal ein großes Trumm zum Wagen trug. Ihr Standardspruch war in diesem Fall: „Der faule Esel schleppt sich tot."
Peter hatte eine Angewohnheit, die ihm so richtig gar nicht bewusst war: Bei schwierigen Aufgaben, ganz gleich, ob körperlicher oder geistiger Art, klemmte er immer die Zunge zwischen die Zähne und machte ein angestrengtes Gesicht, was bei seiner Mutter stets ein schadenfreudiges Grinsen oder gar ein Lachen zur Folge hatte. Lange wusste er gar nicht warum, bis es ihm dämmerte, so dass er mit der Zeit versuchte, sich das Zungeeinklemmen abzugewöhnen.

Einen ganzen Samstag brauchten sie für den Umzug. Peters Mutter ließ sich nicht lumpen und gab jedem einen größeren Schein, nur Peter ging natürlich leer aus.
Dafür bekam er neue Möbel: Couch, Schreibtisch, Kleiderschrank, außerdem einen bunten Teppich.
In der neuen Wohnung war die Küche bereits eingebaut, so dass auch der alte Küchenschrank auf dem Feld nebenan mit vielen anderen alten Einrichtungsgegenständen verbrannt wurde.

Tante Elise kam kurz darauf mit Mann und Tochter Jutta zu Besuch zur Oma. Selbstverständlich begutachteten sie die neue Wohnung und waren begeistert. Als sie vor ihrer Abreise noch einmal kamen, war Jutta aufgeregt und wollte unbedingt in Peters Zimmer. Peter setzte sich auf seine Couch und suchte etwas in seinen Büchern. Jutta war am Schreibtisch und lief durch die Wohnung. Er achtete nicht darauf, was sie tat. Dann setzte sie sich neben ihn und erzählte ihm von ihrem Freund und was sie schon alles mit ihm gemacht hätte, sogar die Hose habe sie ihm bereits runtergezogen. Eifrig war sie mit Peters Reißverschluss beschäftigt, ohne dass er es recht merkte, hatte sie ihn herunter gezippt und war mit der Hand drin. Plötzlich versuchte jemand die Tür aufzumachen, doch die war abgeschlossen. „Jutta!" rief Elise, „bist du da drin?" Peter war mehr als überrascht, zog schnell den Reißverschluss hoch, öffnete die Tür und setzte sich an seinen Schreibtisch. „Warum habt ihr denn die Tür abgeschlossen?" fragte sie böse. „Ich weiß nicht, ich war's nicht", antwortete Peter. „Komm jetzt!" sagte sie zu Jutta und ergriff grob ihre Hand, „wir gehen!" – Und fort waren sie.

In diesem Winter war der Main zugefroren. Immer wieder trafen sich Peter, seine Freunde und andere auf dem Main. Sie hatten eine fast spiegelglatte Fläche entdeckt, auf der spielten sie mit selbstgesuchten Stöcken Eishockey. Das Geschrei war immer groß und nach einiger Zeit waren alle restlos ausgepumpt. Das ging solange, bis das Eis taute.

Wenn Peter mit seinem Rad ins alte Werk fuhr, musste er häufig zur Chefsekretärin, um etwas zu bringen oder zu holen. Meist war ihr Chef nicht in seinem Büro, so dass es sich ergab, dass sie sich unterhalten konnten. Im Winter, wenn Schnee lag oder es zu kalt war, fuhr Peter mit dem Bus zur Arbeit, so dass sie sich auch dort trafen. Dabei ergab es sich, dass sie nicht nur über Geschäftliches, sondern auch Privates sprachen. Helene war zwar ein paar Jahre älter als er, doch das spielte keine große Rolle. Sie hatte noch vier Brüder, die teils schon in der Installationsfirma arbeiteten, die ihr Vater gegrün-

det hatte. Eines Morgens erzählte sie ihm, dass sie am Sonntag ins Theater gehen würde. Peter hatte davon gehört, dass das Fränkische Theater regelmäßig Gastspiele auch in Marktanderstadt gab. Nahe der katholischen Kirche stand ein großes, neugebautes Gebäude mit einem Saal, der für solche Veranstaltungen ideal war. Das nächste Stück hieß: ‚Der Raub der Sabinerinnen'. Es war eine turbulente Komödie und das erste Theaterstück, das er sah. Helene war mit einem ihrer Brüder da, anschließend gingen sie alle noch in ein Café am Marktplatz. Beide fragten ihn darüber aus, was er so in seiner Freizeit mache, wo er hinginge und wie er seine Abende verbringe. Sie würden sich mindestens einmal in der Woche im Clubheim der DJO, Deutsche Jugend des Ostens, treffen, vielleicht möchte er am nächsten Samstag auch dorthin kommen, um zu sehen, wie toll das wäre. Peter sagte zu.
Alle, die er in den hellerleuchteten Räumen antraf, vielleicht fünfzehn Jungs und Mädchen, kannte er vom Sehen. Sie begrüßten ihn und ein etwas älterer Junge, der Neidhard hieß und Leiter des Clubs war, sagte, dass er sich freuen würde, wenn er regelmäßig käme.
Dann gab er einen Rückblick auf das letzte Treffen und sie besprachen, was an Weihnachten gemacht werden sollte. Es wurde beschlossen, dass am Spätnachmittag des 2. Weihnachtsfeiertags eine kleine Feier stattfinden sollte, die Eltern wären dazu willkommen. Darauf verzichtete Peter, aber er nahm sich vor, vorbeizuschauen.
Man sang noch einige Lieder zur Klampfe, die Peter jedoch meistens nicht kannte, eines gefiel ihm besonders gut:
Jenseits des Tales standen ihre Zelte
Zum hohen Abendhimmel quoll der Rauch
Das war ein Singen in dem ganzen Heere
Und ihre Reiterbuben sangen auch
…

Er sollte es später noch oft singen.

Das nächste große Ereignis in Marktanderstadt war, wie immer seit dem Neubau des Festsaales, das Fest am Faschingssamstag vom Kulturkreis. Es stand immer unter einem Motto, der Saal wurde dazu außergewöhnlich kreativ ausge-schmückt. Viele interessante Leute waren da und die gerade Flügge werden-den Jugendlichen hatten ihren Spaß. Peter war auch da und saß mit seinen neuen Freunden am Tisch der DJO. Bei dem Textilunternehmen seiner Lehr-firma hatte er sich einen witzigen, buntbedruckten Stoff besorgt und von seiner Mutter daraus ein Hemdchen mit einfachem rundem Ausschnitt nähen lassen. Ein großer Strohhut wie ihn angeblich die Gauchos in Südamerika tragen, verziert mit einem Seidenschal, machte die „Verkleidung" perfekt. Der Hut störte beim Tanzen sehr und lag deshalb meistens auf einem Stuhl, wo er auch störte.

Eine dumme Begebenheit verleidete Peter in diesem Jahr jedoch das Fest noch zum Schluss. Marktanderstadt hatte einen Fußballer hervorgebracht, den alle – Peter ausgenommen – anhimmelten. Inzwischen war er als Profi ins Rheinland gewechselt und in Peters Augen ein arroganter Schnösel und Angeber. Mit ein paar Freunden lümmelte Peter auf einem Hocker an der Bar, zum ersten Mal trank er ein Glas Sekt, was ihm nicht besonders schmeckte. Da ging dieser Fußballer mit einigen jungen Damen im Schlepptau an ihnen vorbei und quatschte dummes Zeug mit seiner dröhnenden Stimme. Hinter Peter blieb er stehen und plärrte: „Bedeck mal deinen Arsch, du Sau!" Peter hatte nicht bemerkt, dass sein Hemdchen am Rücken hochgerutscht war, und man einen Streifen Haut sehen konnte. Natürlich lachten seine weiblichen Fans dreckig und dumm. Peter zog das Hemd nach unten, ohne sich umzudrehen. „Mach dir nichts draus", sagte Peter Langemann von der DJO-Clique, „der war schon immer ein Riesendepp."

Peter gefiel es jetzt immer besser im KiDo-Werk und in der Berufsschule, hier bekam er die Anerkennung, nach der er sich lange gesehnt hatte. Vom letzten Jahr her hatte er noch ein paar Tage Urlaub, Herr Lange sagte ihm, dass er diese nehmen müsse, sonst würden sie verfallen. Da hatte er eine Idee: er würde nach Würzburg fahren und seine alten Wege gehen, Ananastörtchen und Fleischsalatbrötchen essen, bis zum Abwinken. Ins Internat würde er jedoch nicht gehen, er fürchtete unangenehme Fragen.

Seiner Mutter sagte er jedoch nichts von seinem Vorhaben nach Würzburg zu fahren. Er besuchte die Plätze seiner „Kindheit", wie er sie insgeheim nannte, spazierte sogar auf die Festung und durch die Stadt. Als er durch eine Gasse in der Nähe des Internats ging, kam er an einem Zoogeschäft vorbei, das er mit seinem Freund Klaus öfter besucht hatte. Da bemerkte er plötzlich im Geschäft etwas, was ihn elektrisierte: junge Kätzchen in einer Farbe, wie er sie noch nie gesehen hatte. Im Laden wurde ihm gesagt, dass es Siamkatzen seien und pro Stück 40 Mark kosten würden. Das war sein halber Monatslohn. Doch er zahlte 10 Mark an und versprach, die Katze, die er herausgesucht hatte, am Samstag abzuholen.

Anschließend ging er noch den früheren Weg vom Internat zur Schule und wartete, bis er die Jungs heimkommen sah. Er versteckte sich in einem Hauseingang, doch er konnte kein bekanntes Gesicht entdecken, sondern es waren alles neue, jüngere Schüler. Enttäuscht ging er noch in die Metzgerei, für eine Fleischsalatsemmel reichte sein Geld gerade noch. Anschließend machte er sich auf den Weg zur Bushaltestelle und fuhr nach Hause. Bis seine Mutter aus der Arbeit kam, hatte er seine Großmutter schon angebettelt und das noch fehlende Geld knisterte in seiner Hosentasche. Es war ein hartes Stück Arbeit, bis er das Okay seiner Mutter hatte, dass er sich die Katze kaufen durfte. Die üblichen Argumente wurden ausgetauscht, natürlich versprach er hoch und heilig, sich ganz allein um die Katze zu kümmern. Er würde ein Kistchen als Katzenklo besorgen und Sägemehl dafür vom KiDo-Werk mitbringen.

Am Samstag fuhr Peter also wieder nach Würzburg. Das Kätzchen wurde in einen kleinen Karton mit vielen Luftlöchern gesetzt. Es miaute immer wieder kläglich, die Leute im Bus wurden aufmerksam, aber nur eine Frau sprach ihn an. Voller Stolz präsentierte er seine neue Mitbewohnerin. Er hatte sie Bini getauft, aber dass sie so viel Geld gekostet hatte, verschwieg er vorsichtshalber auch seiner Mutter.

Siamkatzen waren zu der Zeit besonders schön, mit einem beigen Fell und dunklerem Gesicht, dunkelgeränderten Ohren und dunklen Pfötchen. Vor allem aber die blauen Augen der Katze hatten es Peter angetan. Siamkatzen waren damals noch nicht so hässlich verzüchtet wie heute, eher den heutigen Birmakatzen ähnlich. Er setzte bei seiner Mutter durch, dass sie bei ihm im Bett schlafen durfte und sie schnurrte ihn in seine oder ihre Träume. Dass sie tagsüber allein war, verkraftete sie anscheinend problemlos, sie schlief wohl die meiste Zeit, dafür war sie abends lange munter und wollte spielen und unterhalten werden. Oft lag sie bei Peter quer auf seinem Schreibtisch und tatzelte nach seinem Füller oder Kugelschreiber, wenn er Hausaufgaben machte. Sie hatte eine laute, durchdringende Stimme, wie alle Siamkatzen und wenn ihr was nicht passte, machte sie auch Gebrauch davon. Peter war regel-recht in seine kleine Katze verliebt, was seine Mutter zu ärgerlichen Bemer-kungen veranlasste. Doch nach und nach schmuste sie sich auch bei ihr ein und Mutter und Sohn wetteiferten um die Gunst des Kätzchens, das langsam zu einer stattlichen, wunderschönen Katze heranwuchs.

Eines Nachts konnten sie nicht schlafen. Die Katze wälzte sich am Boden und schrie zum Gotterbarmen.

„Die Katze ist läufig", wusste seine Mutter, „wir müssen sie sterilisieren lassen."
Sie nahm sich kurzentschlossen frei und brachte den Schreihals zum Tierarzt.
Am nächsten Tag sollte Peter die Katze abholen.
Als sie wieder zu Hause war, konnten alle gut schlafen; auch die Katze hatte
den Eingriff bestens überstanden.

Im Frühsommer erfuhr Neidhard bei einem DJO-Treffen, dass in einem
Wiesental unterhalb von Marktanderstadt eine Gruppe Pfadfinder, etwa in
ihrem Alter, ein Zeltlager hätten, mit einer schönen Fahne am Mast. Diese
Fahne wollten sie sich holen. Er fragte, wer mitmachen würde. Da sich Peter
Langemann und noch ein paar Andere meldeten, wollte er nicht als feige
gelten, sondern sagte auch zu. Also wurde ein Termin und Treffpunkt ausge-
macht. Schwierig war es für Peter nur, seine Mutter zu überreden, dass er spät
noch weg müsse und erst irgendwann in der Nacht zurückkäme. Anfangs war
sie wie immer strikt dagegen, doch der Fahnenklau, das verschwieg er vorsichtshalber, sollte an einem Samstag stattfinden, er konnte also am Sonntag
ausschlafen. Es dauerte, bis sie endlich ja sagte.
Dann war es soweit. Die Jungs fuhren mit ihren Fahrrädern in die Nähe des
Zeltlagers. Dort versteckten sie die Räder sorgfältig in einem Gebüsch und
gingen leise zu Fuß weiter. Neidhard kannte sich aus, er hatte alles genau
ausgekundschaftet. Im Zeltlager war es dunkel, die Jungs und Mädchen
schliefen anscheinend tief und fest. Ein Wächter war nirgends zu sehen. Doch
als sie näher kamen, entdeckten sie jemand, der durch die Gegend schlich,
dann ging er in ein Zelt und ward nicht mehr gesehen. Sie warteten noch eine
Zeit lang, dann zogen sie den Mast heraus, legten ihn um und entfernten die
Fahne mit einem Taschenmesser. Das Herz klopfte Peter zum Zerspringen.
Würde alles gut gehen oder kämen gleich die Jungs aus ihrem Versteck und
verkloppten sie? Doch nichts geschah. So schnell sie ihre Füße trugen, liefen
sie zu ihren Rädern und machten sich auf den Heimweg. Obwohl Neidhard bei
den Pfadfindern anfragte, wollte anscheinend niemand die Fahne zurück,
vielleicht hatten sie auch keine Lust, eine Auslöse zu zahlen.
Dabei erzählte Neidhard voller Euphorie, was sie früher alles gemacht und
erlebt hätten. – Die eigene Fahne sei bei ihren Zeltlagern nie gestohlen
worden, da hätten sie schon aufgepasst und keiner hat geschlafen, wenn er
wachen sollte.
An Weihnachten hatte Peter sogar ein Geschenk bekommen, von dem er nie
gedacht hätte, dass so was bei ihr möglich wäre. Seine Mutter schenkte ihm
einen Plattenspieler. Wie sie später einmal sagte, habe sie sich im Geschäft
lange beraten lassen, was sich die Jugend heute wünschen würde. Und das
hatte sie dann gekauft: ein kleines Gerät von Philipps für 45er-Scheiben; man

schob vorn die Platte in einen Schlitz, das Geräte spielte sie ab, wobei man es vorher an das Radio anschließen musste. Nach dem Abspielen kam die Platte wieder von alleine heraus. Einfach einfach.
Sogar eine Platte von Elvis hatte sie gekauft: Jailhouse Rock – unglaublich! Peter fiel seiner Mutter um den Hals und gab ihr einen Kuss, das hatte er schon ewig lange nicht mehr gemacht und seine Mutter war ganz glücklich.

Einen Plattenspieler hatte er sich schon lange gewünscht, aber er scheute bisher die Kosten. Doch mit einer Platte allein konnte er sein Geschenk den Freunden nicht vorführen. Also kaufte er noch, was gerade ein Hit war oder wie man damals sagte, ein Schlager.
Im Zeitungsladen entdeckte er ein kleines Heftchen, in dem die aktuellen Schlagertexte abgedruckt waren, auch die Englischen, Französischen und Italienischen. Er stieg gewaltig in der Achtung seiner Kumpel.

In diesem Jahr machte das KiDo-Werk einen Betriebsausflug nach Bamberg. Alle fuhren mit. Peter hatte seien Fotoapparat dabei und knipste alle und jeden; seine Aufnahmen fanden später reißenden Absatz.
Bei der Heimfahrt im Bus knüpfte Peter zarte Bande zu einem der vier Mädchen aus der Verkaufsabteilung – er sollte in Kürze dorthin wechseln. Da sind gute Kontakte nicht zu unterschätzen, auch die privaten, wie er meinte.

Eines Abends kam die frühere Nachbarin aus der Waldbergstraße ganz aufgeregt zu Peter und seiner Mutter. „Ihr Schwiegervater liegt im Sterben, Ihre Schwiegermutter fragt, ob sie kommen könnten?" sagte sie zu ihr. Peter und seine Mutter ließen alles stehen und liegen und liefen zum Haus der Großeltern. Oma war ganz aufgeregt und kaum ansprechbar, Opa lag auf der Couch und röchelte laut. Der Arzt war gerade da, und erzählte leise Peters Mutter, dass Großvater am Vorabend oben bei Maiwalds gewesen sei und beim Heruntergehen wäre er ausgerutscht und die ganze Treppe heruntergefallen, vor allem den Hinterkopf habe er sich an den Stufen angeschlagen. Gemeinsam haben Maiwalds und die Oma ihn auf die Couch getragen und dort läge er nun, wie man sieht.

Er lag noch einen Tag so, ohne aufzuwachen, dann starb er in der nächsten Nacht.

Peters Mutter hatte bereits vorher die Verwandten angerufen und sie darauf vorbe-reitet, dass eine Beerdigung bevorstehen würde. Nachdem der Beerdigungstermin fest-stand, kamen die Verwandten angereist: Onkel Karl und Tante Alma aus Oberursel, Onkel Friedrich, Tante Ella und Brigitte aus Düsseldorf, Tante Röschen, Arthur, Elise und Tochter Jutta aus dem Ruhrgebiet, außerdem Helmut und Gertrud Bayer aus Kiesdorf und weitere Bekannte und viele frühere und jetzige Nach-barn. Nach der Beerdigung gingen alle Verwandten ins Hotel am Marktplatz zum Essen. Wie gewöhnlich war es bei Beerdigungen ein lustiges Zusammentreffen.
Peter gingen das Gelache und die dummen Witze auf die Nerven. Zusammen mit Brigitte lief er traurig zum Main hinunter. Brigitte wollte wissen, warum er nicht mehr geschrieben habe – und Peter sagte es ihr. „Ach, das ist dummes Zeug, mit meinem Freund ist es längst aus und war es eigentlich damals schon. Meine Mutter hätte es gern gesehen, weil seine Familie und ihre sich andauernd treffen würden zu Feiern und zu Ausflügen." „Na gut", meinte Peter, „wir können es ja noch einmal versuchen."

Am nächsten Tag reisten die Verwandten ab. und Peter und seine Mutter gingen zur Oma, um zu fragen, was sie jetzt machen wolle, denn seine Mutter war der Meinung, dass sie nicht alleine bleiben könne. Als sie die Tür öffnete, sagte Oma ganz müde, ihr sei ganz schwindelig, sie wolle heute früh ins Bett. Als sie gerade in der Küche waren und Peters Mutter ihr einen Schnaps eingießen wollte, fiel sie um. Peter konnte sie gerade noch auffangen, dann legten sie sie auf die Couch, dort wo Opa gestorben war und deckten sie zu.
„Lauf schnell zur Nachbarin und rufe den Arzt, er soll sofort kommen." Als der Arzt kam, war sie schon wieder bei Bewusstsein, konnte aber nicht aufstehen, auch nicht ihren rechten Arm bewegen. „Schlaganfall", diagnostizierte der Arzt; er rief den Krankenwagen und bestellte ein Bett im Spital. Oma wurde plötzlich ganz aufgeregt, sie langte in einen kleinen Schrank und drückte Peter ein Glas in die Hand, das er schon immer bewundert hatte. Es stammte noch aus dem Riesengebirge, war aus Pressglas mit einem goldenen Engelskopf. Außerdem kramte sie eine Brosche aus einer Schublade. Mutter sagte, „die legst du wieder zurück, sonst heißt es noch, die hättest du gestohlen. Nach fünf Tagen starb Oma. Als die Verwandten kamen und wie die Geier über die Sachen der Großeltern herfielen, schnappte sich die gierige Mutter von Brigitte die Brosche und sie verschwand in ihrer Tasche. Peter sagte seiner Mutter voller Ärger, dass sie ganz schön doof sei!

Und wieder gab es eine Beerdigung am selben Grab, in dem schon Großvater lag. Die Kränze und Gestecke waren gerade verwelkt. Und auch das Essen im Hotelrestaurant fand noch einmal statt, wie gehabt.
Diesmal blieben die „Erben" etwas länger. Die beiden Söhne plünderte Opas Werkzeugschrank. Den Schrank überließen sie großzügig ihm, er war auch etwas zu groß, um ihn in den Koffer zu packen, außerdem einen Schusterhammer und ein Schlagmesser mit großer Klinge; anscheinend wussten sie nicht, was sie damit anfangen sollten. Darüber hinaus blieben ein paar gepechte Schnüre, die Opa zum Schuhe nähen verwendet hatte und ein paar Schusternägel. Alles andere verschwand in den Koffern der Söhne. Wie sollte man sonst zu etwas kommen im Leben?

Etwas hatte sein Großvater ihm aber schon vorher geschenkt, vielleicht hatte er da einen besonders guten Tag, denn so was kannte Peter von ihm nie: ein kleines Kistchen mit Münzen, alle datiert vor und nach dem ersten Weltkrieg und Scheine von der Inflation, bedruckt, oft sogar nachträglich mit Millionenbeträgen.

In der Wohnung wurde alles auf den Kopf gestellt. Was nicht verkauft werden konnte, wanderte auf das Feld nebenan und wurde verbrannt, auch die gesamte Korrespondenz der Großeltern und viele Fotos. Eben das, was von einem über 80jährigen Leben übrig blieb, es dauerte nur ein paar Stunden, dann war nichts mehr übrig. Brigitte half Peter dabei.
Am nächsten Tag fuhren alle mit zufriedenen Gesichtern ab. Niemand kam wieder zu Besuch nach Marktanderstadt. Eine Ära war zu Ende.

Noch lange kamen Peter die Tränen, wenn er an seine Großeltern dachte. Er sah noch immer seine Großmutter in der Tür zur Kochnische stehen und ihren einzigen männlichen Enkel voller Stolz anlächeln und sagen: "Gellok, Peterla, du machst das schon."

Seiner Mutter schien der Tod ihrer Schwiegereltern nicht viel auszumachen, jedoch die Raffgier der anderen Schwägerinnen hatte sie aufgeregt. Sie hat sie nicht mehr gesehen in ihrem Leben, erst Peter hat die Verbindung nach Düsseldorf und Oberursel später wieder aufgenommen.

Herr Harrer, der außer für die Gestaltung und Entwicklung neuer Produkte auch für die Qualitätssicherung zuständig war, hatte auch die Retouren zu bear-beiten. Das hieß, er musste mehrmals wöchentlich die beschädigten Möbel ansehen und entscheiden, ob der Schaden durch den Transport verursacht wurde, oder bereits in der Fertigung beziehungsweise beim unsachgemäßen Gebrauch entstanden war. Dazu fuhr er mehrmals in der Woche ins alte Werk, einer Sekretärin diktierte er seine Erkenntnisse, die die Grundlage für even-tuelle Gutschriften waren. Das dauerte ihm alles zu lange, daher setzte er durch, dass die Retouren zu ihm ins neue Werk gebracht wurden, um sie ohne Zeitverlust begutachten zu können. Doch die einzige Sekretärin, die die Schadensmeldungen aufnehmen konnte, war der „Sekretär" Peter, eine neue Aufgabe für ihn.

Kunststoff eroberte auch bei KiDo nach und nach die Fertigung. Bisher hatten die Gitter der Betten jeweils vier Metallkappen an den Enden. Einer der Ingenieure aus dem Nebenzimmer kam auf die Idee, diese durch Kunststoff-kappen zu ersetzen. Das hätte den Vorteil, in der Fertigung könnten einige Arbeitsschritte, ja sogar eine Maschine wegfallen, da diese Kappen nicht aufge-stanzt werden mussten, sondern einfach aufzustecken waren. Alle waren begeistert, anfangs auch Herr Harrer, der gleich mit den Versuchen begann. Muster wurden angefordert und Angebote eingeholt. Kunststoff ersetzte Metall. Doch diese Kappen waren mechanischen Kräften ausgesetzt, denen der Kunststoff nicht standhielt. Mehr und mehr Retouren trafen ein oder es mussten gebohrte Kappen verschickt werden. Nach kurzer Zeit wurde wieder auf Metall umgestellt.

Das neue Werk war ein markanter Punkt an der Straße nach Mähring und nicht zu übersehen. Immer öfter kamen Leute und fragten, ob es zu besichtigen wäre. Auch telefonisch oder schriftlich fragten manche an und es kamen ganze Busse mit Besuchern. Im alten Betrieb gab es sogar einen Werksverkauf, zwar inoffiziell, aber die Menschen mit Kindern im weiten Umkreis kamen hierher zum Möbelkauf.
Anfangs kümmerte sich der Betriebsleiter selbst um die Gäste, aber mit der Zeit wurde es ihm lästig, weil es zeitaufwendig war. Also beauftrage er Peter mit der Besucherführung und instruierte ihn, worauf es ankam. So hatte Peter noch einen zusätzlichen Job, den er seiner Meinung nach ganz gut machte. Vor allem die Riesenmaschine, mit der die Hartfaserplatten bedruckt wurden, brachten viele zum Staunen. Bis die Besucher wieder den Betrieb verließen, vergingen manchmal zwei Stunden. Peter vergaß auch nie, auf den Werks-verkauf hinzuweisen.

Trotzdem waren Peters Tage im neuen Werk gezählt. Herr Lange sollte eine Sekretärin bekommen, die Notlösung, dass Lehrlinge seine Büroaufgaben mehr schlecht als recht zu erledigen versuchten, sollte endgültig der Vergangenheit angehören. Dabei fand Peter es im Nachhinein gar nicht schlecht, sofort ins kalte Wasser geworfen zu werden, denn dabei hatte er auf die Schnelle viel gelernt.

Seine nächste Abteilung, in der er mitarbeiten sollte, war die Buchhaltung. Sie befand sich im alten Werk und wurde von Frau Winter geleitet, einer resoluten durchsetzungsgewohnten vollschlanken Dame, vielleicht Anfang vierzig. Sie war nicht zimperlich, wenn es galt, ihre Meinung zu vertreten. Ihr Mann war der Verkaufsleiter im Werk.
Peter hatte täglich Scheckeinreichungen mit der Maschine auszufüllen und für die Bank fertigzumachen. Selbstverständlich kontrollierte Frau Winter alles ganz genau und machte einen Riesenzirkus, wenn etwas nicht stimmte.
Außerdem hatte er Rechnungen zu schreiben – eine tödlich langweilige Arbeit. Es machte ihm keinen Spaß und das merkte man anscheinend. Er wurde immer lustloser, was er auch der Chefsekretärin, Fräulein Helene, gelegentlich kundtat und Herrn Lange, als der ihn einmal fragte, was er schon alles gelernt habe.
Nach kurzer Zeit wurde er, zusammen mit seinem Vorgänger aus dem neuen Werk, zur Rechnungsauswertung für die Statistik abkommandiert. Ebenfalls langweilig! Aufgrund der Rechnungskopien hatten sie in Listen einzutragen, welche Artikel im Vormonat von den Einzelhändlern und Warenhäusern gekauft wurden; ihre Tätigkeit war die Grundlage für die Fertigungsplanung. Doch sein Mitauswerter war ein ausgesprochener Faulenzer. Er zählte nicht, sondern schrieb Fantasiezahlen, die er sich aus den Fingern sog oder vom Vormonat etwas verändert übernahm und dann eintrug. Nur ab und zu zählte er tatsächlich. Es kontrollierte ja niemand nach und keiner hätte für möglich gehalten, dass so etwas geschehen könnte. Den Rest des Tages las er in Zeitschriften oder einem Buch. Man hörte es deutlich, wenn jemand zu Ihnen ins Zimmer wollte, weil ihr kleines Büro ganz unterm Dach lag und die steile Treppe dorthin laut knarrte. Jedem Besucher erklärte er die Schwierigkeiten dieser anstrengenden Tätigkeit, manchmal stöhnte er auch laut und jammerte, so dass Besucher rasch wieder gingen.

Peters nächste Abteilung war der Verkauf. Diesen leitete Herr Winter, ein besonnener, großer, schlanker Mann, der jedem Ärger aus dem Weg ging und auf Ausgleich bedacht war, im Gegensatz zu seiner Frau, die stets versuchte mit dem Kopf durch die Wand zu brechen und ihre Interessen, kostet es was es wolle, durchzusetzen; im Gegensatz zu seiner Frau war er im Betrieb sehr beliebt.

Doch was kaum jemand wusste und von denen, die Herrn Winter kannten, keiner ausplauderte: er war ein absoluter Faulenzer! Der zweite Mann nach dem Verkaufsleiter, Herr Rohrer, war daher für die Abteilung der wichtigste Mann. Er besorgte die Korrespondenz, auch die Anrufe der Kunden wurden zuerst zu ihm durchgestellt. Seine Notizen bekam Peter, er sollte überprüfen und feststellen, ob die Angaben des Kunden stimmten und tatsächlich bei der Bestellung etwas falschgelaufen sei.

Wenn Herr Rohrer nicht am Platz war oder telefonierte, musste Peter einspringen und Telefonanrufe entgegennehmen. Häufig beschwerten sich die Kunden lautstark, dann versuchte er, sie zu beruhigen und Vertrauen zu schaffen. Nachdem er die Angelegenheit geklärt hatte, zumeist ging es um eine Falschlieferung, übergab er Herrn Rohrer die Unterlagen, der nach Prüfung, die Sache erledigte und dem Kunden einen Brief schrieb und gegebenenfalls eine Gutschrift.

Häufig musste Peter in der Ablage recherchieren. Das war die Abteilung von Frau Burger. Sie bewachte „ihre" Ablage wie Zerberus, der Höllenhund die Unterwelt. Jeder Kunde, der etwas bestellte oder an das Werk schrieb, bekam eine Hängemappe, die den gesamten Schriftwechsel aufnahm. Die Mappen waren in einem riesigen Blechkasten, dem sogenannten Paternoster, und dort in Hängerahmen untergebracht, die elektrisch bewegt wurden. Das durften jedoch nur besonders vertrauensvolle Mitarbeiter, anfangs gehörte Peter nicht dazu, also musste er warten, bis sie ihm die Unterlagen herausgab.

Die schon etwas ältere, kleine, aber energische Dame war stets dunkel gekleidet, trug ihr Haar streng nach hinten gekämmt und in einem Dutt zusammengefasst, der mit einem Netz umschlossen war, fast so wie früher bei seiner Oma. Unangenehm war, dass sie sich mit einem Eau de Toilette mit durchdringendem Lavendelduft von Kopf bis Fuß einnebelte. Grundsätzlich hatte er nichts gegen Lavendel einzuwenden, aber was zu viel war, war zu viel. Noch viele Jahre später mied er Lavendel in jeder Form.

Das KiDo-Werk hatte in beinahe jedem Bundesland ein Auslieferungslager, nach und nach lernte Peter die Leiter dieser Niederlassungen kennen, weil er oft mit ihnen telefonierte. Manchmal kamen sie auch ins Werk zu Besuch, um Fragen zu klären, so dass er sie auch persönlich kennenlernte, was für die Lösung mancher Kundenprobleme sehr hilfreich war. Denn bei einer Falschlieferung drängten die Kunden auf schnellstmöglichen Umtausch und manchmal konnten die Auslieferungslagerleiter richtig zaubern.

Das KiDo-Werk hatte bisher die Niederlassungen per Bahn beliefert, zumeist mit vollgepackten kompletten Waggons. Anscheinend war die Bahn jedoch zu

unflexibel und zu teuer, wie Peter aus manchen Bemerkungen heraushörte. Man hatte sich entschlossen, in Steinfurt ein neues Versandlager zu bauen und die Möbel mit einem eigenen Lastkraftwagen zu liefern. Es wurden ein kompletter Sattelzug und ein zweiter Auflieger angeschafft. Während der Sattelzug zu einem Auslieferungslager fuhr, wurde der andere Auflieger beladen. Sozusagen rund um die Uhr war man im Einsatz.
Auch im Büro tat sich einiges. Die Geschäftsleitung plante, die Verwaltung mittels Lochkarten schneller, effektiver und auf lange Sicht billiger zu gestalten. Dazu wurden Computer angeschafft, die jedoch keine Temperaturschwankungen vertrugen. Also wurde ein ganzes Stockwerk im alten Betrieb umgebaut. Verkauf, Buchhaltung, Telefonanlage, Telex und so weiter zogen nach ein paar Wochen in die neuen Büros. Das Tollste war jedoch die Lochkartenabteilung: Aufträge wurden jetzt dort erfasst und bis zur Auslieferung und Rechnung zentral gehandhabt. Der tägliche Umsatz war abrufbar, ebenso die gesamten Verkäufe jedes Kunden, mühevolles Zählen der Artikel anhand der Rechnungskopien gehörten ab sofort der Vergangenheit an. Trotzdem war menschliches Versagen nach wie vor die Regel und Peter und Herr Rohrer waren keineswegs arbeitslos.

Ein Problem blieb ihnen erhalten: Der Verkaufsleiter, Herr Winter, begrub nach wie vor ungeklärte Fälle, die auf seinem Schreibtisch gelandet waren, in demselben, ohne sie zu bearbeiten. Manchmal waren, trotz intensiver Suche einfach keine Unterlagen zu finden. Frau Burger teilte mit, dass die Mappe des Kunden von Herrn Winter geholt worden war – dann wussten sie schon Bescheid. Weil sie sich aber nicht am Schreibtisch des Herrn Winter zu schaffen machen konnten, denn auch seine Frau hätte sie durch die Fenster sehen können, mussten sie immer warten, bis die Beiden nicht da waren oder Urlaub machten. Dann war Ausmisten in großem Stil angesagt und die ungeklärten Fälle wurden, bis zum nächsten Mal, aufgearbeitet.

Peter hat sich die Computerabteilung genau angesehen und alles erklären lassen. Einige der Damen aus der Buchhaltung arbeiteten jetzt dort. Die Eine tippte die Angaben in die Lochkarten, die Zweite machte dasselbe zur Kontrolle, dann wurden die Karten von den Spezialisten weiterverarbeitet. Überall hörte man das Surren, wenn ein ganzer Stoß von Karten innerhalb von Sekunden durch die Maschine gejagt wurde.
Einer der Spezialisten fragte Peter, ob er nicht Lust habe, Programmierer zu werden, das sei der Beruf der Zukunft. Peter wusste zwar nicht genau, was das sei, aber er sah die Spezialisten dort werkeln, also konnte es ja nicht so schwer sein. Er fragte ganz im Vertrauen Herrn Rohrer, ob er meine, dass Program-

mierer ein Beruf für ihn sei. Der sagte ganz im Ernst, er würde sich das an Peters Stelle aus dem Kopf schlagen. Es sei eine sehr trockene Tätigkeit, er glaube, dass für Peter ein etwas kreativerer Beruf besser geeignet wäre. Herr Rohrer wusste damals nicht, wie Recht er hatte.

Peter bemerkte immer wieder einen Porsche mit Frankfurter Kennzeichen, der mindestens einmal im Monat im Hof parkte. Einmal sah er, wie zwei junge Männer in tadellos sitzenden Anzügen ausstiegen und große Mappen ausluden. Sie gingen zur Geschäftsleitung und blieben einige Stunden dort. Peter fasste sich ein Herz und fragte die Chefsekretärin, wer denn diese Männer seien. „Die sind von unserer Werbeagentur aus Frankfurt, heute ist die Präsentation für die neuen Prospekte und die Anzeigen fürs nächste Jahr", war ihre Antwort. Peter war sehr beeindruckt. Anscheinend verdienten sie so gut wie niemand sonst, den er kannte. In Marktanderstadt fuhr damals niemand einen Porsche, nicht einmal die Besitzer der Brauerei.

Viermal im Jahr wurden die KiDo-Kunden über Veränderungen und neue Produkte informiert oder auch Prospekte verschickt. Frau Burger war auch für die Adressenpflege zuständig. Mit einem Prägegerät wurden auf dünne Blechplättchen Adressen, Kunden-Nummer und weitere Angaben geprägt und mittels der „Adrema", einem Adressiersystem, auf Aufkleber gedruckt.
Die ganze Verkaufsabteilung saß zusammen, vor sich die jeweiligen Beilagen und einen Brief. Meistens wurden die Unterlagen in einen Umschlag von der Größe DIN C4 eingesteckt, der bereits mit der Adresse versehen war. Der „Oberpostminister" und seine Damen verschlossen und frankierten die Umschläge.
Peter war dafür zuständig, dass den Mitarbeitern die zu kuvertierenden Informationen nicht ausgingen. Gerade die Damen stellten sich beim Kuvertieren häufig ungeschickt an und Peter musste ihnen erst zeigen, wie man rationell eintütet. Doch manche lernten es einfach nicht.

Durch seine vielfältige Tätigkeit in der Verkaufsabteilung hatte er gute Kontakte zu allen Mitarbeitern und Mitarbeiterinnen. Seine freundliche, hilfsbereite Art machte ihn bei den Meisten beliebt. Gerade mit den drei jungen Mädchen, die nur etwas älter waren als er, verbrachte er viel Zeit, oftmals die ganze Mittagspause und schäkerte mit ihnen herum.
Es war auch die Zeit, als plötzlich sein Freund Werner im Verkauf auftauchte und Herr Winter ihm sagte, das wäre sein neuer Mitarbeiter. Werners Lehrbetrieb hatte Konkurs gemacht und er war zu seinem Glück bei KiDo angenommen worden.

Jetzt hatte er wenigsten etwas Unterstützung und stand nicht mehr allein gegen drei manchmal geradezu aufdringliche Mädchen. Eines Tages hatte eine die etwas verrückte Idee, einen Vertrag zu machen: Sie sollten festlegen, dass sie nicht vor dem 25. Lebensjahr heirateten. Also wurde die Abmachung aufgesetzt und vereinbart, dass jeder, der den Vertrag bricht, folgendes zahlen muss:
1) Für jeden eine Flasche Sekt
2) Für jeden ein Brathähnchen mit Beilage
3) Für alle einen Kasten Bier
„Das Gelage findet am Polterabend des Vertragsbrüchigen statt. Mit sämtlichen Unterschriften tritt dieser Vertrag in Kraft."
Diese Vereinbarung wurde in ein leeres, sauberes Marmeladenglas gesteckt und an einem Telegrafenmast am Mainufer von Steinfurt vergraben.
Drei Jahre später, als Peter schon verheiratet war, hat er das Glas mit dem Vertrag ausgegraben, wo es immer noch unangetastet lag. Zu seinen damaligen Kolleginnen und seinem Freund Werner hatte er keinen Kontakt mehr. Weder er noch ein anderer Vertragspartner hat seine Verpflichtungen daraus je erfüllt.

Peter wies seinen Freund Werner in alle Bereiche so gut es ging ein, zeigte ihm, wie er es machen solle und wo er was finden konnte.
Peter musste jetzt immer wieder in anderen Abteilungen aushelfen, vor allem in der Telefonzentrale. Hier stand auch der Telexapparat, Telefax war noch unbekannt. Ein längeres Telex wurde auf Lochstreifen vorgeschrieben und anschließend mit Tempo gesendet, denn Zeit war auch bei Fernschreiben Geld. Anrufe nahm Peter entgegen und vermittelte sie weiter oder rief bei Firmen bzw. Personen an, wie vorgegeben.
Herr Rohrer war sehr froh, wenn Peter wieder in seinem ursprünglichen Büro war und die Korrespondenzvorarbeiten erledigte. Die meisten Vorgänge diktierte er gleich nach Klärung auf die Platte, die Briefe wurden anschließend von einer der drei Abteilungssekretärinnen geschrieben, von Herrn Rohrer überprüft und unterschrieben. Die Briefe wurden von den Sekretärinnen kuvertiert und zum „Postminister" gebracht, der sie frankierte und zur Post brachte.

Im Frühsommer machte Peters Mutter ihn darauf aufmerksam, dass ein Tanzkurs stattfinden würde, er solle doch hingehen, tanzen lernen gehöre für einen jungen Mann einfach dazu. Er hörte herum, was die anderen Jungs so meinten, die Einen sagten ja, das ist wichtig, Andere wollten auf keinen Fall so etwas machen, das sei doch Weiberkram.

Ausschlag gab der andere Peter aus der DJO-Clique, der ihm sagte, er sei schon angemeldet und ein paar Mädchen nickten auch zustimmend. Also machte sich Peter auf den Weg und war plötzlich Tanzschüler. Einmal in der Woche fand die Veranstaltung abends statt. Die üblichen Standardtänze wurden eingeübt. Rock n' Roll jedoch nicht und gerade das wäre wichtig gewesen für ihn.
Die Clique aus der DJO lernte ein Geschwisterpaar kennen, das erst vor kurzem zugezogen war, sich munter und lustig im Umgang zeigte. An dem Jugendclub hatten sei jedoch kein Interesse, sie waren sich selbst genug.
Eines Abends auf dem Heimweg vom Tanzkurs alberten sie herum und das Mädchen fragte, ob sie wüssten, was der Satz: „Voulez vous couchez avec moi?" heißt. Alle schüttelten die Köpfe, auch Peter. Er konnte es sich zwar zusammenreimen, vor allem das couchez, doch genau wusste er es nicht. Da beugte sich das Mädchen zu ihm hin und flüsterte die Übersetzung leise und mit viel Gepuste in sein Ohr. Peter wurde rot bis über alle Ohren, doch es war ja Nacht, so konnte es keiner sehen.

An Ostern planten die DJOler eine Radrundreise in den Odenwald und alle kamen mit. Das Wetter war zwar noch kühl, aber sonnig und ohne Regen. Übernachtet wurde in Jugendherbergen. Manche Berge oder besser gesagt, Hügel, waren ziemlich anstrengend, doch es hat ihnen allen großen Spaß gemacht. Vermutlich war es vom Gruppenleiter als Generalprobe gedacht für die Südtirolfahrt im kommenden Jahr, von der sie zu diesem Zeitpunkt noch keine Ahnung hatten.

Peters Mutter lernte mithilfe ihrer Ratschfreundin, Frau Bäumer, einen Mann kennen, namens Karl, und sie trafen sich immer öfter. Peter war zwar nicht sehr begeistert und er juxte, dass er doch eigentlich dachte, dass sie ihn einmal heiraten würde, wenn er groß wäre, was sie etwas peinlich berührte. Es stellte sich heraus, dass sie wohl planten, später einmal zu heiraten.

Im Jahr darauf, am 13. August 1961, mauerte die DDR die Ostberliner ein. Nur wenige Wochen vorher hatte Honecker bei einer Kundgebung getönt: „Niemand hat die Absicht, eine Mauer zu errichten!" Antiimperialistischer Schutzwall wurde er im geschraubten DDR-Deutsch genannt, was Peter und seine Freunde zum Totlachen oder reiner Schwachsinn fanden, als sie davon hörten.
Wie gewöhnlich unternahmen die Vereinigten Staaten nichts dagegen, erste enttäuschte Stimmen zu Kennedys Regierungsstil wurden laut.

Israelische Agenten haben im selben Jahr den Judenmörder Adolf Eichmann in Argentinien ausfindig gemacht, nach Israel entführt und vor Gericht gestellt. Damit wurden in Deutschland wieder einmal Stimmen laut, die forderten, bei uns nach so vielen Jahren endlich Schluss zu machen mit Verfahren wegen solcher Kriegsverbrechen. Doch es hörte zum Glück niemand auf solche abwegigen Anliegen. Ein Jahr später wurde Eichmann zum Tod verurteilt und hingerichtet. Leider folgte damit der Barbarei des Hitlerstaates die Barbarei der Justiz. Mit einem solchen Mord stellt sich ein Staat auf dieselbe Stufe wie der Verbrecher. Peters Meinung war, dass kein Staat das Recht habe, einen Menschen von Staats wegen umzubringen!

Die Sowjetunion feierte einen ihrer letzten Triumphe, denn seit damals ging's bergab: Gagarin flog ins All. Ihm folgten weitere Kosmonauten, auch die Amerikaner schickten ihre Männer in den Weltraum, doch es dauerte noch bis zum Jahr 1969, bis der erste Mensch einen Fuß auf den Mond setzen konnte, Neil Armstrong, der dabei den weltberühmten Satz sagte: „Das ist ein kleiner Schritt für einen Menschen, aber ein großer Sprung für die Menschheit!."

Peter wurde 18 Jahre alt. Er feierte ein kleines Fest im DJO-Heim mit allen, die sich einfanden. Es gab Cola, Saft und Bier, obwohl er das immer noch nicht mochte. Es wurde etwas getanzt, viel gesungen und das war's dann.

In diesem Jahr war viel los in der Welt. Gerade die Bayern zeigten wieder einmal überdeutlich, was sie unter Demokratie verstehen: „Mir san mir und mir san die Mehrern!" Nach diesem Motto handelte auch der Haudrauf Franz-Josef Strauß, der damalige Verteidigungsminister, als er einen Bericht über die Bundeswehr in der Zeitschrift ‚Der Spiegel' las. Er witterte sofort einen Abgrund an Landesverrat – endlich hatte er eine Waffe in der Hand, so glaubte er, es diesem verhassten Nachrichtenmagazin, das ihn wegen seines seltsamen Demokratieverständnis ständig kritisierte, zu zeigen wo Gott hockt. Das Ergebnis war: Franz-Josef Strauß wurde zurückgetreten! Die Pressefreiheit ging gestärkt aus dieser Affäre hervor und niemand wagte mehr daran auch nur zu kratzen.

Aber nicht nur Franz-Josef Strauß blamierte sich bis auf die Knochen, auch die bayerische Justiz, nicht gerade ein Vorbild an Unvoreingenommenheit: Vera Brühne wurde wegen Mordes verurteilt, ein Beispiel für verkorkste Gerechtigkeitssuche im Gerichtssaal und in Bayern mit seiner überheblichen Justiz nicht unüblich! Man munkelte, irgendjemand aus der Regierung hatte seine

Finger im Spiel und er sei mit seinem Anliegen auf wohlwollende Richter gestoßen. Aber wer richtet schon die Richter – in Bayern oder sonstwo?

Dafür machte sich ein Mann aus Hamburg einen Namen: Helmut Schmidt ist der Mann der Stunde als in Norddeutschland das Meer ins Land flutete. Weit mehr als 300 Tote waren das Ergebnis und 20.000 Menschen wurden obdachlos. Helmut Schmidt bekam schnell das Chaos in den Griff und sorgte für rasche Hilfe. Er empfahl sich damals als zukünftiger Bundeskanzler, was er zwölf Jahre später auch wurde. Ein Ausspruch von ihm wurde vielfach nachgedruckt: „Gehen Sie mal lieber nach Hause, sie halten hier nur den Betrieb auf." Das sagte Schmidt zum Hamburger Polizeikommandeur am Morgen nach der Sturmflut.

Im KiDo-Werk erledigte Peter seine Aufgaben auf gewohnte Weise. Er bearbeitete die anfallenden Vorgänge mit großer Sorgfalt, nahm Kundenwünsche am Telefon entgegen und versprach rasche Abhilfe bei Beschwerden. Nur wenn er feststellen musste, dass wieder einmal Herr Winter die fraglichen Akten in seinem Schreibtisch vergraben hatte, wurde er wütend und drohte Herrn Rohrer den Kram hinzuschmeißen, wenn sich nicht endlich etwas ändern sollte. Da kam er auf eine Idee: Er ging zu Herrn Winter und behaupte, Frau Burger von der Ablage habe ihm gesagt, die Unterlagen seien von ihm abgeholt worden, also müssen sie in seinem Schreibtisch sein. Nach einiger Zeit kam der Verkaufsleiter und brachte ihm den Hängeordner – natürlich hatte er bisher nichts unternommen. Peter war trotzdem sauer, weil die Kunden sauer waren und er Ärger und doppelte Arbeit hatte!

Im Freundeskreis machte in diesem Jahr ein Medizinskandal Furore; er wurde auf bewährte Art und industrieschonende Weise behandelt: Verschleiern, Unwahres behaupten, hinauszögern, abstreiten – nach dem Motto: Mein Name ist Hase, ich weiß von Nichts. Der Name des Produktes war: Contergan. Hunderte von Missbildungen sind auf Grund der Einnahme dieser Schlaftabletten zur Welt gekommen und quälen sich noch heute. Weil ein Industrieunternehmen aus Profitgier ein fehlerhaftes Produkt auf den Markt gebracht hat!?

Dagegen hatte ein anderes Pharmaunternehmen ein Produkt entwickelt, das sofort ein Riesenerfolg war und noch ist, obwohl der Papst wie bei allem, was Sexualität beinhaltet, dagegen ist: die Antibabypille. Peter bekam ganz große Ohren und Augen, als er davon hörte bzw. las. Das waren für die Zukunft ganz neue Aussichten.

Peters Mutter war selbstverständlich dagegen, doch sie meinte, der Papst solle sich heraushalten. Damit würde wieder ein Stückchen Macht über seine Schäflein verloren gehen, meinte Peter, denn die gründet sich ja auf der Angst vor der Verderbnis der Seele und der ewigen Verdammnis. Warum, so fragte sich Peter, haben dann die Päpste in den vergangen Jahrhunderten so viele menschenverachtende Dinge getan wie zum Beispiel die „Heilige" Inquisition, der Tausende zum Opfer fielen, vor allem in Spanien? – Welch' ein menschenverachtender Irrsinn und das im Namen des „wahren" Glaubens.

Viel mehr erschütterte Peter, dass Marilyn Monroe mit Tabletten Selbstmord begangen hatte. Man sprach von Liebeskummer und dass die Kennedybrüder ihre Finger im Spiel gehabt haben sollen – aber Genaues wusste man natürlich nicht.

Es gab auch etwas fürs Herz: Peters Mutter wäre am liebsten ins Radio gekrochen, wenn Heintje sein „Mama" sang.

Kapitel 17
Ein aufregendes Jahr: zum ersten Mal im Ausland

Dieses Jahr war das Aufregendste in seinem bisherigen Leben. Auch in der Welt passierte einiges, die Kubakrise brachte die Menschheit sogar an den Rand des Untergangs; sie war nur wenige Stunden vom Atomkrieg entfernt, wenn man den Berichten glauben darf.

Der Klassenlehrer in der Berufsschule legte Tageszeitungen auf das Pult und machte den Vorschlag, mit dem Lesen einer solchen zu beginnen. Es wäre schon im Hinblick auf eine spätere Karriere wichtig, wenn sie über das Geschehen in der Welt Bescheid wüssten.

Sie sollten es keinesfalls so machen, wie ihre Eltern: der Vater interessiert sich vor allem für die Fußballergebnisse, die Mutter für die Kochrezepte und die Oma für die Todesanzeigen. Als Kaufmann müssten sie über das aktuelle Geschehen, beispielweise in Politik und vor allem in Wirtschaft, informiert sein. Aber gerade viele Einzelhandelskaufleute interessierten an der Tageszeitung nur, dass sie ihre Heringe oder die Krautköpfe darin einwickeln könnten. Hämisches Gelächter war die Folge.

Peter bearbeitete also seine Mutter und die gängige Zeitung in Marktander-stadt, das Main-Echo, eine Tageszeitung, die in Aschaffenburg gedruckt und die auch schon seine Großeltern abonniert hatten, wurde bestellt. Peter las die Zeitung meistens am Abend von vorn bis hinten. Eine Meldung war mit großen Buchstaben überschrieben: Adenauer tritt zurück. Ludwig Erhard wird Bundeskanzler.
Der Alte, wie er genannt wurde, musste das Zepter auf Drängen seiner Partei an den ehemaligen Wirtschaftsminister abgeben, den er für nicht geeignet hielt, was sich später auch als richtig herausstellte.

Eine weitere wichtige Meldung war der Besuch von Präsident Kennedy in Berlin, Mitte des Jahres, dort sagte er seinen berühmten Satz, der die Berliner geradezu elektrisierte: „Ich bin ein Berliner." Willy Brandt, der spätere Bundeskanzler, begleitete ihn auf seinen Fahrten.

Ein paar Monate später, am 22. November 1963, wurde Kennedy in Dallas/Texas ermordet – und Johnson sein Nachfolger.
Die Berichterstattung über ein anderes Ereignis verschlang Peter geradezu: Der Postraub in England am 8. August 1963. Er sorgte für ausführliche Diskus-

sionen im Büro, die Bande erbeutete schließlich über 2,5 Millionen Pfund Sterling. Manche der Damen malten sich aus, was sie alles mit dem vielen Geld machen würden. Peter dachte daran, was seine Großmutter in einem solchen Fall gesagt hätte: „Unrecht Gut gedeihet nicht."

Schon im Frühjahr dieses Jahres, einige Monate vor dem offiziellen Ablauf der Lehrzeit, war die Prüfung zum Industriekaufmann angesetzt. Peter und einige andere aus seiner Klasse fuhren mit dem Schienenbus nach Mähring in die dortige Berufsschule. Die Prüfung dauerte bis zum frühen Nachmittag, anschließend gingen alle in ein Café, aßen eine Kleinigkeit und tranken auf ihre Zukunft. Dann verabschiedeten sie sich, denn viele würden sich nicht mehr wiedersehen – und so war es auch. – Wieder einmal war ein Lebensabschnitt zu Ende gegangen.

Peter hatte noch ein weiteres Ziel: Da er bereits achtzehn war und seine Mutter über kurz oder lang zu ihrem neuen Bekannten nach Goldbach ziehen würde, sollte er den Führerschein machen. Beide versprachen ihm, zu Beginn des neuen Jahres ein Auto zu kaufen, wenn er die Führerscheinprüfung bestehen würde. Dabei hatten sie im Hinterkopf, dass Peter jedes Wochenende zu ihnen kommen und er sie zu Einkaufs- und Besichtigungstouren herumfahren sollte. So ganz uneigennützig war also dieses Vorhaben seiner Mutter nicht und Peter hatte das auch nicht erwartet.

Peter würde zu seinem Namensvetter Peter ziehen. Peters Mutter hatte schon mit Frau Langemann, einer stattlichen Frau von fast 50 Jahren, die in einer Drei-Zimmer-Wohnung in der Gutshofstraße lebte, aber noch ein Zimmer unter dem Dach hatte, gesprochen. In dieses Zimmer sollte Peter ziehen, das Bad in der Wohnung konnte er mitbenutzen und sie würde für seine Mahlzeiten sorgen, wie sie das auch für ihren Sohn machte. Um seine Wäsche würde sie sich ebenfalls kümmern, beziehungsweise die würde er zu seiner Mutter mitnehmen, wenn er zu ihr fuhr. Seine Mutter hatte mit ihr eine entsprechende finanzielle Vereinbarung getroffen, die Beide zufrieden stellte.

Peter meldete sich bei der einzigen Fahrschule in Marktanderstadt an, machte eine Anzahlung und vereinbarte seine erste Fahrstunde, die in einem VW-Käfer stattfinden sollte. Als er pünktlich vor dem Haus eintraf, fand Peter bereits den alten Herrn Weise vor. Er öffnete die Fahrertür und sagte zu ihm, dass er Platz nehmen solle, er selbst stieg als Beifahrer ein. Da das Auto mit der Schnauze zum Haus geparkt war, musste Peter nach wenigen Erklärungen zu Kupplung, Bremse und Gas das Fahrzeug starten und den Rückwärtsgang

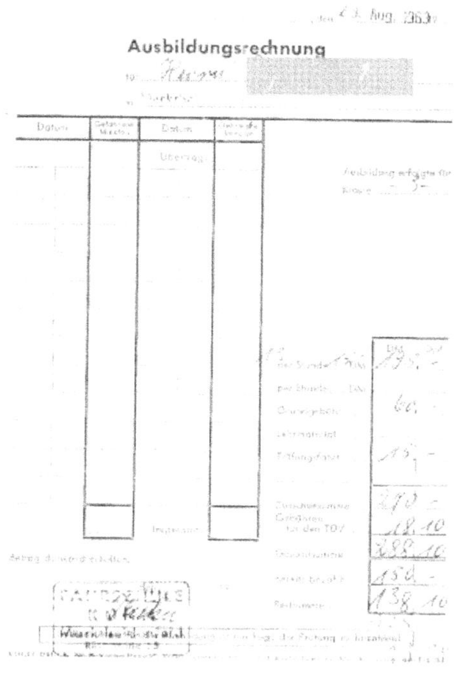

einlegen, was auch nach einigen Versuchen gelang. Dann hieß es Fuß von der Bremse und langsam – ganz langsam – Gas geben. Auch das gelang. Peter fuhr auf der Straße, welches Wunder. Herr Weise befahl, doch etwas schneller zu fahren, sonst wäre er eine Verkehrsbremse und auch das gelang nach und nach immer besser. Am Ende der Fahrstunde fuhr Peter das Auto wieder auf seinen Platz, machte den Motor aus und schaute Herrn Weise erwartungsvoll an. „Das ging ja schon ganz gut und du", er duzte alle jungen Leute, „hast wirklich noch nie am Steuer gesessen?" „Nein, ganz bestimmt nicht!" versicherte Peter hoch und heilig. Er verschwieg, vermutlich dachte er auch gar nicht mehr daran, dass er einmal als kleiner Junge den Traktor bei der Rübenernte gefahren hatte.

Und so ging es weiter mit der Fahrstunde und dem theoretischen Unterricht. Peter musste seine Hausaufgaben machen, das heißt die Fragebogen durcharbeiten und die Regeln lernen.
Es wurde eine Nachtfahrt, eine Autobahnfahrt und eine Stadtfahrt nach Würzburg gemacht. Alles zur Zufriedenheit von Herrn Weise. Einmal erzählte er von seinem Vater: Wenn der noch leben und den heutigen Verkehr betrachteten würde, er war wohl nur Pferdefuhrwerke gewohnt, so würde er sich wundern und sagen, wenn sich die Fahrzeuge begegneten: „Warum nur so nah, warum nur so nah?"

Nach der 10. Fahrstunde fand die theoretische Prüfung statt, die Peter mit „gut" bestand. Die praktische Prüfung musste jedoch noch warten, da die Fahrschule Weise Betriebsurlaub machte, drei Wochen lang.

Peter überlegte mit seiner Mutter hin und her, ob er sofort nach dem Urlaub die Prüfung ablegen sollte, oder ob es besser wäre, noch eine Fahrstunde dranzuhängen. Natürlich konnte ihm seine Mutter keinen Ratschlag erteilen, doch er entschloss sich zu einer weiteren Fahrstunde. Dann kam die Prüfung. Selbstverständlich war er aufgeregt, vor allem weil er warten musste bis er drankam. Er war der Vorletzte. Einige waren schon durchgefallen. Später

wusste Peter nicht mehr, wie es gelaufen war. Natürlich musste er rückwärts einparken, aber das konnte er ganz gut, ebenso das Anfahren am Berg. Auch die üblichen Spielchen: So verlangte der Fahrlehrer beispielsweise in eine Einbahnstraße in verkehrter Richtung hineinzufahren, aber darauf fielen nur noch die ganz Dummen herein, denn davor hatte Herr Weise ausdrücklich gewarnt. – Heute sind solche Spielchen ausdrücklich verboten!
Und dann war es soweit. Der Fahrlehrer gratulierte und unterschrieb den Führerschein. Peter hörte den riesigen Felsbrocken zu Boden plumpsen und war sehr stolz auf sich – und das mit Recht!

Er zahlte den Rest und bekam eine Rechnung, die er noch im hohen Alter vorzeigte, wenn manche erzählten, sie haben nur 30 oder 40 Stunden gebraucht. Die Rechnung lautete auf die Gesamtsumme von 288,10 Deutsche Mark.

Peter fuhr wieder einmal mit dem Bus nach Würzburg und besuchte das Internat. Es war später Vormittag und Dr. Hausmann langweilte sich anscheinend. Er war richtig erfreut, als er Peter sah, doch der musste ihm erst auf die Sprünge helfen, aber dann hatte er alles wieder parat.
Vor allem berichtete er über Moritz und dass dieser eine kriminelle Karriere eingeschlagen hätte und gerade wieder im Gefängnis sitzen würde, das war der Junge, der versuchte im Internat Geld zu klauen.
Sein Freund Günther würde in München studieren, was er nicht wusste.
Sein anderer Freund, Bernd, würde noch irgendwo in Würzburg wohnen, sei aber noch nie zu Besuch gewesen, seit er das Internat verlassen hätte.
Christoph sei in die Gegend von Marktanderstadt gezogen, sein Vater hätte dort ein Lokal übernommen; es wunderte ihn sehr, dass sie sich noch nie über den Weg gelaufen waren.
Dann lud Dr. Hausmann Peter ein, am Mittagessen teilzunehmen, es würde heute Gulasch geben.
Peter nahm dankend an, weil er hoffte, vielleicht doch noch ein bekanntes Gesicht zu sehen, aber dem war nicht so. Dr. Hausmann zog wieder einmal seine große Show ab und verkündete, hier sitze ein ehemaliger Internatsschüler, der es zu etwas gebracht habe, dank der hervorragenden Ausbildung in seinem Institut.

Schon lange hatte Peter alles, was er an Informationen zu Tonbandgeräten finden konnte, gesammelt. Zu der Zeit, als er bei seinem Cousin Volker war, hatte der ihm seine neueste Errungenschaft, eben ein Tonbandgerät von Grundig, vorgeführt. Volker meinte damals, wenn Peter auch so ein Gerät hätte, könnten sie sich kleine Bändchen schicken und jeweils über das Neueste von daheim berichten und sogar Schlager aufspielen, die man gerne hörte.

Das, so schwor sich Peter, musste er auch haben. Aber so ein Ding kostete! Dazu würde er noch ein Mikrofon brauchen, ein Mikrofonstativ, ein Schneidegerät mit diversen Vorspann- und Klebebändern, ein Mischpult und, und, und.

Also rechnete Peter hin und her. Er bettelte immer wieder seine Mutter an und am nächsten Ersten ging er in das große Elektrohaus in der Stadt und kaufte sich alles, was er sich vorgenommen hatte. Es kostete so viel, dass ihm geradezu schwindelig wurde. Doch er war wahnsinnig stolz auf seine Neuerwerbung. Seine Mutter schüttelte wieder einmal den Kopf.

Peter aber probierte alles aus: Das Aufnehmen von Sendungen, vor allem Schlagermusik aus dem Radio oder per Mikrofon, das Mischen von Sprachaufnahmen, unterlegt mit Musik.

Peter hatte sich etwas vorgenommen. Vor ein paar Wochen las er das Buch „Dicki, Dick, Dickens", ein humorvoller Krimi, leicht ironisch, geschrieben von dem Ehepaar Rolf und Alexandra Becker, der sich seiner Meinung nach hervorragend für ein Hörspiel eignen würde. Also schrieb er unter Vorlage dieses Buches ein Manuskript. Er heuerte einige seiner Freunde und Freundinnen an, tippte die Texte mit entsprechenden Durchschlägen auf der Maschine und spielte Regisseur. Von der Jazzplatte „Rhapsody in Blue", einem vom George Gershwin komponierten Stück, überspielte er die Musik und mischte alles zusammen. Schnell merkte Peter, dass auch für ein halbwegs befriedigendes Ergebnis noch ein zweites Tonbandgerät notwendig wäre, aber trotzdem machte er unverdrossen weiter. Wem er es auch vorspielte, der war richtig begeistert, doch immer wieder kam etwas dazwischen. Seine Mutter meckerte, er solle endlich seinen Kram aufräumen, sie müsse putzen. Also

packte Peter alles ein. Und dort blieb es auch bis auf weiteres.

Im Herbst veranstaltete die DJO an einem besonders schönen Wochenende ein großes Zeltlager im Spessart. Und alle fuhren mit. Es waren gut und gerne 25 Mädchen und Jungs ab etwa elf Jahren, die alle mit dem Rad, voll bepackt, auf eine Lichtung im Wald fuhren. Dort wurde schon öfter ein Zeltlager abgehalten, der zuständige Förster hatte seine Genehmigung gegeben, weil die Jugendlichen sich stets anständig aufgeführt hatten und keinen Abfall zurückließen. Wie immer waren die Zelte und die Verpflegung mit einem Auto vorher dorthin gebracht worden.

Mit dem Rad dauerte es trotzdem fast zwei Stunden bis alle eingetroffen waren. Dann hieß es Zeltaufbauen. Peter und ein paar von den größeren Jungs waren für die Cote eingeteilt, ein oben offenes Zelt, rundum mit Stangen versehen, die an der Spitze herausschauten. Die Luftmatratzen wurden aufgeblasen und die Schlafsäcke darüber gelegt, fertig für die Nacht. Doch soweit war es noch lange nicht. Erst musste das Lagerfeuer vorbereitet und angefacht werden. Dazu war trockenes Holz nötig. Jeder der mit seinem Zelt fertig war, wurde von Neidhard in den Wald zum Holzholen geschickt. Es kam einiges zusammen, wurde von den größeren Jungs fachgerecht zerkleinert und auf die mit großen Steinen umgebene Feuerstelle geschichtet. Bald loderte ein großes Feuer. Als es langsam dunkel wurde, kam eine Riesenmenge an Kartoffelsalat zum Vorschein und wurde ausgeteilt. Außerdem gab es dicke Würstchen, die auf lange Holzspieße gesteckt, in die Flamme gehalten, gebraten und aufgegessen wurden.

Wohlig satt und müde sangen die Mädchen und Jungs einige Lieder zur Klampfe, dann gingen alle in ihre Zelte. Neidhard und die Älteren löschten das Lagerfeuer und bald war rundum Ruhe.

Am nächsten Morgen war noch vor dem Frühstück Waschen und Zähneputzen angesagt. Unterhalb des Lagerplatzes plätscherte ein kleiner Bach, auf beiden Seiten davon drängten sich Männlein und Weiblein. Nach dem Essen war der Tag zur freien Verfügung. Manche lagen auf den Luftmatratzen in der Sonne, lasen, quatschten oder dösten vor sich hin. Als es nicht mehr so heiß war, wurden auf einer Wiese Tore abgesteckt und zwei Mannschaften spielten Fußball. Peter Langemann war wie immer der Star, der andere Peter hatte es sich auf einer Luftmatratze bequem gemacht. Plötzlich fielen drei der Kleineren über ihn her. Wenn niemand zusah, waren sie intensiv in Peters Mitte beschäftigt, aber auch das wurde zu anstrengend und langsam kehrte dösende Ruhe ein. So vergingen die Tage und Nächte und bald waren alle wieder zu Hause.

Eines Tages anlässlich eines DJO-Treffens ließ Neidhard die Katze aus dem Sack: Die Würzburger planten eine Busreise nach Südtirol, insgesamt 33 Plätze standen zur Verfügung und eine gewisse Anzahl der Sitze konnten die Marktanderstädter belegen.

Am 2. August sollte es losgehen und am 18. würden sie wiederkommen. Man musste sich also schnell entscheiden, wenn man mitfahren wollte.

Die Kosten beliefen sich auf 130 Mark. Einen großen Teil davon konnte er selbst aufbringen. Er beschwatzte also auf bewährte Art und Weise seine Mutter und die sagte schnell ja, was bei ihr ungewöhnlich war, da sie nicht zu raschen Entschlüssen neigte.
Peter war zwar schon neunzehn Jahre alt, aber damals lag die Volljährigkeitsgrenze noch bei einundzwanzig Jahren, so dass er die Genehmigung seiner Mutter brauchte!

Sie hatte zu der Zeit sowieso keine Nerven, sich mit Peter auseinanderzusetzen, denn sie wollte nach Goldbach zu ihrem neuen Bekannten ziehen und Peter sollte in die Wohnung von Frau Langemann in die Wehrgutstraße wechseln. Es gab viel zu tun.

Doch Peter und alle anderen, auch Peter Langemann, der zumeist Peti genannt wurde, hatten nur ihre Reise im Sinn. Für die Meisten war es das erste Mal, dass sie längere Zeit ohne ihre Eltern wegfuhren. Es war alles so aufregend!

In dem vervielfältigtem Blatt, das alle Teilnehmer erhalten hatten, stand folgendes: „Die Sudetendeutsche Jugend führt ihr Bundesgruppenlager in diesem Jahr in Südtirol durch. Sinn des Lagers ist, freundschaftliche Kontakte zu den Mensch in Südtirol herzustellen. Wir wollen diesen Menschen durch tätige Hilfe zeigen, dass sie als deutsche Minderheit von uns nicht vergessen sind. Wir wollen keine politischen Aktionen starten, sondern durch aufgeschlos-senes und ordentliches Auftreten, unseren Südtiroler Freunden das Bewusst-sein geben, dass sie gute Freunde haben.
Aus erzieherischen Überlegungen, lehnen wir den Luxus des heutigen Jugendtourismus ab und wollen auf unseren Fahrten zu einem anspruchslosen Leben zurückfinden. Wir lenken unsere Fahrt nach Südtirol, weil wir uns damit ein landschaftlich (geologisch) und volkskundlich interessantes Gebiet erschließen.
So betrachtet, wird auch unsere diesjährige unterfränkische Sommerfahrt zu einem wertvollen Gemeinschaftserlebnis führen."

Peter und seine Mutter packten alles Nötige ein. Seine Sachen zum Anziehen brachte ein Freund aus der DJO, welcher bereits über ein Auto verfügte, zu Langemanns. Alles andere wurde mit einer Umzugsspedition nach Goldbach gebracht. Die Katze Bini ebenfalls. Wieder einmal war eine Ära zu Ende.

Obwohl seine Mutter ihn immer wieder aufforderte, brachte Peter das Wort Vater nicht über seine Lippen. Nie, bis zum Tod von Karl, hat er Vater zu ihm gesagt.
Einmal gab es richtig Krach. Seine Mutter fragte ihn: „Warum sagst du nie Vater zu Karl?" „Ganz einfach, weil er nicht mein Vater ist! Und merk' dir eins: Nie, niemals werde ich Vater zu ihm sagen und wenn du dich auf den Kopf stellst und mit den Füßen wackelst, das ist mein letztes Wort, da müsste ich mich ja vor meinem richtigen Vater und deinem richtigen Mann in Grund und Boden schämen!" – Beleidigt ging sie aus dem Zimmer. Peter vermutete, dass sie Karl von diesem Gespräch erzählt hat, denn ab diesem Zeitpunkt war er Peter gegenüber sehr reserviert.

Endlich war es soweit: Peter und Peti und noch zehn andere aus der DJO fuhren mit dem Linienbus von Marktanderstadt nach Würzburg, stiegen um in den gecharterten Bus, der sie nach Südtirol bringen und dort herumfahren sollte. Die meisten anderen Reisegefährten hatten schon ihre Plätze eingenommen. Die Marktanderstädter stiegen dazu und setzten sich nach ganz hinten. Dann ging es los.

Es war spät am Abend. Der Fahrer stellte sich als Lehmann vor und fragte: „Alle an Bord?" Er war ursprünglich an der See zu Hause.
Pünktlich um 22.00 Uhr war Abfahrt. Zur Einstimmung wurde das Südtirol Lied angestimmt, das alle inzwischen auswendig gelernt hatten:

Wo ist die Welt so groß und weit
Und voller Sonnenschein?
Das allerschönste Stück davon
ist doch die Heimat mein,
Dort wo aus steiler Felsenwand
Der Eisack rauscht heraus.
Von Siegmundskron der Etsch entlang
bis zur Saloner Klaus...

Laut Fahrtenprogramm sollten sie am nächsten Tag um 17.00 Uhr am Ziel, dem „Stammlager", einem großen Haus etwas außerhalb des kleinen Ortes „Unsere Liebe Frau im Walde", ankommen.
Irgendwann in der Nacht wurde an der Raststätte ‚Holledau' ein Zwischenstopp eingelegt. Alle strömten auf die Klos.

Da es Nacht war, kamen sie gut durch München und morgens hatten sie Garmisch erreicht. Peter faszinierte es, wie sich die Alpen ganz plötzlich aus der Landschaft geradezu majestätisch auftürmten.

Der Reschenpass war durch eine endlose Autoschlange blockiert. Andere unzählige Autofahrer wollten auch nach Südtirol und vor allem weiter nach Italien. Die Jugendlichen stiegen aus und liefen neben dem Bus her oder über die Wiesen und streichelten die Pferde auf den Weiden an der Straße. Endlich hatten sie die Grenze passiert und weiter ging's Richtung Meran.

Ein paar Kilometer vorher, in Naturns, sollte die Straße abgehen nach „Unsere Liebe Frau im Walde". Es war schon Nachmittag, als der Bus sich aufmachte in die Berge. Die Straße wurde immer schmaler, immer kurviger. Schon einige Kilometer war sie nicht mehr geteert. Und dann gab es einen Schlag: der Bus war am Brückengeländer steckengeblieben. Nichts ging mehr.

Alles aussteigen hieß es. Der Busfahrer betrachtete den Blechschaden und meinte jovial: „Der Lesch zahlt's ja!" Lesch war der Reiseunternehmer.

Der Fahrer holte Werkzeug aus dem Bauch des Busses und mit ein paar der Älteren machte er sich daran, das Geländer abzumontieren. Laute Schläge auf Eisen hallten von den Bergen wieder. Endlich hatten sie ihr Ziel erreicht: Ein großes Eisenteil fiel einige zig Meter in die Tiefe.

Ein paar Bergsteiger, vermutlich Italiener, kamen dem Bus entgegen. Der Busfahrer rief laut und fragend aus dem heruntergekurbelten Fenster: „Madonna? Madonna?" Treu und brav zeigten sie zum Himmel. – Erst jetzt merkten die Businsassen wie weit sie eigentlich noch von ihrem Ziel entfernt waren.

Und weiter ging's. Bald darauf öffnete sich eine Hochebene. Ganz am Ende konnten sie ein Dorf erahnen. Doch die Straße wurde zu einem Feldweg. „Dahin fahre ich nicht mit dem Bus!" ließ sich der Fahrer vernehmen. Also machten sich die Gruppenleiter auf den Weg. Nach endlos langer Zeit kamen sie wieder. „Vorwärts, wir müssen zurück!" hieß die Parole.

Der Bus war zwar zu „Unsere Liebe Frau im Walde" gefahren – jedoch zu der im Schnalstal. Hier hatte sich schon der ‚Ötzi' herumgetrieben und jetzt die DJOler, aber vom Ötzi wusste damals noch niemand etwas.

Der richtige Ort „Unsere Liebe Frau im Walde" befand sich zwischen Meran und Bozen, oben in den Bergen zwischen Gampen- und Mendelpass.

Es war bereits 20 Uhr lange vorbei und schon fast dunkel als sie endlich ankamen. Mit ihrem Gepäck mussten sie noch etwa fünfzehn Minuten zum Haus, dem sogenannten Stammlager, hoch laufen und die Zelte aufbauen. Die Mädchen hatten es besser, sie konnten gleich in den Zimmern verschwinden.

Die gute Seele des Hauses, Walli genannt, fand jedoch das richtige Rezept für die gestressten Busfahrer: etwas zu essen und zu trinken.

Es ging schon auf Mitternacht zu, als alle in ihren Schlafsäcken auf den Luftma-tratzen lagen. Aber langes Schlafen war nicht, sie mussten pünktlich beim Frühstück sein, sonst hätte es nichts mehr gegeben. So streng waren hier die Bräuche.
Es war Sonntag und von fern hörte man die Kirchenglocken läuten. Einige der Katholen machten sich auf den Weg ins Dorf, sie berichteten später, dass dieser Pfarrer alles andere als touristenfreundlich war. Er soll einige hässliche Bemerkungen über die Fremden gemacht haben. – Was will man schon von solchen Pfaffen erwarten?
Nach der Kirche trafen sich alle, auch die Nichtkirchgänger, im einzigen Wirtshaus des kleinen Dorfes ‚Zur Sonne' und probierten den Kalterer See. Er wurde allgemein für gut befunden.
Beschwingt ging's zurück zum Mittagessen und es folgte ein ruhiger Nachmittag in der Sonne. Die lange Fahrt und das Verfahren hatten alle geschlaucht.

Peter hatte eine Ansichtskarte aus dem Dorf mitgebracht, samt Briefmarke, und er schrieb an seine Mutter:
„Liebe Mutti!
Wir sind hier, nach einigen waghalsigen Manövern, gut angekommen. Viele Grüße, auch an Karl, Euer Peter"

Am nächsten Tag stiegen sie auf den Hausberg, den Laugen. Erst ging es lange durch Wald, dann über ausgedehnte Weiden. Eine Alm lag wunderschön auf einem Hügel. Milch gab es, Käse und Brot. Am Schluss der Wanderung kam nur noch nackter Fels bis zum Gipfelkreuz zum Vorschein. Einige stiegen nicht bis ganz nach oben. Extra wurde darauf hingewiesen, dass sie keine Feiglinge wären, Sicherheit ginge schließlich vor.
Doch Peter wollte hoch hinauf und er trug sich in das Gipfelbuch ein. Dann machten sie sich nach ausgiebigem Schauen in die Landschaft und die Berge bis hin zum Ortlermassiv auf den Rückweg.
Runter ging es wesentlich schneller als rauf. Es dauerte nicht lange und sie trafen am Haus ein. Keiner hatte mehr Lust auf viel ‚Action', sondern sie legten sich in die Sonne.

Nach dem Abendessen wollten sich einige das Dorf ansehen. Außer der Kirche und dem Friedhof gab es noch ein kleines Hotel mit Dorfladen und Wirtshaus.

Wieder kehrten sie ein. Schnell kamen sie mit den Bauern ins Gespräch, und sie wurden animiert, den Südtiroler Rotwein zu probieren. Nach etlichen Gläsern setzten sich zwei junge Damen an den Tisch, auch Touristinnen, die im Hotel wohnten und bald wurde ein Spiel gespielt, das keiner der DJOler kannte. Ein Begriff oder ein Satz wurde dem Nebenmann ins Ohr geflüstert und der flüsterte weiter. Der letzte musste dann das laut sagen, was er verstanden hatte. Immer kam irgendetwas Zweideutiges dabei heraus, es war eigenartig und komisch zugleich. Nach vielem Gelächter und Küsschen zum Abschied ging es zurück, hoch zum ‚Schlafhaus'.

Am nächsten Morgen fuhren sie mit dem Bus nach Bozen. Nach einer kurzen Rast an einem landschaftlich besonders schönen Ausblick blieb der Fahrer wieder an einem Randstein hängen, es knirschte vernehmlich und sie hörten den altbekannten Spruch: „Der Lesch zahlt's ja!"

Die Stadt wurde besichtigt, am Obstmarkt kauften sie ein paar leckere Pfirsiche und saftige Melonenscheiben, anschließend bewunderten sie die Arkaden mit ihren Geschäften.

Grüppchenweise mit ausreichend Abstand ging es zu einem bestimmten Haus, denn sie sollten auf keinen Fall auf sich aufmerksam machen. Es war regelrecht ein konspiratives Treffen.
Sie erfuhren, dass die Italiener den Südtirolern gegenüber noch immer arrogant auftraten und sie geradezu schlecht behandelten. Es waren Italiener in den rein deutschen Gebieten angesiedelt worden und nach dem ersten Weltkrieg hatten sie alle Orts- und Flurnamen italienisiert. Aus Protest dagegen trugen die Bauern blaue Schürzen. Auch das Sprengen der Strommasten deswegen kam zur Sprache und ein interessanter Film über die Südtirolproblematik wurde gezeigt.
Dann ging es auf demselben Weg grüppchenweise wieder zurück zum Bus und sie fuhren nach Hause zum Haus.

An einem der nächsten Tage war eine Fahrt nach Meran und zum Montiggler See vorgesehen. Pünktlich um acht Uhr ging es los. Doch zuerst musste deutsches Geld in Lire umgetauscht werden, denn viele hatten gehört, dass Schuhe in Italien besonders billig seien und davon wollte man profitieren. Auf Schuhe kaufen hatte Peter keine Lust, er und seine Freunde wollten lieber nach Strohhüten und Sonnenbrillen schauen. Um zwölf Uhr waren alle wieder im Bus und sie fuhren zum Montiggler See. Ein wunderschön gelegenes warmes Gewässer, abseits der üblichen Touristenpfade, mit ein paar niedrigen

Felsen vor allem im Süden, und Wald und Wiesen an den anderen Seiten. Dazu ein kleines Hotel und ein Kiosk am Wasser. Mit Schwimmen, Sonnen, Faulenzen und viel Gequatsche verging die Zeit wie im Flug und der Fahrer drängte zum Aufbruch. Über Girlan und den Mendelpass ging es zurück zum Jagerhaus.

Am nächsten Tag wanderten alle durch die nahe und etwas weitere Umgebung. Plötzlich knallte es fürchterlich und ganze Stein- und Erdfontänen prasselten nicht weit von ihnen entfernt in die Bäume. Als sie näher kamen erschraken die Arbeiter und plärrten die Wanderer erst auf Italienisch, dann auf Deutsch an, was sie hier zu suchen hätten. Hier würde gebaut und sie sollten schnellstens verschwinden. Das ließen sie sich nicht zweimal sagen.

Mittags machten sie Rast in einem einsam gelegenen Gasthaus und aßen etwas, aber am meisten beeindruckte alle das Plumpsklo, denn es hatte drei Öffnungen, eine große, eine mittlere und etwas niedriger eine kleine, alle mit einem Deckel versehen. Also konnte eine ganze Familie gleichzeitig ihr „Geschäft" verrichten. Diese Vermutung löste allgemeine Heiterkeit aus. Der Bus holte sie am Nachmittag am vereinbarten Treffpunkt ab und brachte alle wohlbehalten zurück.

Am Wochenende war Abschied vom Jagerhaus. In seinen späteren Lebens-jahren hat Peter den Ort „Unsere Liebe Frau im Walde" und das Jager-haus noch öfter besucht, auch wenn es keine Unterkunft der DJO mehr gab, aber das kleine Hotel im Ort war gemütlich und das Essen gut.
Der Bus machte sich auf den Weg, mit den DJOlern Südtirol zu erkunden – einige lange Bergwanderungen waren noch geplant.
Zuerst fuhren sie nach St. Ullrich und bauten auf einem Zeltplatz ihre Behausungen auf Zeit auf. Hier trafen sie auf Pfandfinder aus Niedersachsen und man beschloss einen „bunten Abend" zu veranstalten. Es wurde recht lustig, doch Peter und andere verzogen sich bald in die Zelte. An den folgenden Tagen erkundeten sie das Pordoijoch und Cortina d'Ampezzo. Dann sollte der Höhepunkt der Reise folgen: Die Drei-Zinnen-Wanderung.

Wieder zu Hause beschlossen die Südtirolfahrer, für jeden Tag der Fahrt einen Bericht zu verfassen und zu vervielfältigen. Jeder bekam ein komplettes Exemplar.
Peter und Helene, die Tochter des Installateurmeisters aus Marktanderstadt, hatten sich im Café an der Kirche verabredet und mit Hilfe des Weines Kalterer See schrieben sie ihren Bericht:

Die Drei-Zinnen-Wanderung

Cortina – vier Uhr morgens – Regen.

Ein Wecker schrillt leise in der Nacht.

Das große Jungenzelt hält Lagebesprechung. Sie entscheiden sich fürs Weiter-schlafen. Es regnet weiter.

Um dreiviertel sechs weckt uns Herr Lehmann. Einer nach dem anderen steigt aus dem Zelt.

Fern am Himmel ein blauer Streifen, sonst Regenwolken.

Aus einem Mädchenzelt tönt ein vielstimmiges Geschnatter. Aus dem Zelt wurde während der Nacht ein kleines Schwimmbassin. Luftmatratzen, Schlafsäcke, alles nass.

Doch die Jungen nehmen darauf keine Rücksicht. Es geht schnell zum Waschen; die Zelte werden abgeräumt. Ein Mädchenzelt ist nicht ganz geräumt. Rücksichtslos wird alles herausgeschmissen und das Zelt eingerissen. Zelte, Koffer und einzelne Luftmatratzen fliegen auf den Omnibus. Kurzes Frühstück. Nach einer Rekordzeit von eineinviertel Stunden geht es weiter. Es ist acht Uhr.

Einige Leute winken uns verschlafen nach. Nach einer Stunde Fahrt erreichen wir den Misurina-See. Das Wetter ist vertrauenserweckend. Wir rüsten uns für die achtstündige Bergwanderung. Jeder holt bei Hanne Brot ab. Jutta teilt Trockenobst aus: für zwei Mann ein Päckchen. Außerdem gehen zwei Hartwürste mit.

Punkt neun Uhr marschieren vier Mädchen und neun Jungs – dreizehn Mann, gut ausgerüstet los. Im scharfen Tempo geht es bis zur Auronzo-Hütte, ungefähr ein Viertel der Strecke. Wir schwitzen im eigenen Saft. Nach und nach wird alles Überflüssige ausgezogen – Anorak, Pullover, lange Hose, Hemd. – Gegen Sonnenbrand wird jeder Rücken kunstgerecht eingeschmiert. Laufend kriechen Autos den steilen Hang hinauf oder herunter. Immer wieder müssen wir auf dem schmalen Weg stehen bleiben. Kurz vor der Auronzo-Hütte plündern wir Ursels zwei Pfund Trauben. Oben machen wir eine kurze Rast und ziehen uns wieder an. – Der Nebel zieht in Schwaden ...

Im dichten Nebel gehen wir weiter, an einer Kapelle vorbei. Ergriffen lesen wir die Namen der Verunglückten auf der Gedenktafel. Wir gehen leiser und langsamer unserem Ziel entgegen. Kurz vor der Lavaredo-Hütte machen wir Rast. Irgendwo vor oder neben uns müssen die Drei Zinnen sein. Doch der Nebel verhüllt alles. Eine Bergspitze, die sich weiter vor uns erhebt, wird als eine der drei Zinnen angesehen und bewundert. Wir entschließen uns zu warten, bis bessere Sicht ist und suchen uns einen Platz – zwischen Felsen und Kühen – zum Essen. Alle packen ihren Proviant aus. Es kommen zum Vorschein:

1 Weißbrot in Scheiben, 1 Weißbrot und 2 Hartwürste.

Eine Meuterei geht los, Hanne wird verwünscht und drohende Foltern in Aussicht gestellt. Plötzlich, während des Festessens, tauchen links von uns, ganz unerwartet, die Drei Zinnen auf. Unsere Fotografen rasen los, um das einmalige Schauspiel festzuhalten.

Ursel will unbedingt zum Schneefeld am Fuße der großen Zinne laufen. Die vier Mädchen und einige Jungen gehen mit. Dort angelangt machen wir eine

Schneeballschlacht und nehmen Schnee als Souvenir mit. Wir schmeißen solange, bis wir keinen Schnee mehr haben.

Wir laufen am Paternkofel vorbei bis zur Drei-Zinnen-Hütte, die genau 2.438 m hoch liegt. – Vier Mulis kommen uns entgegen mit „Aqua minerale". Von jetzt an wird abgestiegen in das Altensteiner Tal. An einem herrlichen Wasserfall vorbei kommen wir ungefähr nach einer Stunde an die Tal-Schluss-Hütte. Hier machen wir eine Stunde Rast. Wir verzehren unsere zweite Hartwurst und das letzte Weißbrot – Für zwei Stunden legt sich alles ins Gras.

Mit Sing und Sang geht es weiter. Plötzlich schreit einer: „Schaut mal, sieht aus wie unsere Zelte.' Sie waren es.

Unsere erste Amtshandlung war: Hanne suchen, herbeischleifen und „foltern".

Wir erfuhren, was sich in unserer Abwesenheit abgespielt hatte. – Helga ging bei der Zeltplatzsuche verloren. In einem Dorf kaufte sie Kekse und es fiel bei der Abfahrt nicht auf, dass sie noch fehlte. Der Bus war natürlich schon weg, als sie aus dem Geschäft kam. Kurz entschlossen hielt sie ein Auto an – das Erste mit einem Italiener hielt natürlich. Mit Händen, Füßen und deutschen Lauten machte sie ihm klar, dass der Busso forto war. Nach einer langen Irrfahrt fand sie unseren blauen Bus und stürzte vor einer geschlossenen Bahnschranke aus dem Auto – und stolzierte vor dem verblüfften Herrn Lehmann in den Bus. Seine ersten Worte: „Wo kommst Du denn her?"

Auch der einmalige (!) Zeltplatz wird unvergessen bleiben. Wir amüsierten uns köstlich, als uns die Campingfreunde erzählten, wie die Kühe ihre Gäste behandeln. Essenreste, Sunil, Klopapier u.a. kauten sie mit sichtbarem Vergnügen wieder und wieder. Eine besondere Delikatesse bot ihnen Adolf, als er ihnen auf seinen Armen Helga servierte und sie ihre Füße lecken durften.

Das Abendessen bestand aus einer stark gewürzten Linsensuppe und Obstsalat als Nachspeise. Das Obst hatte aufgrund der großen Feuchtigkeit einen anderen Geschmack angenommen und war nur noch als Gärobst zu bezeichnen. Doch wer Hunger hat, isst auch dies.

Am nächsten Tag machten wir uns auf den Weg nach Sterzing. Unser Fahrer kannte dort eine gute Einkaufsquelle für italienischen Wein. Vor allem Marsalla wurde ausgiebig probiert und eingekauft, ein Süßwein, der seiner Mutter sicher schmecken würde, wie Peter meinte. Schließlich brauchte er ein Reisemitbringsel.

Der Abend klang mit Tanz in einer Kneipe aus, denn am anderen Morgen ging es zurück in die Heimat.

Peter setzte sich diesmal auf die Rückbank des Busses, dort war ein Sitz in der rechten Ecke frei gewesen. Er hoffte, hier etwas mehr Platz zum Schlafen zu haben. Doch neben ihn setzte sich ein Mädchen aus Würzburg, mit der er bisher noch nicht viel gesprochen hatte. Es stellte sich heraus, dass sie nett und direkt witzig war. Sie hatten sich viel zu erzählen und viel zu lachen, ihr Name war Sigrid. Als es dunkel und im Bus immer stiller wurde, rückte sie langsam näher an ihn heran und plötzlich fühlte er ihre Lippen auf den seinen. Er beantwortete diese unerwartete Liebenswürdigkeit mit den bei Brigitte geübten Zärtlichkeiten, was ihm viel Spaß machte. Plötzlich fühlte er eine Hand, die sich zielstrebig an einem Hosenbein hochstreichelte und sich an der Hosenmitte und weiter am Reißverschluss zu schaffen machte, schon war der unten und die Hand drin. Peter genoss ungeahnte Freuden bis Sigrid ihren Kopf auf seinen Schoß bettete, ihre Hand blieb jedoch wo sie war.

Peter und Sigrid schrieben sich ein paar Mal und sie vereinbarten, dass Peter, wenn er sein Auto hätte, sie besuchen würde.

Kapitel 18
Freude, schöner Götterfunken

Anscheinend hatten die Götter Peter zu ihrem Liebling erkoren, was er bisher überhaupt nicht kannte. Während seiner bisherigen Lehrzeit hatte er einmal jemand sagen hören: „Ich bin Kummer gewohnt", so ging es ihm normalerweise auch. Doch jetzt war plötzlich alles eitel Sonnenschein: er sollte ein Auto bekommen!

Inzwischen war Peters Mutter nach Goldbach und er zu Peter Langemann oder besser gesagt zu Petis Mutter gezogen. Eines Tages kam ein junger Mann zu Besuch, den Peti, der Bankkaufmann in Würzburg lernte, von der Berufsschule her kannte. Er fuhr einen weißen Ford 17 M, der seinem Vater gehörte, wie ihm Peti leise zuflüsterte. Sie stiegen in das Fahrzeug, weil Peti, der im 1. FC Marktanderstadt Mittelstürmer spielte, an diesem Sonntag auf dem Fußball-platz sein musste.
Peter war ganz weg von dem Auto. Vor allem fand er es außerordentlich welt-männisch, dass dieser Freund ein Päckchen Zigaretten auf der Ablage liegen hatte: die elegante, äußerst modern gestaltete rote Packung mit einer weißen Zigarette in der Mitte der Marke Bremen.
Peter machte sich nichts aus Zigaretten, aber diese Kombination von weißem Auto und roter Packung und dem schwarzem (Kunst-)Leder der Innenraum-ablage raubte ihm geradezu den Atem. Da zeigte sich sein Gefühl für Farben oder anders gesagt, schlicht und einfach von Kunst in jeder Form.

Am nächsten Samstag kam Peters Mutter mit ihrem neuen Lebenspartner nach Marktanderstadt, um den Fahrzeugkauf zu besprechen und eventuell im Ort den Kauf unter Dach und Fach zu bringen. Seine Mutter wollte eigentlich einen VW-Käfer anschaffen, der sei nicht zu teuer und darauf habe er ja das Fahren gelernt. Gerade deshalb wollte Peter keinen Käfer. Man konnte nicht richtig sehen, wo das Auto anfängt und aufhört, wenn man am Steuer sitzt. Außerdem konnte man nichts damit transportieren, schon bei einem Koffer gab es Probleme. Er sagte den beiden, er möchte lieber einen Ford 17 M und zwar einen weißen. Ein Weißer käme überhaupt nicht in Frage, war die Antwort seiner Mutter, der schmutzt zu sehr, den müsse man dauernd waschen, aber ansonsten zeigte sie sich kompromissbereit. Also wurde vereinbart, dass sie am nächsten Samstag wiederkämen und dann nach Würzburg fahren würden, um einen Ford zu kaufen. Und so geschah es auch. Sie entschieden sich für ein gelb-beiges Fahrzeug, jedoch war kein Auto sofort lieferbar, sondern erst in etwa vier Wochen.

Endlich war es soweit. Peter fragte telefonisch bei dem Händler nach und man sagte ihm, sein Auto stände zugelassen und zur Abholung bereit. Peter nahm Peti zur Unterstützung mit und sie fuhren beide mit dem Bus nach Würzburg.

Peter bekam den Schlüssel ausgehändigt, er ließ den Wagen an und vorsichtig, ganz vorsichtig (!) schlich er vom Hof. Peter kannte sich etwas in Würzburg aus, denn er hatte ja einmal dort gewohnt und während der Fahrschule hier die Stadtfahrt absolviert.

Aber jetzt mit dem großen Auto, das war schon etwas anderes als mit dem kleinen Käfer. Nach und nach wurde Peter mutiger und als sie die Stadt hinter sich gelassen hatten und auf der Bundesstraße fuhren, ging es schon ganz gut. Aber schneller als sechzig, siebzig war nicht drin. Mancher, der überholte, hupte kräftig, doch es war ihm lieber, eine Verkehrsbremse zu sein als mit dem neuen Auto im Graben zu landen. Dann waren sie endlich zu Hause. Frau Langemann trat aus der Tür und betrachtete das Auto von außen und innen, man sah regelrecht den Neid in ihren Augen und hörte ihn deutlich in ihrer Stimme. Sicher dachte sie sich, „warum muss dieser junge Rotzlöffel mit einem neuen Auto fahren und wir können uns keins leisten?"

Am nächsten Morgen fuhr Peter statt mit dem Bus mit seinem Auto zur Arbeit. Das war eine kleine Sensation. Ein Lehrling mit eigenem Auto – das hatte es im KiDo-Werk noch nicht gegeben!

Peter war bisher mittags immer mit einigen Kollegen und Kolleginnen in ein kleines Gasthaus, das in einem Neubaugebiet eröffnet hatte, zum Essen gegangen, dort gab es gute Hausmannskost. Jetzt nahm er vier davon im Auto mit; das hieß das Gerede auf die Spitze treiben. Die Sekretärin Helene warnte ihn, es würde über ihn geklatscht, er solle etwas vorsichtiger sein.

Am Freitag fuhr Peter nach Büroschluss gleich nach Goldbach bei Aschaffenburg, wo seine Mutter jetzt wohnte. Sie hatten ihm ein eigenes Zimmer eingerichtet, das sogar mehr als doppelt so groß war wie das bei Frau Langemann. Selbstverständlich wurde das Auto rundum begutachtet und seine Mutter konnte es nicht lassen, ihre manchmal etwas dümmlichen Ratschläge loszulassen: „Und immer schön pflegen und waschen und dabei nicht verkratzen. Und fahr nicht zu schnell, auch langsam kommt man ans Ziel. Und pass' immer gut auf dich auf, du bist nicht allein auf der Straße." Peter ballte die Fäuste in den Hosentaschen, sagte aber nichts.

An einem der nächsten Wochenenden hing seine Mutter sogar ein Kreuz an einer Kette über den Rückspiegel, außerdem wollte sie einen liegenden, beim Fahren nickenden, Hund fürs Rückfenster besorgen und einen Hut für eine Rolle Klopapier stricken, beides fand sie besonders originell und schick. Peter war strickt dagegen und drohte ihr, wenn sie darauf bestünde, würde er ihr das Auto zurückgeben und nicht mehr nach Hause kommen. Wieder einmal war seine Mutter sauer und sprach von Undankbarkeit – halt das Übliche des von ihr gewohntem Gerede.

Diesen Sonntag hatte sie schon verplant, ohne vorher mit Peter zu sprechen oder ihn gar zu fragen, geschweige denn gar zu bitten. Wie üblich schob sie ihren Partner vor. „Karl möchte morgen nach Oberursel fahren, er will Onkel Karl und Tante Alma kennenlernen". „Nachtigall ik hör dir trapsen", dachte Peter. Mutter will doch nur angeben: ein neuer Mann, ein neues Auto, ein neues Zuhause! „Wir gehen unterwegs was essen und schauen, dass wir am Nachmittag bei den Verwandten in Oberursel sind. Zu lange können wir nicht bleiben, du musst ja wieder nach Marktanderstadt zurückfahren", meinte sie süßlich lächelnd. Alles lief so ab wie sie es geplant hatte. Nur Peter war sauer.

Für das kommende Wochenende schob Peter wichtige Arbeiten im Betrieb vor, schließlich war bald Weihnachten, so dass er nicht nach Goldbach kommen könne. Denn er und Peti hatten vor, nach Würzburg zu fahren, um Sigrid zu besuchen. Peter und Sigrid hatten telefoniert und den Besuch bei ihr zu Hause vereinbart. Petis inzwischen feste Freundin Elly wollte mit dabei sein.
Sie brauchten nur etwas mehr als eine halbe Stunde nach Würzburg. Da es schon früh dunkel wurde und Peter nicht bei Nacht zurückfahren wollte, machten Sie sich am frühen Nachmittag auf den Weg. Sigrid begrüßte sie an der Wohnungstür und schon standen ihre Eltern und der jüngere Bruder im Flur. Sie stellten sich vor und der Vater bat ins Wohnzimmer.
Da verging Peter alles. So etwas hatte er noch nicht gesehen: Die beiden Couchen, auf Eck gestellt, waren eingepackt in dicke Klarsichtfolie. Einfach eklig. Kaffee und ein trockener Sandkuchen wurden angeboten, wie ihn Peter nicht mochte. Seine Mutter machte wenigstens Nüsse in so einen Kuchen und glasierte ihn mit Kuvertüre oder manchmal mit Schokolade. Aber so ganz nackt

und trocken, das war absolut nicht nach seinem Geschmack. Nach einer weiteren Stunde, die sich mühsam hinzog, machten sie sich auf den Rückweg. Sie wurden gar nicht fertig, sich über das Erlebte zu wundern. Auch Frau Langemann äußerte Abscheu, ihr käme so etwas bestimmt nicht ins Haus! Peter ließ die Verbindung einschlafen – und so schläft sie noch heute. Von Sigrid hat er nie mehr etwas gehört.

Die Abende verbrachten die beiden Peters fast nur noch mit den Freunden in ihrer Stammkneipe am Marktplatz, da der Sohn auch so halb und halb zur DJO-Clique gehörte. Sie spielten vor allem Karten und Peter lernte Schafkopfen. Nach und nach wurde er ganz gut darin. Frau Langemann beschwerte sich immer öfter, dass sie an jedem Abend weg waren, also beschlossen sie, wenigstens einen Abend zu Hause zu verbringen. Sie spielten meistens Karten, jedoch Mau-Mau oder Canasta.

Peter fuhr jetzt fast nur noch mit dem Auto ins KiDo-Werk, es war einfach bequemer. Außerdem holte er einmal in der Woche die Lohngelder von der Sparkasse und brachte sie mit dem Auto ins neue Werk. Die waren zumeist schon vorbereitet und ein Mitarbeiter der Bank begleitete ihn mit dem Koffer zum Fahrzeug. Beim ersten Mal musste er noch etwas länger warten, entsprechend nervös schienen ihm die Mitarbeiter der Personalabteilung.

Peter musste auch beim Geldzählen helfen. Einmal gab ihm der Personalchef ein Bündel Geldscheine mit Banderole und Peter zählte. „Hier fehlt ein Geldschein!" rief Peter erschrocken. „Hast Du auch von der anderen Seite gezählt?" Peter zählte von der anderen Seite. „Hier ist einer zu viel!" Peter war verblüfft. „Und was schließt Du daraus? – Peter war komplett ratlos. Da nahm Herr Wanger das Geldbündel und zeigte Peter die Manipulation. Er hatte einfach einen Geldschein gefalzt und in das Bündel gesteckt. Klar, dass Peter einmal einen Schein zu wenig und einmal einen zu viel gezählt hatte.

Für jeden Mitarbeiter wurde der verdiente Betrag, abzüglich Steuern, mit der Abrechnung in ein Kuvert gegeben. Nach Arbeitsende kamen die Arbeiter und holten sich das Kuvert ab. Nach ein paar Wochen wurde Peter erlöst und ein anderer wurde in die Lohnbuchhaltung eingearbeitet.

Einmal fuhr Peter mit Helene nach Arbeitsende nach Hause. Es war dunkel und regnete, vermischt mit dicken Schneeflocken. Als Peter Helene abholte, kam gerade eine Mitarbeiterin von ihr aus der Tür, stieg auf ihr Fahrrad und wollte aus dem Hof fahren. Peter fragte sie noch, ob er sie mit nach Marktanderstadt nehmen solle. „Nein", rief sie, „ich fahr immer mit dem Rad!" Helene war noch nicht ganz fertig, sie räumte gerade auf und zog ihren Mantel an. Dann gingen sie zum Auto. Peter erzählte Helene von der Mitarbeiterin und meinte, dass das Radfahren bei einem solchen Wetter sehr gefährlich wäre. Helene antwortete, das mache sie immer so.

Vorsichtig bog Peter auf die Hauptstraße, die über die Bahngleise aus dem Ort hinaus führte. Nach ein paar Minuten glaubte er einen Schatten vor der nächsten Kurve gesehen zu haben. Doch da war nichts mehr. Vermutlich hatte er sich getäuscht. Plötzlich sah er die Frau mitten auf der Straße liegen. Er hielt, schaltete das Warnlicht an und sie stiegen aus. Gemeinsam setzten sie die Mitarbeiterin auf den Vordersitz. Peter verstaute das Rad im Kofferraum. Die Frau war benommen und konnte kaum sprechen. Helene wusste, wo sie wohnte und sie brachten sie nach Hause. Ihr Mann war sehr erstaunt, als sie vor der Tür standen und rief sofort den Arzt an. Wie sich herausstellte, hatte sie eine Gehirnerschütterung und ein Fuß war angebrochen, er wurde eingegipst.
Schnell sprach sich Peters Hilfestellung im ganzen Betrieb herum und er bekam so manchen lobenden Satz zu hören, was ihn ein bisschen stolz machte. Natürlich erzählte er es zu Hause und auch Frau Langemann fand anerkennende Worte. Schließlich hieß es doch immer wieder: Tue Gutes und sprich darüber.

Als sich die DJO-Clique wieder einmal in der Gastwirtschaft am Marktplatz traf, waren auch die Computerleute aus Peters Firma anwesend. Sie begrüßten sich, denn man kannte sich ja aus der Arbeit. Peter hatte sich gleich am Anfang intensiv für die Abteilung interessiert, jedoch war er inzwischen der Meinung, dass das Ganze nichts für ihn sei. Der Verkauf und vor allem die Werbung interessierte ihn viel mehr.

Peter hatte leichte Magenschmerzen, deshalb brachte ihm der Wirt ein Glas Mampe Halb und Halb. Ihn schüttelte es geradezu, nachdem er den Bitterlikör getrunken hatte.
Die Computerleute fragten Peter, was ihm der Wirt eingeschenkt habe und er sagte es ihnen. Kurz darauf stand ein ganzes Tablett mit Schnapsgläsern, gefüllt mit Mampe Halb und Halb, auf dem Tisch und es wurde laut und lärmend Prost gewünscht. Und das immer wieder. Bis sich bei Peter alles drehte.
Peti nahm ihn unter den Arm und lotste ihn, zusammen mit Elly, hinaus auf den nächtlichen Marktplatz. Dann gingen sie, besser gesagt sie zogen und

schleppten ihn nach Hause. Immer wieder musste er sich übergeben. Glücklich in seinem Zimmer angekommen, hatte Peti einen Eimer mitgebracht und neben das Bett gestellt. Peter brauchte ihn zwar nicht, war aber trotzdem dankbar. Er fiel sofort in einen tiefen Schlaf. Da es Freitagabend war und er am nächsten Tag eigentlich zu seiner Mutter fahren wollte, musste er telefonisch absagen. Glücklicherweise stand vor dem Haus eine Telefonzelle. Er brauchte nicht einmal zu lügen, als er ihr erklärte, er sei krank.

Peti machte sich noch lustig, als Peter ihm erklärte, wie es ihm erging. Vor allem, dass sein Bett Karussell gefahren sei. „Wie hatte der alte Bauer immer gesagt, fragte Peti ihn: Wenn das Bett das nächste Mal vorbeikommt, spring ich rein."

Noch vor Weihnachten sollte ein großes Fest steigen: Neidhard, der langjährige Leiter der DJO und seine Freundin heirateten. Zur Hochzeit waren sie natürlich nicht eingeladen, aber zum Polterabend. Viele Flaschen und altes Porzellan wurden auch mit Peters Auto angefahren. Es war ein Höllenspektakel. Eine Flasche, von Peter geworfen, prallte ab und flog durch die Glasscheibe der Haustür. Der Vater von Neidhard machte einen Riesenzirkus und schrie herum „das zahlt ihr mir, aber jeden Groschen!" Peter traute sich nicht, einzugestehen, dass er es war. Etwas bedrückt fuhren sie nach Hause.

Dann kam Weihnachten und Neujahr. Selbstverständlich fuhr er zu seiner Mutter und ihrem Lebensgefährten Karl. Er verbrachte ein paar stille Tage, zwar nicht in Clichy, wie im Roman von Henry Miller, den er kürzlich gelesen hatte, sondern in Goldbach.

Am zweiten Januar fuhr Peter wieder nach Marktanderstadt zurück. Seine Mutter und Karl lagen ihm in den Ohren, doch nach Goldbach zu kommen und sich in Aschaffenburg eine neue Arbeit zu suchen. Aber Peter war in Marktanderstadt fest verwurzelt. Alle seine Freunde waren hier – was sollte er in Goldbach. Dort kannte er nur zwei Menschen – wie langweilig!

Zur DJO-Clique gehörte auch Erika, eines der jüngsten Mädchen in ihrem Kreis. Sie war schlank und zierlich mit schwarzen Haaren, dabei aber kapriziös und kühl berechnend. Ihre Eltern hatten in dem Neubaugebiet ein großes Haus gebaut; sie hatte einen jüngeren Bruder. Wenn Peter früher nach Hause in das Mittlere der drei Hochhäuser fuhr, musste er bei ihr vorbei. Ihr Zimmer lag im Erdgeschoss, gleich neben dem Eingang.

In den letzten Wochen hatte Erika viel Engagement bei den Jungs aus der Gruppe gezeigt. Mit mehreren war sie schon „gegangen", wechselte aber nach einiger Zeit immer wieder ihren Freund. Peter merkte, dass sie jetzt anscheinend ein Auge auf ihn geworfen hatte. Seit er ein Auto hatte, waren seine Chancen bei den Mädchen in Marktanderstadt enorm gestiegen.
Erika raunte ihm zu, dass sie ihn morgen Abend gerne treffen würde. Er hielt eine paar Häuser weiter weg und dann sah er sie schon kommen. Fröhlich stieg sie ein. Sie wolle mit ihm reden, sagte sie. Also fuhr Peter zu einer Stelle, die nicht einsehbar neben der Straße lag. Und schon hatte sie ihn umarmt. Peter glaubte, sie habe mindestens vier Arme, ihre Hände waren überall, und ihr Mund brannte heiß auf seinen Lippen. Peter war mit einer Hand unter ihrem Pullover, ein BH war nicht vorhanden. Es fühlte sich alles gut an, vor allem war das Gefühl ihrer Hand in seiner Hose sehr anregend und aufbauend.

In der nächsten Zeit waren beide unzertrennlich. Doch weiterzugehen, traute sich Peter nicht. Irgendwie fühlte er, das war nicht ganz die Richtige. Trotzdem machte seine Mutter dumme Bemerkungen, von irgendeiner ihrer Ratschtanten war sie anscheinend über diese Beziehung informiert worden, denn sie hatte immer noch Kontakt zu ihnen, denn Karl besaß ein Telefon.

Es war Faschingszeit und Erika hatte eine Einladung aus Mähring zu einem Faschingsfest bekommen. Sie sollte auch ihre Freunde mitbringen, Elly hatte sie schon überredet und die hatte Peti rumgekriegt. Peter wollte nicht so richtig, aber da er sie ja nach Mähring fahren sollte, blieb ihm nichts weiter übrig. Es würde sowieso langweilig für ihn werden, denn Alkohol trank er nicht, wenn er fahren musste.
Als sie ankamen, konnten sie nur in der nächsten Seitenstraße parken, denn es war alles zugestellt und aus dem Haus klang laute Musik. Das Gebäude war hell erleuchtet, was sich mit der Zeit änderte. Sie fanden Platz auf einer Couch, die Peter auch den ganzen Abend fast nicht mehr verließ. Erika tanzte die ganze Zeit mit dem Sohn des Hausbesitzers. Er war gutaussehend, groß und mindestens zwei Jahre älter als sie. Peter langweilte still vor sich hin. Die Musik wurde immer schmusiger und dann sah Peter die Erika nicht mehr. Auch der Typ war weg. Er fragte Peti, doch der wusste auch nichts. Langsam drängte Peter zum Aufbruch. Doch Elly meinte, sie müssten auf Erika warten. Plötzlich war auch Elly verschwunden, als sie kam, meinte sie, Erika würde von dem Sohn des Hauses nach Hause gebracht. Also setzten sie sich ins Auto und fuhren zurück nach Marktanderstadt. Peter war wütend, dass er sich von Erika so hatte ausnutzen lassen. Nebel war inzwischen aufgezogen und es war stellenweise glatt. Peter war stinkigsauer. Das war's dann mit Erika, schwor er

sich. Und so kam es auch. Er sprach fast kein Wort mehr mit ihr, nur wenn sich's gar nicht mehr vermeiden ließ.

Dann kam der große Kladderadatsch. Elly berichtete ihnen, was geschehen war. Erikas neuer Freund schrieb Briefe an sie, die jedoch an Ellys Anschrift geschickt wurden. Elly war so gutmütig und brachte sie ihr nach dem Eintreffen. Doch den letzten Brief hatte Ellys Mutter erwischt und geöffnet. Erika hatte anscheinend große Probleme. Es stellte sich heraus, dass sie in der Nacht des Faschingsfestes miteinander geschlafen hatten. Erika wollte anscheinend sowieso auf Biegen und Brechen endlich entjungfert werden – da kam dieser Typ gerade recht, die Jungs in Marktanderstadt, Peter eingeschlossen, waren ja anscheinend zu doof dafür.
Erikas Periode kam jedoch nicht. Und der Typ gab ihr brieflich Ratschläge, was sie machen sollte. Vor allem sollte sie noch warten. Dass er sie heiraten würde, schrieb er, komme nicht infrage, dafür fühle er sich einfach nicht reif und sein Vater sei bestimmt dagegen.

Ellys Mutter wartete nicht auf ihre Tochter, sondern ging zu Erikas Mutter und gab ihr den Brief. Es gab einen Riesenkrach und das Verhältnis mit Mähring gehörte der Vergangenheit an.

Erikas Probleme beschäftigten Peter nur am Rande, er hatte andere Dinge im Kopf, denn das Faschingsfest des Kulturkreises stand vor der Tür. Das Motto hieß: Die Spessarträuber. Und Peter hatte sich mit Helene, der Chefsekretärin, verabredet, sie wollten einmal so richtig Fasching feiern.

Kapitel 19
Jetzt beginnt das Leben

Alle aus der DJO-Clique waren anwesend. Es sollte das Fest des Jahres werden. Die Faschingsbälle des Kulturkreises waren legendär. Peter hatte zwar noch nicht viele erlebt, die Wenigen aber sehr genossen. Die Dekoration stellte auch in diesem Jahr wieder alles in den Schatten: Mitten auf der Tanzfläche war eine kleine Eiche „gepflanzt" worden, drumherum eine Bank aus runden Stämmchen. An den Tischen waren außen mannshohe Fichten angebracht und ein kleiner Fichtenwald stand auf der Bühne, wo die Kapelle spielte. Natürlich war alles mit Luftschlangen und Lampions faschingsmäßig geschmückt.

Peter hatte sich zünftig zurechtgemacht mit einem alten Schlapphut, Halstuch, zerrissenem Hemd und einer schwarzen Augenklappe. Der Film „Das Wirtshaus im Spessart", den sie alle gesehen hatten, lieferte dafür gute Vorlagen.
Er stand erst einmal da und staunte mit offenem Mund. Von der Wohnung von Langemanns waren es nur ein paar Minuten zu Fuß zum Festsaal, so dass Peter diesmal auch etwas trinken konnte und er nahm sich vor, der Sektbar mindestens einen Besuch abzustatten.
Sogar Frau Langemann hatte sich auf Spessarträuber zurechtgemacht und war mit einigen anderen Damen in Feierlaune, wie die Flaschen auf ihrem Tisch zeigten.

Bei der DJO-Gruppe war Platz für Peter und Peti sowie seine Freundin freigehalten worden. Peter kannte fast alle, da sie sich zumeist einmal in der Woche in dem kleinen Vereinsheim direkt am Mainufer trafen. Ein Mädchen kannte er nur vom Sehen; Elly und sie waren anscheinend locker befreundet. Peter erfuhr, dass sie Christa hieß und als medizinisch-technische Assistentin im Krankenhaus direkt am Busbahnhof arbeitete.

Das Krankenhaus war im ehemaligen „Braunen Haus" gleich nach dem Krieg eingerichtet worden, als das tausendjährige Reich bereits nach kurzer Zeit ein unrühmliches Ende gefunden hatte. Es war ein massiver Bau aus roten Sandsteinquadern, gedacht für die Ewigkeit – wie man sich täuschen kann, wenn man Schwachsinn statt Politik produziert. – Ein paar Jahre später wurde es abgerissen.

Helene war noch nicht eingetroffen, ein Bruder sagte Peter, sie müsse erst

noch die Buchhaltung fertigmachen, das Finanzamt würde nicht warten. Also forderte er Christa auf und sie tanzten einen langsamen Walzer. Sie unterhielten sich angeregt und hatten viel zu lachen. Auch am Tisch verstanden sie sich prächtig. Krankhausgeschichten waren ihm neu und so hörte er interessiert zu. Peter berichtete von seiner Arbeit und wie sie ständig den Schreibtisch des Verkaufsleiters ausmisten mussten.
Immer wieder tanzten sie, anschließend besuchten sie die Sektbar, prosteten sich zu und tauschten die ersten Küsse.
Später standen sie eng umschlungen zwischen den Fichtenbäumchen auf der Bühne und drehten sich ganz langsam zu der Musik. Sie kamen sich immer näher und streichelten sich intensiv. Ihre Lippen trennten sich kaum noch. Peter fühlte sich rundum wohl. So gut war es ihm schon lange nicht mehr gegangen.

Plötzlich tippte ihm jemand auf die Schulter. Er trennte sich von Christa soweit es nötig war und sah, dass Helene neben ihm stand. Sie war endlich eingetroffen und hatte ihn schon überall gesucht: „Erst sagst du, ich soll kommen – und dann ...“ Enttäuscht und beleidigt ging sie an den Tisch zurück. Peter und Christa machten dort weiter, wo sie unterbrochen worden waren. Noch lange Zeit.

Am Montagabend wartete Peter mit seinem Auto vor dem Krankenhaus auf Christa. Sie stieg ein und sie fuhren ziellos durch die Gegend bis sie zu einer ruhigen Stelle kamen, dort tauschten sie intensive Zärtlichkeiten. Dann brachte er Christa nach Hause.

So ging das die ganze Woche lang. Für den nächsten Samstag war das Faschingsfest im DJO-Heim geplant und es musste noch viel vorbereitet werden.

Peter hatte die Idee, die kahlen Wände mit Schilf zu verkleiden und mit Schilfmatten vom Baumarkt ein paar intime mit Tischen und Bänken versehene Räume abzugrenzen. Jeder sollte Getränke mitbringen, einige kauften gemeinsam ein paar Kästen Cola und Bier.

Peter brachte sein Tonbandgerät mit, so

dass für lange Zeit die aktuellen Schlager aus den Lautsprechern dröhnten, ohne dass sich ständig jemand um die Platten kümmern musste.

Das Fest lief ausgesprochen gut. Alle amüsierten sich. Christa und Peter machten dort weiter, wo sie eine Woche vorher beim Faschingsball des Kulturkreises und im Auto am Abend vorher aufgehört hatten.

Peter musste sich eingestehen, dass er sich unsterblich verliebt hatte und Christa schien es genauso zu gehen. Er schwebte auf Wolke sieben.

In der nächsten Zeit verabredeten sie sich bei Elly, denn meistens hatten ihre Eltern noch spät abends im Schulgebäude zu tun, so dass sie sturmfreie Bude hatten.

Peter brachte seine neuen Platten mit, vor allem von der Knef, die sie alle gerne mochten, beispielsweise „Für mich soll's rote Rosen regnen", „Ich hab' noch einen Koffer in Berlin", „Ich brauch' Tapetenwechsel, sprach die Birke" oder „Aber schön war es doch". Auch Katja Ebstein war beliebt beim Knutschen und sogar die ersten Beatles-Platten, doch die waren gewöhnungsbedürftig.

Christa schien schon einige Erfahrungen zu haben, denn sie handhabte Peters bestes Stück sehr routiniert. Peter machte unter dem Pullover und unter dem Rock reiche Erfahrungen mit seinen Händen.

Er hatte von Ingmar Bergmanns Film „Das Schweigen" gelesen und wusste, dass er in Würzburg gezeigt wurde. Es war ein Wunder, dass sie noch Plätze bekamen, die Schlange reichte bis auf die Straße. Nach dem Film waren alle vier betroffen und trauten sich kaum etwas zu sagen. Der Film war aufwühlend. Vor allem die zwei Koitusszenen und dass sich eine Frau selbstbefriedigt, waren etwas schockierend, weil man so etwas noch nie im Kino gesehen hatte.

Dann feierte Peter seinen 20. Geburtstag an einem Wochenende. Er hatte ein paar Leute ins DJO-Heim eingeladen und es war beinahe eine Wiederholung des Faschingsfestes. Von Peti bekam er einen Gutschein über 20 Liter Benzin geschenkt. – Wie sinnig. Schließlich fuhr er ja auch überall hin mit, ohne sich an den Kosten zu beteiligen.

Und dann sagte sich Peters Kusine aus dem Ruhrgebiet an. Sie wohnte unweit von Tante Elise und Onkel Arthur, bisher kannten sie sich nur von Briefen und Fotos.

An einem Wochenende kam sie an und Peter holte sie vom Bahnhof in Aschaffenburg ab. Sie war ganz nett, ihr Ruhrpottdialekt amüsierte Peter. Sie fragte ihn gründlich aus, da er ihr einmal in seiner Verliebtheit etwas über Christa geschrieben hatte. Doch als sie des Nachts in sein Bett kommen wollte, hatte er etwas dagegen. Beleidigt fuhr sie am Sonntag nach Hause. Peter wunderte sich über die jungen Frauen, aber für viele von Ihnen scheint es nur dann ein gelungener Urlaub gewesen zu sein, wenn auch ein Bettabenteuer dazugehört hatte. Für eine Affäre und auch noch mit seiner Kusine war Peter einfach zu verliebt in seine Christa.

An einem Freitagabend klingelte Peter bei Christa, weil sie nicht herunterkam. Als er die Haustür aufdrückte, rief Christa von oben, er solle doch bitte heraufkommen. Also fuhr er mit dem Fahrstuhl in den vierten Stock. Ihren Eltern ginge es nicht gut, vor allem sein Vater wäre krank, sagte sie. Das war er zwar öfter, aber heute schien es ernster. Der Arzt war bereits unterwegs, aber das dauerte.
Herr Kohrmann war bis zu seiner vorzeitigen Pensionierung Verkehrsrichter beim Amtsgericht Marktanderstadt. Später wurde das Gericht aufgelöst. Christas Mutter hatte in ihrer Jugend in Würzburg und in München die Kunstakademie besucht und malte Aquarelle mit Blumen und Landschaftsmotiven, vorwiegend von Main und Spessart, aber auch in Öl, sogar Portraits. Besonders ihre Tonarbeiten waren sehenswert. Peter bewunderte sie. Später einmal erbte seine Frau alle diese künstlerischen Arbeiten und sie wurden in hohen Ehren gehalten. Überall, wo es möglich war, hingen ihre Werke an den Wänden und standen in oder auf Regalen.

Peter setzte sich in das Wohnzimmer, welches im Antik-Look eingerichtet war, auch mit ein paar ausgesuchten Antiquitäten und Perserteppichen.
Getrennt durch eine Glasschiebetür, die stets offen stand, befand sich das Esszimmer mit einem runden Tisch, furniert mit Kirschbaumholz und ein Biedermeier-Sekretär mit vielen Schubladen, ausziehbarer Platte und Rollo-Verschluss. Außerdem gab es Bücherregale, gefüllt vor allem mit Kunstbüchern und vierzehn Bänden des Großen Brockhaus und viele Bilder, selbstverständlich von Frau Kohrmann gemalt.
Besonders fiel das Klavier auf, welches Herr Christmann jeden Sonntagmorgen vor dem Essen spielte und zwar sehr gut, selbstverständlich nur Klassik.

Nachdem der Arzt die Wohnung wieder verlassen hatte, fuhren Christa und Peter erst einmal zur Apotheke. Christa übergab die Arznei ihren Eltern und sie verbrachten den Abend still vor dem Fernseher. Peter war bald in seinem Bett.

Herr Kohrmann war Vorsitzender vom Kulturkreis Marktanderstadt und machte seine Arbeit äußerst gewissenhaft. Während der Sommermonate wurden regelmäßig Reisen in die nähere und weitere Umgebung, eben zu kulturellen Sehenswürdigkeiten, Kirchen, Klöstern, Burgen, Schlössern und vielem mehr unternommen. Dazu gehörte das Mieten eines Busses oder das Bereitstellen von mehreren Privatfahrzeugen, außerdem von Übernachtungsmöglichkeiten und von Führern durch die Sehenswürdigkeiten. Zumeist ging die Reise von Freitag bis Sonntag.

An einem dieser Abende beschlossen Christa und Peter die „sturmfreie" Wohnung zu nutzen und im Bett ihrer Eltern zu übernachten. Denn die Matratze war sagenhaft: Kein Kunststoff oder Federkern sondern Latex!

Also schlichen sie sich heimlich still und leise in die Wohnung und sehr schnell waren sie im Bett. Das war etwas ganz was anderes als die Verrenkungen im Auto auf dem Vordersitz, denn der Rücksitz wurde von Elly und Peti benötigt. Vor allem brauchten sie wegen der Geräusche keine Rücksicht zu nehmen.

In der Morgendämmerung verließ Peter leise die Wohnung und ging nach Hause. Unterwegs begegnete ihm eine Zeitungszustellerin, die sich ihren Teil gedacht haben mochte, denn sie lächelte äußerst süffisant. Peter schwor sich, dieses Vergnügen bald zu wiederholen.

Die ersten „Blumenkinder" machten von sich reden. Der amerikanische Dichter Alan Ginsberg prägte ursprünglich diesen Begriff. Die Idee von einem humaneren und friedlicheren Leben, der Flower-Power, nahm in San Francisco ihren Anfang und wurde zu einer weltweiten Bewegung. Ihren Höhepunkt fand sie mit den Protesten gegen den Vietnamkrieg. Ab 1967, dem „Summer of Love", wurde sie immer mehr kommerzialisiert und fand langsam ihr Ende, vor allem auch, weil die Erzkonservativen die Blumenkinder als Gammler und Hippies, ja sogar als arbeitsscheue Kriminelle, diffamierten. Eine großartige Idee wurde wie üblich von Schwachköpfen totgemacht. – Peter fragte sich oft, warum diese Typen nicht weniger werden, im Gegenteil.

Christa und Peter fanden die Blumenkinder sehr sympathisch. Eines Abends, als sie einmal allein mit dem Auto unterwegs waren, fuhren sie den Feldweg auf die Anhöhe neben dem Waldberg hoch. Es war Vollmond und noch wunderbar warm. Marktanderstadt lag hellerleuchtet zu ihren Füßen. Der magere Rasen dieser Erhebung war voller Margeriten, Nachtfalter schwirrten zwischen den Blüten umher, zum Knutschen schön, was sie auch gleich praktizierten. Sie liebten sich ausgiebig zwischen den Blumen, es war einfach himmlisch. So etwas hat Peter in seinem ganzen künftigen Dasein leider nicht mehr erlebt.

Etwas weniger schön war eine andere Episode. Es gab ein kurzes jedoch heftiges Gewitter. Sie fuhren aus Marktanderstadt hinaus und wollten an den Main, wo sie schon öfter gewesen waren. Der Feldweg, welcher von der Hauptstraße abging, war matschig und rutschig. Nach der ausgiebigen Knutscherei und Liebelei wollte Peter wieder zurückfahren, jedoch die Räder waren in der nassen Wiese eingesunken, er kam nicht vom Fleck. Sie stiegen aus und Christa meinte, sie will versuchen, den Wagen anzuschieben. Doch nach mehreren Versuchen gab sie es auf. Was sollten sie tun? – Zu Fuß zurückgehen? Peter schlug vor, er wolle versuchen, ein Auto anzuhalten. Sie überlegten, ob es sinnvoll wäre, wenn Christa sich verstecken würde? Doch was hatte Peter in der Nacht am Main mit dem Fahrzeug gesucht? – Sollten die Leute doch denken, was sie wollen, das machten sie sowieso!

Also stellte sich Peter an die Straße. Lange musste er nicht warten, bis das erste Auto hielt. Beide jungen Männer gingen mit auf die Wiese, nachdem Peter ihnen das Problem erklärt hatte. Sie lächelten zwar wissend, machten aber keine dummen Bemerkungen. Ruckzuck war der Wagen frei, Peter bedankte sich und fuhr auf die Straße zurück. Künftig mieden sie diesen Platz am Main.

Peter hatte schweren Herzens bei KiDo gekündigt und sich in Aschaffenburg einen neuen Arbeitsplatz in einer Maschinenfabrik gesucht. Zum Einen lag ihm seine Mutter seit langem in den Ohren, er solle doch endlich zu ihr nach Goldbach ziehen, zum Anderen hatte auch Christa gekündigt, um bei einem Arzt in Oberursel zu arbeiten.

Peter wollte einmal etwas Anderes kennenlernen, nicht immer nur Holz. In seiner neuen Firma sollte er den Verkaufsleiter unterstützen vor allem bei Werbeaktionen. Später stellte sich heraus, dass die Firma von zwei Schwestern im vorgerückten Alter geführt wurde, die eigenartige Vorstellungen von Rechten und Pflichten der Arbeiter und Angestellten hatten.

Doch zuerst wollten sie alle, auch Peti und seine Freundin, gemeinsam in Urlaub fahren. Peter und Christa schwebte Korsika vor, davon träumten sie seit einiger Zeit. Aber mit dem Auto nach Korsika? – Christas Vater kannte einen cjungen Mann, der im Kulturkreis einen Diavortrag über diese Insel gehalten hatte. Er kam und zeigte seine Dias nochmals im kleinen Kreis. Viele Fragen wurden gestellt und beantwortet. Die Insel war sicher interessant und sehenswert, aber die Anfahrt!

Bei Peter und Christa wuchs die Überzeugung, dass sie nicht so weit fahren wollten. Das könne man in ein paar Jahren immer noch machen.

Peter hatte eine neue Idee: Südtirol und Venedig. Peti und Elly mussten nicht erst überredet werden und so wurde es beschlossen. Peter fuhr nach Würzburg und buchte eine Woche in einem Hotel auf dem Lido von Jesolo.
Peters Mutter hatte mal wieder eine Idee, doch vermutlich hatte Karl ihr das Ganze eingeflüstert. Sie wollte nach Celle fahren und ihre neuen Verwandten kennenlernen. Sie hatte zwar schon öfter mit ihnen, der Oma, dem Sohn, der das Uhrmachergeschäft übernommen hatte, und seiner Frau telefoniert. Außerdem gab es noch den Sohn des Uhrmachers, die Schwiegertochter und einen Enkel, gerade mal zwei Jahre alt.
Also, was Mutter befahl wurde gemacht. Eine Woche war dafür eingeplant und Peter war der Chauffeur. Die Fahrt verlief problemlos nur das Parken in der Altstadt von Celle, wo das windschiefe Fachwerkhaus mit dem Uhrmacherladen und der Werkstatt stand, hatte seine Tücken. Man durfte in der Straße nur maximal drei Stunden stehen bleiben. Nachdem er dreimal das Auto versetzt hatte wurde es ihm zu dumm und er suchte sich außerhalb der Innenstadt einen Parkplatz.

An einem anderen Tag besuchten sie den das Grab von Karls Vater auf dem Stadtfriedhof. Seine Mutter war schon Jahre nicht mehr dort gewesen. „Warum soll ich den Vater denn begießen, " fragte sie, „das macht der Regen von allein und zurückkommen tut er eh' nicht mehr, da kann ich machen was ich will."

An einem anderen Tag kam der Sohn seines Bruders mit Frau und ihrem Sprössling zu Besuch. Peter war ganz vernarrt in den hübschen, lebenslustigen Knaben von zwei Jahren. Er schleppte ihn durchs ganze Haus, setzte ihn sich auf seine Schultern und spielte Hoppe-Hoppe-Reiter; der Junge quietschte vor Vergnügen. Im Hof machte er einige Fotos von dem Kleinen, um sie später Christa zeigen zu können. So etwas wollte er auch einmal haben!

Am Abend besuchte Peter das Schloss-theater, an dem sie schon mehrfach vorbeigefahren waren. Ein im Barock entstandenes Kleinod, intim und gemütlich, ein Theaterchen mit hufeisenförmigem Zuschauerraum, zum Verlieben. Er war froh, dieser ihm fremden Familie entflohen zu sein, mitzukommen hatte sowieso niemand Lust. Man hatte sich ja so viel zu erzählen!

Auf dem Spielplan stand Pygmalion, die Komödie von Bernhard Shaw, nach der das Musical „My Fair Lady" entstand. Das Stück wurde hinreißend gespielt, geradezu Beifallsstürme gab es zum Schluss. So ein wunderbares Theaterstück hatte er noch nie gesehen. Und dazu das herrliche Theater. Begeistert berichtete er Christa von dem Ereignis beim Heimkommen.

Dann war es soweit. Peter musste endgültig Abschied nehmen von Marktanderstadt. Der letzte Arbeitstag bei KiDo war vorbei. Mit vielen besten Wünschen für die Zukunft war er gegangen. Die älteren Damen zerdrückten heimlich manche Träne im Auge, denn er war beliebt bei ihnen. Wenn etwas nicht klappte, er machte es klappend und das immer gutgelaunt.

Am Abend hatte er sich mit Christa verabredetet. Sie wollten allein von der Stadt ihrer Jugend Abschied nehmen. Erst waren sie im Kaffee und aßen einen Eisbecher, dann fuhren sie mit dem Auto zu ihrem gewohnten Platz in der Nähe des Waldbergs. Sie liebten sich ausführlich und besprachen, wie alles werden sollte. Christa würde nach dem gemeinsamen Urlaub nach Oberursel ziehen, um bei dem Arzt zu arbeiten. An jedem Wochenende würde er sie abholen und sie würden abwechselnd die Tage in Goldbach oder Marktanderstadt verbrin-gen. Aber zuerst sollte Christa sich bei seiner Mutter vorstellen. Das war schon für das nächste Wochenende geplant und am Sonntagnachmittag würden sie aufbrechen in ihren Urlaub.

Das Wochenende in Goldbach verlief wieder erwarten gut. Peters Mutter war zwar nicht besonders begeistert von Christa, sie hätte lieber Erika als Schwiegertochter gesehen mit deren Mutter sie sich ja so gut verstand – was Peter nicht verstand – aber seine Mutter sollte Christa später einmal ja auch nicht heiraten!
Obwohl der Schicklichkeit wegen Christa das kleine Gästezimmer zugewiesen bekam, besuchte sie Peter selbstverständlich in seinem Bett, ohne dass die Beiden, seine Mutter und sein Stiefvater, es merkten. Denn Liebe wagt, was Liebe irgend kann.

Trotzdem konnte Peters Mutter es nicht unterlassen, ihm gegenüber dümmliche Bemerkungen zu machen, da er ihr einmal erzählte, dass Christa von den

Kohrmanns adoptiert worden sei. Peter brachte sie aber zum Verstummen, als er daraufhin sagte: „Ich finde es ganz toll, dass die Kohrmanns dem armen Wurm nach dem Krieg ein Zuhause gegeben haben, du hättest das garantiert nicht fertiggebracht, einem fremden Menschlein gegenüber!"

Am Sonntag verabschiedeten sie sich von Peters Mutter und von Karl. Mutter konnte es nicht lassen, Wünsche und Ermahnungen mit auf den Weg zu geben: „Fahr' schön vorsichtig!" „Fahr nicht so schnell, ihr habt Zeit!" Und so weiter, und so weiter ...

Zuerst fuhren sie bei Kohrmanns vorbei. Christa packte ihre Sachen, Herr Kohrmann übergab Peter wie verabredet sein großes Zelt und die Camping-Utensilien wie Spirituskocher, dann verabschiedeten sie sich, versehen mit den besten Wünschen für die Fahrt – aber ohne Ermahnungen.

Elly und Peti warteten schon auf ihren gepackten Sachen. Frau Langemann schleppte noch einen Sack mit Kartoffeln herbei und bestand darauf, dass Peter sie einpackte – Peti hätte ja unterwegs verhungern können ohne seine geliebten Krummbirn, wie man in Franken sagt!

Schon einige Tage schmerzte Peter sein linkes Ohr. Der Arzt hatte ihm Tropfen verschrieben, die er schon seit Tagen anwandte, ohne dass es besser wurde, im Gegenteil. Als erste Station war ein Hotel hinter München, aber noch vor der österreichischen Grenze, geplant und gebucht. Dort angekommen, legte sich Peter sofort ins Bett, denn er hatte Schmerzen zum Verrücktwerden. Christa versuchte mit Hilfe der Wirtin einen Arzt zu erreichen, was auch gelang und der versprach so schnell wie möglich zu kommen.
Die Wirtin besuchte Peter sogar an seinem Bett und machte den zum geflügelten Satz werdenden Ausspruch: „So jung und schon so viel leiden!"

Mit Hilfe des Arztes, seiner Spritze und der Tabletten gelang es Peter nach einem weiteren Tag im Bett sich wieder hinter das Steuer zu setzen und die Fahrt ging endlich weiter. Über den Brenner kamen sie gut voran und bald waren sie im Hotel in dem schon bekannten Ort „Unsere Liebe Frau im Walde" zwischen Bozen und Meran angekommen.
Am nächsten Tag spazierten sie zu dem Haus, das ihnen vor einem Jahr als Unterkunft gedient hatte, doch es war geschlossen. Also fuhren sie zum Montiggler See, wo sie auf den Felsen ihr Zelt aufschlugen.
Peter legte sich und sein Ohr in die Sonne, Christa leistete ihm Gesellschaft, die anderen zwei verbrachten ihre Zeit vorwiegend im Wasser.

Morgens frühstückten sie gemeinsam mit Nescafé-Pulver und Wasser, heißgemacht auf dem Spirituskocher, ein zischendes, furchteinflößendes Gerät, das Christa jedoch souverän zu bedienen wusste. Brötchen holten sie im Hotel auf der anderen Seeseite.
Sie besuchten Meran und Bozen und kosteten ausführlich die Wassermelonen, welche scheibenweise verkauft wurden, auch das Eis wurde ausführlich probiert und für sehr gut befunden.

Die nächste Nacht verlief unruhig. Sie wachten der Reihe nach auf, weil es außen am Zelt kratzte. Am Abend und bis spät in der Nacht war Musik und Lärm vom Hotel her zu hören, ohne dass sie wussten, was dort los sei.
Sie selbst hatten ein Lagerfeuer auf dem Felsen angezündet und probierten den eingekauften Rotwein aus ihren Kaffeetassen. Auch ihre Stimmung stieg und Peter stimmte das Lied an, welches er öfter in Deutschland im Autoradio gehört hatte: „Ich wünsch' mir zum Geburtstag einen Beatle …" – Peti meinte, er solle sich das lieber nicht so sehr wünschen, sonst ginge es vielleicht noch früher in Erfüllung als ihm lieb sei. Doch Peter lachte und meinte, da sei er sich ganz sicher, dass das nicht passieren würde.

Nachdem der Krach verebbt war, hatten sie sich schlafen gelegt. Und jetzt dieses ständige Kratzen. Christa flüsterte: „Was ist das? Ich hab' Angst." Peter suchte seine Taschenlampe und knipste sie an. Peti und er machten das Zelt auf und schauten sich um, aber es war nichts zu sehen und alles war ruhig. Also legten sie sich wieder schlafen – doch das passierte noch zweimal.

Gähnend und schlechtgelaunt machten sie sich auf den Weg nach Jesolo. Sie brauchten lange und mussten oft fragen, bis sie ihr Hotel gefunden hatten. Es lag fast direkt am Strand, doch Meerblick gab es keinen, das hätte mehr gekostet, dafür gab es reservierte Liegestühle für alle vier.
Zuerst wurden ihnen die Zimmer gezeigt. Da sie nicht verheiratet waren, mussten Männlein und Weiblein getrennte Zimmer beziehen. Kaum war die Hoteliersfrau gegangen, brachten sie das Ganze in die gewohnte Ordnung und Peter und Christa bezogen ihr Zimmer, ebenso die anderen Beiden.

Die meiste Zeit lagen sie im Liegestuhl oder plantschten im Meer, fuhren Tretboot und sonnten sich. Mittags gingen sie zum Essen und machten anschließend Siesta, abends zogen sie durch den Ort, aßen und tranken und gingen früh ins Bett – eben wie ein altes Ehepaar. Es war himmlisch.

An einem der nächsten Tage fuhren sie nach Venedig. Das war mühsam. Erst zu Hause erfuhr Peter von einem Bekannten, dass sie auch mit dem Schiff hätten dorthin fahren und direkt am Markusplatz aussteigen können.

Doch sie kamen nur bis zum großen Parkplatz in Mestre vor Venedig, wo die Raffinerien waren und die andere Industrie. Zu Fuß machten sie sich auf den Weg in die Stadt – ein mühevolles Unterfangen, denn die Fahrt mit dem Schiff schien ihnen zu teuer.

Sie kauften sich zwar einen Stadtplan, doch es blieb mühsam. Unterwegs sahen sie eine Gondel mit einem Sarg und viele andere Boote, die zum Trauerzug gehörten, was ihre Stimmung nicht gerade hob. Denn die Toten Venedigs wurden auf die im Süden der Stadt gelegene Friedhofsinsel San Michele gebracht.

Dann endlich: Über die Rialto-brücke kamen sie zum Markusplatz. Selbst-verständlich kauften sie, obwohl sie es kitschig fanden, teures Vogel-futter und fütterten die Tauben wie alle anderen Touristen auch.

Sie bewunderten die bronzenen Löwen, betrachteten die Seufzer-brücke, mieden aber die überteu-erten Cafés am Rande des Platzes. Selbstverständlich kletterten sie auf den Campanile und bewunderten den Ausblick.

Anschließend fuhren sie wieder zurück. Peter war noch immer nicht ganz fit und bei Anstrengungen fehlte ihm schnell die Kondition.

Und dann kam der letzte Tag des Urlaubs, den sie alle sehr genossen hatten. Christa und Peter hatten die Überzeugung gewonnen, dass sie gut zueinander passen würden und er konnte sich ein Leben ohne Christa eigentlich nicht mehr vorstellen.

Etwas traurig, aber doch – wie sagt man: frohen Mutes machten sie sich auf den Rückweg. Sie hatten geplant, wieder bis zu dem Hotel vor München mit der netten Wirtin zu fahren und zu übernachten.

Die erste Rast machten sie am Parkplatz an der Europabrücke; sie war erst vor etwa einem Jahr fertiggestellt worden und galt als neues Weltwunder. Peter hatte gelesen, dass beispielsweise ein Kranführer umgerechnet 750 DM pro Monat verdient hatte, damals eine schöne Stange Geld.
Peter fuhr bei Innsbruck von der Autobahn ab, um über Seefeld den Ort vor München zu erreichen. Mühsam, weil vollbeladen, krochen sie den Zirler Berg hinauf. Ein Bus kam ihnen entgegen. Plötzlich schoss hinter diesem ein kleiner NSU-Prinz hervor und krachte ihnen voll aufs Auto. Peter konnte überhaupt nicht reagieren. An eine Weiterfahrt war nicht zu denken. Bald darauf kam die Polizei, der Prinzfahrer machte sich danach aus dem Staub, ohne sich um seine Unfallopfer zu kümmern. Der Abschleppwagen kam und brachte sie mit dem Auto in seine Werkstatt nach Seefeld. Dort zogen sie in ein Hotel und der Werkstattinhaber brachte ihnen das Gepäck.

Christa und Peter gingen zur Post sie rief ihren Vater an und der sagte sofort zu, sie abzuholen. Peter sprach mit der Versicherung und übergab dann den Wagen endgültig zum Reparieren. Dem Motor war zwar nichts passiert, aber die ganze Vorderfront musste ersetzt werden, einschließlich Kühler und vielem mehr.

Christas Vater traf am nächsten Tag nachmittags ein. Er legte sich noch eine Stunde aufs Bett, inzwischen beluden sie das Auto mit ihren Sachen, sogar die Kartoffeln waren noch komplett vorhanden und Peti war trotzdem nicht verhungert! Dann fuhren sie zurück nach Marktanderstadt und am nächsten Tag brachte ihn sein Schwiegervater in spe samt Gepäck nach Goldbach.
Seine Mutter erwartete ihn mit anklagendem Gesicht. Natürlich machte sie ihm Vorwürfe: „Das schöne Auto. Nur ein paar Monate alt und schon kaputt!" Er ging in sein Zimmer und legte sich ins Bett. Es hätte sonst einen großen Krach gegeben, denn schließlich war er sich keiner Schuld bewusst.

Mit viel Mühe und noch mehr Telefonaten sagte die gegnerische Versicherung zu, das Geld für die Reparatur auszuzahlen. Er sollte nach Innsbruck kommen und es sich abholen, dann nach Seefeld fahren und das Auto wieder in Empfang nehmen. Peter und der Werkstattinhaber verabredeten sich bei der Versicherung und es klappte alles wie besprochen. Doch die zusätzlichen Kosten für Fahrten etc. wollte die Versicherung nicht übernehmen. Also musste er einen Anwalt einschalten, der alles zu seiner Zufriedenheit regelte.

Christa war inzwischen nach Oberursel gezogen, ihr Vater hatte sie hingefahren. Endlich nach so langer Zeit, trafen sie sich wieder und sie verbrachten ein Wochenende in Marktanderstadt bei ihren Eltern.
Peter war gerne dort. Es waren kultivierte Menschen; Peter amüsierte sich jedes Mal, wenn Christas Vater sogar vom Essen aufstand, um im Großen Brockhaus einen Begriff nachzuschlagen, über den gerade gesprochen wurde. Die Vorwürfe und Anschuldigungen, welche er von seiner Mutter ständig hören musste, waren bei Kohrmanns unmöglich. Das gab es einfach nicht!

Inzwischen hatte Peter bei seiner neuen Firma angefangen. Gleich am ersten Tag wurde er vom Verkauf in den Einkauf versetzt, da der Leiter ins Krankenhaus gekommen war. Peter war diese Abteilung fremd, denn in der Einkaufsabteilung des KiDo-Werks war er nur kurz. Er gab jedoch sein Bestes und nach ein paar Tagen machte es ihm richtig Spaß. Er träumte schon von einer Tätigkeit als Leiter dieser Abteilung. Nach ein paar Wochen jedoch kam der eigentliche Chef der Abteilung zurück und Peter arbeitete wieder im Verkauf.

Immer wieder gab es Probleme mit den beiden Chefinnen, denn er weigerte sich strikt, veraltete und verstaubte Formulierungen in Briefen zu verwenden wie es hier anscheinend immer noch üblich war.

Es war Peter klar, dass er in dieser Firma keine Zukunft hatte und so durchforstete er die Anzeigen im Main-Echo. Bald fand er auch etwas Passendes: ‚Assistent des Verkaufsleiters, Schwerpunkt Werbung, gesucht'.
Peter stellte sich bei der Geschäftsleitung vor und wurde angenommen. Vor allem imponierte, dass er über ein eigenes Auto verfügte, denn die Firma war im Industriepark etwas außerhalb der Stadt angesiedelt und häufige Stadtfahrten waren erforderlich, beispielsweise zu Druckereien, Klischeeanstalten und zur Post.

Der Chef schien zwar ein Pfennigfuchser und Pedant zu sein, seine Tochter arbeitete bei ihm als Chefsekretärin, aber die Mannschaft und die Außendienstmitarbeiter waren schwer in Ordnung, wie ihm schien.

Der Verkaufsleiter wohnte in einem der Reihenhäuser oberhalb von Peters Wohnung in Goldbach, so dass gleich ein Kontakt hergestellt war.
Da Peter noch in der Probezeit war, kündigte er sofort und konnte am nächsten Ersten anfangen.

Christa sorgte jedoch eines Abends für einen Schock bei Peter: Sie teilte ihm am Telefon mit, dass sie ein Kind von ihm bekomme. Mit Schrecken dachte er an seine Mutter und was sie dazu sagen würde, doch dann freute er sich über alle Maßen. Endlich fort von seiner Mutter. Eine eigene Familie. Neue Aufgaben. Immer zusammen sein mit seiner heißgeliebten Christa! Das musste gefeiert werden, doch Christa war noch längst nicht auf seiner Wellenlänge. Sie fragte sich, ob es richtig sei, wegen eines Kindes zu heiraten. – Doch Peters Begeisterung steckte sie schließlich an. Sie überlegten, wie sie vorgehen sollten und kamen zu der Überzeugung, dass es sicher sinnvoll wäre, erst ihre Eltern und anschließend Peters Mutter zu informieren.

Christas Eltern reagierten souverän wie immer. Sie sagten ihnen, wie sie es sich gedacht hatten: Peter solle eine Wohnung suchen, sie wollten für die Küche und die Küchenutensilien sorgen, Peters Mutter müsste das Wohn- und Schlafzimmer dazusteuern und sie selbst sollten für die Kinderzimmereinrichtung sorgen, denn Peter hatte noch gute Kontakte zum KiDo-Werk.

Also machten Sie sich auf den Weg nach Goldbach. Peters Mutter war von ihrem Besuch überrascht, er war für diese Woche nicht geplant. Die Beiden hielten sich nicht lange mit Vorreden auf, sondern Peter erklärte auf seine direkte Art auch gleich den Grund: Sie würden ein Kind bekommen und sie würde Großmutter werden.

Peters Mutter reagierte wie gewohnt: Mit Vorwürfen und Anklagen. Wie er sich das denke, ein Kind mit zwanzig. „Christa ist dann schon einundzwanzig“, sagte Peter. „Das macht ja nicht so viel aus, oder?“ – „Du warst auch nicht sehr viel älter“. sagte Peter. „Das waren andere Zeiten!“ schrie sie fast. „Die Zeiten sind immer anders“, sagte Peter leise. Karl reagierte besonnener und rief seine Partnerin zur Ordnung: „Die Vorwürfe bringen uns nicht weiter“, sagte er streng. „Jetzt müssen wir überlegen, was wir tun.“ „Wie stellt ihr euch das vor?“ fragte er.

Peter sagte es ihnen“. Vor allem erst eine Wohnung suchen und dann heiraten, dazu müssten sie eben die Einrichtung für Schlaf- und Wohnzimmer beisteuern. Als Wohnzimmer würde erst einmal seine Zimmereinrichtung hier in der Wohnung genügen. Das war’s eigentlich schon. – Und so geschah es.
Peter suchte eine Wohnung und fand sie im Ort nebenan, in Hösbach. Drei Zimmer im Erdgeschoss mit großer Küche und Terrasse. Christa gefiel sie auch, also unterschrieben sie den Mietvertrag.

Sie suchten Tapeten aus und klebten sie an die Wand. Teppiche machten das Ganze wohnlich. Die Möbel kamen und wurden aufgestellt. Als alles fertig war, wurde der Hochzeitstermin bestimmt.

Peter fuhr im KiDo-Werk vorbei, dort war großes Hallo über die freudige Nachricht. Peter kaufte einen Schrank, eine Wickelkommode und ein Gitterbett, welches ihm schon früher immer gefallen hatte. Inzwischen importierte KiDo Kinderwagen aus Frankreich mit hohen Rädern, aber leicht zu demontieren und zusammenklappbar.

Christa arbeitete noch immer in Oberursel. Peter schrieb viele Briefe und erhielt genauso viele von ihr. Manchmal rief Christa ihn in der Firma an, er konnte das nicht. Privatgespräche waren selbstverständlich verboten! Fast alle Briefe hat Peter behalten. Einer lautete wie folgt:

Mein lieber Schatz!
Heute ist nun schon der zweite Abend ohne Dich. Ich habe mein Zimmer total umgeräumt und meinen Wünschen entsprechend eingerichtet. Wenn Du am Freitag zu mir kommst, erkennst Du es nicht wieder. Die Sitzgruppe mit der Couch ist jetzt an der gegenüberliegenden Wand, mein Kleiderschrank dort, wo früher die Couch stand. Der Wohnzimmerschrank steht jetzt neben der Tür. Ich war gestern Abend so müde und so fertig, dass ich heute bis 11 Uhr geschlafen habe, genau vor 12 Stunden bin ich aufgestanden.
Schnüff, schnüff ... ich muss heute wieder ohne Gutenachtkuss ins Bett gehen. Noch knapp 200 Stunden bis ich den ersten Kuss von Dir bekomme. Da fällt mir gerade ein, wie geht es unserem Sohn? Soll ich mich nicht schon wegen einer Wohnung in Aschaffenburg umsehen? (Dass Du ihn mir ja gut fütterst und pflegst, bis ich Dich wiedersehe und selbst auf ihn aufpassen kann!) So, in Gedanken gehe ich jetzt mit Dir ins Bett, es ist jetzt schon 23.15 Uhr. – Oh, wenn wir nur schon verheiratetet wären!
Ich liebe Dich sehr
Dein Peter

Selbstverständlich hat Peter fast jedes Wochenende Christa in Oberursel abge-holt und sie haben die freien Tage bei ihren oder seinen Eltern verbracht.

Und dann war der große Tag da. Am Abend kamen viele Freunde aus der DJO zum Poltern nach Goldbach. Sie wurden verköstigt und getränkt. Peter musste die Scherben zusammenkehren, was er gut machte, wie sie fanden.

Viele Bekannte waren zur Hochzeit nicht eingeladen, selbstverständlich die Eltern, dazu ein Verwandter von Karl, der oft zu Besuch kam, auch Karin, die Tochter von Gisela und Paul Langfuß, Freunde von Kohrmanns, die Peter schon ewig aus der DJO kannte, und noch drei weitere Freunde von Peters Eltern.
Gefeiert wurde in einem gemütlichen Hotel mit Restaurant in einem kleinen Ort nahe bei Aschaffenburg. Es war für Christa, aber auch für Peter anstrengend. Beide waren froh, endlich zu Hause zu sein, in ihrer neuen Wohnung, in Hösbach.

Von Tante Gisela Langfuß kam eine Hochzeitskarte mit einem wunderschönen, selbstverfassten Gedicht:

Als Amor, dieser Lümmel
Die Tänzer überblickte
Und keck nach allen Seiten
Die Liebespfeile schickte,

Da traf er auch ein Pärchen,
Uns allen wohlbekannt,
Klein-Christa war das Mädchen
Und Peter er genannt.

Der Schuss, er hat gesessen:
Denn heut' vor dem Altar
Da wird aus uns'rem Pärchen
Ein richt'ges Ehepaar.

Mein Wunsch nun, liebes Brautpaar,
Der Himmel mag' es geben,
Ihr sollt wie heut so glücklich
Noch hundert Jahre leben.

Zu Eurem Hochzeitstag, den 28. November 1964

Was hatte Peter lauthals in Südtirol am Montiggler See gesungen: „Ich wünsch' mir zum Geburtstag einen Beatle …" – Der Wunsch sollte bald in Erfüllung gehen.

Nachwort

Im nächsten Frühjahr kam Tante Alma mit Onkel Karl aus Oberursel zu Besuch.
„Gellok, Peterla", sagte Tante Alma in ihrem schlesischen Dialekt, „du hast in deinem Leben doch auch schon so manches erlebt!" – „Ja, eigentlich schon, liebe Tante Alma", antwortete Peter, „aber lustig war es meistens doch."

Seite   **Bilderklärung**

6   Peters Großvater nach der Vertreibung in Kiesdorf, schon über 70 Jahre alt

7   Peters Großeltern mit Enkelin, der Tochter ihres ältesten Sohnes, in der alten Heimat, dem Riesengebirge

8   Großvater sitzt in der Küche im Haus in Marktanderstadt

9   Peters große Liebe: seine Großmutter

10   Peter sitzt mit seiner Mutter auf einer Wiese. Hinten links das Schulhaus

14   Kiesdorf feiert die Goldene Hochzeit der Großeltern, die Dorfbewohner stellen sich auf im Hof der Bayers

17   Die Großeltern und Peter vor Kiesdorf

19   Peter liegt in seinem ersten Kinderwagen

30   Peters Mutter vor dem Kriegerdenkmal in Kiesdorf

32   Das Hochzeitsfots von Peters Eltern

52   Peters Schmusehund mit seiner Kusine, bei den Großeltern auf dem Topf sitzend

59   Peters erster Schultag

60   Peter macht einen sehr gelehrten Eindruck

61   Das dicke Kind auf einem Eisbärfell, der ganze Stolz der Mutter

61   Peter auf dem Arm seiner Mutter, etwa zwei Jahre alt

62   Peter knapp drei Jahre alt, in Wintermäntelchen und Mütze, eine Aufnahme, gemacht beim Fotografen, zum Schicken an die Verwandtschaft

63   Peter im Erholungsheim auf einem Ausflug; er ist auch darauf verewigt: zweite Reihe von unten, dritter von rechts

70   Peter im neuen Anzug, geradezu verkleidet, um standesgemäß Blumen zur Hochzeit von Tante Gerrud zu streuen

94   In Düsseldorf ist der Eisbär los

119   Großmutters Unzufriedenheit mit Peters Frisur; es schauen dabei seine Kusine zu und Hund Mauz

122   Tante Röschen zu Besuch in Marktanderstadt

139   Peter verkleidet sich als Sissi

142   Peter und seine Mutter ziehen zu den Großeltern nach Marktanderstadt

145   Großvater und Herr Sonnwald werkeln im Garten, im Vordergrund Sonnwalds Meisterleistung: der Turmbau zu Babel

145   Sonnwalds Nachbau der Schneekoppe im Riesengebirge

167	Peter malt Muttertagskarten mit vielr Liebe und Sorgfalt und schenkt sie seiner Mutter
150	Der Palmengarten in Frankfurt
185	Der neue Garten auf den Wiesen vor Marktanderstadt. Peter baut eine kleine Laube
195	Opas 80. Geburtstag. Peter wirkt auf Tante Röschen geradezu umwerfend
196	Peter feiert Konfirmation und alle, alle kommen
198	Mit dem Schiff auf dem Mai vor Rothenfels, die Burg mit der Jugendherberge kommt in Sicht
201	Peter baut einen Stall und hält, wie früher sein Großvater, zwei Kaninchen
202	Peter baut noch einen Stall und hält ein paar Hühner
204	Peters Echinopsis-Kaktus, der jedes Jahr blühte
209	Oma macht Späßchen auf dem Waldberg bei Marktanderstadt
213	Schulgebet in der Berufsschule
216	Die neue Heimat von Peter und seiner Mutter
222	Bini feiert Silvester
224	Grab der Großeltern am alten Friedhof in Marktanderstadt
239	Peter macht den Führerschein, insgesamt 288,10 DM hat er gekostet
241	DJO-Zeltlager im Spessart
249	Bilder zur Drei-Zinnen-Wanderung
254	Peters erstes Auto
262	Peter und Christa auf dem Faschingsfest der DJO
267	Peter knuddelt einen kleinen Jungen bei Verwandten seines Stiefvaters in Celle
271	Die Rialtobrücke in Venedig
271	Der Campanile auf dem Markusplatz

Bibliografische Information der Deutschen Nationalbibliothek:
Die Deutsche Nationalbibliothek verzeichnet diese Publikation in der Deutschen Natio-
nalbibliografie; detaillierte bibliografische Daten sind im Internet über http://dnb.dnb.de
abrufbar.

TWENTYSIX – Der Self-Publishing-Verlag
Eine Kooperation zwischen der Verlagsgruppe Random House und BoD – Books on
Demand

© 2018 L a n d s h o f f , J ü r g e n

Herstellung und Verlag:
BoD – Books on Demand, Norderstedt

ISBN: 978 - 3 - 7407-3377-3

www.ingramcontent.com/pod-product-compliance
Lightning Source LLC
Chambersburg PA
CBHW081426090726